KB115790

볼포네, 또는 여우

Volpone, or the Foxe | The Alchemist

Ben Jonson

볼포네, 또는 여우

벤 존슨 희곡선

임이연 옮김

대산세계문학총서 042

문학과지성사
2005

대산세계문학총서 **042**_벤 존슨 희곡선

볼포네, 또는 여우

지은이_벤 존슨
옮긴이_임이연
펴낸이_채호기
펴낸곳_(주)**문학과지성사**

등록_1993년 12월 16일 등록 제10-918호
주소_서울 마포구 서교동 395-2호 (121-840)
전화_편집부 338)7224~5 영업부 338)7222~3
팩스_편집부 323)4180 영업부 338)7221
홈페이지_www.moonji.com

제1판 제1쇄_2005년 9월 5일

ISBN 89-320-1630-5
ISBN 89-320-1246-6(세트)

이 책은 대산문화재단의 외국문학 번역지원사업을 통해 발간되었습니다.
대산문화재단은 大山 愼鏞虎 선생의 뜻에 따라 교보생명의 출연으로 창립되어 우리 문학의 창달과 세계화를 위해 다양한 공익문화사업을 펼치고 있습니다.

볼포네, 또는 여우

차례

일러두기

1. 윌크스G. A. Wilkes가 편집한 *Ben Jonson: Five Plays* (Oxford: Oxford UP, 1988)를 주 원서로 사용하여 번역하였다. 이는 벤 존슨의 작품들을 11권에 총망라하여 집대성한 C. H. Herford와 Percy and Evelyn Simpson 편집 *Ben Jonson*(Oxford, Clarendon Press, 1925~1952)에 근거한 것으로, 이중 「볼포네, 또는 여우」와 「연금술사」는 벤 존슨의 첫 2절판 작품집(Folio, 1616)을 따르고 있다.
2. 윌크스 판 이외에도 정확한 번역과 주석을 위해 Helen Ostovich, ed., *Jonson, Four Comedies*(London: Longman, 1997), R. B. Parker, ed., *Ben Jonson, Volpone or, The Fox*(Manchester: Manchester University Press, 1983), F. H. Mares, eds. *Jonson: The Alchemist*(London: Methuen, 1971)를 참조했는데, 여기서 주석을 옮긴 경우는 각기 O(Ostovich), P(Parker), M(Mares)을 괄호 안에 명기하였다. 또한 옮긴이 주의 경우 괄호 안에 옮긴이 주임을 밝혀놓았다. 작가 연보는 James Loxley, *The Complete Critical Guide to Ben Jonson*(London and New York: Routledge, 2002)에 기초하였다.
3. 존슨의 1616년 2절판은 막과 장의 구분, 등장인물 소개, 지문과 무대 지시 등을 표기하고 있으나, 불필요한 무대 지시를 넣거나, 필요한 무대 지시를 생략하는 경우가 많다는 평자들의 지적이 있다. 인물들의 등-퇴장이나 움직임을 독자들이 대사에서 추측할 수도 있겠으나, 극 전개의 이해를 돕기 위해 존슨의 원본에 없는 지문을 삽입할 경우 〔 〕를 사용하였다. 이는 번역에 사용한 현대 영어 판본들의 관행을 따른 것으로, 특히 연출의 입장에서 이 역서를 읽는 독자들을 위해 이 지문들이 유일한 무대 지시가 아님을 강조하는 바이다.
4. 「볼포네, 또는 여우」와 「연금술사」를 번역하면서 두 가지에 중점을 두었으니, 원본에 충실하자는 것과 현대 한국 독자들이 쉽게 이해할 수 있어야 한다는 것이다. 따라서, 지문과 주석의 경우 필요에 따라 윌크스 판과 기타 판본들에서 비교적 자유로이 첨삭하였음을 밝혀둔다.

볼포네, 또는 여우

헌정사

더할 수 없이 고귀하며
서로 쌍벽을 이루는
자매 대학,
명성이 높은
두 대학에게,
이 희곡이 상연되었을 때
호의와 애정으로
이 작품을 인정해준 바에 보답하여
벤 존슨은
깊은 사의를 표하며,
이 희곡과 그 자신을
두 대학에게 바칩니다.

서간

당당히 어깨를 겨루는 두 자매 대학[1]이여, 시적 재능 하나만으로 시를 쓸 수 있을 만큼 뛰어난 사람은 아직 없었고, 그를 위해서는 반드시 알맞은 소재, 적당한 기회, 든든한 후원자와 관객이 함께 따라야 하오. 이 말이 사실일진대 수많은 작가들의 흥망성쇠가 나날이 이 사실을 증명하고 있소. 사려 깊은 자들은 이 조건들을 충족시키는 데 최선을 다해야 하며, 일단 조건이 충족되면, 후원자의 명예도 같이 걸려 있는 그 명성을 잘 보존하도록 사력을 다해야 할 것이오. 그러므로, 나도 이제 은혜를 아는 사람답게, 그대들이 내게 베푼 관대한 후원이 정당했음을 밝히고자 노력할 것이오. 그 정당함은 이미 그대 대학들의 권위만으로도 충분하겠지만, 시와 시인들이 사방에서 욕을 먹고 있는 시대이다 보니, 나에 대한 그대들의 관대함을 의심의 눈초리로 보는 자들이 있을 것이기 때문이오. 이 시대에는 삼류 시인들이 너무나 방자하게 시(詩)의 여신을 훼손하고 있으니, 날이면 날마다 이자들의 심각한 무지 때문에 그녀가 더 욕을 먹고 있다는 것은 분명한 사실이며, 반증할 여지가 없소이다. 그런 엉터리 시인들의 오만 방자함을 제쳐놓더라도, 학식 있는 자들이 고통 받도록 방치하거나, 그런 신성한 기술이 (그런 기술은 진정 비도덕적인 자들이 시도해서는 안 되는 바인즉) 조금이라도 경멸 받도록 내버려두는 것은 심각한 불의일 것이오. 왜냐하면 시인의 할 일과 기능에 대해서 편견 없이 공정하게 보면 알겠지만, 먼저 사람이 되지 않고서는 훌

---

1 옥스퍼드와 케임브리지. 존슨이 헌정사에서 밝히듯, 「볼포네, 또는 여우」(이하 「볼포네」)는 이 두 대학에서 상연되어 호평을 받았다.

륭한 시인이 될 수 없기 때문이오. 젊은이들에게 기강을 확립하도록 하고, 어른들을 자극하여 미덕을 갈구하도록 고취하며, 노인들을 최고의 상태로 유지시킬 수 있는, 즉 기력이 쇠퇴하여 다시 어린아이가 되고 만 노인들에게 원기 왕성한 기력을 되돌려줄 수 있는 능력을 가진 사람이 있다고 합시다. 또 자연의 해석자이자 중개자이며, 인간적인 것은 물론 신적인 것을 가르치는 스승이며, 모든 풍습을 잘 아는 대가인 그런 사람이 있다고 합시다. 아울러, 오직 혼자서, 대적할 자 거의 없이, 인류의 대사를 이끌어나갈 수 있는 그런 사람이 있다고 합시다. 한낱 거만하고 무지한 이들이 욕설의 수사학을 연습하는 데 바로 이런 사람을 대상으로 삼아서는 안 된다고 생각하오. 이쯤 되면, 오늘날의 작가들은 이런 사람과는 근본부터 다른 사람들이라고 재빨리 반박이 나올 것이오. 그들은 배운 것뿐 아니라 타고난 본성부터가 정반대이며, 시인의 위엄이라고는 전혀 없으면서도 모두 시인이라 자칭하니, 그 이름을 욕보일 뿐이라고 반박하는 사람들이 있을 것이오. 요즘, 특히 혹자들이 무대시라고 칭하는 극시에서는 상스러운 농담, 신성 모독, 불경, 신과 인간을 거스르는 방종함만이 행해지고 있다고 말이오. 내가 이런 사실들을 모두 부인하지는 못할 것이니—또 그러지 못하는 게 유감이오. 왜냐하면, 어떤 작가들의 서투른 극들을 보면(이자들이 아예 세상의 빛을 보지 못했더라면 좋았을 텐데) 이런 말들이 하나도 틀린 데가 없기 때문이오. 이 대범한 지옥행 모험에 표현되어 있는 생각들은 극도로 무자비한 것으로, 이 생각들이 입 밖에 나오면 더 끔찍한 악의에 찬 비방이 되오. 나 자신으로 말할 것 같으면, 물론 아주 깨끗한 양심에서 하는 말이오, 불경됨은 티끌만큼만 생각해도 몸이 떨리며, 요즘 연극에 밥 먹듯 나오는 더러운 음담패설은 치가 떨릴 정도로 싫어하오. 내 적들은 즉시, 내가 신랄함을 자랑하거나 갈구한다고 말하며, 내 작품들 중 가장 순진한 아이도 이빨로 무장하고 세상에 태어났다고 비난할 것이니, 내가 풍자적 비판가라는 비방을 면치는 못할 것이오. 하지만, 우리 기민하신 현인들께 묻겠노니, 내가 어떤 나라나 사회, 또는 일반 질서나 국가의 노여움을 산 적이 있습니까? 아니면 공인(公人)을 노엽게 했다든지요? 이런 모든 면에서 그들의 위엄을 내 것이나 다름없이 안전하게 지키지 않았습니까? 내 작품들은 널리 읽히고, 공연과 출판이 허가된 것들입니다(공동작 말고, 순수히 내가 쓴 작품들을 얘기하는 것이오). 그 작품들을 살펴보시오. 내가 대놓고 비난한 적이 있는지요? 내가 언제 구체적으로 비판을 했습디까? 팬터마임 배우, 사기꾼, 포주나 허풍쟁이, 그 거만함으로 비난받아 마땅한 인간들 말고 누구를 비판했습니까? 또 이들 중 누군가를 공격했어도, 그게 너무 직설적이라서, 그가 어떻게든—죄를 솔직히 털어놓든지, 아니면 시치미를 떼든지—나의 비난을 피하지 못했던 적이 있습니까? 소문만으로 사람에게 죄가 생길 수는 없는 노릇이며, 더욱이 내가 다른 사람에게 죄를 씌울 수는 없는 일이오. 순수한 의도로 쓰거나 무대에 올려도, 종종 오해가 일어날 수 있다는 것을 나도 잘 알고 있소이다. 맹세코, 내 글이 내 손에 있을 때는 순수하다는 것을 믿어 의심치 않소. 요즘은 작품에서 암시와 은유를 찾아내는 것이 많은 사람들의 일이 되어버렸고, 뭐든지 해독할 수 있는 열쇠가 있다고 떠벌리는 사람들이 있소이다. 그러나 현명하고 고귀하신 분들은 여기에 너무 쉽게 속아 넘어가지 않도록 신경을 쓰실 것이고, 그 귀한 명망에 자칭 해독가들이 친한 척 접근해 해를 입히지 못하도록 경계해야 할 것이오. 이 침략자들은 다른 사람이 별 뜻 없이 한 말을 전하면서 자기 자신들의 유해한 악의를 교묘하게 숨겨 퍼뜨린단 말이오. (선행으로 살짝 덮어왔거나, 다른 떳떳한 행동으로 숨겨왔던 다른 사람들의 잘못을 끄집어내는 걸로) 대중들 사이에 명성을 날리거나 그들의 무지하고 조잡한 박수를 받으려 하고, 누구의 얼굴에 그 무례한 글로 흠집을 내든 신경 쓰지 않는 자들이 있을지언대, 그들이 나와 경쟁하려 하지 않기를 바라오. 그렇게 극악무도한 명성을 그들과 함께하느니, 차라리 무명으로 잊혀지는 편을 택하겠소. 방자한 삼류 시인들은 풍자 거리가 된다 하면 일개 개인, 왕족, 국가 가리지 않고 해를 입히니, 이 꼴을 보느니, 차라리 온갖 우스꽝스럽고 시끌벅적한 우행들과, 미개한 시대의 어릿광대와 악마들, 고대적 유물들을 보는 편이 낫지, 하는 엄숙하고 현명하신 애국자님들을 탓할 수도 없소이다.[2] 호라티우스가 트레바티우스를 통해 말했듯이,

Sibi quisque timet, quanquam est intactus, et odit.[3]

그리고 이렇게 풍자의 정도가 지나치면 사람들은 작가가 자기 재미있자고 심한 농담을 하고 있다고 생각할 수도 있소. 현재 무대의 주업인 잡다한 소극이니 춤이니 이런 것들에 덧붙여, 지나친 방종함에서 즐거움을 얻으려 하니, 배운 사람이나 깨인 사람이면 누가 질색을 하지 않겠소. 무대에서 하는 얘기들이 전부 이 시대의 타락상뿐인 데다 그것도 문장은 엉망이고, 문법에 어긋나며, 의미는 고갈되었고, 과감한 시대착오에, 터무니없는 비유에, 이교도의 귀에도 지나친 음담패설에, 기독교인의 피를 물로 바꿔버릴 신성 모독 일색이니 말이오. 이런 성질의 대의명분에 있어서는 내 심각하지 않을 수 없으니, 나의 명성과 여러 정직하고 학식 있는 자들의 평판이 걸린 문제이기 때문이고, 또 그렇게 권위와 역사, 칭찬으로 가득 찬 (시인이라는) 이름이 그자들의 무례함으로 이 시대의 비웃음거리가 되어버리고, 역대 왕들과 군주들의 보호와 후원을 받아왔던 우리 시인들이 그런 상스러운 연설가들의 성미에 전전긍긍해야 하는 상황에 이르렀기 때문이오. 내가 이렇게 분노하고, 어떻게 해서든지 그자들과 같은 족속으로 오해받지 않도록 애쓰는 이유가 다 이 때문이오. 그런 노력은 바로 지금 이 작품에 잘 드러나는 것이니 바로 가장 박식한 중재자인 두 자매 대학이 보고 판단하여 명예롭게 인정해준 작품이며, 그자들이 깨우치고 각성하도록, 내가 고전극의 법칙들뿐만 아니라 희극에 걸맞은 양식도 회복시킨 작품이오. 즉 우아함, 조화로움, 악의 없음, 게다가 사람을 최고의 이성으로 교화한다는 시의 궁극적 원칙 말

---

2 이 대목은 풍자와 은유가 성행했던 당시 글쓰기 관행을 염두에 두고 이해해야 한다. 존슨은 자기 작품이 이런 신랄한 풍자성 글과 다름을 강조하고 있다(옮긴이). 미개한 시대의 광대, 악마, 유물이란 중세 도덕극과 신비극에 등장하는 인물들(O).

3 호라티우스, 『풍자』, II.i.23: 풍자가 심하면, 사람들은 직접 관련되지 않아도 자신이 비난받은 듯 꺼려하며, 그런 신랄한 어조를 미워하는 법이다(O).

이오. 그리고 엄밀하게 희극의 규칙에서 따지고 보면 나의 결말이 희극과 비극을 섞지 않겠다는 내 약속을 뒤집는 것으로 비난을 받을 수도 있지만, 학식 있고 자비로운 비평가는 그게 다 내가 의도한 바라는 것을 믿어주리라 믿소. 나의 재능을 자랑하는 것 같아 꺼리지만 않았다면, 비평가의 기준에 맞게 결말을 쉽게 바꿀 수 있었다는 것을 여기 증명해 보일 수도 있소. 그러나 나의 목적은 '우리는 희극에서 악을 처벌하지 않아' 어쩌고 하며 외쳐대는 그 입들에 재갈을 물리는 것이었으므로, 결말 부분을 조금 자유롭게 처리하였소. 물론 고전에서도 희극의 결말이 항상 유쾌하지만은 않은 작품의 예는 항상 있었으니, 이런 작품들에서 포주나 하인, 경쟁자, 그리고 주인이 종종 처벌을 받았던 것이오. 이런 결론은 정의를 구현함으로써 인생에 지침을 준다는 희극 작가의 역할에도 맞는 것이며, 그렇기에 온화한 감정을 일으키는 순수한 언어를 사용하였소. 그에 대해서는 다음 기회에 더 이야기하도록 하겠소.[4]

나는 이 글을 빌려, 가장 존경하는 자매 대학이여, 그대들이 과거 내게 보여준 호의에 대해 내 감사의 마음을 표현하고자 했고, 또 왜 그대 두 대학이 내 작품을 호평했는지 이해시키고자 한 만큼, 이제 내가 그대들의 계속되는 호의에 부끄럽지 않고 가치 있는 열매를 맺도록 할 것이니, 시(詩)의 여신이 내게 진실하다면, 경멸당하는 시의 머리를 일으켜 세울 것이며 이 시대가 그녀에게 입혀놓은 천박한 썩은 넝마 조각을 벗기고, 태곳적의 의상과 용모, 위풍당당함을 회복시켜 이 세상의 위대하고 고귀한 정신들이 얼싸안고 입 맞출 수 있도록 만들 것이오. 비열하고 나태한 사람들에 대해서는, 이들은 찬양 받을 만한 행동을 한 번도 한 적이 없으며, 타고난 비열함을 마음에 품고 있어서 시를 두려워하는 게 당연하고, 과장되고 수다스러운 욕설로 그녀를 계속 경멸하는 것이 최선책이라고 생각하고 있으니, 시의 여신이 정당한 분노로 그녀의 하인인 시인들을(이들은 쉽게 흥분하는 사

---

4 존슨은 여기에서 자신이 출판하려고 준비 중이었던 호라티우스의 『시학』에 대한 논평을 언급하고 있다. 이 논평은 존슨의 서재 화재 시 소실되었다.

람들이오) 선동하여 그자들의 얼굴에 잉크를 뿌려대게 할 것이니, 이 잉크가 그들의 정수(精髓)보다도 깊이 들어가 그들의 명성을 파먹을 것이오. 그러면 이 나라 최고의 이발사도 그 낙인을 지우지 못할 것이니, 그 비참한 사람들이 죽을 때까지 그 낙인은 살아남아, 인류가 받을 수 있는 최악의 형벌로 읽혀질 것이오.

〔블랙프라이어즈 집에서, 1607년 2월 11일〕

등장인물[5] **볼포네**(Volpone—여우) 거물
모스카(Mosca—쉬파리) 그의 식객
볼토레(Voltore—독수리) 변호사
코르바치오(Corbaccio—갈까마귀) 나이 많은 신사
코르비노(Corvino—검은 새매) 상인
아보카토리(Avocatori) 치안 판사 네 명
노타리오(Notario) 서기
나노(Nano) 난쟁이
카스트로네(Castrone) 내시
그레게(Grege) 군중
폴리틱 우드-비 경(Sir Politic Would-be) 기사
페레그리네(Peregrine) 신사 여행객
보나리오(Bonario) 젊은 신사, 코르바치오의 아들
화인 마담 우드-비(Fine Madam Would-be) 기사의 부인
실리어(Celia) 상인의 아내
코만다도리(Commandadori) 장교들
메르카토리(Mercatori) 상인 세 명
안드로지노(Androgyno) 양성 인간
세르비토레(Servitore) 하인
여자들

장 소 **베네치아**

---

5 우드-비 부부를 제외한 등장인물들의 이름은 라틴어의 어원에서 의미를 추적할 수 있으며, 특히 주요 인물들의 이름은 인물 성격과 연결되는 동물을 뜻하는 라틴어의 변형이다. 괄호 안 원명 참조(옮긴이).

개요

자식 없고 돈 많은 볼포네, 차도가 없는 듯 병든 척하며,
재산을 내걸어 상속자 여럿을 희망에 부풀게 하며,
쇠약한 척 병석에 누워 있다. 그의 아첨꾼 식객이 상속자들에게
선물을 받아내며, 저마다 상속 일순위에 있다고 속인다. 이 식객이
5 여러 가지 계략을 꾸미니, 잘 나가다가 나중에 발각된다.
다시 새로운 책략을 꾸며서 이 위기를 모면한다. 대담해진 이들은
서로가 서로를 부추기다가, 결국 모두 잡혀 죗값을 치른다.

서막

자, 저희에게 운이 따르면, 약간의 재치만
있어도 저희 연극은 대성공입니다.
이번 시즌 관객분들 주문에 따라
여기 꽤 그럴듯한 운문시가 있으니, 5
우리의 시인이 믿어도 좋다고 보장했습죠.
여러분도 아시다시피, 우리의 시인이
글을 쓸 때는 목표가 한결같았으니,
관객분들도 즐겁고 저희도 돈 좀 벌자, 이겁니다.
질투심에 목이 메어 쉰 목소리로 그놈이 쓰는 건 다
헛소리야, 외쳐대는 다른 작가 나부랭이들하곤 다르죠. 10
이 작자들은 우리의 시인이 뭔가 써냈다 하면, 그거 하나 쓰느라
일 년이나 걸렸어,라며 조롱할 수 있다고 생각하지요.
이런 헛소리에 바로 이 작품만 한 반증이 없으니,
두 달 전에는 아예 형체조차 없었던 작품입니다.
우리의 시인도 다섯 사람이 작품 수정을 보도록 할 때가 있지만, 15
이 작품은 우리 시인이 5주에 걸쳐 직접 손으로 쓴 작품이라고
잘 알려진 바입니다. 누구랑 같이 쓴 것도 아니고,
신참 작가, 견습 작가, 감수자의 손도 거치지 않았지요.
우리 시인의 이번 연극이 얼마나 훌륭한지에 대해서

20 이만큼만 말씀드립지요. 진부한 달걀 깨기도 없고,
커스터드 크림에 빠진 바보들을 맹렬한 이로 겁주기도 없습니다.
왜 저질 관객들이 이런 것들을 아주 좋아하지 않습니까.
우리 연극은 구성이 엉성해서 그 빈틈을 채우려고
옛날 농담이나 읊조리는 얼간이를 끌어들이지도 않지요.
25 그 괴이하고 억지스러운 행동이 얼마나 도가 지나친지
베들람 정신병자들과 겨뤄도 될 정도입니다.
우리의 시인은 농담을 하려면 작품 플롯에 맞게 하지,
주워온 농담을 써먹으려고 억지 플롯을 만들지도 않지요.
그래서 아주 생생하게 가다듬은 희극이 나오는데,
30 마치 최고의 비평가 자신이 맞춰 쓴 것 같지요.
우리의 시인은 시간, 장소, 인물의 법칙을 지킬뿐더러,
꼭 필요한 규칙에서 벗어나는 일이 없답니다.
우리의 시인은 잉크 성분 중에 쓸개즙과 신 녹반은 빼버리고,
약간의 소금 성분만 남겨놓아,
35 웃다가 빨갛게 될 때까지 여러분들의 뺨을 그 소금으로 문질러,
일주일이 지나도 뺨에는 홍조가 가시지 않을 겁니다.

제1막

〈제1장〉

〔볼포네의 집.〕

(볼포네는 큰 침대에 누워 있다. 모스카 등장. 볼포네가 깨어난다.)

볼포네 좋은 아침이로구나. 내 황금님께도 인사해야지!
내 성자가 무사한지 보자, 성소를 열어라.
〔모스카가 커튼을 열자 황금 더미가 드러난다.〕
세상의 영혼이자 나의 영혼에게 문안 올리오.
삼월의 토양이 고대하던 해님을 보는 즐거움에 비할 바인가.
해님도 어둡게 만드는 그대의 휘황찬란한 광휘를 5
보는 것이 나는 훨씬 기쁘단 말이야.
내 다른 보물들 중에도, 여기 쌓여 있는 요것들이,
한밤중에 불꽃처럼 어둠을 밝히고, 천지가 요동을 쳐도
훤한 대낮같이 세상을 밝혀, 어두움이란 온통 땅속 깊이
꺼져버린 것 같거든. 오, 그대 태양의 아들이여, 10
(어려도 아비보다 더 번쩍거리지) 숭배하는 마음으로,
어디 입을 맞춰보자, 그대와, 이 축복받은 방에 있는

성스러운 보물들, 유물들마다.
현명한 옛 시인들이 그대의 영광스러운 이름을
15 최고라 여기는 과거 황금시대에 붙여준 건 참 잘한 짓이야.
그대는 세상 만물의 으뜸일뿐더러, 애, 부모, 친구 할 것 없이
사람들이 누릴 수 있는 기쁨은 말할 것도 없고,
지상에서 눈뜨고 꿀 수 있는 다른 어떤 꿈도 능가한단 말이야.
시인들이 황금의 비너스라고 그대의 모습으로 미를 칭송할 때,
20 2만 명의 큐피드를 비너스에게 줬어야 하는데 말이야,
그대 황금의 아름다움과 우리 인간의 사랑이 그렇게 통하거든. 성자님,
재물님, 인간들을 말하게 만드는 침묵의 황금님,
아무것도 하지 않아도, 인간들이 무슨 짓이든 하게 만드는 신령님,
영혼도 살 수 있는 값어치라, 지옥도, 황금님만 덤으로 있으면,
25 천국이나 마찬가지라네! 그대가 바로 미덕에, 명성에,
명예고, 다른 어떤 것도 될 수 있어. 그대만 얻으면 누구든지,
고귀하고, 용감하고, 정직하고, 현명해진단 말이야.

모스카 원하는 건 뭐든지 될 수 있습죠, 나리. 인생 풍파에 믿을 재물이
있는 게, 현명함을 타고나는 것보다 더 큰 복이라니까요.

30 **볼포네** 맞는 말일세, 충실한 모스카. 그런데 이 몸은 재물을 좋아라 움켜쥐고
있는 게 아니라, 재물을 긁어모으는 기발한 재주가
더 빛난단 말이야. 이 몸이 재산을 모으는 게 어디 보통 수법이던가.
장사를 하는 것도 아니고, 투기를 하는 것도 아니야. 엄한 땅을 쟁기질해서
다치게를 하나, 짐승을 살찌워 도살장으로 보내기를 하나,
35 강철, 기름, 옥수수나 사람들을 짜서 가루를 내는 공장도 없거든.

걸핏하면 깨지는 유리를 만드는 것도 아니고,
주름살 깊은 바다가 위협하는 곳에 배를 내보내지도 않는단 말이야.
공공 은행에서 돈을 돌리는 것도 아니고,
사채업을 하는 것도 아니란 말이다.

모스카 아니지요, 나리. 그렇다고 40
돈을 흥청망청 쓰는 작자들을 등쳐먹는 것도 아니고요. 혹자들은
네덜란드인들이 버터덩이를 꿀꺽 삼키듯이,[6] 갓 상속 받은 애송이들의
재산을 집어삼키고는, 설사약 없이도 잘 소화한단 말입죠.
빚 못 갚은 집구석의 불쌍한 아비들이 곤히 자고 있을 때
끌어내어, 산 채로 감옥에 철컥 생매장시킨단 말입니다. 45
살이 썩어문드러지면 그제야
뼈는 감옥에서 나와 햇빛을 볼 수 있겠죠.
허나, 나리는 마음이 여리셔서 이런 꼴들은 딱 질색이란 말씀입죠.
과부나 고아들이 눈물을 찔찔 짜서 나리 가시는 길을 적시거나,
그들의 처량한 울음소리가 천장에 윙윙 울리고 50
복수를 울부짖는 소리가 대기에 쩌렁쩌렁한 꼴은 질색이라 이겁니다.

볼포네 두말하면 뭐하나, 모스카. 그런 꼴은 아주 질색이라네.

모스카 그뿐입니까요,
큼지막한 도리깨로 산더미 같은 옥수수를 타작하면서도
감히 한 알 맛볼 엄두는 못 내고 군침만 흘리며,
주린 배를 아욱이나 쓴 풀뿌리로 채우는 55
그런 사람과 나리는 차원이 다르지요.
또, 값진 그리스 산, 크레테 산 술을 저장실 가득히

---

6 네덜란드인들은 버터를 많이 먹는 걸로 유명했다.

쌓아놓고도, 자신은 롬바르디 산 싸구려 술 찌꺼기만
찔끔거리며 마시는 상인과도 다르지요.
60 나방이며 해충들이 호사스런 벽걸이며 푹신한 침대를 갉아먹도록
내버려두고, 나리는 밀짚 더미에서 주무시지도 않겠지요.
한마디로, 나리는 재물을 쓰실 줄 아십니다. 그러니
재롱떠는 소인에게나, 나리의 난쟁이에게나,
나리의 광대에게나, 나리의 내시에게든지,
65 아무튼 나리를 즐겁게 받들어 모시는 집안 나부랭이들에게도
용돈 좀 주시지요.

볼포네 자자, 이제 그만 하게, 모스카. 〔돈을 준다.〕
이거나 받게. 자넨 진실만 얘기한단 말이야.
자네를 식객이라고 부르는 자들은 자네를 시샘하는 걸세.
자 내가 거느리는 난쟁이, 내시, 광대를 불러,
70 이 몸이 흥이 나도록 재롱 좀 떨라고 그러게. 타고난 성품대로
〔모스카 퇴장.〕
즐기며 팔자소관대로 인생 향락을 누리는 거 말고
내가 달리 할 게 뭐가 있단 말인가?
재산을 물려줄 아내가 있길 하나, 부모, 자식, 친구가 있길 하나.
그러니 내가 누구를 상속자로 삼느냐, 바로 요 이유로
75 사람들이 나한테 아첨하고 아부한단 말이지.
그래서 사람들이 남녀노소 할 것 없이,
선물이네, 금접시네, 금화네, 보석이네, 이런 걸 들고
날이면 날마다 우리집으로 몰려든단 말이야.
내가 죽으면, (놈들은 내가 금방이라도 숨이 넘어갈 거라 믿지만)
80 상납한 선물은 다시 열 배가 되어서 지들한테 돌아올 거라고

들떠 있단 말이야. 어떤 놈들은 다른 놈들보다
욕심이 많아서, 아예 통째로 나를 독점하려고 해.
서로가 서로를 깎아내리면서, 내게 사랑을 증명하려고,
누가 더 선물을 많이 바치나 겨루거든.
내 이런 짓거리들을 두고 보며, 놈들의 희망을 살살 부풀려주지. 85
아주 즐거워. 선물 공세를 받으며,
놈들의 친절을 살펴보다가, 받아들이기도 하고,
또 살펴보거든. 항상 놈들을 속여 유인해서는,
앵두가 놈들 입술 위에 몇 번 닿게 했다가
입 근처로 끌어갔다가, 다시 가져온단 말이야. 자 어때! 90

〈제2장〉[7]

(모스카, 나노, 안드로지노, 카스트로네 등장.)

나노 (암송하며) 자, 놀이꾼들에게 자리 좀 내주시오. 이들이 여러분께 알리기를,

이제 펼쳐지는 놀이마당은 보통 연극도 아니고, 대학교 라틴 연극도 아니라오.

놀이꾼들이 뭘 보여드리든 간에 지금 들으시는 이 억지 운율보다

7 지중해 지역의 귀족 가문에서 여흥을 위해 난쟁이나 내시, 양성 인간 같은 기형인을 고용하는 것은 드문 일이 아니었다. 탐욕과 부도덕성을 주제로 한 이들의 막간극은 볼포네가 탐욕스런 베네치아 사회를 경멸하는 것과 맥을 같이한다(O). 이 장면은 고전에 대한 암유로 현대 독자/관객들에게는 이해가 어렵기 때문에 현대 무대에서는 흔히 생략/대체된다(P).

더 못하지는 않을 거라고 미리 말씀드리는 바라오.
5 지금 놀라시면, 갈수록 더 까무러치듯 놀라실 거라오.
왜냐하면, 바로 여기에 피타고라스의 영혼이 숨겨져 있으니, 〔안드로지노를 가리키며〕
이제 점차 알게 되시겠지만, 저 거룩한 마술사를 보시오.[8]
그의 영혼이, (묶였다가 풀려나기를) 맨 먼저 아폴론에게서 나왔고,
다시 머큐리의 아들인 아에탈리데스에게로 들어갔다가,
10 거기서 과거에 있었던 일을 다 기억할 수 있는 힘을 얻었다오.
거기서부터 영혼이 빠져나와 재빨리 황금빛 머리채를 한
유포르부스에게로 윤회하였으니, 그는 옛 트로이가 포위됐을 때
아내를 빼앗긴 스파르타의 메넬라오스 손에 죽었다오.
헤르모티무스가 그 다음이니 (내가 가진 책자에 따르면 말이오)
15 이자에게 영혼이 들어가자마자, 다시 빠져나와
델로스의 피루스라는 사람에게 들어가 낚시하는 법을 배웠소.
그리고 다시 거기서 그리스의 철학자에게로 들어갔다오.
이 피타고라스에서 영혼은 아름다운 몸으로 들어갔으니,
그녀는 아스파샤라고 불리는 페리클레스의 정부였소. 다시 영혼은
20 창녀에게서 나와서, 철학자가 되었으니
(영혼 스스로가 말하듯) 견유학파의 크라티스였소.
그후로 영혼은 황소, 당나귀, 낙타, 노새, 염소, 오소리뿐 아니라,
왕들, 기사들, 거지들, 악당들, 영주들, 바보들을 거쳤는데,
그때마다 영혼은 구두 수선공의 수탉처럼 얘기했다오.

---

8 이하 대사는 피타고라스의 영혼윤회설에 대한 희화로 루시안Lucian의 『꿈, 또는 수탉 *The Dream, or the cock*』이라는 풍자적 대화에 기초한 것이다. 루시안의 『꿈, 또는 수탉』은 구두 수선공과 수탉 간의 대화로 수탉이 윤회의 경험담을 들려주는 내용이다(옮긴이).

그런데 소인이 여기 온 건, 그 얘기를 하려는 것도 아니고, 25
피타고라스의 하나, 둘, 셋, 그리고 '넷에 걸고' 하는 대맹세나,
피타고라스의 음악, 삼각법, 황금 허벅지 얘기나,
어떻게 원소들이 서로 변환하느냐 하는 피타고라스 이론을 얘기하려는 것도
아니고, 단지 그대가 요즘 어떻게 윤회를 겪고 계시는지,
이 종교 개혁 시대에 그대는 어떻게 옷을 바꿔 입는지 묻고자 함이오. 30

안드로지노 보시다시피, 청교도들처럼, 바보로 살지요.
옛 교리들[9]은 다 이단이라니까요.

나노 허나 댁의 피타고라스파에서 금지한 음식을 먹은 건 아니겠지?[10]

안드로지노 처음 카르투지오 수도사 몸에 들어갔을 때 생선을 먹었지요.

나노 아니 그럼 댁은 교리에서 지정한 묵계를 깨뜨렸단 말인가요? 35

안드로지노 시끄러운 변호사 몸에 들어가고 나니 지킬 수가 있어야죠.

나노 오 놀라운 변화로군! 그래 변호사 나리가 그대를 져버렸을 때,
피타고라스의 명예를 걸고, 어떤 몸에 들어가셨던가?

안드로지노 튼튼하고 둔한 노새였죠.

나노 세상에! 그럼 그렇게 해서
금지된 콩을 먹을 수 있었겠구려? 40

안드로지노 그랬죠.

나노 그럼 노새에서 다음엔 어떤 생명체로 옮겨 갔는지?

안드로지노 아주 이상한 짐승인데, 어떤 작가들은 당나귀라고도 부르고,
다른 작가들은 엄격하고, 청렴하고, 믿음 깊은 형제라고도 부르죠.
이들은 고기를 게걸스럽게 먹질 않나, 간혹은 서로 잡아먹질 않나,

---

9 옛 교리란 종교 개혁 이전의 가르침, 즉 영국 국교도와 가톨릭의 교리를 말함.
10 피타고라스파는 채식주의였으며, 콩도 금지되었다.

45 탄생 축일 파이를 한 숟가락 떠먹을 때마다,
중상문, 즉 축성받은 거짓말을 뿌려댄단 말이죠.[11]

나노 자, 부디, 그 불경스런 종파에서는 이제 그만 나오시고,
다음 윤회 얘기나 해주시게.

안드로지노 다음으로 바로 지금의 내가 된 거죠.

나노 기쁨의 생명체에다,
50 (바보보다도 더한) 양성체가 됐단 말인가?
자, 부디 말해보오, 다정한 영혼님아. 그동안 거쳐온 무수한 몸들 중에
어떤 몸에서 계속 머물고 싶은지를.

안드로지노 진실로, 바로 지금 이 몸, 여기서 머물고 싶군요.

나노 바로 그 몸에서 남성과 여성의 즐거움을 바꿔 맛볼 수 있기 때문인가?

55 **안드로지노** 아이고, 그런 즐거움이라면 썩어서 문드러지라지.
그게 아니라, 내가 그렇게 말하는 건, 댁의 바보 때문이에요.
내가 축복받았다고 말할 수 있는 유일한 존재거든요.
다른 모든 형체들은 내가 겪어보니 걱정이 끊일 날이 없어요.

나노 댁이 아직도 피타고라스 몸에 있는 듯이 진리를 말하는구려.
60 자, 내시 동지, 우리 모든 기지와 재주를 동원해서
이 박식한 의견을 축하합시다. (이것이 우리의 본분 아니오.)
우리의 생업인 어리광대짓이 그래야 더 고귀한 위엄을 갖추지 않겠소.

볼포네 이런, 아주 깜찍하구나! 모스카,
자네가 꾸민 연극인가?

모스카 제 후원자이신 나리 맘에 들었으면
모를까요.

---

11 청교도에 대한 풍자. 청교도에서는 마스가 들어가는 단어를 천주교적인 것으로 피했으며 크리스마스 대신 탄생 축일Nativity이나 크라이스트-타이드Christ-tide라는 단어를 썼다.

볼포네 아주 좋았어, 모스카.

모스카 그럼 제가 꾸민 것 맞습니다요. 65

노래

세인들의 부러움과 칭찬을

받을 만한 종족은 바보들뿐.

근심 슬픔 할 것 없이 자유로워.

자신도 남들도 웃음거리 삼아

어떤 말도 행동도 항상 최고라네. 70

바보는 위인의 총애를 받고,

귀부인의 노리개요 즐거움이네.

혀와 장난감 왕홀은 바보의 보물.

바보의 얼굴만 봐도 웃음이 나네.

바보는 목숨 걱정 없이 진실을 말하네. 75

잔치마다 바보는 자리를 빛내,

가끔은 귀한 손님 대접도 받네.

위트가 바보 시중을 들 때,

바보는 의자에 앉아 식사하네.

오, 누가 바보가 되길 마다하겠는가, 80

바보, 바보, 바보? (밖에서 누가 문을 두드린다.)

볼포네 누구지? 다들 물러가거라. 〔나노, 카스트로네 퇴장.〕

모스카, 내다보게.

모스카 바보야, 썩 꺼져라!

〔안드로지노 퇴장.〕

변호사인 볼토레 씨군요.

문 두드리는 소리만 들어도 알 수 있지요.

볼포네 내 가운을 가져와,

85 내 털옷하고, 잠모자도. 이부자리를 갈아주는 중이라고 말하고,

저 바깥 회랑에서 혼자 좀 있으라고 해. 〔모스카 퇴장.〕 자, 자, 고객들이

이제 방문하기 시작하는구나! 독수리, 솔개,

갈까마귀, 검은 새매 등 온갖 맹금들이

90 나를 죽어가는 송장으로 여겨 몰려든단 말이지.

나는 아직 때가 안 됐는데 말이야

〔모스카 등장.〕

자 뭐야? 얘기해보게.

모스카 금접시 하나입니다, 나리.

볼포네 얼마나 큰데?

모스카 거대합죠,

묵직한데다, 예스러운 모양새에 나리 이름과

문장이 새겨져 있습죠.

볼포네 아주 좋구만. 여우 한 마리가

95 땅에 뻗어 있는 것 아니던가? 주둥이를 헤벌린 까마귀를 교묘하게

속여 놀려 먹으면서 말이야.[12] 안 그런가, 모스카?

모스카 정확하십니다, 나리.

볼포네 내 털옷 좀 주게. 이 사람아, 왜 그렇게 웃나?

모스카 웃지 않을 수가 없지요, 나리. 생각해보십쇼.

지금 밖에 저 변호사 양반이 서성이며 무슨 생각을 하고 있을지.

---

12 『이솝 우화』에서 여우가 까마귀가 물고 있는 치즈를 뺏으려고 목소리를 칭찬하자 까마귀가 이에 넘어가 노래를 부른 이야기(V. viii 11~14).

'이번에 갖다 바친 선물이 마지막이 될지도 모른다, 100
그럼 나를 더 총애하겠지. 저자가 오늘 숨이 끊어져,
나에게 전 재산을 남기면 내 앞길도 훤히 열리겠지,
그 생각을 하면 그동안 갖다 바친 선물들은 새 발의 피지,
그럼 사람들이 얼마나 극성을 떨며 나를 떠받들 것인가.
털가죽을 몸에 휘감고 빨간 융단을 밟고 마차에 오르면, 105
온갖 광대들과 떨거지들이 시중을 들 거란 말이야.
내 노새도 나처럼 학식이 있는 놈으로 골라
우리가 행차하면 사람들이 길을 비키게 한단 말이야.
아주 박식하고 훌륭한 변호사로 떵떵거리며 살 거야.'
그렇게 생각하며, 세상에 불가능한 일은 없다라고 결론짓는단 말씀입죠.

볼포네 천만에, 박식해지는 건 불가능할걸, 모스카.

모스카 아닙니다요. 돈이면 110
다 될 일이죠. 당나귀에게 멋진 자줏빛 대학 예복을 입혀보세요.
그럼 그 커다란 두 개의 귀를 가릴 수 있으니,
당나귀가 교구 박사로 통한단 말입니다.

볼포네 내 모자, 내 모자, 모스카. 이제 그자를 데리고 오게.

모스카 잠시만요, 나리. 눈에 연고를 바르셔야죠.

볼포네 아참, 그렇지. 115
빨리빨리 서두르세. 어서 새 선물을 받고 싶어
죽겠구나.

모스카 그것뿐인가요. 수천 가지 선물을 더
받으셔서 거느리는 주인이 되셔야죠.

볼포네 고맙네, 우리 모스카.

모스카 그리고 제가 한 줌 흙이 되더라도,

120 저 같은 수행원 수백 명의 시중을 받으실 때까지 오래 사실 겁니다.

볼포네 아냐 아냐, 그건 좀 심했네, 모스카.

모스카 나리는 오래 사셔서

저 욕심쟁이들을 속여 넘기셔야죠.

볼포네 고맙네, 모스카. (거울을 들여다보며)

아주 좋구만. 이제 내 베개를 주고, (침대로 뛰어든다.) 그자를 들여 보내게. 〔모스카 퇴장.〕

자, 가짜 기침에, 가짜 폐병에, 가짜 중풍,

125 가짜 졸도에, 가짜 마비에, 가짜 감기야.

이제 앓아 누운 내 모습에 걸맞게, 억지 꾀병을 좀 도와봐라.

이렇게 삼 년 동안 저 떨거지들의 희망을 부풀려왔으니 말이야.

저기 오는 소리가 들리는군. 아야, 아야, 쿨럭, 쿨럭, 아이구, 아아!

〈제3장〉

(모스카가 볼토레와 등장. 볼포네는 침대에 누워 있다.)

모스카 선생님 총애는 여전하십니다. 나리는 다른 사람들

다 제치고, 선생님만 찾으신다니까요.

선생님이 아침 일찍, 그것도 마음의 표시가 담긴

선물을 들고 이렇게 찾아주시는 거, 소인이 생각해도

5 아주 현명한 처신이십니다. 나리도 고맙게

생각하지 않으실 수 없으실 겁니다. 후원자 나리,

여기 볼토레 씨가 찾아오셨습니다.

볼포네 뭐라고?

모스카 볼토레 씨가 아침 일찍 나리를
찾아오셨다구요.

볼포네 고맙다고 전하게.

모스카 그리고 나리께 드리려고,
산마르코 금방에서 사신 예스런 금접시를 10
여기 이렇게 손수 가져오셨답니다.

볼포네 잘 왔다고 이르게.
부디 자주 들러달라고 전해주게.

모스카 예.

볼토레 뭐라고 하시는 거요?

모스카 감사하답니다, 그리고 자주 찾아달라고 하십니다.

볼포네 모스카.

모스카 예, 나리?

볼포네 그분을 가까이 모셔오게. 어디 계신 건가?
손을 한번 잡아보고 싶구나.

모스카 금접시는 여기 있습니다, 나리. 15

볼토레 몸은 좀 어떠십니까, 어르신?

볼포네 고맙소, 볼토레 씨.
그래 금접시는 어디 있소? 요즘 눈이 침침해서.

볼토레 (금접시를 손에 쥐어주며) 아직도 이렇게
기운을 못 차리시니 송구스럽습니다.

모스카 (방백) 더 쇠약해지지 않아 유감이겠지.

볼포네 아니 뭐 이런 걸 다 가져오고 그러시나.

볼토레 아니요, 나리.

20 제가 금접시를 드리듯이 건강도 드릴 수 있으면 참 좋겠습니다.

볼포네 선생 할 수 있는 만큼만 하는 거지. 고맙소. 이 금접시에
선생의 정성이 담겨 있으니, 내 꼭 보답하리다.
부디 자주 찾아주시게나.

볼토레 그러겠습니다, 어르신.

볼포네 어디 멀리 가지 말고.

모스카 들으셨죠, 선생님?

25 볼포네 내 말 잘 들으시게. 선생 신상에 관한 일이니까.

모스카 선생님은 행복한 분이십니다. 복도 많으시지.

볼포네 나는 이제 살 날이 얼마 안 남았어

모스카 선생님이 바로 상속자세요.

볼토레 내가?

볼포네 내가 갈 때가 다 됐구나. 어어, 어, 어, 어어.
이제 저승 갈 날이 멀지 않았어. 어, 어, 어, 어어?

30 이제 천국 갈 날이 다가오니 참 평안하구나.

모스카 아이구, 우리 선량하신 나리! 어차피 인생은 나그네 길이라지만……

볼토레 허나, 모스카

모스카 세월이 왕이지요.

볼토레 여보게, 내 말 좀 들어보게.
내가 상속자로 결정됐다는 건 틀림없는 사실인가?

모스카 선생님이요?
제가 도리어 부탁드리오니, 제발 저를 선생님 집안에서도

35 써주십쇼. 제가 믿을 구석이라곤 이제
훌륭하신 선생님밖에 없습니다. 새로 떠오르는 태양이

제게 한 줄기 빛을 내리지 않으면 제 신세는 끝장입니다.

볼토레 어디 햇빛뿐인가, 햇볕도 따사롭게 내릴 것이네, 모스카.

모스카 선생님.

소인 선생님 신상에 해를 끼치는 일은 한 적이

없는 몸입니다. 소인 여기서 선생님 열쇠 꾸러미를 차고, 40

선생님 돈궤와 보석함에 자물쇠가 잘 채워져 있는지 살피고,

선생님 보석들, 금접시, 금화, 은화들 목록을 작성하는,

한마디로 선생님 청지기 아니겠습니까.

여기서 선생님 재산을 돌보는 거지요.

볼토레 그래 내가 유일한 상속자던가?

모스카 그럼 누가 또 있겠습니까? 오늘 아침 결판이 났습죠. 45

아직 봉인이 따끈따끈하고, 서명한 잉크 자국도 아직 양피지 위에서

마르지 않았을 겁니다.

볼토레 아아, 내가 참 복에 겹구나.

그래 모스카, 어찌 이런 복이 내게 굴러 들어왔나?

모스카 선생님께서 받

아 마땅하신

몫일 뿐입니다. 소인이 알기로 다른 이유는 없습죠.

볼토레 자네가 겸손하여

자네 공을 얘기하지 않는 것 아닌가? 이 몸이 꼭 은혜를 갚을 것일세. 50

모스카 나리는 선생님이 법정에서 일하시는 태도를 항상 좋아하셨지요.

그게 우선 점수를 땄습죠. 나리가 변호사분들을 얼마나 존경하는지

평소 말씀 많이 하셨습니다. 법률직에 계신 분들은

어떤 사건이든 변호를 맡을 수 있는데다,

상반된 경우라도 목이 쉬도록 얘기하면 법에 맞게 만드는 데다, 55

상황 봐가며 민첩하게 이편에도 섰다, 저편에도 섰다가,
사건을 복잡하게 엉키게 했다가 풀어내는 그 솜씨 하며,
애매모호하게 법률 상담을 해 양편에서 돈을 받아내어,
주머니에 슬쩍 찔러 넣는 재주 하며, 나리 말씀이
60 이 변호사 양반들은 겸손하게 살살대는 재주만으로도 돈 번다는 겁니다.
그렇게 잘 참아내고, 현명하고, 무게 있고,
말재주가 교묘하고, 동시에 목소리도 커서,
수수료 없이는 꿈쩍도 안 할 그런 변호사를
상속자로 삼으면 참 좋겠다고 나리께서 늘 말씀하셨지요.
65 그런데 선생님이 하시는 말씀 한 마디 한 마디를 들으니
마치 베니스 금화 한 닢 한 닢이 떨어지는 것 같습니다요.
(문 두드리는 소리)
아니 누굴까요? 누가 문을 두드리네요. 선생님을 남들이 보면 안 되지요.
아직은 안 되니까, 선생님께서 오셨다가 급히 돌아가신 것처럼 하십시다.
핑계는 제가 꾸며보지요. 그러니 선생님,
70 후일 황금의 라드 강으로 수영하러 오셔서
팔이 꿀의 강에 잠기고, 턱은 비옥한 물살에 잠겨
뻑뻑하여 거동이 불편하실 지경이면
꼭 소인을 생각해주십쇼. 소인이 그렇게 못난
하인은 아니었다고 기억해주십시오.

볼토레 모스카!

75 **모스카** 언제 재산 목록을 받아보시겠어요, 선생님?

또 유언장 사본은 언제 보시겠습니까? (금방 나가요!)
목록과 사본을 선생님께 가져다드립죠. 자 이제 어서 가셔야죠.
업무차 오셨던 것처럼 하세요.

〔볼토레 퇴장.〕

볼포네 잘했네, 모스카!
이리 오너라, 내 키스해줄 테니.

모스카 나리, 가만히 계십시오. 80
저기 코르바치오가 왔습니다.

볼포네 어서 금접시를 치워라.
(금접시를 모스카에게 준다.)
이제 독수리는 가고, 늙은 까마귀가 왔구나.

〈제4장〉

모스카 조용히 주무시는 척하세요, 나리.
〔금접시를 선물 모아놓은 곳에 두며〕
여기 세워둘 테니, 다른 선물이 또 들어오길 기다리라고. 자 이제
꾀병 앓는 우리 나리보다 더 약해빠진 불쌍한 인간이
들어올 거거든. 꼴에 우리 나리 무덤 위로 뛰어오르려고
한다니까. 〔코르바치오 등장.〕
아니 코르바치오 씨 아니십니까! 5
잘 오셨습니다, 선생님.

코르바치오 그래 후원자 양반은 좀 어떤가?

모스카 여전하세요. 도통 차도가 안 보이시니.

코르바치오 뭐라고! 차도를 보인다고?[13]

모스카 아니요, 더 나빠지셨다고요.

코르바치오 그거 반가운 소리구만. 그래 그 양반

어디 있나?

모스카 침상에 누워 계십니다, 선생님. 이제 막 잠이 드셨지요.

코르바치오 잠은 잘 자구?

10 모스카 간밤에도, 그제 밤에도, 눈을 못 붙이시고,

그저 선잠만 들락 말락 하십니다.

코르바치오 암, 그래야지! 그 양반

의사들 얘기도 좀 들어야 쓰지 않겠나. 내 여기

우리 주치의가 지어준 아편을 가져왔거든.

모스카 나리께서 약 소리는 듣지도 않으려 하십니다.

코르바치오 아니 약이 어때서?

15 이 몸이 직접 약 짓는 동안 무슨 약재를 쓰는지 다 지켜봐서,

부작용 없이 약효를 볼 거라고 확신하는데.

내 목을 걸고, 그 양반 잠 잘 자라고 지어온 약이라니까.

볼포네 (방백) 물론 그러시겠지, 그 약을 먹으면 마지막 잠이 되겠지.

모스카 선생님,

우리 나리는 약이라곤 도통 안 믿으신답니다.

코르바치오 뭐라고? 뭐라고?

20 모스카 나리는 약을 안 믿으신다고요. 나리께선

저 의사들이야말로 위험 천만에 고약한 질병이라

피해야 한다고 생각하시니까요. 소인이 들었는데,

13 코르바치오는 가는귀가 먹었다(옮긴이).

죽었다 깨어나도 선생님의 주치의를 상속자로
삼지는 않으실 거라고 그러시던데요.

코르바치오 내가 그 양반 상속자가 될 수
없다고?

모스카 아니요, 선생님 의사 말이에요.

코르바치오 암, 암, 암, 25
내 말은 그런 게 아니라니까.

모스카 그 말이 아니라니까요. 게다가 나리는
의사들의 바가지 요금도 참을 수가 없으시대요. 돌팔이가 사람 잡기
도 전에,
아예 가죽을 벗기듯 뜯어내니까요.

코르바치오 맞는 말이야. 이제 자네 말을 알
아듣겠네.

모스카 게다가 의사들이 환자들을 실험용 모르모트 삼아 치료해도,
법적으로 아무 죄도 아닐뿐더러, 상까지 내린다고 30
하니까요. 나리께서는 그런 식으로 사서 목숨을 잃기가
싫으신 거죠.

코르바치오 맞는 말일세. 의사들은 판사가 목숨을 좌우하듯
마음대로 사람을 잡는단 말이야.

모스카 웬걸, 의사가 더하죠.
판사들이야 법에 따라 사람을 죽이지만,
의사들은 판사도 잡을 수 있으니까요.

코르바치오 그렇지. 의사들은 아무나 35
생사람을 잡는단 말야. 그래 그 양반 졸도 증세는 좀 어떤가?
여전히 심한가?

모스카 증세가 아주 악화됐습죠.
말도 잘 못 하고, 눈은 퀭해져서,
얼굴이 평소보다 더 수척합니다요.

코르바치오 어떻다? 어떻다고?
평소보다 더 나아졌다고?

40 모스카 그 말이 아니라요. 얼굴이
평소보다 더 수척해졌다고요.

코르바치오 그것 참 잘됐구나!

모스카 입은
헤벌어지고, 눈꺼풀이 축축 처집니다요.

코르바치오 그래야지, 암.

모스카 사지가 꽁꽁 마비된 듯 굳어서
살덩이가 무슨 납 같아요.

코르바치오 암, 그래야지.

모스카 맥박도 느리고 가냘프기 짝이 없습죠.

45 코르바치오 아주 좋은 증상이로세.

모스카 그리고 뇌에서는……

코르바치오 무엇이 어째? 뇌에서가 아니라고?

모스카 아니요, 선생님. 바로 뇌에서요……

코르바치오 응, 알아듣겠다. 그래.

모스카 식은땀이 무슨 점액 같은 거랑 흘러내려,
나리의 축 처진 눈꼬리를 쓸어 내리니 말입니다.

50 코르바치오 아니 그럴 수도 있는가? 어쨌든 나는 더 좋지, 뭐.
머리가 어질어질하다는 증세는 좀 어떤가?

모스카 아이구, 선생님. 이제 어지럼증이 지나쳐서, 몸에 감각도 없으시고, 콧바람 소리도 안 납니다.
도대체 숨을 쉬는지조차 알 도리가 없어요.

코르바치오 이렇게 반가울 데가 있나! 분명 내가 그 양반보다 오래 살렷다. 55
아이고 다시 이십 년은 젊어진 것 같구나.

모스카 제가 선생님께 가려고 했는데요.

코르바치오 그래 그 양반 유언장은 썼는고?
나한테는 뭘 남긴다고 그러던가?

모스카 아니요, 선생님.

코르바치오 전혀? 아니 이럴 수가?

모스카 그게 아니라, 아직 유언장을 만들지 않았다고요.

코르바치오 이런, 이런, 이런!
그럼 변호사 볼토레는 여기서 뭘 하고 간 거야? 60

모스카 우리 주인님이 유언장을 만들려 한다는
소문을 듣고, 무슨 낌새를 채고 오신 거죠.
다 선생님 잘되시라고, 제가 우리 나리를 독촉했거든요.

코르바치오 그자가 볼포네를 찾아왔었단 말이지. 나도 그렇게 짐작은 했지.

모스카 예, 오셔서 나리께 이 금접시를 바치시던데요. 65

코르바치오 상속자로 삼아달라고?

모스카 그거야 저도 모르지요, 선생님.

코르바치오 바로 그거야.
내가 잘 알아.

모스카 (방백) 지 속셈하고 똑같으니 잘 알 수밖에.

코르바치오 그래,
내 그 작자를 막아야겠다. 보게, 모스카.

여기 반짝이는 금화 한 주머니를 가져왔단 말이야.
그 작자의 금접시를 눌러 내리고도 남을걸.

70 **모스카** (주머니를 받으며) 그렇겠네요, 선생님!
바로 이 금화 주머니가 진짜 의사에, 신성한 약이라니까요.
이런 만병통치약에 대고 아편 운운하지도 마십쇼.

코르바치오 마시는 황금약은 아니라도 만지는 황금약이긴 하지.

모스카 이 금화 주머니를 약사발에 담아 나리께 대령할깝쇼?

코르바치오 그러게나, 어서 그렇게 하게.

75 **모스카** 아이구, 이 복덩이 약사발!
분명 나리 병이 나으렷다.

코르바치오 그렇지. 빨리 갖다드리게.

모스카 그런데, 그게 잘하는 짓일까요?

코르바치오 뭐가?

모스카 나리 병을 고치는 거 말예요.

코르바치오 아니, 아니야. 절대 그러면 안 되지.

모스카 저기요, 선생님. 나리가
이 금화 주머니를 만지기만 해도, 요놈이 뭔가 신기한 약효를 낼 거란 말이에요.

80 **코르바치오** 맞다, 맞아. 그럼 다 그만두고, 그 주머니 이리 주게.
내가 다시 가져가야겠어.

모스카 죄송하지만, 당장 드리기는 그렇네요.
그럼 선생님이 큰 실수하시는 겁니다.
소인이 말씀드리건대, 어차피 다 선생님 차지 아닙니까요?

코르바치오 어째서?

모스카 전 재산이 선생님 차지라니까요. 뻔히

선생님 권리인데, 누가 조금이라도 갖겠다고 덤비겠어요. 누구 눈치
보실 것 없이 85
다 선생님 거라고 사주에 다 나와 있습죠.

코르바치오 아니 어떻게 그럴 수
가, 모스카?

모스카 제가 설명을 드립죠. 나리가 이번 발작에서 회복되시면……

코르바치오 응, 무슨 말인지 알아듣겠네.

모스카 그래서 나리가 정신을 좀 차리시면
그 틈을 타서, 소인이 유언장을 만드시라고 나리를
부추긴다 이겁니다요. 그리고 나리께 이 금화 주머니를 90
보여드리는 거지요. (금화를 가리킨다.)

코르바치오 그래, 그래.

모스카 아직 소인 이야기가 더 남았습니다.
더 들어보시죠.

코르바치오 아무렴, 기꺼이 들어야지.

모스카 소인 계획을 말씀드리자면, 이제 어서 집으로 돌아가셔서,
유언장을 만드십시오. 거기다 우리 주인님을 선생님의 단독 상속자로
기입하시란 말입니다요.

코르바치오 그러면 내 아들놈 상속권을 95
빼앗으라고?

모스카 아이구, 선생님. 그렇게 구실을 만들어야 선생님 유언장이
더 그럴듯해 보인다니까요.

코르바치오 구실이라고?

모스카 그 유언장을 선생님이 소인께 보낸다 이겁니다.
그럼, 제가 나리께 선생님의 정성과 보살핌,

100 무수한 기도, 넘쳐나는 선물들,
오늘 드린 선물을 일깨워드리고,
마지막으로 유언장을 꺼내 보여드리면,
그 유언장에 (선생님의 버젓한 후손,
그렇게 용감하고 뛰어난 아드님은 안중에도 없는 듯)
105 선생님의 애정과 사랑이 나리께 쏠려
나리를 상속자로 지정하신 것을 보실 것 아닙니까.
아니, 나리가 바보도 아니고, 죽어 이성을 잃은 것도 아닌데,
그러면 양심과 고마운 마음이 우러나, 선생님을……

코르바치오 나를 그 양반 상속자로 삼는다 이거지?

모스카 바로 그 얘깁니다.

코르바치오 그 생각은
나도 애저녁에 했었다니까.

110 **모스카** 오죽하시겠어요.

코르바치오 내 말을 안 믿는 건가?

모스카 믿고말고요.

코르바치오 내 진작 계획한 일이지.

모스카 그러니까 일단 나리가 그렇게 하시면

코르바치오 나를 상속자로 발표하겠다?

모스카 그리고 선생님이 나리보다 분명 오래 사실 거니까

코르바치오 물론이지.

모스카 선생님은 아직 정정하시니까요

코르바치오 맞는 말이야.

모스카 그럼요.

115 **코르바치오** 내가 그 생각도 벌써 다 했었다니까. 어쩌면 자네는

내 생각을 그대로 읽는 듯 말하는구만.

모스카 그러면 선생님께선 자신에게도 좋은 일을 하시고,

코르바치오 내 아들놈 좋은 일도 시킨단 말이지?

모스카 맞습니다요, 선생님.

코르바치오 다 내가 생각해낸 거였다구.

모스카 아이구, 선생님도. 하늘이 다 아신다구요,

소인이 밤낮으로 어떻게 하면 일을 성사시키나 120

(머리가 쇠도록) 궁리한 걸 말입니다.

코르바치오 알겠네, 알겠어. 모스카.

모스카 소인이 여기서 애쓰는 게

다 선생님 때문이지 누구 때문입니까요.

코르바치오 암, 그럼, 그럼, 그래야지.

내 바로 이 일을 해치워야겠다.

모스카 (방백) 이 까마귀야, 사기나 당해라.

코르바치오 자네가 정직한 건 내 잘 알지.

모스카 (방백) 거짓말도 잘해, 이 양반이. 125

코르바치오 게다가,

모스카 (방백) 쯧쯧, 귀만 먹은 줄 알았더니, 머리에 든 것도 별로 없구려.

코르바치오 내 장담컨대, 친부처럼 자네에게 잘할 것일세.

모스카 (방백) 나도 장담컨대, 내 형님, 즉 댁 아들놈도 나한테 사기깨나 당할 거유.

코르바치오 이 몸이 회춘한 것 같으니, 못 할 게 뭐 있겠는가?

모스카 (방백) 각하는 영락없는 당나귀로군요.

코르바치오 지금 뭐라고 말했나? 130

모스카 아니, 각하께서 어서 서두르셨으면 한다고 했지요, 선생님.

코르바치오 다 된 거나 마찬가지야. 나 가네.

〔퇴장.〕

볼포네 〔소파에서 껑충껑충 뛰어오르며〕 아이고 우스워, 배 아파 죽겠다!
내 옷 옆구리 좀 열어주게. 어서 열어.

모스카 웃음보를 좀
참으시지요, 나리. 아시다시피 이 희망이라는 게
135 어떤 낚싯바늘에나 맞는 미끼라니까요.

볼포네 오, 그래도 자네가 그 미끼를 어떻게나 잘 꿰던지.
웃음을 참을 수가 없구나. 요 귀여운 악당, 내 키스해주마.
이렇게 기가 막히게 잘할 줄이야 생각도 못 했구나.

모스카 세상에나, 나리, 저야 지시 받은 대로 했을 뿐입죠.
140 나리가 시키신 그대로, 저 작자들에게 언질을 주고,
귓구멍에 듣기 좋은 아첨을 들이붓고 집에 돌려보낸다 이거죠.

볼포네 맞는 말일세, 맞는 말이야. 탐욕이라는 큰 죄에 대해
이보다 더 희귀한 형벌이 어디 있겠는가.

모스카 우리가 그 형벌을 거들고
있는 거죠.

볼포네 사람이 나이를 먹으면 온갖 근심, 온갖 잡병,
145 온갖 두려움이 찾아드는 법이야.
다른 희망이라고는 없는 듯이 수시로
죽겠다고 아우성이지. 노인들 사지에 힘이 어디 있어.
감각은 무뎌져, 볼 수도, 들을 수도, 걸을 수도 없어,
그저 죽을 때만 기다리는 거지. 이도,
150 음식물을 씹지 못해 이제 아무짝에도 쓸모가 없지.
바로 이런 게 인생이라니까! 아니, 방금까지 여기 있다가

집으로 돌아간 그 작자, 꼴에 오래 살기를 원하다니 말이야!
지 몸에 든 중풍이니 수족 마비는 나 몰라라, 수십 년
젊어진 척 꾸미는 꼴이란. 아니 늙은 게 뻔히 보이는데,
젊어질 수 있다고 흐뭇해해? 아에손Aeson[14]이 젊음을 되찾은 것처럼, 155
저도 마술을 써서 젊어질 줄 아나 보지?
그리고는 이런 생각에 부풀어서는, 팔자도 속여 넘겨
고칠 수 있다고 믿는 건지, 아주
마음이 가뿐해져서 말이야!
(다른 사람이 문을 두드린다.)
아니 또 누구야? 벌써 세번째야.

모스카 어서 다시 억지 기침을 좀 하세요. 목소리가 들립니다. 160
우리 멋쟁이 상인 양반, 코르비노가 왔네요.

볼포네 〔침대에 누우며〕 나 죽었어.

모스카 자 눈에 다시 연고 바르시고요.
〔눈에 연고를 발라주며〕 게 누구시오?

〈제5장〉

〔코르비노 등장.〕

모스카 코르비노 씨! 딱 맞춘 듯이 오셨네요! 지금
이 얘길 들으시면 얼마나 기뻐하시겠어요!

---

14 그리스 신화에 나오는 영웅 이아손의 아버지로 메데아의 비법으로 젊음을 되찾는다(옮긴이).

코르비노 왜? 무슨 일? 무슨 소리야?

모스카 일이 아주 지루하게 되었어요, 선생님.

코르비노 그 양반 아직 안 죽었지?

모스카 죽진 않았는데, 거의 죽은 거나 다름없습죠.

누가 누군지 몰라본다니까요.

코르비노 그럼 이제 어떡하지?

5 **모스카** 왜요, 선생님?

코르비노 내가 그 양반 주려고, 여기 진주를 가져왔단 말일세.

모스카 나리께

선생님을 알아볼 정도의 기억력은 남아 있는 것 같던데요.

항상 선생님을 찾으시고, 입에 선생님 이름만

달고 사시니 말이에요. 진주는 동양산이죠, 선생님?

10 **코르비노** 베네치아에서는 이런 진주가 절대 나온 적이 없지.

볼포네 코르비노 씨.

모스카 들어보세요.

볼포네 코르비노 씨.

모스카 선생님을 부르시니, 다가가셔서 진주를 드리세요. 여기 계십니다, 나리.

나리께 아주 훌륭한 진주를 가져오셨어요.

코르비노 좀 어떠십니까, 나리?

이 진주는 12캐럿의 두 배나 된다고 말씀 좀 드리게.

모스카 선생님,

15 나리는 귀가 거의 먹으셔서 못 알아들으십니다.

허나 선생님을 보는 것만으로도 나리껜 큰 위안이시지요.

코르비노 자,

내 어르신께 드릴 다이아몬드도 있다니까.

모스카 보여드리는 게 제일입죠.

나리 손에 쥐어드리세요. 그래야만

뭔가 이해를 좀 하시니까요. 아직 감각은 살아 계십니다요.

보세요, 그냥 움켜쥐시지 않아요.

코르비노 쯧쯧쯧, 훌륭하신 어르신께서! 20

이것 참 마음 아픈 광경이구나.

모스카 저런, 그만두세요, 선생님.

상속자야 겉으론 눈물을 흘려도, 가면 속에서는

웃는 법이니까요.

코르비노 그럼, 내가 어르신의 상속자란 말인가?

모스카 선생님, 소인이 맹세를 해서, 나리 돌아가시기 전에는

유언장을 보여드릴 수가 없습니다요. 여기 코르바치오도 다녀가셨고, 25

볼토레도 다녀가셨고, 다른 이들도 많이 오셨었지요.

유산에 침을 질질 흘리는 사람들이 하도 많아서

소인이 그 수를 헤아리지도 못할 정도예요.

그런데 소인이, 나리께서 선생님 이름을 부르시는 걸 이용해서,

(코르비노 씨, 코르비노 씨 이렇게 말이에요), 종이와 펜, 잉크를 30

꺼내 들고, 나리께 여쭙지 않았겠습니까?

누굴 상속자로 삼으실 것인지요? '코르비노.' 누가 실행인이

될깝쇼? '코르비노.' 그뿐인가요,

나리께서 대답이 없으신 질문에다가는

나리께서 고개를 끄떡이시는 걸 (사실 기운이 없으셔서 그렇죠) 35

동의의 뜻으로 기록했다 이겁니다. 다른 분들을 다 집으로 돌려보냈으니,

울음과 저주밖에 그 사람들이 상속받을 게 뭐 있겠습니까.

코르비노 오, 모스카 자네밖에 없구만. (둘이 얼싸안는다.) 저 양반이 우릴 지
켜보는 것 아닌가?

모스카 눈먼 풍각쟁이나 다름없습니다요. 사람도 몰라보고,
40 친구 얼굴도 모르고, 하인 이름도 모릅니다요.
누가 마지막으로 먹여줬는지, 마실 것을 줬는지 알게 뭐예요.
그뿐인가요. 낳아서 길러온 자식들조차도
기억하지 못하는걸요.

코르비노 자식이 있었던가?

모스카 다 서자들이죠.
술에 취해 거지들, 집시들, 유대인이나 시커먼 무어인들과
45 정을 통해 태어난 사생아들이 거진 수십 명이 넘습니다요.
아니 선생님께선 이 얘길 처음 들으세요? 다들 아는 얘기인뎁쇼,
이 집의 난쟁이, 바보 광대, 내시가 다 나리 자식이라니까요.
그야말로 이 집안의 진정한 아버지예요, 저만 빼고,
식솔들 전부요. 그런데도 그들에게는 아무것도 주질 않았어요.

50 코르비노 그거 잘됐군, 잘됐어. 그런데 저 양반이 우리 얘길 듣지 않는 거 확실해?

모스카 확실하냐구요, 선생님? 자, 보세요, 선생님이 직접 보시고 안심하세요.
〔볼포네의 귀에 대고 소리친다.〕
매독이 다가와서 나리 병환에 척 붙어버리니,
덕분에 나리가 더 빨리 가실 수 있다면 참 좋겠어요.
그저 나리께서 무절제하셨던 탓이니, 매독에 걸리셔도
55 마땅하지요, 덤으로 역병에 걸려도 싸지요.
(선생님, 더 가까이 오셔도 됩니다) 이제는 그 더러운 거품이 이는
개구리 웅덩이 같은 두 눈, 점액을 질질 흘리는 더러운 그 두 눈을
부디 좀 감으셨으면 하네요. 가죽때기로 뒤집어씌운 것 같은

그 축 늘어진 두 빰이 — 〔코르비노에게〕 (자, 어서요, 선생님)
마치 얼어붙은 행주처럼 걸려 있군요. 60

코르비노 아니면, 연기에 전 낡은 벽 같아, 왜 비가 줄줄 타고 내려
얼룩진 벽 말이야.

모스카 훌륭하십니다, 선생님. 크게 말씀하세요.
더 크게 말씀하셔도 됩니다요. 귀에 대고
작은 권총을 발사해도, 그 귓구멍을 뚫지는 못한다니까요.

코르비노 이 사람 코가 질질 흐르는 것이, 무슨 공공 하수구 같지 않아? 65

모스카 좋습니다요! 입은 또 어떻구요?

코르비노 바로 시궁창이지 뭔가.

모스카 아주 막아버리죠.

코르비노 아냐.

모스카 제가 그냥 막아버리게 두세요.
사실, 나리를 보살피는 하녀들처럼 간단하게,
베개로도 멋지게 질식시킬 수 있는걸요.

코르비노 마음대로 하게나, 나는 가겠네.

모스카 그러시죠. 70
사실 선생님이 계시니까 나리가 이렇게 오래 버티는 겁니다.

코르비노 부디, 폭력은 사용하지 말게나.

모스카 폭력은 말라니, 무슨 말씀이십니까요?
왜 그렇게 조심스러우신지 말씀해주세요, 선생님.

코르비노 아닐세, 자네가 알아서 하게나.

모스카 그럼 선생님, 어서 가시죠.

코르비노 내 진주를 다시 가져가도, 저 양반한테 문제없겠지? 75

모스카 아뇨, 다이아몬드도 그냥 두십쇼. 왜 쓸데없이 신경을 써서 스스로

피곤하게 하십니까? 여기 있는 거 전부 선생님 차지 아닙니까요?
소인이 또 여기 있지 않습니까. 소인이야 선생님께 그저 감지덕지하니
선생님 분신이나 마찬가지 아닙니까요?

코르비노 고마운 모스카!

80 자네는 내 친구이자, 내 동료이자, 내 동반자이자,
내 파트너이니, 내 전 재산을 같이 나눌 것이야.

모스카 딱 하나만 빼구요.

코르비노 그게 뭔가?

모스카 선생님의 멋진 사모님 말씀이에요.

〔코르비노 퇴장.〕

모스카 자, 저 작자도 이제 갔어요. 이 수밖에는 저 작자를
여기서 쫓아버릴 방도가 없었으니 말이에요.

볼포네 대단하이, 모스카!

85 오늘은 평상시의 자네를 능가하는구만. (또다시 문 두드리는 소리.)
게 누구요?
오늘은 이제 그만 하겠네. 음악과 춤,
잔치와 온갖 즐거운 놀이를 준비하도록 하게.
향락에 정통한 터키인도 볼포네보다 더
감각적일 수는 없다구. 〔모스카 퇴장.〕 어디 진주를 좀 볼까?

90 다이아몬드? 접시? 금화? 수확이 좋은 아침이로군.
이건, 교회를 터는 것보다 훨씬 낫지 않아.
사람을 한 달에 하나씩 잡아먹어 살찌는 것보다도 낫지.
〔모스카 등장.〕
누군가?

모스카 아리따우신 레이디 우드-비께서,

잉글랜드의 기사이신 폴리틱 우드-비 경의 부인 되시지요
(저한테 그런 식으로 소개를 합디다), 95
시종을 보내어 밤새 잘 주무셨는지 여쭈십니다.
또 지금 찾아뵈어도 괜찮을지도요.

볼포네 지금은 아닐세.
한 서너 시간 후라면 모를까.

모스카 소인이 바로 그렇게 얘기했습죠.

볼포네 이 몸이 흥도 겹고 술도 올라 한창 기분이 좋으면, 그때 오라고 해.
하늘에 두고, 대담한 영국인들의 필사적인 용맹은 100
아주 놀랍다니까. 자기 부인들이 어디로 가서 누굴 만나든,
마음대로 풀어놓으니 말이야.

모스카 나리, 이 기사 양반은
괜히 이름이 그런 게 아닙니다요. 정치가처럼 교묘해서
그 부인이 어떤 요상한 분위기를 흘려도
바람을 피울 만한 얼굴이 못 된다는 걸 잘 알지요. 105
그 여자가 만약 코르비노 씨 부인의 얼굴만 됐어도……

볼포네 그 부인 인물이 그렇게 대단해?

모스카 아이구, 나리, 기적이지요.
이탈리아의 빛나는 별 아닙니까. 최고의 아가씨지요!
가을 수확처럼 잘 여문 미인이랍니다!
피부는 온몸이 백조보다도 더 희답니다! 110
순은, 백설, 백합보다도 더 희지요. 부드러운 입술은
영원히 키스하고 싶도록 나리를 유혹할 겁니다!
살결은 만지면 상기되어 녹습니다!
나리의 황금처럼 번쩍이고, 나리의 황금처럼 사랑스럽다니까요!

볼포네 왜 내가 여태 그 사실을 몰랐을까?

115 모스카 아이고, 나리.

소인도 어제에서야 알았다니까요.

볼포네 어떻게 그 여자를 한번 볼 수 있을까?

모스카 아니, 절대 안 될걸요.

그 여자도 나리의 황금처럼 꼼짝없이 간수되어 있거든요.

절대 밖에 나오지 않고, 바깥 공기도,

120 창가에서만 쐰다니까요. 절세 미인이라, 그 미모가

갓 수확한 포도나 체리처럼 달콤하답니다. 그래서

그만큼 철저히 지킨다구요.

볼포네 내 그 여자를 꼭 봐야겠어.

모스카 나리.

그 여자 주변에 열 명이 둘러싸서 감시를 하고 있어요.

코르비노 식솔들 전부요. 식솔 하나하나가

125 자신의 파트너 옆에 붙어서 각자 맡은 책임이 있으니,

누가 나갈 때나 들어올 때나 조사를 받는답니다.

볼포네 창가에서라도 좋으니 그 여자를 보러 가겠다.

모스카 그럼 변장이라도 좀 하시지요.

볼포네 그래 맞아. 내 계속

죽어가는 병자 역을 하긴 해야 하니까. 좀더 생각해보자구.

〔모두 퇴장.〕

제2막

〈제1장〉

〔코르비노 집 앞의 광장.〕

(폴리틱 우드-비, 페레그리네 등장.)

폴리틱 여보시오, 현인에게는 전 세계가 자기 나라나 마찬가지 아니오.
내 운명이 나를 부른다면야, 내가 이탈리아나, 프랑스나, 유럽 안에
갇혀 있을 수는 없지. 허나, 내가 이 나라에 이렇게 온 것은
이 나라 저 나라 구경 다니며,
종교나 바꿔볼까 하는 변덕 때문도 아니고, 5
이 한 몸이 태어나 자라고, 소중한 계획을 품게 해준
내 나라가 싫어서도 아니라오. 더욱이, 율리시즈처럼,
인간들 사고방식과 풍습을 알아보자는
한갓지고, 케케묵고, 썩어빠진, 백발의 프로젝트는 아니지.
다름아닌 바로 내 아내의 괴이한 변덕 때문에 10
여기 베네치아까지 오게 되었으니, 여기저기 구경하고,
그걸 노트에 적고, 이탈리아어를 배우는 등 야단이란 말이야.
그런데, 선생, 허가증은 가지고 여행 오신 거겠지?[15]

---

15 영국 국민은 추밀원Privy Council에서 허가증을 받아야만 해외 여행을 할 수 있었고, 특히 이탈리아는 로마 가톨릭으로 개종할 우려 때문에 여행 허가에서 제외되곤 했음. 이런 허가증에는 여행자가 허가증 없는 영국 여행자와 이야기를 나누지 못하도록 금지해놓았고, 방문한 나라에 주재하는 영국 대사에게 허가증을 보여줘야 했다(P).

페레그리네 있습니다.

15 폴리틱 그래야 마음놓고 이야기를 나누지. 그래, 영국을 떠난 지는

얼마나 되셨나?

페레그리네 이제 일곱 주 됩니다.

폴리틱 아주 최근에 떠나셨구만!

우리 대사 각하를 아직 못 뵈었겠어.

페레그리네 아직입니다.

폴리틱 그래 우리나라에 무슨 소식이라도 있소?

어젯밤, 우리 각하를 따르는 사람들 몇몇이

20 아주 기이한 일을 얘기하는 걸 들었는데,

그게 사실인지 알고 싶어서 죽을 지경이오.

페레그리네 무슨 얘기였는데요?

폴리틱 어허, 선생, 왕실의 배에 집을 지었다는

갈까마귀 이야기 말이오.

페레그리네 (방백) 이 작자가

지금 나를 골려 먹겠다, 이건가? — 선생님 존함이?

폴리틱 내 이름은 폴리틱 우드-비요.

25 페레그리네 (방백) 아하, 이름을 들으니 감이 잡히네.

— 기사입니까?

폴리틱 가난한 기사라오.

페레그리네 사모님께서

여기 베네치아에 머무르시며, 최신 유행하는

의상이나 자태를 연구하시지 않습니까?

고급 매춘부들에게서요? 바로 우드-비 여사 아니십니까?

30 폴리틱 맞소, 가끔씩은 거미와 꿀벌이 같은 꽃에서

양분을 섭취하기도 하니까요.

페레그리네 훌륭하신 폴리틱 경!

몰라뵈어 죄송합니다. 말씀 많이 들었습니다.

갈까마귀 이야기는 사실입니다.

폴리틱 선생이 아시는 바로는?

페레그리네 예, 그리고 사자가 런던탑에서 새끼를 낳았지요.

폴리틱 새끼를 또 낳았다고요?

페레그리네 또 낳았지요.

폴리틱 하나님 맙소사! 35

이 무슨 기이한 일들이오? 버윅에서 유령의 총소리가 들리질 않나![16]

새로운 별[17]이 나타나질 않나! 한꺼번에 이런 일들이 일어나니, 이상하기도 하지!

아주 불길한 징조야! 유성들은 보았소?

페레그리네 예, 보았습니다.

폴리틱 두려운 일이구만. 선생, 확실히 얘기해주시오,

돌고래 세 마리가 런던 브리지 위로 보였다는 사람들 말이

사실이오?

페레그리네 여섯 마리랍니다, 게다가 철갑상어도 한 마리 있었대요.

폴리틱 아주 기막힌 노릇이구려!

페레그리네 아니, 너무 그렇게 놀라지 마십시오.

훨씬 더 기막힌 일을 얘기해드릴 테니까요.

폴리틱 이게 다 무슨 징조인지!

페레그리네 바로 그날

---

16 이 사건은 1605년 1월에 보고되었다.

17 케플러가 1604년 10월에 발견한 별.

45 (분명히 하자면) 제가 런던을 떠난 바로 그날에요,
울위치 근처의 강에서 고래 한 마리가
발견되었는데, 스토드 함대[18]를 뒤집으려고
거기서 몇 달을 기다렸는지는
아무도 모른답니다.

폴리틱 아 니 그럴 수가 있는가? 분명,
50 스페인에서 보냈거나, 네덜란드 대공들이 보낸 거겠지!
스피놀라의 고래[19]임에 틀림없어, 내 목을 걸어도 좋아!
이제 그런 짓들은 그만둘 수 없나 그래?
또 다른 소식도 좀 얘기해주시구려.

페레그리네 어릿광대 스톤이 죽었습니다.
이제 선술집 어릿광대가 아주 귀하게 됐습니다요.

폴리틱 아니, 스톤 어른이 죽었다고?

55 **페레그리네** 죽었지요, 왜요? 그럼 그 사람은
영원불사할 줄 아셨습니까? (방백) 이 기사 양반이
(만약 유명해지면), 우리 영국 무대에 딱 들어맞는
귀한 물건인데 말이야. 이런 인물만 써대는 작가들은
악의에서 그러는 건 아니라도, 너무 지나치게
젠 체한다고 봐야지.

60 **폴리틱** 스톤이 죽었다고!

페레그리네 죽었어요. 선생님! 너무 절절히 애통해하시는군요!
혹시 그 사람 친척이라도 되시나요?

---

18 영국 상인의 모험선.

19 스피놀라는 네덜란드에 주둔한 스페인 군 장군이었는데, '스피놀라의 고래' 같은 기발한 비밀 무기를 만드는 것으로 유명했다.

폴리티크 내가 아는 한은 아닐걸.
그 친구는 정체가 묘연한 어릿광대 아니었나?
페레그리네 하지만 선생님께선 그자를 아시는 것 같은데요?
폴리티크 그랬지.
내가 알기로 그는 우리나라에 살고 있는 아주 위험한 65
사람들 중 하나였거든. 난 그렇게 여겼다오.
페레그리네 정말입니까?
폴리티크 그가 살아 있는 동안 행동이 그랬거든.
그자는, 내가 알기로, 매주
네덜란드에서 수입되는 양배추 속에 숨겨
세계 각지에서 일어나는 일들에 대한 첩보를 받았다지. 70
이 정보들은 다시 대사들에게 전해지는데,
오렌지, 머스크멜론, 살구,
레몬, 커다란 감귤 등등 속에 숨겨져서 말이야.
때로는 콜체스터 굴 껍질이나, 그 셀시 조개 속에도 넣었다지.
페레그리네 정말 놀랍군요!
폴리티크 내가 알기로는 그렇단 말이오. 75
내 한 번은 공공 식당에서 지켜봤는데,
한 여행객이 (변장한 첩자였지) 고기 접시에
담아 보낸 지시문을 접수하더니,
즉시, 식사를 마치기도 전에, 이쑤시개 속에
회신을 보내더란 말이오.
페레그리네 거참 이상하네요! 80
어떻게 그럴 수가 있지요?
폴리티크 왜, 고기 위에

그자가 해독할 수 있는 암호를
새기고 배열해놓았다니까.[20]

페레그리네 제가 듣기로,
그자는 글을 모른다던데요.

폴리틱 그자를 고용한 측에서,
85 일부러 글을 모른다고 소문을 퍼뜨렸지.
하지만 글을 모르기는커녕 외국어도 잘했다지,
게다가 머리도 좋았다고 하던데.

페레그리네 어디서 들었는데,
비비들이 스파이였대요. 그것도 아주 교묘한 종자인데,
중국 옆에 있는 어떤 나라에서 수입한다나요.

90 폴리틱 그렇구말구, 그 이집트 노예들이 프랑스 음모에
한몫했다더구만.[21] 그런데 이자들이
여자들에 푹 빠져서, 모든 것을
전부 털어놓았다고 하더군. 참, (지난 수요일)
95 내가 그자들 중 한 놈이 보낸 속보를 받았는데,
그들이 이제 돌아와 보고를 마쳤고,
(늘 그렇듯이), 새로운 일을 기다리며
가뿐히 대기하고 있다더군.

페레그리네 (방백) 세상에!
이 폴리틱 경은 아주 하나도 빠뜨리지 않고 알려고 하네.
—(폴리틱 경에게) 선생님은 모르는 게 없으신 것 같네요.

폴리틱 뭐, 다는

20 고기 위에 요란한 문양을 새기는 것이 당시 유행이었다.
21 비비와 이집트 노예는 서로 관련이 없다. 폴리틱이 혼동하고 있음(P).

아니고, 100

다만 어느 정도 개념은 있는 거지. 나는 메모하고,

관찰하는 등속의 일을 무척이나 좋아하거든.

또, 내가 현실의 격류에서 멀리 떨어져 자유롭게 살지만,

세상이 어떻게 돌아가고 있는지 내 개인적 용도로라도 잘 살펴보고,

사태의 흥망성쇠 정도는 알고 있다오. 105

페레그리네 선생님, 정말이지,

이렇게 운 좋게도 선생님을 만나게 된

제 팔자소관에 감사해야겠습니다.

선생님의 그 지혜로움을 제게도 조금 나누어주신다면,

어떻게 처신하고 행동해야 할지 지침이 되어

제게 큰 도움이 될 것 같습니다. 110

제가 아직 교양이 없고 미숙해서요……

폴리틱 아니, 자네는 그럼

여행의 수칙도 모르면서 외국에 왔단 말인가?

페레그리네 참으로,

아주 일반적인 것들만 보통 입문서에서 좀 배웠습니다.

제게 고래고래 소리지르며 이탈리아어를 가르치던 사람이 알려준 거지요.

폴리틱 이런, 우리 용감한 혈통을 망쳐버리는 게 바로 이런 걸세. 115

우리 희망찬 젠트리 계급을 겉만 번지르르한

현학자에게 맡기는 격이야. 자네는

아주 고귀한 혈통의 신사 같은데……

젊은이를 가르치는 게 내 직업은 아니네만,

내 팔자인지 고귀한 혈통과 명예를 지닌 120

훌륭한 분들의 아들들이 이런 중대사에서
내게 자문을 구하곤 했지.

페레그리네 어떤 사람들인데요, 선생님?

〈제2장〉

〔모스카와 나노 변장하고 등장.〕

모스카 저 창문 아래에 세워야 해. 바로 저기.

폴리틱 저 친구들, 아니, 단을 세우다니! 그래,
고귀한 언어를 쓰시는 자네 선생께서
이탈리아의 떠돌이 약장수 얘기를 안 하셨던가?

페레그리네 하셨지요.

폴리틱 그렇다면,
여기 한 일례를 구경하게 될 걸세.

5 **페레그리네** 기름이나 약을 팔면서
밥벌이하는 작자들, 즉 엉터리 의사 말씀이지요?

폴리틱 그래 선생께서 자네에게 알려주신 그자들 특징이 뭐던가?

페레그리네 방금 말씀드린 대로요.

폴리틱 자네 선생의 무지함을 동정할지어다.
약장수들은 유럽에서 유일하게 뭔가 아는 사람들이야!
10 위대하고 박학다식한 학자에, 뛰어난 물리학자에
가장 존경받는 정치가에, 공공연히 알려진 총아에,
대단하신 군주들의 개인 고문이란 말일세!

세상에서 유일하게 언어에 능통한 자들이란 말이야!

페레그리네 제가 듣기로는 아주 무지한 사기꾼들이라던데요.
어디서 주워들은 어려운 말이나 횡설수설하고, 대단한 나리들의 15
총애를 받고 있다고 허풍치고, 그들의 형편없는 약들은 말할 것도 없구요.
그 약들을 무시무시한 맹세를 해가면서 판다고 하던데요.
처음에는 12크라운짜리라고 떠벌려대던 그 약들을
결국 판을 걷어 떠나면서 두 푼에 판다던데요.

폴리틱 선생, 중상모략엔 그저 침묵으로 답하는 게 제일일세. 20
자네가 직접 판단해보게나. 누가 단에 올라가십니까, 친구들?

모스카 만투아의 스코토랍니다, 선생님.

폴리틱 아, 그분이오? 그래, 그럼
내 장담코 약속하지만, 선생이 상상했던 것과는
다른 사람을 보게 될 거요.
허나, 그분이 이런 외진 곳에서 단을 세우시다니, 25
참 이상한걸. 보통, 산마르코 광장에 나타나곤
했는데 말이야.[22] 저기, 나타나셨군.

(볼포네, 떠돌이 약장수로 변장하고 등장.)

볼포네 (나노에게) 조수, 단에 오르게.

군중 따르라, 따르라, 따르라, 따르라, 따르라.

---

22 볼포네는 스코토로 변장을 하고 코르비노의 아내 실리어를 유인하기 위해 한적한 광장 구석에 있는 코르비노의 집 창 밑에 단을 세우고 있다(옮긴이).

폴리틱 사람들이 저분 뒤를 따르는 것 좀 보시게. 저분이야말로

30 일만 크라운짜리 수표를 쓸 수 있는 재력을 가진 양반이라니까. 좀 보시게.

〔볼포네가 단 위에 오른다. 볼포네가 단 위에 있는 동안, 페레그리네와 폴리틱 경은 계속 은밀히 이야기한다.〕

저분 동작만 보면 알아. 저분이 단에 올라갈 때의

위풍당당함을 내 눈여겨 보아왔다네.

페레그리네 정말 봐둘 만한 가치가 있네요.

볼포네 고귀하신 신사분들, 그리고 훌륭하신 고객 여러분, 이 몸, 프로쿠라티아의 주랑 근처에 있는 번화한 광장에 단을 세우곤 했었던 스코토

35 만투아노가 여기 외진 광장의 한구석에 겸허히 나타난 것을 이상히 여기실지도 모르겠습니다. (이 저명한 도시 베네치아를 여덟 달 동안 떠나 있기도 했었으니까요.)

폴리틱 내가 아까 바로 그 점을 지적하지 않았던가.

페레그리네 쉬잇!

40 **볼포네** 내 여러분께 말씀드리는데, 당신들 롬바르드 속담처럼 이 몸이 가난으로 발이 얼어붙은 것도 아니니, 내 상품들을 원래 가격보다 더 싸게 내놓지는 않으리다. 그런 당치도 않은 기대는 마시오. 또 저 뻔뻔스런 중상모략자의 비방에 의하면 ―우리 업계의 수치인 알레산드로 부토네 말씀이요― 내가 벰보[23] 추기경을, 아니 그 요리사를 독살한 죄로

45 갤리선의 노예살이를 할 거라고 공공연히 떠들고 다녔다는데, 그런 비방에 내 기죽거나 눈 하나 깜짝할 사람이 아니오. 사실을 말씀드리건대, 내가 참을 수 없는 건, 저 인도 길바닥에 망토를 펼쳐놓고 묘기라

---

23 Pietro Bembo(1470~1547): 이탈리아의 시인이자 정치가 겸 추기경.

도 부릴 듯하다가 결국 보카치오의 곰팡내 나는 이야기나 어설프게 읊어대는 길바닥 사기꾼들의 오합지졸이란 말이오. 이 작자들, 김빠진 이야기꾼 타바린[24]처럼, 지루한 여행담을 지껄이는데, 터키의 갤리선 50
에 잡혔었다나 어쨌다나, 알고 보면 그나마 교인들의 노예선이란 말입니다. 여기서는 지극히 절제하여 소량의 빵을 먹고 물만 마시니, 이야말로 고해신부가 이자들의 야비한 좀도둑질에 대한 건전한 참회로 명 55
령한 것 아니겠소.[25]

폴리틱 저분의 태도 좀 보시게, 이자들을 얼마나 경멸하는지.

볼포네 이 똥 같은 뻔뻔스럽고 욕지기나는 건방지고 불결하고 방귀 같은 악당들이 가공도 하지 않은 안티몬[26] 한 서 푼어치를 약재 종이에 몇 겹 싸가지고 거뜬히 스무 명은 죽일 수 있답니다, 그리고는 아주 자알 산다니 말입니다. 정신적 변비에 걸려 있는 여위고 굶주린 이 영혼들은 60
샐러드만 먹는 이탈리아 장인(匠人)들과 있는 것을 싫어한다오. 이 작자들은 눈곱만큼의 약만 얻으면 뛸 듯이 기뻐한단 말이야. 그 하제를 먹고 몸과 마음이 정화되어 저 세상으로 가건 말건 상관도 않는단 말씀입니다.

폴리틱 아주 훌륭해요! 더 나은 언변을 들어보신 적이 있는가 그래? 65

볼포네 예, 그냥 내버려둡시다. 신사 여러분, 훌륭하신 신사 여러분,
이제 떠들썩한 오합지졸에서 우리의 무대가 이렇게 거리를 두었으니,
아주 즐겁고 유쾌한 시간이 될 것을 기대하십시오.
왜냐하면, 제가 오늘은 팔 물건이 하나도, 거의 하나도 없기 때문입

---

24 Tabarin: 이탈리아 극단의 유명한 어릿광대로 1572년 프랑스를 방문했다.

25 여기서 '스코토'는 갤리선을 소유한 기독교인들이 정신적인 건강을 명목으로 최소한의 식사만 주며 노예들을 호되게 부려먹음을 비꼬고 있다(옮긴이).

26 연금술에서 사용되는 금속. 의학에서도 사용했음(P).

니다.

폴리틱 내 저분의 목적을 이미 말하지 않았소.

70 페레그리네 암, 그러셨지요.

볼포네 제가 장담하는데, 나와 하인 여섯이 이 귀중한 용액을 만들기가 무섭게, 여러분 도시에 계시는 신사분들이 저희 집에서 어찌나 빨리 낚아채어 가시는지, 당해낼 수가 없단 말씀입니다. 베네치아령 테라 피르마에 사는 낯선 사람들이며, 신앙심 깊으신 상인 나리들 하며, 예, 75 또 시의원들께서도 제가 도착하자마자, 융숭한 대접을 베푸시며 저를 붙잡아두더라 이겁니다. 그도 그럴 만한 가치가 있으니까요. 부자 나리들이 창고 가득히 머스캇 포도로 만든 고급 백포도주를 쌓아놓은들, 의사 선생님께서 (죽어가는) 나리께 아니스 열매로 달인 물만 마시라고 처방한다면, 그게 다 무슨 소용입니까. 아아, 건강, 건강! 부유한 자 80 들이 바라는 축복이로다! 가난한 이들의 재산이로다! 그대가 없이는 이 세상을 누릴 수가 없으니, 억만금을 주고 그대를 산다 해도 누가 비싸다 하겠는가. 훌륭하신 신사님들, 지갑을 너무 아끼다가 자연이 내린 인생 역정을 단축시켜서는 안 되지요.

페레그리네 저이의 의도가 보입니까?

폴리틱 그럼요, 아주 훌륭하지 않습니까?

85 볼포네 왜냐 하니, 습한 액체, 즉 카타르(감기)가, 공기의 변덕으로 여러분의 머리에서 떨어져 팔이나 어깨 또 다른 부분으로 들어간다고 해보시오, 그 부분에 듀카트 금화 한 닢이나, 세퀸 금화 한 닢을 대어봐요. 어디 효과가 있는지 보십시오. 아니지요, 아니지요, 바로 이 축복받은 연고, 이 희귀한 엑기스만이 아픈 곳을 싹 낫게 하는 힘을 가졌단 말씀입 90 니다. 그 악성 체액이 뜨겁건, 차건, 습하건, 바람이 들었건, 어떤 원인에서 생긴 것이든지 다 잘 듣지요.

페레그리네 저이가 건조함도 덧붙이면 좋겠는데.

폴리틱 자아, 계속 들어봅시다.

볼포네 악성 소화불량 위장을 치료하려면, 즉 위장이 극도로 약해져 피를 토하는 그런 종류의 병이라면, 그 부위에 연고를 발라 문질러주고, 따듯한 수건을 대주기만 하면 된다 이겁니다. 머리에 어지럼증이 있을 때는, 콧구멍에 딱 한 방울, 마찬가지로 양쪽 귀 뒤쪽에도 한 방울씩만 떨어뜨려주시면 됩니다. 간질, 쥐, 경련, 마비, 지랄병, 심계항진, 근육수축, 울화, 간경화, 결석, 배뇨 곤란, 탈장, 배앓이에도 아주 정평이 난 특효약이지요. 여기 적힌 제 처방대로만 쓰면, 극심한 설사도 즉시 멈추고, 복통을 달래고, 우울증도 금방 낫습니다. (처방전과 유리병을 가리키며) 이게 바로 의사 선생님이고, 요것이 약이라 이겁니다. 여기서 자문을 구하면, 요것이 치료하지요. 이것이 지침을 내리고, 요것이 효험을 보인다는 말씀이지요. 이 둘을 (합쳐서) 의학의 신 아에스큘라피우스 의술에 있어서 이론과 실제의 엑기스라고 부를 만하지요. 은화 8크라운이면 됩니다. 이보게, 재주꾼 조수, 시 한 수 읊어보게, 이 약을 찬미하는 즉흥시 말이야. 95 100 105

폴리틱 이분을 어떻게 생각하시오, 선생?

페레그리네 아주 신기하군요!

폴리틱 이분의 언변이 아주 독특하지 않소?

페레그리네 진짜 연금술이군요! 110

이와 같은 것은 들어본 적이 없습니다. 브라우튼[27]의 책들에서도요.

노래

27 Hugh Broughton(1549~1612): 청교도 목사이자 『성경』에 대한 주해서를 많이 출간했던 신학자.

저 옛날 히포크라테스나 갈렌[28]이
(의학에 대한 모든 것을 책으로 남겼다네)
이 비밀을 알았더라면, 그렇게 많고 많은
115 (이 무지의 죄를 절대 사할 수는 없다네)
종이 친구들을 죽이지는 않았을 것을,
무고한 촛불을 무수히 낭비하지도 않았을 것을.
인도산 약재가 유명할 리도 없었을 테고,
토바코나 사사프라스[29]는 언급도 되지 않았겠지.
120 송진의 구아쿰[30] 작은 조각도 마찬가지고,
레이몬 럴리의 대단하다는 특효약도 없었겠지.
덴마크 사람 곤스와트나,
긴 칼을 가진 파라셀수스[31]도 알려지지 않았을 텐데.

페레그리네 아무리 그래도 안 될걸요. 8크라운이면 너무 비싸요.

125 **볼포네** 이상입니다, 신사 여러분. 시간만 된다면야, 이름하여 스코토의 기름인, 이 기름의 기적적인 효력을 들려드릴 텐데 말입니다. 아까 말씀드렸던 온갖 병들과 기타 많은 질병들을 내가 치료해준 많은 사람들의 명단과 함께요. 이 그리스도교국의 제후들과 공화정 고위분들이 하사하신 특허와 특전들도요. 가장 박식한 의사들의 협회인 사니타의 의학
130 박사들[32] 앞에서 내게 수여된 온갖 증서들이라도 보여드릴 텐데요. 바로 여기서 제가 신통한 효력이 입증된 의약품들과 저 자신의 탁월함으

---

28 고대의 의학자들로 16세기까지 의학의 권위자로 여겨졌으며, 사(四) 기질설을 주창했음.
29 sassafras: 나무껍질로 만든 약품.
30 guacum: 송진으로 만든 약품.
31 Raymond Lully, Danish Gonswart, Paracelsus: 고대와 중세의 명의들(옮긴이).
32 1485년에 의사와 떠돌이 약장수에게 허가증을 발행하도록 형성된 단체.

로 면허를 받았지요. 희귀하고도 알려지지 않은 의약의 신비를 이 저명한 도시에서뿐 아니라, 가장 독실하고도 장엄한 이탈리아의 통치를 받는 모든 영토에 널리 알리도록 허가를 받았던 것입니다. '이런, 당신 것만큼 효과가 좋다고 입증된 약을 가진 사람들이 많은데요!'라고 말하는 한량들이 있을지도 모릅니다. 실제로, 많은 사람들이 이 기름을 만들고자 계속 이 약의 진수를 원숭이처럼 모방해보려고 시도하였지요. 화로와 증류기, 연금술용 특수 증류기에 돈을 쏟아 붓고, 끊임없이 불을 때어주네, 재료들을 준비하네, 비용을 투자하였지만, (실제로 600가지의 각기 다른 약재가 들어가니 말이죠, 또 이것들을 응고시키려면 사람의 비계가 필요한데, 해부학자들에게서 살 수 있지요.) 막상 이자들이 엑기스를 증류하려고 끓이는 마지막 단계에 이르면, 화로에 부채질을 해대고, 입으로 훅훅 불어대도, 결국 모두 연기로 사라져버린단 말씀입니다. 하하하! 가엾은 중생들! 내 동정하는 건 그자들이 낭비하는 시간과 돈이 아니라, 그들의 어리석음과 무지함이로다. 왜냐 하니, 시간과 돈이야 근면으로 되찾을 수 있겠지만, 바보로 태어난 건 불치병이란 말씀입니다. 이 몸으로 말할 것 같으면, 어릴 적부터 항상 가장 영묘한 비밀을 찾아내어 그것들을 기록하고자 불철주야 노력해왔던 것입니다. 다른 비밀과 맞바꾸거나 돈을 지불한 대가로요. 뭔가 배울 만한 가치가 있다 하면, 어떤 비용이나 수고도 불사해왔던 것입니다. 그래서 신사 여러분, 훌륭하신 신사님들, 제가 이제, 화학적인 방법으로, 여러분의 머리를 덮고 있는 그 훌륭한 모자에서, 사 원소를 뽑아내 보겠습니다. 사 원소라 함은, 즉 불, 공기, 물, 흙을 말하는데, 그리고서 여러분의 펠트 모자를 탄 자국도, 얼룩도 없는 상태로 돌려드리겠습니다. 다른 사람들이 공놀이를 하며 노는 동안, 저는 책을 붙잡고 씨름해왔으니, 학업의 고된 여정을 지나 이제는 꽃이 만발한 명예와 명

135 140 145 150 155

성의 들판에 이르렀단 말씀입니다.

폴리틱 내 보장하건대, 저게 바로 저분의 목표라구.

볼포네 자 이제 가격을 말하자면.

페레그리네 저것도 저이의 목표지요, 폴 경.

160 **볼포네** 훌륭하신 신사 여러분, 모두 아실 겁니다. 이 작은 유리병을 내가 8크라운 아래로는 받지 않았다고요. 허나, 이번만은 6크라운만 받고 내드리겠어요. 자, 가격이 6크라운이에요. 더 적게는 여러분이 미안해서라도 내놓지 못할 겁니다. 사시거나 안 사시거나, 저와 이 약병은 여러분을 돕고자 기다립니다. 제가 이 물건의 제 값을 부른다면, 천 크라운을 받아야 하지만, 여러분께 그럴 수는 없지요. 몬탈토와 페르네세의 추기경님들과 투스카니 대공 각하—제 아이의 대부시지요—그 외 여러 제후 나리들은 이미 그 값을 치르고 사셨지만, 돈 그까짓 거 대단할 거 없지요. 훌륭하신 신사 여러분들과 이 저명한 도시를 흠모해왔기에, 그 이유만으로 여러 제후님들의 만류에도 본분을 소홀히 하면서까지, 여기로 긴 여정을 떠나온 것 아니겠습니까. 여러분께 제 여행의 결실을 선사해드리려는 마음뿐입니다요. (나노와 모스카에게) 목청을 다시 가다듬고 악기를 뜯으며 여기 모이신 신사님들께 즐거운 여흥거리를 선사해드리거라.

페레그리네 이 무슨 괴이하고도 딱한 광경인가,

175 그래 동전 서너 닢을 얻으려고,

다 합쳐도 서 푼이 안 될 것을, 저렇게까지 해야 하나!

노래 (그동안 실리어가 위쪽 창문에 나타난다.)

나노 (노래) 오래 살고자 하는 사람들, 내 노래 좀 들어보소.

요란 법석 떨 것 없이, 이 기름을 사봐요.

청춘과 미모가 평생 간답니까.
튼튼한 이, 기운찬 혀, 180
생생한 미각, 잘 듣는 귀,
예리한 시각, 잘 맡는 코,
축축한 손과 가벼운 발이 평생 가나요?
보다 분명히 말씀드리자면,
여러분이 병 안 걸리고 살 수 있나요? 185
애인들을 즐겁게는 하고 싶은데
그러나 매독 걱정을 하신다고요?
그럴 때 필요한 약이 바로 여기 있어요.

볼포네 지금 이 순간, 여기 상자 안에 들어 있는 몇 병 안 남은 약을 부자 나리들에게 예우차, 또 가난한 사람들에게도, 선물하고 싶은 기분입니다. 190 그러니, 잘 들어보세요. 아까 6크라운을 받겠다고 했고, 또 다른 때는 6크라운씩 내고들 사셨지요. 오늘은 6크라운, 아니 5, 4, 3, 2 아니 1크라운도 받지 않습니다. 반 듀카트도 안 받아요, 아홉 푼짜리 동전도 안 해요— 6페니 되겠습니다, 아니면 육백 파운드예요[33] —더 싸게는 안 195 팔아요. 내 앞에 걸려 있는 이 약 깃발에 걸고, 단 일 원도 더 깎을 수 없어요. 이제 여러분이 저를 비웃지 않는다는 것을 보이시려면, 여러분들 중 무언가를 사랑의 징표로 받아가야 하겠어요. 자, 그러니, 여러분의 손수건에 돈을 묶어 경쾌히 던져주세요. 내게 손수건의 은총을 맨 처음 베푸는 용감한 분에게는 그외 다른 것을 기념으로 드리겠습니 200 다. 아마 6실링짜리 두 개를 받은 것보다도 더 기쁘실 거예요.

페레그리네 폴 경이 기꺼이 용감한 분이 되시겠어요?

---

33 대시(—)가 들어가고 영국 화폐 단위인 페니와 파운드가 나온 것은, '스코토'(볼포네)가 영국인 폴 경과 페레그리네를 발견하고 이들에게 직접 말하고 있음을 보여준다(P).

(실리어가 창가에서 손수건을 던진다.)

오, 보세요! 저 창문에서 누가 선수를 쳤네요.

205 **볼포네** 숙녀님, 하사하신 손수건에 키스합니다. 그리고 이 가엾은 만투아의 스코토에게 베푸신 시기 적절한 은총에 대한 답례로, 제가 당신께 제 기름과 함께 헤아릴 수 없이 값진 비밀을 알려드리지요. 당신의 눈길이 어떤 미천한 (그렇다고 경멸할 만한 건 아니지만) 대상에 닿는 그 순
210 간, 그 대상을 영원히 매혹시킬 수 있는 비밀이랍니다. 여기 이 종이에 싸인 파우더를 받으세요. 내가 이 파우더의 가치를 말하려 치면, 9천 권의 책이 한 페이지와 같고, 그 한 페이지가 한 줄과 같고, 그 한 줄이 한 마디와 같을 것이니, 사람의 이 순례길은 (혹자는 인생이라 부르는데) 그것을 말로 표현하기에 너무 짧을 따름입니다. 내 이 물건의 가격을 생각하려 하면, 이 전 세계가 그저 한 제국과 같고, 그 한 제국은 그
215 저 한 지방과 같고, 그 한 지방은 은행 하나와 같으니, 그 은행은 또 이 물건을 사려고 하는 지갑과 같지 않겠습니까. 그저 이렇게만 말씀드리겠습니다. 이 파우더가 바로 비너스를 여신으로 만든 그 파우더로, 아폴로 신이 선사한 것이랍니다. 주름살을 없애주고, 볼이 푹 꺼지지 않게 피부를 채워주고, 머리가 세지 않게 지켜주니 비너스를 영원히 젊게 유지시키는 바로 그 파우더지요. 비너스가 헬렌에게 주었던 것을
220 트로이의 약탈 때 불행히도 잃어버렸답니다. 그것을 기쁘게도 지금 우리 시대에 와서 성실한 골동품상이 아시아의 저 폐허 한구석에서 찾아내어 일부를 프랑스 궁전에 보냈다 하니(하지만 다른 가루와 섞어서지요), 그것을 가지고 프랑스 귀부인들이 머리를 염색한다고 합니다. 나머지는 그 정수만 뽑아내어 바로 지금 이 순간 제가 가지고 있으니, 이
225 파우더가 닿기만 하면 젊음을 고스란히 간직할 수 있습니다. 나이 든 얼굴에는 혈색을 찾아주고, 챔발로 건반처럼 흔들리며 춤추던 치아들

을 벽처럼 튼튼하게 고정시키지요. 또 치아들이 상아처럼 새하얘집니다, 이전에는 새까맣던……

〈제3장〉

〔코르비노 등장.〕

코르비노 악마의 피처럼, 아니면 내 수치처럼 시커멓던가! 이리 내려와!
(그가 단을 걷어차는 동안, 실리어는 창가를 떠난다.)
내려와! 그렇게 쇼를 할 곳이 우리집 앞밖에 없던가!
세뇨르 플라미니오, 내려오시게. 내려와!
뭐야, 내 아내가 자네의 프란치시나라도 되나?[34]
이 넓은 광장에서 단을 세울 만한 곳이 5
내 창문 말고는 전혀 없던가? 내 창문 말고는?
하! 내일이 되기 전에 내 세례를 다시 받아서,
이 마을 근처 거지들의 판탈로네라고[35]
새로 이름을 받아야겠구만.
(코르비노 퇴장, 군중들 흩어진다.)

페레그리네 이게 다 무슨 소리입니까, 폴 경?

폴리틱 내 생각에는 정부에서 수작을 부리는 거야. 나 이만 집에 가오. 10

페레그리네 선생님을 해하려는 어떤 모략 아닐까요?

---

34 플라미네오, 프란치시나: 코메디아델라르테 commedia dell'arte(이탈리아 르네상스 시대에 유행한 즉흥극 양식-옮긴이)에 등장하는 젊은 연인과 쾌활한 하녀.
35 판탈로네: 코메디아델라르테에 등장하는 베네치아의 욕심 많고 노쇠한 남편.

폴리틱 나도 모르지.

항상 정신 바짝 차리고 있겠소.

페레그리네 그렇게 하시는 게 좋겠습니다, 선생님.

폴리틱 요 삼 주일간 놈들이 내 보고서며, 편지들을

전부 가로채고 있단 말이야.

페레그리네 정말이십니까?

15 조심하셔야겠어요.

폴리틱 그래, 그래야지. (퇴장.)

페레그리네 (방백) 이 기사 양반,

이 얼뜨기를 놓쳐서 오늘의 재미를 잃을 수는 없지. (퇴장.)

〈제4장〉

〔볼포네의 집.〕

〔볼포네, 모스카 등장.〕

볼포네 오, 이 몸이 부상을 당했도다.

모스카 어디요, 나리?

볼포네 외상이 아니야.

주먹 몇 대 맞은 건 아무것도 아니야. 그쯤이야 잘 참을 수 있었지.

허나 그녀의 눈에서 쏘아진 성난 큐피드의 살이

불꽃처럼 내 안에 꽂히고 말았구나.

5 이제 큐피드가 타오르는 열기 주변에

용광로에서 보내듯 뜨거운 불길을 내던지니,

그 출구는 막혔도다. 내 마음 속에 온갖 격투가 이는구나.
모스카, 자네가 나를 돕지 않으면, 나는 죽은 목숨일세.
내 간덩이가 녹아내리니, 내 그녀의 상쾌한 숨결에서
그 따듯한 공기를 기대해볼 희망이 없다면, 10
나는 그저 한 줌 잿더미에 불과하니 말일세.

모스카 이런, 우리 나리!
차라리 그녀를 안 보셨더라면 좋았을 것을.

볼포네 아니, 자네가 내게
그녀 얘기를 아예 하지 않았더라면 나았지.

모스카 나리, 맞는 말씀입니다.
소인도 인정하는데, 저는 불운하고,
나리는 불행하게 되었군요. 그러나 소인 의무 못지않게 15
양심의 가책을 느낍니다, 나리를 고통에서 풀어드리기
위해서 최선을 다해야겠다고요. 그럴 겁니다, 나리.

볼포네 그래 모스카야, 내가 희망을 가져도 될까?

모스카 귀하신 나리,
나리께서 인력이 미치는 범위 내에 있는 일 때문에
낙심하시는 걸 소인이 어찌 보겠습니까.

볼포네 그래그래, 우리 착한 천사가 20
이제 뭔가 말을 하는구나. 모스카, 여기 내 열쇠를 받게.
황금, 접시, 보석 전부 자네 재량에 맡기네.
자네 내키는 대로, 마음대로 쓰게나.
이번 일을 내 원대로 성사시킬 수만 있다면 말일세. 모스카?

모스카 잠시 인내심을 가지시지요.

볼포네 여태 그래왔네.

25 **모스카** 나리가 원하시는 바를
성사시킬 수 있다고 소인이 거의 확신합지요.

볼포네 아니, 그렇다면,
내 최근 변장하고 나간 것이 잘한 짓이구만.

모스카 코르비노 머리에 뿔만 달아줄 수 있다면,[36] 암, 잘한 짓이죠.

볼포네 암.
게다가, 내 절대 그놈을 내 후계자로 삼을 생각이 없거든.
30 내 수염이나 눈썹 색깔 때문에 내 정체가
드러나지 않을까?

모스카 전혀 아닙니다요.

볼포네 내가 참 잘했지.

모스카 너무 잘하셔서, 저도 연기할 때 나리를 반만이라도
본받았으면 좋겠습니다요. 하지만, 나리의 에필로그[37]는
피하고 싶어요.

볼포네 그래도, 놈들이 아주 확신을 가지고
속지 않던가, 내가 스코토라고 말이야.

35 **모스카** 나리,
스코토 자신도 그만큼 튀지는 못할 겁니다!
나리를 칭찬해드릴 시간이 없어요, 이제 가봐야겠어요.
제가 잘하면, 제 술책에 박수를 보내주세요. (모두 퇴장.)

---

36 '머리에 뿔이 나다': 부정한 짓을 한 아내를 둔 남편cuckold을 가리키는 표현(옮긴이).
37 볼포네가 코르비노에게 얻어맞은 것.

〈제5장〉

〔코르비노의 집.〕

〔코르비노, 실리어 등장.〕

코르비노 내 명예에 먹칠을 해, 그것도 도시의 어릿광대와?
시시한 요술 나부랭이에, 이 뽑기에, 수다나 떠는 엉터리 약장수와?
그것도 사람들 다 보는 창가에서? 그 돌팔이가
바람이 잔뜩 들어간 동작에, 짐짓 가장한 얼굴로
네년의 가려운 귓구멍을 놈의 약학 강좌로 유인하는 동안, 5
결혼도 못 하고 늙어빠진 색골들이 떼거지로
반인반수마냥 창문을 흘깃거리며 서 있었다구! 그런데
네년은 아주 우아하게 미소를 지어! 그렇게 헤프게 부채질해대니
너를 쳐다보며 달아오른 구경꾼들이 흡족해 죽지!
뭐야, 돌팔이 약장수가 놈들이 홀린 미끼 아냐? 10
아니면 그놈의 구리 반지에 홀딱 반하기라도 했나?
마노를 박아넣은 누리끼리한 가짜 금 보석에?
아니면 놈의 수놓은 옷이야? 장례식 관에 쓰는 천에
법의처럼 꿰맨 그 옷 말야. 아니면 그 낡아빠진 모자 깃털인가?
아니면 놈의 빳빳한 턱수염? 그래! 놈을 갖게 해주지, 암. 15
그놈이 여기 올 거야, 와서 네년에게
히스테리를 치료하는 마사지를 해줄 거라고. 아니지, 어디 보자,
흠 네년이 올라가겠다면, 좋아. 그래 정말, 올라가봐.
그래서 네년이 남들 눈에 발아래까지 다 보이도록 말이야. 20
허영 여사님, 시턴[38]을 준비하시지.

그 훌륭한 작자와 거래를 해봐.
한 건 올려보라구. 네년이 서방질했다고 큰소리친 다음,
가져온 지참금을 챙길 테니까 말이야. 나는 말이야, 네덜란드인이야,[39]
응!
25 왜냐, 네년이 나를 이탈리아인이라고 생각했으면,
이딴 짓을 하기도 전에 벌써 뒈졌을 거야, 이 화냥년아.
네년이야 벌벌 떨겠지, 내 정당한 분풀이로
부모 형제 할 것 없이 네년 일가족을
다 죽여버릴 걸 생각하면 말이야.

실리어 부디, 좀 자제하세요!

30 코르비노 그래 내가 이렇게 격노한 데다,
망신살이 뻗쳐 기분을 잡쳤으니,
놈들이 음탕한 눈길로 네년을 쳐다본 만큼
(칼을 꺼내 든다.)
이 칼로 그 몸뚱어리를 찔러달라는 거 말고는,
네년 입이 열 개라도 할 말이 있겠느냐?

35 실리어 이런, 제발, 좀 진정하세요! 제가
창가에 있었던 것을 당신이 다른 때보다
더 싫어하시리라고는 생각지도 못했어요.

코르비노 못 했다고? 그 이름난 작자와 수작을
부리려고 하지 않았어? 그것도 동네 사람들 앞에서?
40 네년 손수건 가지고 하는 짓을 보니, 아주 타고난 배우야.
그 손수건을 받아 놈이 아주 정답게 키스했잖아,

---

38 cithern: 일종의 기타. 돌팔이 의사들이 많이 사용했고, 창녀들과도 흔히 연관되었다(P).
39 네덜란드인은 참을성이 많고 냉담하다고 알려졌다(P).

그뿐인가, 분명 편지와 함께 돌려보냈겠지,
어디서 만날지 정해서 말이야. 네년 동생,
엄마, 이모의 손수건을 번갈아 이용하려고 그러겠지.

실리어 제가 언제 그런 핑계거리를 만들 수 있겠어요? 45
교회 갈 때 빼고는 밖에 나가는 일이 없는데요.
게다가, 그나마 거의……

코르비노 그래, 그나마 더 적어질 거다.
이제 내가 내릴 명령에 비하면, 여태
네년이 구속이라고 하는 건 자유였어, 자유. 잘 들어둬.
첫째, 내 이 음탕한 창문을 막아버릴 거야. 50
창문을 막아버릴 때까지, 두세 평 남짓하게
분필로 선을 긋겠다. 그 선 위로 네년이 혹시라도
그 무모한 발을 내민다면, 불러낸 악마가 지옥에 돌아가기도 전에,
마법의 원 밖에 주책스런 발을 내놓은 주술사에게 닥칠 분노보다,
더 끔찍하고, 더 무시무시하고, 더 거칠고 55
가차없는 분노가 네년에게 닥칠 것이야.
그러면, 여기 자물쇠가 있으니, 이걸 네년에게 채워놓겠다.
그리고 지금 생각해보니, 네년을 집 뒤켠에 두어야겠다.
네년은 뒤켠에서 살아야 해, 뒤켠에서 걸어 다니고,
네년의 눈깔도 전부 뒤켠에 둬야지. 뒤켠에서 말고는 60
네년에게 즐거운 일이라고는 없을걸. 아니, 네년이
내 정직한 성품을 강요하니, 네년을 이렇게 대하는 건,
다 네년이 너무 개방적이기 때문이라는 걸 알렷다.
그 고상한 콧구멍을 향긋한 방 안에 가만히 두지 못하고,
땀에 절고 썩어 문드러진 사람들 냄새를 65

맡겠다고 벌름대니.

(안에서 문 두드리는 소리.)

누가 문을 두드려.

물러가라. 죽고 싶지 않으면 눈에 띄지 말도록.

창문 쪽은 눈길도 주지 말고. 감히 그랬다가는……

아니, 잠깐. 마저 들어라. 이 화냥년아,

70 내 너를 해부용 시체로 만들지 않으면, 천벌을 받아도 좋아.

내 직접 네년을 해부하여, 네년에 대해

여기 도시에 사람들을 모아놓고 강의를 할 테다.

꺼져!

(실리어 퇴장.)

게 누구요?

(하인 등장.)

하인 모스카 씨입니다, 나리.

〈제6장〉

코르비노 들어오라 이르게, 주인이 죽은 게야. 나쁜 놈들을

돕는 것도 가끔 도움이 된다니까.

(모스카 등장.)

잘 왔네, 우리 모스카.

내 자네 소식을 맞춰볼까?

모스카 선생님께서 맞추실 수 없을 텐데요.

코르비노 그자가 죽었다 이거 아냐?

모스카 오히려 그 반댑니다.

코르비노 회복되었다는 건 아니겠지?

모스카 바로 그렇습니다요.

코르비노 우라질, 5

내 뭐에 홀린 것 같아, 골칫거리들이 나를 괴롭히려 모여드는군.

아니 어떻게? 어떻게? 어떻게?

모스카 다름아닌 스코토의 기름으로요, 선생님!

코르바치오와 볼토레가 그것을 사서는,

제가 안채에서 바쁜 틈을 타서……

코르비노 죽일 놈 같으니! 그 빌어먹을 돌팔이 약장수! 법만 아니라면, 10

내 그 악당놈을 당장 죽일 것을. 아니 그놈의 기름이

그런 힘이 있을 리는 없어. 내 익히 알거늘,

그놈은 흔해빠진 불한당 아닌가, 곡예사 창녀와

빈들거리며 여인숙에 들어와,

돼먹지도 않은 억지 수작들을 다 부리고 나면, 15

파리가 들끓는 김빠진 술 한 모금에 기뻐하는 놈 아냐?

그럴 리가 없어. 그놈의 재료라고는 기껏

양의 쓸개 하나, 구운 암캐의 골 하나,

삶은 집게벌레 몇 마리, 지네 빻은 가루,

수탉 기름 약간, 단식할 때 뱉은 침이 전부인데. 20

내 그놈이 쓰는 재료를 속속들이 안단 말이야.

모스카 저도 잘 모르겠습니다요,

하지만 그들이 기름 조금을 나리의 귀에 붓고,

또 코에 약간 넣으니, 나리가 살아나셨다 이거예요.

그러면서 마사지만 해주었는데 말이에요.

코르비노 염병할 놈의 마사지.

25 모스카 그러고 나서, 이 양반들이

나리의 건강을 더욱 걱정하는 듯 보이려고,

(어마어마한 치료비를 물고) 의사들을 떼거지로 불러와서는,

어떻게 완쾌시킬 것인지 나리를 진단하게 했답니다.

그러자 한 의사는 향료로 된 습포제를 쓰자고 하고,

30 다른 이는 가죽을 벗긴 원숭이를 나리 가슴에 얹어놓자 하고,

세번째 의사는 개를 그렇게 해야 한다, 넷째는 기름을

야생 고양이의 가죽과 같이 쓰자고 했죠.

마침내, 의사 양반들이 합의하기를

나리를 살리려면 다른 방도는 없고,

35 건강하고, 물이 잘 오른 어떤 젊은 여자를 찾아내어,

나리 옆에서 자도록 하면 된다는 겁니다.

그래서 이 임무를 (지지리도 운도 없지, 정말 마지못해)

제가 맡게 되었는데,

소인 생각에 선생님께 먼저 알려드리고

조언을 구해야겠다 싶어 이렇게 왔습니다. 선생님께 가장 중요한 일인데,

40 제가 전적으로 의지해야 하는 선생님의

뜻을 거스르는 짓을 해서는 안 되지요.
그렇지만, 제가 이 일을 하지 않으면, 저 양반들이
내가 게으름을 피운다고 나리께 일러바치고, 그러면
제가 신임을 잃을 것이니, 그렇게 되면 선생님의 희망,
투자, 기타 모든 것들이 물거품이 되는 것 아니겠습니까. 45
그냥 말씀만 드리는 겁니다, 선생님. 게다가, 저 양반들이
지금 앞을 다투어 여자를 구해다 바치려고 하고 있어요. 그러니……
선생님께서 뭔가 결단을 내리시라고 소인이 간청하는 거예요.
선생님께서 저 양반들을 막아야 한다고요.

코르비노 내 희망이 다 끝장났어!
이게 극악한 내 팔자야! 그럼 일반 매춘부를 50
사는 게 가장 나을까?

모스카 예, 저도 그 생각을 했습니다요, 선생님.
그런데 매춘부들이 보통 교활하고 영악해야지요.
게다가 나이도 주책없이 왔다갔다하고요.
그래서 알 수 없지만 어쩌면
우리를 전부 말아먹을 계집애가 걸릴 수도 있잖아요.

코르비노 맞는 말이야. 55

모스카 안 되고말고요. 그런 간교를 부릴 수 없는 여자여야 해요, 선생님.
뭔가 단순하고, 그 일을 하도록 타고난 여자가 있어야 하는데.
나리가 부릴 수 있는 여자애 말이에요. 혹시 친척 없으세요?
부디 생각해보세요, 생각, 생각, 생각, 생각, 생각, 생각이요, 선생님.
거기 있는 의사 양반들 중 하나는 글쎄 딸을 보낸다지 뭡니까. 60

코르비노 그럴 수가!

모스카 진짜예요, 의사 루포 씨 말이에요.

코르비노 자기 딸을?

모스카 게다가 처녀래요, 선생님. 왜냐고요?

그 양반이 나리의 몸 상태를 잘 알지 않겠어요.

열병이 들지 않고서야, 어떤 것도 나리의 피를 덥힐 수는 없대요.

65 주술을 걸어도 나리의 정신을 번쩍 들게 할 수 없다나요.

오랜 망각이 그 부위를 꽁꽁 묶어버렸대요.

게다가 또 누가 알겠어요, 선생님? 한 두 명의……

코르비노 잠시 내게 여유를 좀 주게. (옆에서 걷는다.) 만약

나 말고 다른 사람이 이런 행운을 만난다면 문제는, 그 자체로 보면,

70 아무것도 아니야, 내 잘 알지. 그러니 나라고 그 아둔한 의사처럼

내 혈기와 애정을 잘 다스리지 못할 게 뭔가?

명예의 관점에 있어서는,

아내나, 딸이나 다 매한가지란 말이야.

모스카 (방백) 놈이 거의 넘어오는 게 보이는군.

코르비노 그년에게 시킬 거야. 그럼

된 거야.

75 결단코, 자기 진단이 옳다는 걸 보이려면 모를까

(그건 사실 별것도 아닌 일 아닌가)

볼포네와 아무 관련도 없는 의사란 놈도 딸년을 바친다는데,

잔뜩 투자를 많이 한 나는 어쩔 것인가. 내 그놈을 막을 거야,

욕심 많은 자식 같으니! 모스카, 내 결심했네.

80 모스카 어떻게요, 선생님?

코르비노 모든 일을 확실히 처리하자구. 자네가 말한

그 여자 역은 바로 내 아내가 할 거야, 모스카.

모스카 나리, 바로 그걸,

제가 처음부터 제안했어야 했습니다요.
(하지만 제가 말씀드리는 게 주제넘은 것 같아서요)
그저 선생님이 그렇게만 하시면, 놈들은 모두 모가지라 이겁니다요.
자아! 이렇게 해서 곧바로 차지하시게 되는 겁니다! 85
다음에 또 발작을 일으킬 때, 나리를 그만 보내버릴 수도 있구요.
머리 밑에 받쳐놓은 베개를 빼내기만 해도,
그냥 숨이 막혀 죽을 거예요. 선생님이 너무 신중하지만 않으셨어도
진작에 해치웠을 일입니다.

코르비노 이런, 염병할.
내 양심이 내 꾀를 바보로 만드는구나. 좋아, 재빨리 하자고, 90
자네도 마친가지야. 놈들이 우릴 앞지르면 어떻게 해.
집에 가서, 그 양반을 준비시키게. 내가 얼마나 열성적으로,
그리고 기꺼이 아내를 보내는지 꼭 얘기하고. 얘길 듣자마자
내 자진해서 그러기로 했다고 맹세했다고.
(아마 자네가 분명 그러긴 하겠지만)

모스카 선생님, 제 장담코, 95
이 얘기를 전하면 분명 나리가 감동하실 겁니다. 그러면
나리만 바라보며 굶주린 나머지 놈들은 다 쫓겨날 겁니다.
오직 선생님만 남게 되지요. 하지만, 제가 부르기 전에는
오지 마세요, 선생님을 위해서
또 준비할 게 있거든요(이건 비밀입니다). 100

코르비노 꼭 부르러 오기나 해.

모스카 걱정 마세요. 〔퇴장.〕

〈제7장〉

코르비노 여보, 어디 있어? 우리 실리어? 부인?

(실리어 등장.)

아니, 울고 있어?

이리 와서, 눈물을 좀 닦아. 내 진심으로 그런다고 생각했구려?

이런? 내 분명히 말하지만, 아까는 당신을 시험해보려고 그런 거야.

이번 경우가 별거 아니란 걸 당신도 잘 알 거라고 생각했지.

5 가까이 와요, 나 질투 같은 거 안 해.

실리어 안 한다고요?

코르비노 진짜야, 질투 안 한다니까. 내가? 질투한 적도 없잖아.

그냥 쓰잘데없는 변덕일 뿐이야.

여자가 마음만 먹으면 세상 곳곳에 감시가 있어도

하고 만다는 걸 내가 모르는 것도 아니잖아?

10 가장 사나운 감시꾼도 금으로 매수된다는 걸 잘 알잖아?

칫, 난 당신을 굳게 믿어, 곧 알게 될 거야.

봐, 내 당신에게 그렇게 믿을 기회도 줄 거니까 말이야.

이리 와서 키스해봐요. 이제 가서 당장 준비해요.

가장 좋은 옷에, 가장 값나가는 보석들을

15 다 걸쳐보라고, 그리고 가장 예쁜 표정을 지어야 해.

우리가 저 볼포네 영감 댁의 성대한 파티에

초대를 받았거든. 거기 가면 알게 될 거야.

내가 질투심이나 근심 따위랑 얼마나 거리가 먼지 말이야. 〔퇴장.〕

제3막

〈제1장〉

〔거리.〕

〔모스카 등장.〕

모스카 내가 점점 자아도취에 빠지는 것 같아
걱정이로군. 내 엄청난 재간을 보고 말이야.
게다가 갈수록 재간이 늘고 있거든.
내 피가 들끓어 소용돌이가 이는 듯하군. 왜일까,
이번 성공이 나를 방종하게 하는 것 같단 말이야. 5
껑충 뛰어오를 것 같아, 내 살갗 밖으로
교묘한 뱀처럼 말이지, 내가 그렇게 나긋나긋해진 것 같거든.
우리 식객은 더없이 귀한 존재란 말씀이야.
얼뜨기나 촌뜨기처럼 여기 땅바닥 진흙에
구르며 자라는 게 아니라, 하늘에서 뚝 떨어졌다 이거야. 10
심사숙고해보면, 이런 기술이 학문은 아니지만,
신사 나리들이 즐겨 한단 말이야. 거의 모든 현명한 자들은
본질적으로
식객이나, 새끼 식객이라고 봐야지. 하지만,
누구한테 붙으면 밥을 얻어먹을까 알아내고,
집도, 가족도, 돌볼 것도 없어서 사람들 귀를 홀리려고 15
헛소리나 지어댄다든지, 김빠진 음식들을 받아

다시 먹을 만하게 만들어내어 배때기와 사타구니를 채우는
최소한의 동네 생존법만 아는 그런 식객들 얘기가 아니야.
비열하게 미소 지으며 아첨하는 '궁정의 개수작' 족속들,
20 즉 다리를 굽실대고 얼굴을 방긋대며,
'예이—각하'를 연발해, 옷의 먼지를 훑아내며
그렇게 벌이를 하려는 식객들을 말하는 게 아니라고.
내 말은 우리 품위 있고 우아한 불한당들 얘기야,
화살처럼 일어났다 (거의 동시에) 굽힐 줄 알고,
25 별처럼 민첩하게 대기를 날아가거든.
제비 새끼처럼 갑자기 회전해서 어느새 여기에 있고,
또 보면 저기에 있고, 동에 번쩍 서에 번쩍 한다고.
어떤 경우에도 마음대로 기분을 조절할 수 있고,
생각보다 더 빠르게 얼굴 표정을 바꾸지.
30 이런 식객들은 기예를 타고난 존재들이야.
배우려고 노력하지 않아도 저절로 탁월한 본성처럼
자연스럽게 한단 말이지. 이런 사람들이
진정한 식객이고, 나머지는 다 하찮은 광대들이라고.

〈제2장〉

〔보나리오 등장.〕

모스카 이게 누구야? 보나리오? 코르바치오 영감의 아들?
내가 막 찾아가고 있었는데 말이야. 저기 도련님,

마침 잘 만났어요.

보나리오 당신과 만날 일 없어.

모스카 무슨 말씀이세요, 도련님?

보나리오 가던 길 계속 가고, 날 좀 내버려둬.

당신 같은 작자와 대화를 나누고 싶은 마음은 5

조금도 없으니까.

모스카 아니 예의 바르신 도련님께서

제가 가난하다고 무시하시다니요.

보나리오 하늘에 맹세코, 절대 그런 게 아니야.

하지만 당신의 비열함은 미워해도 할 말이 없을 거야.

모스카 제가 비열하다고요?

보나리오 그래, 어디 대답해봐. 당신 게으름만 보면

충분히 알걸? 아첨하는 건 또 어떻고? 10

당신이 끼니를 때우는 수단은 또 어떻고?

모스카 세상에, 제게 너무

심하십니다. 가난하니 바르게 살아보려 해도

이런 비난들이 아무렇지도 않게 쉽게 달라붙는군요.

혹시라도 도련님 말씀이 맞다손 쳐도,

제게 너무 하시는군요. 사실 그렇지도 않구요. 15

도련님이 저를 아시기도 전에, 그런 비난을 하시니까요.

성 마크여 굽어 살피소서, 이건 너무 비인간적이에요. (운다.)

보나리오 (방백) 아니, 울잖아? 이건 선하고 착하다는 증거인데……

내가 좀 심했던 것 같군.

모스카 그래요, 어쩔 수 없이 필요에 의해, 20

제가 아첨해가면서 힘겹게 얻은 빵을
먹어야 하는 것은 사실입니다. 게다가,
이 보잘것없는 옷가지도 착실히 섬겨서
얻어야 하는 것도 사실이구요. 재산을 가지고
25 태어난 게 아니니 할 수 없지요. 하지만 제가
친구들을 이간질시키고,
가족들을 갈라놓고, 비밀을 누설하고,
거짓말을 속삭이고, 칭찬을 하는 척하며 사람을 몰래 깎아내리고,
순진한 사람들을 사기를 쳐서 속여 먹고,
30 순결함을 더럽히는 등의 비열한 짓들을 해왔다니요,
게으르고 편안한 것만 좋아해서,
현재 상태에서 개선할 수 있는데도
어렵고 고된 일은 피해왔다니요.
제가 차라리 여기서 죽어 없어지겠습니다요.

35 **보나리오** (방백) 가짜로 이러는 것 같지는 않은데!
내 잘못이 크군, 사람을 잘못 봤으니.
결례를 용서하고, 무슨 일인지 말해보게.

모스카 도련님, 바로 도련님에 관한 일이에요. 제 비록
주인님을 최우선으로 섬기는 것이
40 예의로나 고마움에서나 도리에 맞지만,
제가 분명 간직하고 있는 순수한 사랑에서,
그리고 불의를 미워하는 마음에서, 이 사실을 밝혀야겠어요.
지금 바로 이 순간, 도련님 아버님이 도련님의 상속권을
없애려 하고 있다구요……

보나리오 뭐라고!

모스카 게다가 도련님을 집안 혈통에서
낯선 이방인으로 쫓아버리려고 한다구요. 사실이에요, 도련님. 45
이 일이 저하고는 전혀 상관이 없지만,
선함과 진실한 미덕에 관련된 일이라면 저도
지대한 관심을 가지고 있어서 드리는 말씀이에요.
제가 듣기로 도련님도 그렇다고 하던데요. 그런 이유로
다른 사심 없이, 바로 그 이유 때문에, 말씀드리는 거예요. 50

보나리오 얘기를 듣고 나니, 잠시나마 당신을 믿었던 마음이
점점 사라지는군. 그럴 리가 없어.
우리 아버지가 그렇게 몰상식할 수 있다니,
어떻게 생각해야 할지 모르겠군.

모스카 도련님의 효심에 어울릴 만한 믿음이십니다. 55
게다가 (의심할 여지 없이) 도련님이 순진해서
그렇게 믿고 계신 거예요. 그러니
도련님이 당하는 불의가 더욱 극악무도하고 끔찍하지요. 하지만
도련님, 제가 더 말씀드릴 테니 들어보세요. 바로 이 순간,
그렇다니까요, 아니 그렇게 되고 있다구요. 만약, 60
도련님이 기꺼이 저와 함께 가신다면, 제가 도련님을
(어디라고는 감히 말씀드리지 못하겠어요) 모셔다드리지요,
그 극악무도함을 직접 듣게 되실 겁니다.
도련님이 직접 사생아라는 말을 들으실 거예요,
부모가 누군지 알 수 없는 자식이라고요.

보나리오 이게 다 무슨 소리야! 65

모스카 도련님, 제 말이 틀리면, 도련님이 정의의 칼을 뽑아
제 이마랑 얼굴에 복수의 자국을 새기셔도 좋아요.

그럼 제가 악당이라고 새기세요. 도련님이 당하는 불의 때문에
제가 다 고통스러울 지경이에요. 제 심장이
고통스러워서 피눈물을 흘려요.

70 **보나리오** 앞장서게. 내 따라갈 테니.

(모두 퇴장.)

〈제3장〉

〔볼포네의 집.〕

〔볼포네, 나노, 안드로지노, 카스트로네 등장.〕

볼포네 모스카가 오래 걸리는 것 같다. 너희 여흥을 대령하렷다,
시간을 좀더 즐겁게 보내도록 말이야.

나노 난쟁이, 광대, 그리고 내시, 우리가 여기 잘 모였구나.
자 이제 문제를 내겠습니다.
5 부유한 나리의 유명한 총아인 우리들 셋 중,
나리를 기쁘게 하는 데는 누가 최고일까?

카스트로네 당연히 나지.

안드로지노 광대인 내가 최고일걸.

나노 정말 어리석구나. 내 너희 둘 다 학교로 돌려보내야겠다.
우선, 우리 난쟁이는 작고, 재치 있고,
10 작은 것이 다 그렇지만 예쁘다고.
게다가, 왜 사람들이 나처럼 생긴 걸 보면,
보자마자, 귀여운 작은 원숭이라고 말할까?

그리고 왜 귀여운 원숭이지? 위인들의 행동을
우스꽝스러운 꼴로 즐겁게 흉내 내기 때문이지.
또, 이 민첩한 내 몸은 고기, 음료, 옷도 15
너희 큰 덩치들이 먹고 입는 절반밖에 안 쓴다고.
너 광대의 얼굴이 웃음의 어머니라는 건 인정해.
하지만, 두뇌로 말하자면, 항상 쓸모가 적단 말이야.
그리고 그 얼굴이 그를 먹여 살리긴 하지만,
몸뚱어리는 항상 그 흉한 얼굴을 봐야 하니 얼마나 딱해. 20
(누가 문을 두드린다.)

볼포네 게 누구야? 내 침상, 물러가거라. 자, 나노, 나가봐라.
빨리 내 모자를 줘. 나가서 누구냐고 물어봐.

〔나노 등 퇴장.〕

자 큐피드가

모스카를 돌려 보내는구나, 그것도 좋은 소식을 가지고.

〔나노 등장.〕

나노 아리따운 숙녀분이신데요.

볼포네 우드-비 그렇지?

나노 정답입니다.

볼포네 이런, 곤욕이 시작되는군. 여기로 안내하게. 25
그 여자 일단 여기 왔다 하면, 좀처럼 나가질 않으니 말이야.
아니, 빨리 이 고비가 지났으면.

〔나노 퇴장.〕

또 다른 지옥이야,

이 여자에 질려 끔찍해하다 보면, 다른 계집을
바라는 욕구도 감퇴할 거란 말이야.
30 이 지긋지긋한 여자가 당장 작별 인사를 하면 좀 좋아.
주여! 이 얼마나 위협적입니까, 내가 받을 고통은 또 어떻구요!

〈제4장〉

(나노, 레이디 폴리틱 우드-비 등장.)

레이디 고마워요. 부디 당신 주인께
내가 여기 있다고 알려요. 이런, 옷깃이
목덜미를 다 가리잖아. (귀찮겠지만, 부탁 좀
할게요. 내 시중드는 여자들 중 하나를 이리 좀
5 오라고 해요) 정말이지, 오늘은 가장 잘
차려입었는데, 이건 별 문제 아니야,
이 정도면 충분하지 뭐.

〔첫번째 여자 등장.〕 봐, 보라고, 이 귀찮은 것들을!
어떻게 이렇게 해놓을 수가 있지!
볼포네 (방백) 내 진짜 열이 나서
귓속으로 확확 들어가는 것 같구나. 아이고 이걸 없앨
부적이라도 있으면.
10 **레이디** 가까이 와봐. 이쪽 머리 만 것이
제자리에 잘 있어? 저쪽은? 왜 이게 다른 머리칼보다

더 높이 있지? 너 아직도 눈을 안 씻은 거야 뭐야?
아니 눈이 머리에 똑바로 박혀 있지 않은가 보지?
같이 일하는 여자는 어디 있어? 걜 불러. 〔첫째 여자 퇴장.〕

나노 (방백) 성 마크여
우리를 구하소서 자기 코가 빨갛다고 15
곧 자기 시녀들을 쥐어 패겠구나.

〔첫번째 여자, 두번째 여자 등장.〕

레이디 이 머리 장식 좀 똑바로 보시지.
다 제자리에 잘되어 있어, 아니야?

시녀 머리 한 뭉치가 아닌 게 아니라, 약간 삐쳤네요.

레이디 아닌 게 아니라 그렇다고? 아닌 게 아니라, 아까 머리가 삐쳤을 때는
눈이 삐었었나 보지? 지금은 어때? 새처럼 눈이 튀어나왔어? 20
그리고 너도 마찬가지야. 너희 둘 다 가까이 와서 좀 고쳐봐.
이제 (그러고 보니) 너희들은 부끄러운 줄을 모르는구나!
내가 이런 걸 너희들에게 그렇게 자주 설교했건만,
원리 원칙을 읽어주고, 모든 이유를 따져주고,
어떻게 해야 적합한지, 우아한지 하나하나 토론하고, 25
그렇게 많은 의상들에 대해 상의하러 너희들을 불렀거늘……

나노 (방백) 어련하시겠어, 명성이나 명예보다 더 신경 쓰셨겠지.

레이디 이런 걸 잘 알아야 너희들 시집갈 때
지참금이 두둑할 거라고 그렇게 일렀거늘.
너희들이 이런 걸 알아야만 우리나라에 돌아가서 30
훌륭한 남편을 얻을 거라고. 그런데 너희들이 이렇게 소홀히 해?

게다가, 이탈리아인들이 얼마나 깐깐한 사람들인지
잘 알잖아, 이 사람들이 날 보고 뭐라고 하겠어?
영국 귀부인이 옷을 제대로 입을 줄 모르는구나, 하면

35 이게 무슨 나라 망신이야!
자, 다들 나가서, 옆방에 대기해라.
이 화장품도 너무 조잡했어, 아무튼 좋아.
여보세요, 이 애들을 잘 대접해주시겠죠? 〔나노, 여자들 퇴장.〕

볼포네 (방백) 이제 폭풍이 나에게 다가오는구나.

레이디 우리 볼프, 좀 어때요?

40 **볼포네** 시끄러워서, 도저히 잠을 잘 수가 없구려. 꿈에
이상한 복수의 여신이 우리집에 막 들어와서는,
태풍처럼 무시무시한 숨결로,
내 지붕을 박살내지 않았겠소.

레이디 저를 믿으세요, 저도
아주 무서운 꿈을 꾸었는데, 기억만 할 수 있다면……

45 **볼포네** (방백) 아이고 내 팔자야. 내가 아주 멍석을 깔아줬구나,
나를 괴롭히라고 말이야. 이제 자기 꿈 얘기를 하겠지.

레이디 내 생각에, 예의 바르고 섬세한
황금률이……

볼포네 오, 그대가 나를 진정 사랑한다면,
제발 그만 하오. 꿈 이야기를 하니

50 내 진땀이 나고 괴롭구려. 내가 얼마나 떨고 있는지 좀 보시오.

레이디 이런, 우리 착한 분이! 가슴앓이예요.
씨앗 진주가 지금 증상에는 좋은데, 사과 시럽,
금 약간, 산호, 감귤류 알약, 다알리아 뿌리,

자두와 함께 끓인 것이 잘 들을 텐데.

볼포네 (방백) 아이구 두야. 내가 베짱이의 날개를 잡았구나.[40] 55

레이디 실크 태운 것, 호박석이랑, 집 안에

머스캣 포도주 있지요?

볼포네 술을 마시고, 이제 그만 가지 않겠소?

레이디 아뇨, 그 걱정은 마세요. 내 생각에,

영국산 노란 샤프론은 구할 수 없겠고, (아주 조금만 있어도 되는데)

소구근 열여섯 뿌리랑, 사향 약간, 말린 박하, 60

쇠서풀, 그리고 보릿가루……

볼포네 (방백) 또 시작이군,

지금까진 병든 척했지만, 이제 진짜 병이 생기겠어.

레이디 이 약재들을 가지고 제대로 된 주홍색 천으로……

볼포네 (방백) 또 지껄여대기 시작이야! 아주 속사포로군!

레이디 제가 습포를 만들어드릴까요?

볼포네 아냐, 아냐, 아냐. 65

나 아주 좋아요. 더 처방 내릴 필요 없어요.

레이디 제가 의학을 조금 공부했지요. 그런데 지금은

음악에 푹 빠졌지 뭐예요. 오전에 한 두어 시간

그림을 그리는 것 빼고는요. 제 생각에 귀부인이란,

무릇 문학이니, 미술이니, 모든 걸 알아야 한다고요. 70

담론을 나누고, 글을 쓰고, 그림을 그릴 줄 알아야 해요.

특히 주된 것은 (플라톤도 주장하지만) 바로 음악이에요.

(내가 알기로 현명한 피타고라스도 그렇게 주장했지요)

---

40 속담. 베짱이의 날개를 잡으면 베짱이가 더 시끄럽게 운다(P).

음악이야말로 진정한 환희이지요. 얼굴과 목소리와 의상에
75 조화가 있을 때면, 그야말로 우리 여성에게
빛을 더해주는 순간이지요.

볼포네 플라톤처럼
오래되고, 그만큼 많이 아는 시인은,
여성의 가장 큰 미덕은 침묵이라고 말했소.

레이디 어떤 시인 말씀이시죠? 페트라르카? 타소? 아니면 단테?
80 구아리니? 아리스토? 아레티노?
하드리아의 치에코?[41] 제가 다 읽은 사람들인데.

볼포네 (방백) 뭐든 꼬리만 잡으면 날 괴롭힐 기회가 된단 말이야?

레이디 그중 두어 권은 제가 지금 가지고 있어요.

볼포네 (방백) 저 여자의 끈질긴 혓바닥보다 차라리 태양이나,
85 대양이 가만히 멈추길 바라는 게 낫겠다! 피할 길이 없으니, 원.

레이디 여기 『충실한 양치기』[42]가 있어요……

볼포네 (방백) 완고히 침묵을 지키자,
그것만이 지금 내가 살 길이다.

레이디 우리 영국 작가들은 모두,
내 말은 다행히 이탈리아어를 좀 하는 작가들 말이에요,
이 작가에게서 주로 훔치려 하거든요.
90 거의 몽테뉴를 도용하는 것만큼이나요.
그는 썩 현대적이고 쉬운 편이라,
시대에도 잘 맞고, 궁정의 귀를 혹하게 하죠.

---

41 주로 16세기에 활동한 이탈리아의 작가들(옮긴이).

42 *Pastor Fido*. 구아리니 Guarini의 전원시(1590)로 1602년 영어로 번역되었으며, 유럽 전역에서 큰 인기를 누렸다(P).

당신들 페트라르카는 더 열정적이라, 영국에서
소네트가 유행할 때 많이들 사용했지요.
단테는 어려워요, 이해하는 사람이 거의 없어요. 95
하지만, 잔인무도한 시인으로는 아레티노[43]가 있지요!
다만, 그의 그림들은 좀 외설적이라서……
제 말 듣고 있어요?

볼포네 아아, 마음이 어지럽구려.

레이디 이런, 그런 경우에는, 우리들 철학을 사용해서
스스로를 치료해야 해요.

볼포네 아이고. 100

레이디 그리고 우리 열정이 정말 반항한다 싶으면,
이성을 가지고 열정을 다루어야 해요, 혹은
좀 덜 위험한 기분들로 출구를 열어주어
전환을 시키든지요. 현인들이 그러는 것처럼요.
한 가지 대상에 지나치게 집착하고, 105
또 (말하자면) 침잠하는 것만큼
이해를 흐리게 하고, 판단을 뒤흔드는 게
없다고요. 왜냐하면, 이런 외부의 사물들을 합쳐서
우리가 정신적이라 부르는 부분으로
만들 때, 우리 몸의 기관을 정지시키는 110
어떤 침전물이 남아서, 플라톤이 말하듯이,
우리 지식들을 암살하기 때문이죠.

---

43 아레티노Pietro Aretino(1492~1556): 외설적 소네트 연작인 *Sonnetti Lussuriosi*(1523)로 유명한 풍자가. 이 소네트집에 줄리오 로마노Giulio Romano가 열여섯 편의 외설적 삽화를 덧붙였다(O).

볼포네 (방백) 자아, 인내심이시여,

나를 도우소서.

레이디 보세요, 사실, 제가

당신을 좀더 자주 방문해서 건강하게 해드려야겠어요.

많이 웃고, 더 튼튼해지시도록요.

115 볼포네 (방백) 내 수호천사여, 나 좀 구해주소.

레이디 전 세계에서 딱 한 사람이 있었어요,

제가 생각을 나눌 수 있는 사람이요. 그분은

제 이야기를 들으려고, 서너 시간을 같이

누워 있곤 했어요. 그러고는 아주 몰두해서는,

120 당신처럼, 뚱딴지 같은 대답을 하곤 했지요.

당신이 바로 그 사람과 꼭 같지 뭐예요.

당신이 듣다가 잠이 들더라도, 우리가 약 여섯 해 동안

어떻게 시간을 보내고 사랑을 나누었는지

얘기해드리겠어요.

볼포네 오오오오오오.

125 레이디 우리는 동갑이었고, 또 같이 자랐거든요

볼포네 (방백) 어떤 신령이든, 운명이든, 숙명이든, 제발 나 좀 구해줘!

〈제5장〉

(모스카 등장.)

모스카 마담, 신의 은총이 있으시길.

레이디 고마워요.

볼포네 모스카? 잘 왔네.

잘 왔어, 나 좀 구해주게.

모스카 왜 그러십니까, 나리?

볼포네 오,

빨리 저기 나를 고문하는 저 여자 좀 데려가, 저기
쉴 새 없이 떠들어대는 저 귀부인 말이야.
흑사병을 알리는 종소리도 저렇게 5
시끄럽게, 쉬지 않고 울리지는 않았어.
투계장도 이 정도는 아닐 거야. 이 집 안 전체가
저 여자의 무시무시한 입김으로 목욕탕처럼 김이 서려 있어.
변호사도 저렇진 못할 거야. 어떤 여자도
저렇게 우박이 쏟아지듯 말한 적은 없을 거라고. 10
제발 저 여자 좀 여기서 끌어내게.

모스카 저분 선물은 바쳤나요?

볼포네 오, 그런 거 상관없네.

저 여자만 없어지면 얼마라도 내겠네.
뭐 손해 좀 보면 어때.

모스카 마담……

레이디 제가 당신 후원자 선생님께

작은 선물을 가져왔어요, 여기 이 모자, 제가 직접 만든 건데……

모스카 좋습

니다요. 15
제가 말씀드리는 걸 깜박했는데, 마님 주인 양반을 봤어요.
부인께서 전혀 생각하지 못할 장소에서요.

레이디 그게 어디죠?

모스카 이런,

부인께서 서두르신다면, 아마 그 양반을 잡을 수 있을지 몰라요.

곤돌라를 타고 물가에서 배를 젓고 있는데,

20 베네치아에서 가장 교활한 고급 매춘부랑 같이 있다고요.

레이디 아니 그게 정말이에요?

모스카 빨리 쫓아가서 직접 눈으로 확인해보세요.

부인 선물은 제가 나리께 전해드리죠. 〔레이디 퇴장.〕 내가 이러면 될 줄 알았지.

보통 바람을 피우는 사람들이

더 질투심이 많단 말이야.

볼포네 모스카, 정말 고맙네.

25 자네가 재빨리 거짓말을 꾸며내어, 나를 구해냈으니 말이야.

자, 그건 그렇고, 내 희망을 이룰 좋은 소식을 가져왔나?

〔레이디 등장.〕

레이디 그런데 혹시 들으셨어요?

볼포네 (방백) 또 저 여자야, 이러다 발작이 날 것 같다.

레이디 그들이 어느 쪽으로 간다던가?

모스카 리얄토 쪽으로요.

레이디 당신 난쟁이 좀 빌려주세요.

모스카 그러세요, 데려가세요.

〔레이디 퇴장.〕

나리 희망은 행복한 꽃봉오리같이 활짝 피었어요. 30

익어가는 동안 기다리기만 하면,

조만간 과실이 풍성히 열릴 겁니다요. 어서 침상에 돌아가 계세요.

코르바치오가 곧 유언장을 들고 올 겁니다.

그자가 돌아가면 제가 더 말씀드리지요. 〔퇴장.〕

볼포네 내 혈기와,

원기가 돌아오는구나. 아주 팔팔해. 35

프리메로 카드 게임판에 앉아서

돈을 덜 걸지는 말자고 속삭이는 저 무모한 도박꾼처럼

내 여기 누워서 숨을 들이쉬며 만남을 기다리고 있으니 말이야.[44]

〔볼포네 침상으로 돌아간다.〕

〈제6장〉

(모스카, 보나리오 등장.)

모스카 도련님, 여기 숨으시면 잘 들릴 겁니다. 다시 부탁드리지만,

무슨 일이 있어도 참으셔야 합니다.

(누가 문을 두드린다.)

도련님 아버지예요.

소인은 이제 물러나야겠어요.

---

44 원문의 표현 lie, draw, encounter는 내깃돈을 놓기, 패를 뽑기, 마지막에 카드를 맞추어보기를 뜻하는 게임 용어로, 볼포네는 여기서 일종의 말장난을 하고 있음.

보나리오 그러세요. 〔모스카 퇴장.〕

그래도

이게 사실이라고는 믿을 수 없어. 〔구석에 들어간다.〕

〈제7장〉

(모스카, 코르비노, 실리어 등장.)

모스카 아이고 맙소사! 이렇게 빨리 오시다니, 왜 그러셨어요?

제가 사람을 보낼 거라고 말씀드리지 않았어요?

코르비노 그랬지, 그런데

자네가 잊어버릴까봐 걱정이 돼서. 그럼 놈들이 우리를 앞지를 것 아닌가.

모스카 (방백) 앞질러? 세상에 뿔이 나고 싶어서[45] 이렇게 환장한 사람이 또 있나?

5 흰 벼슬 잡아보려는 궁정의 조신들도 그렇게 잽싸지는 않을 거야.

이런, 이렇게 오셨으니 이제 어쩔 수 없지요. 여기 계세요.

제가 빨리 돌아올 테니까요.

코르비노 실리어, 어디 있소?

내가 당신을 왜 여기에 데려왔는지 모르지?

실리어 당신이 말씀해주신 것 말고는 잘 모르겠어요.

코르비노 내 이제 얘기해주리다.

---

45 아내가 남편을 두고 다른 남자와 부정한 관계를 가질 때 '머리에 뿔이 나다'라는 표현을 쓴다. 주 **36** 참조(옮긴이).

잘 들어요. 〔둘이 한쪽에서 얘기한다.〕

모스카 (보나리오에게) 도련님, 아버님께서 전갈을 보냈는데, 10
삼십분 후에나 오신다네요.
그러니, 도련님은 저쪽 화랑에서
시간을 좀 보내세요. 저 위쪽에
시간을 보낼 책들이 좀 있으니까요.
도련님 쪽으로는 사람이 가지 않도록 제가 조치를 취하지요. 15

보나리오 (방백) 아니, 난 여기 있을 거야. 이자가 점점 의심스럽거든.
〔구석에 숨는다.〕

모스카 자, 이제 그는 멀리 있으니 우리 말을 듣지 못할 거예요.
그의 아버지는 제가 들어오지 못하게 막을 수 있으니까요.

〔모스카는 침대의 휘장을 걷고 볼포네와 이야기하고, 그사이 실리어는 코르비노와 이야기한다.〕

코르비노 자아, 이제, 그렇게 놀랄 것 없소. 그저
마음을 굳게 먹고. 내가 이미 결정한 대로 행동해. 20
꼭 시킨 대로 해야 해. 내 이 얘기를 진작 하지 않은 것은
내 말을 안 들으려고 이런저런 핑계를 대고 잔꾀 부리는 걸
보기 싫어서요.

실리어 여보, 제발 간청하니,
이런 기이한 시험을 거두어주세요. 당신이
저의 정절을 의심하신다면, 차라리 저를 죽을 때까지 가두세요. 25
어둠의 상속녀로 만들어도 좋아요. 제발 제가 당신의
신뢰는 못 받아도, 근심을 풀어드릴 수 있는 곳에 살게 해주세요.

코르비노 내 그런 근심은 없으니, 그리 믿어요.
내가 말한 것 다 진심이오. 그렇다고 내가 미친 건 아니야.

30 뿔이 나지 못해 환장한 것 같소? 자 가서 당신이 순종하는
착한 아내임을 증명해봐요.

실리어 이런, 하늘이시여!

코르비노 내가 말했잖아,
어서 시키는 대로 해.

실리어 이게 그 속임수인가요?

코르비노 내 당신한테 이유를
말했지 않아.
의사들이 그렇게 처방을 내린 거라고. 또 이게 얼마나
나한테 중요한 일인지. 내 그동안 갖다 바친 게 얼마인지.
35 그리고 내 계획이 뭔지, 또 그간 투자한 본전을 뽑는 데
이 계획이 얼마나 중요한지 다 얘기했잖아. 그러니, 당신이 충실한
내 아내라면, 내 말 듣고, 내 사업을 존중하라고.

실리어 당신 명예 앞에서요?

코르비노 명예? 쯧, 다 한순간이야.
원래 그런 건 없다고. 바보들을
40 기죽이려고 만든 말에 불과해. 왜, 내 황금이
만진다고 가치가 떨어지나? 옷을 쳐다본다고 닳아?
봐, 그런 거랑 똑같은 거야. 늙어빠지고 허약한 작자야.
감각도 없고, 힘도 없다고. 고기도 다른 사람이 손가락으로
집어 먹여줘야 해. 잇몸을 소독할 때
45 입만 쩍 벌릴 줄 안다고. 한갓 목소리에 그림자인데,
이런 사람이 어떻게 당신을 해하겠어?

실리어 (방백) 신이시여! 이 사람에게
무슨 망령이 든 것입니까?

코르비노 또 당신 명예에 관해서라면
그것도 별것 아니야. 내가 어디 가서 떠벌리고,
광장에서 소리라도 칠 것처럼 왜 그래? 누가 알겠어?
저자는 말도 못 한다고. 그리고 이 하인은 입술이 50
내 주머니에 있는 거나 마찬가지인데. 당신 말고는 없어,
당신이 떠들어대고 싶다면 몰라도. 이걸 알게 될 사람은
아무도 없다고.

실리어 그럼 천국이니 성자니 하는 건 아무것도 아닌가요?
눈이 멀었거나, 어리석은 건가요?

코르비노 뭐라고?

실리어 여보,
차라리 질투심을 가지고, 그들과 겨루어보세요. 55
모든 죄악에 대해서 성자들이 어떤 미움으로 타오르는지요.

코르비노 당신 말이 맞아. 내 이게 죄악이라고 생각했으면,
당신에게 시키지도 않아. 내 이런 걸
아레티노를 다 읽고, 줄줄이 욀뿐더러,
욕망의 미로 안에 굽이굽이 숨은 길을 다 알고, 60
호색에 있어서는 공인된 비평가인
팔팔한 프랑스 청년이나, 뜨거운 투스카니 피를 가진 젊은이에게
제공한다면, 그리고 그를 바라보며 박수를 보낸다면,
그땐 이게 죄악이야. 하지만, 지금은 그 반대라고.
건강을 위해, 자선에서 우러나는 경건한 일이야. 65
그리고 유산 상속을 확보하기 위한 정직한 방법이라고.

실리어 오 하늘이시여! 어떻게 당신이 이렇게 변할 수가 있죠?

볼포네 자넨 내 명예야, 모스카, 내 자랑거리에,

내 기쁨에, 내 재롱둥이에, 내 즐거움이야! 가서 저들을 데리고 오게.

모스카 가까이 오시지요, 선생님.

70 **코르비노** 자자, 뭐야……

당신 반항하지는 않겠지? 맹세코……

〔실리어를 침대 쪽으로 민다.〕

모스카 나리, 코르비노 씨께서 여기 나리를 뵈러 오셨습니다요.

볼포네 그래?

모스카 최근에 있었던 의사들의 자문을 들으시고는,

나리 건강을 위해 여기 이렇게 드리려고,

아니 헌납하려고……

75 **코르비노** 고맙네, 모스카.

모스카 아무도 부탁하거나 강요하지 않았는데, 이렇게 자진해서……

코르비노 그렇지.

모스카 선생님이 품으신 애정의 진실되고 열렬한 증거로,

선생님 자신의 가장 아름답고 정숙한 아내를 데려오셨습니다.

베네치아에서 다시 보기 힘든 미인을……

코르비노 말 한번 잘하는구나.

80 **모스카** 나리를 위로해드리라고, 나리가 돌아가시지 않게요.

볼포네 아아, 나는 이미 틀렸어! 부디 선생에게 그런 세심하고

기꺼운 배려에 고맙다고 전하게. 허나, 내 목숨이라면,

다 헛수고야, 하늘의 뜻에 대항하는 격이지.

돌에 불을 붙이려는 격이야(어억, 어, 어, 어).

85 죽은 잎사귀를 다시 살리려는 셈이야. 허나, 선생의 바람은

내 고맙게 받았네. 선생에게 말해줘도 좋아,

내가 선생을 위해 마련한 것을 말이야. 이런, 난 이제 희망이 없어!

나를 위해 기도해달라고 하게. 그리고 그가 재산을 물려받게 되면
나를 기억하며 써달라고 해.

모스카 선생님, 듣고 계시죠?
어서 사모님과 함께 나리께 가보세요.

코르비노 이런 젠장할! 90
당신 이렇게 고집 피울 거야? 어서, 가자고, 어서.
이게 아무것도 아니란 걸 잘 알잖아, 실리어. 이 손으로,
내 폭력을 쓸지도 몰라. 이리 와, 시킨 대로 하라고. 내 말 들어.

실리어 차라리 저를 죽여주세요. 독약을 집어 삼키래도 좋고,
활활 타는 석탄도 기꺼이 먹겠어요, 다른 건 뭐든 할 테니……

코르비노 빌어먹을. 95
이봐, 널 이제 집으로 끌고 가야겠다, 머리채를 잡고 말이야.
동네방네 네년이 창녀라고 소리를 지를 거야. 입을
귀까지 찢어놓고 말 테다. 시뻘건 생선처럼 코를
째어버릴 테다…… 내 성질 건들지 말고, 어서 와.
말 들어. 내가 꼭 그래야겠어…… 죽일 년! 노예를 사서 100
그놈을 죽인 다음, 네년을 그 송장에 산 채로 매달아서
내 창 밖에 걸어놓을 거야. 끔찍한 죄를
꾸며내어, 네년 살에 질산으로 큼지막하게
새겨 넣을 거야. 활활 타는 부식제를
고집스런 네년 가슴에 부을 거라고. 네년이 105
내 화를 끓어오르게 했으니, 맹세코 내 그럴 거라니까.

실리어 하고 싶은 대로 하세요. 저는 당신 순교자예요.

코르비노 그렇게 고집 피우지 말아. 내가 이런 대접을 받아야 하나?
지금 누가 간청하는지 생각해보라고. 여보, 응?

110 진실로, 당신에게 보석이니, 가운이니 새 옷이니 갖고 싶다고만 하면, 다 사줄 거야. 가서 저분에게 키스만 해.
아니면 그저 만져보거나. 나를 위해서야. 내가 간청하잖아.
이번 한 번만. 싫어? 안 해? 내 이걸 두고두고 기억하겠다.
이렇게 나를 모욕하기야? 내가 망하기를 바라는 거야?

모스카 이런, 마님, 말 들으세요.

115 코르비노 아냐, 아냐.
이제 때는 늦었어. 신에 맹세코, 이렇게 야비할 수가,
이건 너무 야비해. 그리고 네년……

모스카 아니, 선생님.

코르비노 이 역병 같은 메뚜기야, 하늘에 맹세코, 메뚜기야. 창녀,
악어, 네년은 악어처럼 눈물을 준비했다가,
때가 되면 흘리려고 그러지.

120 모스카 이런, 선생님.
마님께서 다시 생각하실 겁니다.

실리어 차라리 내가 죽어 만족하신다면.

코르비노 신에 걸고, 저년이 나리에게 말만 건네도,
내 이름이 부끄럽지는 않을 텐데. 이건 마치
내가 완전히 망하는 걸 일부러 바라는 것 같으니.

125 모스카 저런, 이제 선생님 재산은 마님 손에 달렸군요.
아마도, 마님이 부끄러워하셔서인 것 같으니, 제가 자리를 비키지요.
선생님이 안 계시면, 좀 굽혀들지 않을까요?
그럴 거예요. 단언할 수 있어요.
어떤 여자가 남편 앞에서 그러겠어요?
마님만 여기 계시도록, 우리 이만 비켜나지요.

코르비노 실리어, 여보, 130

당신 잘못한 거 다 용서 받을 수 있어. 더 이상 얘기 않으리다.
만약 안 그러면, 당신은 끝장인 줄 알아. 아니, 거기 있으라구.

〔모스카와 퇴장.〕

실리어 오 신이시여, 착한 천사들이시여! 수치심이
인간을 떠나 어디까지 간 것일까요? 어쩌면 저렇게 쉽게,
하나님의 영광과 자신의 영광을 버릴 수 있답니까? 135
삶의 명분과도 같은 명예가
이제는 가장 밑바닥으로 떨어진 건가요?
겸손함은 이제 돈에 팔려 추방된 건가요?

볼포네 (침대에서 펄쩍 뛰어 일어난다.) 그래, 코르비노나 다른 세속적인 인간들처럼
사랑의 진정한 천국을 맛보지 못한 자들은 그렇소. 140
내 단언컨대, 실리어, 단지 뭔가 얻겠다는 희망에,
그것도 확실하지 않은 희망에,
그대를 팔려고 했던 그자는,
악마 상인을 만났으면 천국의 일부도 돈 받고 팔 위인이요.
왜 그렇게 깜짝 놀라오, 내가 이렇게 회생해서 그런가? 145
아니 그대 아름다움이 일으킨 기적에 박수를 보내야지.
이건 그대의 업적이오. 그대가, 지금만 그런 게 아니라,
여러 번, 여러 가지 모양으로, 나를 일으켰다오.
바로 오늘 아침만 해도, 떠돌이 약장수 차림으로
그대를 보러 창가에 갔었소. 그래, 그대 사랑을 위해서라면 150
내 술책을 버리고 여러 모습으로 변하여,
시퍼런 바다의 신 프로테우스나,

강의 신과도 겨루었을 것이오.[46]

자, 잘 왔소이다.

실리어 나리!

볼포네 아니, 나를 피하지 마시오.

155 내가 이렇게 병석에 누워 있었다고,

정말로 내가 그렇다고 생각하면 안 되지.

그렇지 않다는 걸 알게 될 거요. 나는 이제 아주 신선하고,

뜨겁고, 고양되어 있단 말이오. 또 아주 행복한 상태에 있소.

마치, 위대한 발루아를 환대하기 위해,

160 우리가 연극을 했을 때

그 유명한 장면에서처럼 말이오.[47]

난 그때 젊은 안티누스 역을 했었는데, 참석했던

모든 귀부인들의 눈과 귀를 사로잡았었지.

내 우아한 동작과 목소리, 발 동작 하나하나로 말이오.

노래

165 오세요, 나의 실리어. 우리가 할 수 있을 때

우리의 사랑 놀이를 시험해봅시다.

시간이 영원히 우리 것은 아니지 않소.

시간이 우리 행복을 마침내는 갈라놓을 거요.

그러니 시간의 선물을 헛되이 쓰지 맙시다.

170 지는 해가 다시 뜰 수는 있지만,

---

46 그리스 신화에서 바다의 신 프로테우스와 강의 신 아르켈로스는 변신 능력으로 알려져 있다.

47 앙주 공이자 폴란드 왕이었던 발루아가 1574년 베네치아에서 총독과 시의원들에게 융숭하게 접대 받은 일에 대한 언급.

우리가 한번 이 빛을 놓치면,
그때는 우리에게도 영원한 밤이라오.
왜 우리의 기쁨을 미루어야 합니까?
명성이니, 소문이니 다 헛된 것이오.
우리가 집 안의 불쌍한 감시꾼 눈을 175
속이지 못할 건 또 어디 있소?
그들의 얇은 귀를 우리의 꾀로
속이지 못할 건 또 어디 있소?
그 달콤한 도둑질이 들키지만 않으면
사랑의 열매를 훔치는 건 죄가 아니라오. 180
현장에서 잡히거나, 남들 눈에 들키면,
이런 도둑질만 죄악으로 여겨지는 거라오.

실리어 저 독한 안개로 내가 시들었으면, 아니면 무시무시한 번개가
이 죄많은 얼굴을 때렸으면.
볼포네 우리 실리어가 왜 기운이 없을까?
비열한 남편 대신에 훌륭한 애인을 185
찾지 않았소. 그대 행운을 잘 이용해요.
은밀히, 그리고 즐겁게 말이오. 보시오,
그대가 이제 어떤 여왕 자리에 올랐는지. 다른 자들처럼 꿈에 부푼
그저 헛된 망상이 아니라, 그대는 진짜 소유하고, 왕관을 쓴 거요.
보시오, 여기, 진주 목걸이를. 저 이집트의 여왕이 쓰다듬었던 190
진주 목걸이보다 더 귀하고 값진 것이오.
녹여서 마셔요. 여기, 홍옥을 좀 봐요.
우리 '성 마크의 눈' 홍옥보다 더 훌륭하니까.

이건, 롤리아 파울리나[48]가 지방의 전리품이었던

195 보석에 파묻혀서 별처럼 나타났을 때,

그때의 그녀를 통째로 살 만큼 값진 다이아몬드요. 이걸 받아

걸어봐요, 잃어버려도 좋아요. 그만큼 또 사고도 남을

귀걸이가 여기 있어요. 이거면 베네치아 주를 통째로 살 수도 있소.

다른 사람의 전 재산 정도 가치밖에 안 되는 보석은 아무것도 아니지.

200 우리는 식사 때마다 그런 걸 먹을 거니까.

앵무새 머리, 나이팅게일 혀,

공작과 타조의 뇌,

우린 이런 걸 먹게 될 거요. 불사조를 잡기만 하면

(그 새는 이제 더 없다고 하지만), 그것도 우리 요리가 될 거요.

205 **실리어** 나리, 이런 즐거움에 익숙한 사람이라면

이런 물건들로 움직일 수 있을지 모르겠습니다. 하지만 저는,

저의 순수함만이 저의 유일한 재산이자 즐거움라고 생각하는 저는,

이제 순수함을 한번 잃으면, 더 이상 잃을 게 없게 되어,

이런 감각적인 미끼로는 잡을 수 없을 겁니다.

부디 양심이 있으시다면……

210 **볼포네** 양심은 거지의 미덕이오.

그대가 현명하다면, 내 말 들어요, 실리어.

그대는 7월의 갖가지 꽃즙과, 장미와 제비꽃의 향,

유니콘의 우유, 팬더의 숨결을

봉지에 담아서 크레탄 와인과 섞은 것으로

215 목욕을 하게 될 것이오.

---

48 Lollia Paulina: 칼리굴라 황제의 아내.

우리의 음료는 금과 호박석을 섞어 만들 것이니,
내 집 지붕이 현기증을 느껴 빙빙 돌 때까지
우리가 이 음료를 마시리다. 내 난쟁이가 춤을 추고,
나의 내시는 노래하고, 내 광대는 펄쩍펄쩍 뛰놀 것이오.
그동안, 우리는 모습을 바꾸고 오비드의 이야기를 흉내 내지. 220
그대는 유로파처럼, 나는 조브처럼,
또 나는 마스처럼, 그대는 에리시네처럼 말이오.[49]
그렇게 우리는 이야기들 중에서도 신들의 이야기를
지치도록 연기해볼 것이오.
그후 내 그대를 좀 현대적인 모습으로, 225
프랑스의 활달한 부인처럼 입혀보거나,
멋진 투스카니 귀부인이나, 거만한 스페인 미녀로,
가끔은 페르시아 군주의 아내처럼도 입힐 것이오.
터키 술탄의 정부도 좋고, 변화를 주기 위해,
우리 베네치아의 뛰어난 고급 매춘부처럼도 입혀보고, 230
활기찬 흑인이나, 냉정한 러시아인처럼도 입힐 것이오.
나 역시 그렇게 다양한 모습으로 그대를 맞을 것이오.
가능하면 우리 방황하는 영혼이 우리 입술에서
오고 가도록 교환하여 즐거움을 두 배로 늘릴 것이오.

호기심 많은 자는 우리 영혼이 오고 가는 것을 235
어떻게 세야 할지 모를 것이고,
시기심 많은 자는 우리 영혼이 오고 간 횟수를

---

49 제우스(조브)는 황소로 변해 유로파와 사랑을 나누었음. 마스는 전쟁의 신, 에리시네는 비너스를 말함.

세고 나서 부러움에 마를 것이오.

실리어 나리께 들을 수 있는 귀가 있고, 볼 수 있는
240 눈이 있다면, 만질 수 있는 심장이 있다면,
아니, 나리가 사람임을 말해주는 부분이 있다면,
나리께 성스러운 성자나, 천국이 와 닿은 적이 있다면,
부디 제게 은총을 베푸셔서 가게 해주세요. 그렇지 않으면,
자비를 베푸셔서 저를 죽여주세요. 나리께서는
245 제가 여기서 배신당하는 것을 잘 보셨습니다.
제가 차라리 잊었으면 하는 사람에게서 그런 수치를요.
나리께서 두 가지 은총을 다 베풀지 않으시려거든,
나리 욕정보다 차라리 분노를 채우세요.
분노가 차라리 남자다운 악덕이에요,
250 그러니 나리께서 제 아름다움이라 잘못 부르시는
그 불행한 자연의 범죄를 벌해주세요. 제 얼굴을 채찍질하세요,
아니면 나리 피가 이렇게 들끓도록 유혹한 이 얼굴을
독약으로 독살하세요. 이 손에
살을 파먹는 나병에 걸리게 만드는 약을 바르세요.
255 뼛속 깊이, 골수까지 들어가게요. 저를 흉하게 만드는 거라면
아무거나 좋아요. 제발 제 명예만은 지켜주세요.
나리께 이렇게 무릎을 꿇어요, 나리를 위해 기도드리고,
나리 건강을 위해 일천 번 경배를 드릴게요.
나리의 미덕을 사람들에게 전하고……

볼포네 내가 냉정하고,
260 얼음장 같고, 무능력하다고 그렇게 소문을 내겠다고?

내가 네스토르처럼 탈장을 앓고 있다고 생각하겠지?[50]

내가 이 상속자 놀이에 너무 오래 빠져,

이렇게 썩어 문드러져 우리나라[51]를 욕되게 하는구나.

말 들어라, 아니면 강제로 할 테니까.

실리어 오! 신이시여.

볼포네 다 헛

수고야…… 265

보나리오 (모스카가 숨어 있으라고 했던 구석에서 뛰어 나오며)

그만둬, 이 더러운 강간자, 호색적인 돼지야,

그 숙녀를 풀어주지 않으면, 그대는 내 손에 죽는다, 이 사기꾼아.

정의의 손에서 그대가 처벌 받을 걸

내가 가로채지 않기에 망정이지, 안 그랬으면

벌써 이 제단, 그대 우상인 이 똥 같은 금덩이 앞에서 270

복수의 희생양이 되었을 것이다.

부인, 빨리 이곳을 떠납시다. 여기는

악한의 소굴이오. 이제 호위병이 있으니 두려워 마세요.

저자는 곧 마땅한 처벌을 받게 될 것이오. 〔실리어와 함께 퇴장.〕

볼포네 지붕아, 내 위로 무너져 내려 나를 폐허 속에 파묻어다오. 275

여태 나를 보호해왔지만, 이제는 내 무덤이 되려무나. 오!

내 정체는 발각되고, 나는 낙심하여, 이제 망했구나.

거지가 되고, 망신을 당하게 생겼어.

---

50 네스토르Nestor는 필로스의 나이 든 왕으로, 트로이전에 참가한 그리스 사령관 중 하나임. 탈장은 성적 무능력을 암시하는 말이다(O).

51 즉 이탈리아. 이탈리아인은 과격한 성생활로 악명이 높았음.

〈제8장〉

(모스카 피를 흘리며 등장.)

모스카 어디로 도망가야 하나, 이 가장 비참하고 수치스런 인간은.
어떻게 내 불행한 뇌를 깨부수어야 할까?

볼포네 여기, 여기야.
이런! 피를 흘리다니?

모스카 오, 그놈의 잘 겨눈 칼날이
친절하게 내 배꼽까지 나를 갈라놓았더라면
5 좋았을 것을. 내 잘못으로 인해,
내 인생, 내 희망, 내 마음, 내 후원자 나리가 한꺼번에
이런 절망에 빠지게 되는 것을 살아서 보는 것보다 나았으련만.

볼포네 자네 운명이여, 참 슬프도다.

모스카 제 어리석음도요, 나리.

볼포네 자네가 나를 비참하게 만들었구나.

모스카 소인도요.
10 그놈이 그렇게 엿들을 줄이야 누가 알았겠습니까.

볼포네 이제 우리는 어떻게 해야 하나?

모스카 저도 모르겠습니다요,
이 재난을 속죄할 수만 있다면, 제 심장을 당장 뽑아버리겠어요.
저를 목매달면 분이 좀 풀리실까요? 목을 베어버리면요?
제 죗값을 치르겠습니다요, 나리. 여태 그리스인처럼 방탕하게 살았으니,
로마인처럼 자결합시다요. (밖에서 사람들이 문을 두드린다.)

볼포네 가만, 거기 누군가? 15

발자국 소리가 들려, 장교들과 하사들이

우리를 체포하러 온 거야! 벌써 내 이마에

낙인이 찍혀 이글거리는 게 느껴지는구나.

이제 내 귀에 구멍이 나는구나.[52]

모스카 나리, 침상으로 가세요.

어떻든 간에 나리 역할을 밀고 나갑시다. 원래 죄지은 인간들이 20

그들의 업보를 두려워한다니까요.

〔코르바치오 등장.〕

코르바치오 씨!

〈제9장〉

코르바치오 이런! 어떻게 된 건가? 모스카?

〔뒤에서 볼토레 등장.〕

모스카 일이 다 뒤죽박죽이 되었어요.

선생님 아드님이, 무슨 연유에서인지 모르겠지만,

선생님 유언장에 우리 후원자 나리를

---

52 이마에 낙인을 찍고, 귀를 자르는 것은 당시 일반적인 형벌이었음(옮긴이).

상속자 삼으려는 선생님 의도를 알고는,
5 우리집에 침입해서, 칼을 휘둘러대고,
선생님이 돌았다고 욕을 해대고는 죽여버리겠다고
맹세했어요.

코르바치오 나를?

모스카 예, 우리 후원자 나리도요.

코르바치오 그런 짓을 하다니 이제야말로 폐적당해 마땅하구만.
여기 유언장이 있어.

모스카 잘하셨네요, 선생님.

코르바치오 제대로 잘했지.
이제는 나를 위해서라도 부디 주의하게.

10 **모스카** 제 목숨도
그만큼 중요하지는 않습니다요. 저야 선생님 사람 아닙니까.

코르바치오 그 양반은 좀 어떤가? 곧 죽을 것 같긴 한가?

모스카 유감스럽게도
나리가 5월은 넘기실 것 같습니다요.

코르바치오 오늘은 넘긴다고?

모스카 아니요. 5월
을 넘긴다고요.

코르바치오 그 양반에게 약을 좀 주면 어떤가?

모스카 오, 절대 안 됩니다, 선생님.

코르바치오 아니, 자네에게 시키지는 않겠네. 〔물러간다.〕

15 **볼토레** 〔앞으로 나오며〕 바로 이 작자로군.

모스카 아니, 볼토레 씨! (방백) 조금 전 내 말을 들었을까?

볼토레 이 기생충.

모스카 누구 말씀이십니까? 아이구, 선생님, 때마침 잘 오셨어요……

볼토레 천만에,

자네 속임수를 밝히러 왔으니 환영받기는 어렵겠는걸.

저 작자의 심복이라고? 내 심복이기도 하고? 그렇지 않나?

모스카 누구요? 저 말씀입니까!

볼토레 자네 말이야. 유언장을 두고 20

이게 다 무슨 수작인가?

모스카 선생님을 위한 모책입니다요.

볼토레 이봐,

네 수작을 나한테 덮어씌우지 마, 다 냄새가 나니까.

모스카 아직 못 들으셨어요?

볼토레 아니, 다 들었지. 코르바치오가

저기 자네 후원자 양반을 자기 상속자로 삼았다며.

모스카 사실입니다요.

제 생각이에요, 제 모책에 따라 움직인 건데, 25

다 잘되게 하려고……

볼토레 자네 후원자 양반이 되갚는다 이거지?

자네가 그렇게 약속한 거고?

모스카 다 선생님 잘되라고 그런 겁니다요.

더군다나, 그자 아들에게 말해서, 여기 데려다가 숨겨놓기까지 했어요.

자기 아비가 무슨 짓을 꾸미는지 엿들어보라고요.

제가 여기로 유인해와서 엿듣고 있으니, 30

우선 자기 아비의 몰상식한 행동을 생각하고,

또 툭하면 의절을 당했던 생각을 하면,

아들이 화가 나서(제가 또 부추기고요),

자기 부모에게 폭력을 휘두르지 않겠습니까.
35 바로 그때 법이 충분히 저지를 가하면,
선생님은 두 가지 희망을 갖게 되신다 이겁니다요.
진실이 제 위안이자 양심이건대,
제 유일한 목적은 이 두 썩어가는 무덤에서
선생님께 한 재산 퍼드리는 거란 말씀이에요.

볼토레 모스카, 내 자네 용서를 구하네.

40 **모스카** 당연히 선생님 몫이자,
여태 기다려오신 재산 말이에요. 그런데, 일이 좀 꼬였지 뭡니까!

볼토레 왜? 무슨 일이야?

모스카 사태가 아주 나빠요! 선생님께서 도와주셔야 해요.
늙은 까마귀를 기다리고 있는데, 글쎄
코르비노의 아내가 왔지 뭡니까, 남편이 보내서요……

볼토레 뭐야, 선물을 가지고?

45 **모스카** 아뇨, 그냥 방문이었어요.
(이제 곧 자세히 얘기해드릴게요) 그런데, 이 젊은이가
오래 기다리면서 참을성을 잃고는, 뛰쳐나와서는,
부인을 붙잡고, 나에게 상처를 입히고, 부인에게 죽인다고 위협하며
맹세하게 했어요. 그 맹세란 게 바로,
50 우리 후원자 나리가 부인을 겁탈하려 했다는 겁니다.
선생님도 아시지만, 그게 얼마나 터무니없는 얘기예요!
그러고 나서는, 그 구실로 아버지를 고발하러 가버렸어요.
후원자 나리를 모욕하고, 선생님 일을 망치자는 거죠……

볼토레 그 여자 남편은 어디 있나?

당장 그자를 부르게.

모스카 선생님, 제가 가서 그 양반을 데리고 오지요.

볼토레 그자를 시의회에 데려가게.

모스카 알겠습니다요. 55

볼토레 당장 이걸 끝장내야 해.

모스카 선생님, 정말 멋지게 처리하십니다.

아아, 이게 다 선생님 잘되라고 한 일이지 뭡니까.

제 모책에 부족한 게 없도록 충분히 생각했는데도,

운명의 여신은 일백 명의 박식한 학자들이

꾸민 일도 일시에 뒤집어버릴 수가 있으니까요. 60

코르바치오 (앞으로 나오며) 이게 무슨 일이야?

볼토레 선생, 함께 가실까?

〔코르바치오와 퇴장.〕

모스카 후원자 나리, 들어가셔서 우리의 성공을 빌어주세요.

볼포네 인간이 절실할 때면 없던 믿음도 생기지. 천국이 자네 일을 축복할지어다. 〔모두 퇴장.〕

제4막

〈제1장〉

〔거리.〕

〔폴리틱 경과 페레그리네 등장.〕

폴리틱 내 이게 다 음모라고 말하지 않았소.
이제 관찰력의 위력을 아시겠지. 내게
한 수 가르침을 부탁하셨었지. 우리
여기 베네치아의 고도에서 만났으니,
5 이 지역에 대해 특별히 기록해놓은 것들을
선생께 알려드리리다. 경험 없는 여행자들이 알면
도움이 될 것들이지. 바로 이런 것들이라오.
말하는 법이나 옷 입는 방식에 대해서는 언급하지 않으리다.
선생도 익히 잘 알고 계실 터이니.

페레그리네 제 옷차림도 괜찮은 편인데요.

폴리틱 용서하시오,
내 말은 일반 화젯거리로서의 옷차림 말이오.

페레그리네 이런, 어서 말씀 계속
10 하십시오.
제가 재치를 부리느라 선생님 말씀을 왜곡해서야 되겠습니까.

폴리틱 우선, 태도에 있어서는, 항상 엄숙하고 심각해야 하오.
절대 속을 털어놓지 말 것이며 입을 다물어야 하오. 비밀은,
어떤 경우에도 얘기하면 안 돼, 선생 아버지에게도 말이오.
15 이야기를 지어내야 할 경우에는 아주 신중해야 해. 또 누구한테
어떤 이야기를 하는지 분명히 해야 하오. 절대로
진실을 얘기하는 법이 없도록 하시오……

페레그리네 어떻게 그럴 수 있죠?

폴리틱 처음 보는 이들
에게

말이오. 여행하다 보면 주로 낯선 사람들과 대화해야 하니까.
그외 동향 사람들이라도 나 같으면 어느 정도 거리를 둘 거요,
그래야 골치 아픈 일이 생기지 않거든. 20
안 그러면 시시각각 속임수에 넘어간단 말이오.
그리고 종교 말인데, 쉽게 어떤 종교를 믿지 말고,
대신 얼마나 다양한 종교가 있는지 보고 좀 배우라고.
그리고 선생으로 말할 것 같으면 이 세상에
나라의 법만 있으면 만족한다고 떠벌리란 말이오. 25
니콜로 마키아벨리와 보댕 씨 둘 다
그렇게 생각했다오.[53] 그리고, 식사할 때
은포크[54]를 어떻게 사용하고 다루는지 배워야 하오.
유리잔도 마찬가지고. 이탈리아 사람들에게는
이런 것들이 중요한 문제란 말이야. 또, 언제 멜론을 먹고, 30
언제 무화과를 먹어야 하는지 아는 것도 중요해.

페레그리네 그것도 중요한 포인트인가요?

폴리틱 자 들어보시오.
베네치아인들은 매사에 뒤죽박죽인 사람을 보면
곧바로 알아본단 말이요. 그래요.
그러면 바로 웃음거리로 만들지. 선생께 말하는데, 35
내 여기 산 지도 이제 열네 달이 넘어가오.
처음 도착해서 일주일 동안은
사람들이 전부 나를 베네치아인으로 여겼다니까.

---

53 잘못된 언급. 마키아벨리가 종교를 국가에 종속적인 것으로 보기는 했지만, 장 보댕Jean Bodin은 종교의 자유를 주장한 사람으로, 이 둘을 엮어 이야기하는 것은 폴리틱의 무지함을 드러냄(P).

54 영국에서는 아직 포크가 널리 사용되지 않았음.

그럴 정도로 매사를 잘 알고 있었거든……

페레그리네 (방백) 그외엔 아는 게 없었겠지.

40 폴리틱 내 콘타리니 책[55]을 벌써 읽었거든. 그래 집을 사고,

유대인과 돈거래를 좀 해서 집에 가구를 좀 들여놓고……

그래, 내가 내 마음에 쏙 드는 단 한 사람, 내가 믿어도 좋을

단 한 사람을 찾기만 한다면, 내가……

페레그리네 어떻게 하시려고요?

폴리틱 부자로 만들 거야, 한 밑천 챙겨줄 거라고.

45 그는 두 번 생각할 것도 없어. 내가 다 해줄 거라니까.

페레그리네 어떻게요?

폴리틱 내 벌써 구상해둔 사업이 있거든.

이거 얘기하면 안되는데……

페레그리네 (방백) 누군가

내기할 상대가 있다면, 이 양반이

나한테 바로 얘기할 거라고 내기를 걸겠다.

폴리틱 하나는

50 (사실 누가 안다고 해도 내 별로 신경 쓰지 않거든) 베네치아 정부에

삼 년간 훈제 청어를 공급하는 거요.

적당한 가격에 로테르담에서 대는 거지.

거기 내 연락망이 있거든. 여기 편지가 있소.

그 사업차 네덜란드 정부 관계자에게 온 거야.

55 그 양반은 자기 이름을 못 쓰는데, 바로 그게 그 양반 도장이지.

페레그리네 양초 소매업자입니까?

---

55 가스파로 콘타리니 Gasparo Contarini가 베네치아에 관해 쓴 책 *De Magistratibus et Republica Venetorum*(1589)을 말함. 이 책은 1599년에 영어로 번역되었음(P).

폴리틱 아니, 치즈 장수야.

내가 같은 협상 조건으로 거래를 하려는
다른 사람들이 더 있소.
암, 그렇게 할 거요. 그래야 내가 더 쉽게
일을 할 수 있거든. 벌써 다 구상해놓았다오. 저 작은 배가 60
한 번에 어른 셋과 아이 한 명을 실어 나른단 말이야.
그리고 이 배가 일 년에 세 번 왔다갔다할 거라는 거지.
그럼, 세 번 중 한 번이라도 잘되면 본전은 뽑는 거고,
두번째 배가 잘되면 다른 비용을 갚을 수 있단 말이야. 하지만 이건
내 주 사업이 실패할 경우의 얘기야.

페레그리네 아니 그럼 다른 사업이 또 있

으십니까? 65

폴리틱 이렇게 교활한 음모가 판치는 곳에서, 충분한
대비책도 없이 살고 싶지는 않아.
내 솔직히 얘기하겠소, 선생. 난 어디에 가든지
사려 깊은 걸 좋아하거든. 게다가,
내가 시간 날 때마다 베네치아 정부를 상대로 70
해봄 직한 사업들을 계속 생각해왔단 말이야.
이것들을 나의 예방책이라고 부르거든. 즉
이걸 (연금을 좀 타보려고) 대 의회에 제출한단 말이야.
그러면 40인 회의, 10인 회의까지 간단 말이지.
내게 다 방법이 있어…… 75

페레그리네 누구를 통해서요?

폴리틱 선생, 비록 직책은 모호하나

윗사람들을 좌지우지하고, 말을 듣게 할 자가 있소.

바로 코만다토레지.

페레그리네 아니, 일반 하사관이요?

폴리틱 선생, 이자들은 가끔씩 할 말을 하는데,

80 그럴 때는 높은 사람 못지않다고.

내 선생께 보여드릴 노트가 있는데……

페레그리네 어서 보여주세요.

폴리틱 허나 선생, 선생 젠트리 계급에 걸고,

맹세해야 하오. 선수 친다거나……

페레그리네 제가요?

폴리틱 어떤 정황을

누설한다거나 아니, 지금 노트가 수중에 없군.

페레그리네 이런, 하지만 기억하실 수 있으시잖아요.

85 폴리틱 내 첫 항목은

부싯깃통에 관한 것이오. 선생도 알겠지만,

여기 베네치아에는 이 부싯깃통이 없는 집이 없거든.

자, 선생, 이 통이 아주 간편한 물건이다 보니,

가령, 선생이나 내가 정부에 불만이 있다고 해봐요.

90 우리 호주머니에 이 부싯깃통을 넣고 내가 무기고로

가지 않는다고 누가 보장할 수 있소? 아니면 선생이 가거나?

그리고 슬쩍 나와버리면? 또 다른 사람은 어떻고?

페레그리네 선생님만 빼고요.

폴리틱 그렇게 간단하단 말이야. 그러므로 나는

정부에게 경고를 한단 말이야, 애국자로 알려진 사람들 말고,

95 조국을 아주 사랑하는 사람들 말고는,

아무도 이 부싯깃통을 집 안에서 즐기지 못하도록 하는 것이

얼마나 적절한 처사인지. 이런 부싯깃통도
일일이 사무소에서 봉인되어야 하고, 호주머니에
감출 수 없을 정도로 크기가 커야 한다고.

페레그리네 훌륭하십니다!

폴리틱 다음 항목은 현장 검증을 통해 100
시리아나, 동부 지중해 쪽의 의심쩍은 지역에서
막 도착한 배가 역병을 싣고 왔는지 아닌지,
바로 조사해서 결정을 내는 방법이오.
이 배들은 보통 검역을 받기 전까지
사십 일, 아니, 어떤 때는 오십 일간을 105
역병 격리 병원 근처에서 대기해야 했었지.
내 바로 한 시간 내에 결판을 내어
상인들이 치를 비용과 손실을 막아주겠단 말이지.

페레그리네 그게 정말이세요?

폴리틱 암, 아니면 내가 헛수고한 셈인데.

페레그리네 맹세코, 수고 많이 하셨겠어요.

폴리틱 아니, 내 말 더 들어봐요. 양파 값으로 110
30리브르 정도면 된다고……

페레그리네 그럼 영국 돈 1파운드네요.

폴리틱 급수 설비는 별도고. 바로 이렇게 할 거요.
우선, 배를 두 벽돌 담장 사이로 끌고 들어오거든.
(이 부분은 정부에서 투자해야지) 한쪽 벽에는
타르칠한 방수포를 잡아 매어놓고, 거기에 115
반으로 쪼갠 양파들을 붙인단 말이야.[56] 다른 쪽 벽은
통풍용 구멍을 잔뜩 뚫어놓는데, 내 이 구멍마다

풀무를 쑤셔 박아놓거든. 이 풀무들을 급수 설비로
끊임없이 작동하게 만든단 말이야.
120 이거야말로 누워서 떡먹기지.
자 선생, 자연적으로 감염을 방지하는
이 양파와, 양파에 공기를 불어대는
이 풀무를 쓰면, 감염된 자는 즉시
안색이 변할 것이니 알 것이고,
125 그렇지 않은 자는 색이 변함없으니 알 것이야.
그렇게 판결을 내면, 간단하단 말이야.

페레그리니네 선생님 말씀이 옳습니다.

폴리틱 내 노트가 있었으면 좋았을 텐데.

페레그리니네 정말 그랬을 텐데요.
하지만 노트 없이도 잘하셨습니다.

폴리틱 만약 내가 배신자이거나,
후에라도 그렇게 된다면, 내 이 베네치아를 터키인들에게
130 어떻게 팔아넘길 수 있는지 선생께 증거를 보여줄 수도 있어.
그들의 노예선에도 불구하고, 또……

페레그리니네 폴 경, 어서 말씀해주세요.

폴리틸 그런데 그 증거들이 지금 수중에 없군.

페레그리니네 그럴 것 같더라고요.
저기 저거 아니예요?

폴리틱 아니, 이건 내 일기인데,
여기 내 나날의 행동들을 적어두거든.

---

56 양파는 역병을 막는 데 효과적이라고 여겨졌음.

페레그리네 어디, 좀 보여주세요. 여기 이게 뭐지요? 주의사항, 135
쥐새끼 한 마리가 내 박차 가죽을 갉아먹음. 그럼에도 불구,
새것을 달고 나갔음. 그러나 우선
콩 세 알을 문지방 위로 던짐.[57] 항목,
나가서 이쑤시개 두 개를 샀음. 그중 하나는
네덜란드 상인과 이야기하는 중 즉시 140
써버렸음. 정치편,
그자에게 가서 내 비단 양말을 기워준 값으로
동전 한 닢을 지불. 오는 길에, 작은 청어 값을 흥정했음.
산마르코 광장 근처에서 소변을 봄.
이런, 정말 사려 깊은 메모로군요!

폴리틱 선생, 내 살면서 145
행동 하나하나를 놓치는 일 없이, 이렇게 적어둔다오.

페레그리네 정말 현명하십니다!

폴리틱 별 말씀을. 계속 읽어보시오.

〈제2장〉

〔레이디 폴리틱 우드-비, 나노, 여자들 등장.〕

레이디 이 나사 풀린 기사 양반이 도대체 어디에 있는 거야? 분명, 뉘 집에 들어간 게야.

57 미신을 믿는 폴리틱은 불길한 징조를 두려워하여 예방 의식을 하고 외출함.

나노 그렇다면, 그 기사분은 날쌘 거네요.

레이디 나한테 그런 식으로 술수를 부리는 거야.[58]

잠시 좀 쉬죠. 이 열기 때문에 내 얼굴이 상하겠어.

그럴 가치도 없는 양반 때문에 말이죠.

5 내 그 양반 나쁜 짓을 막는 것보다, 그 현장을 잡고 싶은 거니까.

어떻게 이럴 수가 있어! (빰을 문지르며)

여자들 저기 저희 주인님이 계신데요.

레이디 어디?

여자들 저기 젊은 신사분하고요.

레이디 바로 저자가 그 상대야!

남장을 하고 말이야. 저희 기사님을 좀 불러주세요.

저 인간이 그럴 가치는 없지만, 그래도

저 양반 평판을 생각해 행동할 테니까.

폴리틱 아니 우리 안사람이!

10 페레그리네 어디요?

폴리틱 바로 그녀요, 선생, 이제 알게 될 것이오. 그녀는,

내 부인이 아니라면, 바로 그렇고 그런 여자인데,

의상에서나 행동에서나 말이야. 미모에 있어서는,

내 감히 비교하자면……

페레그리네 선생님께서는 질투심이 없으신 것 같네요.

사모님을 칭찬하시니 말이에요.

15 폴리틱 없고말고, 게다가 화술에 있어서는,

---

58 원문에서는 loose(풀린/방탕한)와 fast(고정된/행동이 빠른)의 말장난.

페레그리네 선생님 사모님이신데, 어련하시겠어요.

폴리틱 부인,

여기 계신 이 신사분께 잘 대해주시오. 보통 젊은이처럼

보이지만, 이 선생은……

레이디 보통 분이 아니죠?

폴리틱 암, 여기 선생은

보다시피 이른 나이에 세상에 얼굴을 내밀었으니……

레이디 즉 최근에란 말씀이죠? 오늘은 아니겠죠?

폴리틱 이게 무슨 소리요! 20

레이디 어머, 선생님이 그런 복장을 하고 계시니, 제 마음이 편하지가 않네요.

이 보세요, 우드-비 어르신, 이건 좀 당신답지 않군요.

당신의 그 훌륭한 이름에 걸맞는 품위 유지가

훨씬 중요하셨으리라 생각했는데요. 당신 명예를 이렇게 끔찍하게

실추하시리라고는 생각하지 못했죠. 25

그것도 당신의 엄숙한 지위에 어울리는 명예 말이에요!

그렇지만, 요즘 기사들은 숙녀들에게 바치는

맹세 따위는 아랑곳하지 않는다구요. 더구나 부인에게 한 맹세는 더욱더요.

폴리틱 자자, 내 말박차에 걸고(내 기사 작위의 상징이니 말이오).

페레그리네 하느님 맙소사! 정말 맹세 한번 소박하게 하시는군. 30

폴리틱 무슨 소린지 모르겠구려.

레이디 맞아요, 당신 술책이

그런 식으로 뚫고 나갈 수도 있겠죠. 선생, 제가 한말씀 드리지요.

저는 이렇게 공공연하게 어떤 규수와든 다투는 거

아주 꺼려해요. 또한, 완고하거나,

35 거칠게 보이는 것도 (『코티어 *The Courtier*』[59]에서 말하듯)
숙녀에게 있어 촌스러운 일 아니겠어요.
그러니 그런 것도 제가 어떻게든 피하려는 것들이죠. 그리고
나야 우드-비 어르신에게 어떤 대접을 받아 싸더라도,
한 아리따운 규수가 이렇게,
40 다른 규수에게 폐를 끼치는 도구로 이용되어서야 되나요.
게다가 서로 누구인지도 모르면서, 그렇게 견디도록 해서야 말이죠.
내 짧은 생각에도 이런 소치들은
우리 여성들에게 부적절한 행동 아닌가요?
예의범절에도 어긋나는 일 같고요.

페레그리네 이게 무슨 말씀이신지요!

폴리틱 아니
부인, 하고 싶은 말을 분명히 해보시오.

45 **레이디** 어머나, 그러지요.
당신이 이렇게 뻔뻔하게 내 성질을 돋우니,
게다가 여기 방자한 당신의 사이렌[60]까지 뭍에 나와 웃어대니,
여기 남자도 여자도 아닌 당신의 스포루스[61]가……

페레그리네 (방백) 이게 다 무슨 일이야?
시적(詩的)인 분노에 역사에 남을 만한 폭풍이구나!

50 **폴리틱** 여기 신사분은 훌륭하신 분이오, 게다가
우리와 같은 나라 출신이라오.

---

59 궁중 예법에 대한 카스틸리오네Castiglione의 저서 *Il Cortegiano*(1528)의 영어 번역서(1561).

60 Siren: 남자들을 유혹해 파멸시키는 신화 속의 인어로 레이디 우드-비는 페레그리네가 남장 여자라 생각하고 반은 여자, 반은 물고기인 사이렌에 비유했다. 사이렌은 창녀를 나타내는 속어로도 쓰였다.

61 Sporus: 여장한 내시로 네로 황제의 총애를 받았다.

레이디 암, 화이트프라이어즈[62] 말이지요?
이봐요, 우드-비 어르신, 내가 당신 때문에 얼굴을 들 수가 없어요.
게다가 당신이 이런 음탕한 창녀, 이런 천박한 매춘부에게
후원자가 되어주고, 성 조지[63]가 되어줄 만큼 생각이 없다니,
제가 다 부끄러울 지경이에요. 55
남자 옷을 입은 이 여자 악마에게요.

폴리틱 아니 무슨 소리요,
당신이 그렇다니! 당신 바가지 긁으며 재미 보는 것에
이만 안녕을 고해야겠소. 이제 수작이 너무 뻔해지고 있어. 〔퇴장.〕

레이디 그렇죠, 당신의 그 교묘한 얼굴로, 빤히 드러내고 다니시든지요!
하지만 여기 당신의 음탕한 계집애는, 60
감옥소장의 맹렬한 박해를 피해,
종교의 규율에서 벗어나려 여기로 도망쳐 왔겠지만,
얘는 내가 좀 호되게 매질하겠어요.

페레그리네 이건 정말 재미있네요!
종종 이런 식으로 행동하세요? 기회가 되실 때마다
이렇게 사모님의 기지를 연습하시는 것인지요? 65
사모님……

레이디 자알 가세요, 어르신.

페레그리네 사모님, 제 말씀 듣고 계세요?
이런, 사모님 바깥 양반께서 셔츠를 구걸하도록 내보내셨거나,
나를 집으로 초청하도록 한 거라면,[64] 이렇게 안 하셔도

---

62 Whitefriars: 죄지은 사람들이 피신한 성소.
63 St. George: 이 성자는 순결한 처녀들을 구한 것으로 유명했다(P).
64 레이디 우드-비는 페레그리네의 남장을 벗길 생각으로 셔츠를 잡아당기고 있다(P).

방법이 많이 있을 텐데요.

레이디 네가 아무리 그래봤자,

내 손아귀를 벗어날 수는 없을걸……

페레그리네 무슨 말씀이세요? 제가 사모님

70 손아귀에 있단 말씀입니까? 예?

사모님 어르신께서는 사모님이 아름답다고 말씀하셨어요.

정말 그러시네요. 다만 사모님 코가 약간

저쪽 편은 좀 빨간데, 마치 홍옥 같아요.

레이디 이건 정말 어떤 인내심으로도 참을 수 없어.

〈제3장〉

〔모스카 등장.〕

모스카 사모님, 무슨 일이 있으세요?

레이디 시의회에서

이 문제에 대한 내 탄원을 제대로 처리하지 않으면,

내가 온 세상에 그들은 귀족 계급이 아니라고 소문을 낼 테니까.

모스카 부인, 어떤 일을 당하셨는데요?

레이디 댁이 알려주신

5 그 매춘부가 이렇게 남장하고 있는 것을 내 붙잡았지요.

모스카 누구요? 이 사람이요? 아니 부인 무슨 말씀이신지요? 제가

말씀드린 그 계집애는 이미 시의회 앞에

붙잡혀 갔는데요, 곧 보게 될 겁니다요.

레이디 어디로요?

모스카 내 부인을 그리로 모셔다드리지요. 이 젊은 신사 양반은

오늘 아침 항구에 도착하는 걸 제가 봤는데요. 10

레이디 아니 그럴 수가! 내 판단력이 이리도 흐려졌단 말이야!

선생님, 제가 착각했다고 말씀드릴 면목도 없습니다.

부디 용서해주세요.

페레그리네 이런! 또 어떻게 변할지 모르겠군.

레이디 부디, 한 규수의 격앙된 감정을

마음에 담아두지는 않으시겠죠? 15

여기 베네치아에 머무신다면, 부디 저를 마음대로……

모스카 부인, 가시겠어요?

레이디 부디, 선생님 편하실 대로 저를 이용하세요.

선생님이 저를 많이 찾으실수록, 이제 우리의 싸움을 잊으셨구나,

하고 제가 생각하게 될 테니까요.[65] 〔레이디 폴리틱, 모스카 등 퇴장.〕

페레그리네 이것 참 이상한 일이야!

폴리틱 우드-비 경이라고? 아니, 뚜쟁이 폴리틱 경일세! 20

내가 이렇게 자기 부인과 알게 되도록 하다니 말이야!

좋아, 현명한 폴 경, 내가 경험 없고 미숙하다고

이런 식으로 놀려 먹었으니, 내 그대의 노련한 머리를 시험해보지,

내 보복전을 얼마나 잘 이겨낼지 말이야. 〔퇴장.〕

---

65 이용하라 use는 레이디 폴리틱의 말은 성적 뉘앙스를 풍긴다.

〈제4장〉

〔검사실.〕

〔볼토레, 코르바치오, 코르비노, 모스카 등장.〕

볼토레 자, 이제 일의 성격을 다 파악했을 테니,
다들 입이 맞아야 하오, 그것만 지키면
순탄하게 일이 진행될 테니까.

모스카 자자, 우리가
어떻게 입을 맞추어야 하는지 다들 아시죠? 분명히들 아시죠?
각자 어떤 거짓말을 공조해야 하는지 아시죠?

코르비노 그래.

모스카 그럼, 기죽지

5 마세요.

코르비노 그런데 변호사 양반은 사실을 알고 있나?

모스카 아이구, 선생님.[66]
절대 모르지요. 제가 그럴듯한 이야기를 하나 지어냈으니,
나리 명성은 이제 끄떡없습니다요. 다만, 과감해지셔야 합니다.

코르비노 내 저자 말고는 겁날 게 없어. 혹시 저자가 변호하는 것이
점수를 따서 공동 상속자라도 되는 날이면……

10 **모스카** 공동 올가미로 만들라죠.
저자의 목을 매달아버려요. 우리는 저자의 혓바닥과 소음만 이용할
거예요.

---

66 이하 대사들에서 모스카는 코르비노, 코르바치오, 볼토레를 각각 차례로 상대하며, 이들의 희망을 부풀리기에 바쁘다(옮긴이).

여기 꽥꽥대는 개구리처럼요. (코르바치오를 가리킨다.)

코르바노 그래, 저자는 어떻게 할 셈이지?

모스카 우리가 끝장을 내버리면 말씀이지요?

코르비노 응.

모스카 그건, 그때 생각해보지요.

미라로 팔아버리죠, 이미 절반은 먼지에 덮힌 골동품 같은데. (볼토레에게)

여기 물소를 보고 웃지는 마십쇼. 〔코르비노를 가리킨다.〕 15

저자가 머리 위의 뿔을 어떻게 가지고 놀까요? (방백) 모든 일이

잘 처리되어 끝나면 내가 웃지 않을 수는 없겠지만. (코르바치오에게) 선생님,

오직 선생님만이 풍작을 즐길 수 있을 거예요.

여기 이자들은 누구 때문에 헛수고하는지도 모른다니까요.

코르바치오 그래그래, 쉬잇.

모스카 (코르비노에게) 하지만 선생님만이 그 수확물을 드시게 될 거예요. (방백) 잔뜩 말이야! (다시 볼토레에게) 존경스런 선생님, 20

머큐리 신이 선생님의 우레 같은 혀에 앉아서,

—아니면 프랑스 헤라클레스도 좋구요—선생님 언변을

헤라클레스 곤봉만큼이나 힘차게 만들면 좋겠어요, 그러면

우리 적들을(태풍이 몰아치듯이) 납작하게 때려 눕히지 않겠어요.

아무튼, 훨씬 많은 것이 선생님 차지입니다요.

볼토레 저기 저자들이 오는군. 25

모스카 선생님이 필요하시면, 목격자를 하나 더

만들어낼 수가 있어요.

볼토레 누군데?

모스카 아는 여자가 하나 있어요.

〈제5장〉

〔판사 4명, 보나리오, 실리어, 노타리오, 법정 하사관들 등장.〕

판사 1 이번 사건 같은 경우는 시의회에서 들어본 적이 없답니다.

판사 2 우리가 이 사건을 보고하면, 시의회에서 깜짝 놀라겠어요.

판사 4 이 귀부인은 항상 나무랄 데 없이 명망이 높았다고 하니까요.

판사 3 젊은이도 그랬다고 하는군요.

5 판사 4 그 아버지야말로 정말 이상하지 않습니까.

판사 2 남편은 더 심하지 않소.

판사 1 내 그자에게 어떤 죄명을
씌워야 할지 모르겠소. 정말 끔찍할 뿐이야!

판사 4 그 사기꾼은 과거에 듣도 보도 못한 신종 범죄를 위해
태어난 인간 같소!

판사 1 후대인들 그런 범죄가 있겠소!

10 판사 2 내 그자와 같이 색을 밝히는 사람 얘기는 들어본 적이
없습니다.

판사 3 증인들은 다 출두했습니까?

노타리오 볼포네 대감 빼고는 전원 대기하고 있습니다.

판사 1 왜 볼포네는 오지 않았소?

모스카 판관님들,

여기 나리 변호사가 계십니다요. 나리께서 몸이 많이 편찮으시고,
기력이 쇠약해지셔서……

판사 4 당신은 뭐 하는 자요?

보나리오 저자가 15
볼포네의 식객 하인이자 뚜쟁이예요. 법정에 간청하건대,
볼포네를 강제로라도 출두시켜서, 존경하옵는 판사님들이
그자의 기이한 사기 행각을 직접 보셔야 해요.

볼토레 제 믿음과 신용에 맹세코, 또 어르신들 미덕에 걸고 말하는데,
바깥바람을 쐬면 볼포네 대감께서 견디지 못할 것입니다. 20

판사 2 어쨌든 그자를 데려오시오.

판사 3 그자를 좀 봅시다.

판사 4 불러오시오.

〔사관들 퇴장.〕

볼토레 판사님들의 훌륭하신 뜻이야 따르겠사오나,
이 광경을 보시면 판사님들께서 분노하시는 게 아니라
오히려 딱하게 여기실 것입니다. 기다리는 동안
제가 나리를 대신해서 이야기하도록 해주십시오. 25
이 법정이야말로 편견이 전혀 없는 장소로 알고 있습니다.
진실을 이야기한다고 소송에 해가 될 것이 없으니,
제가 감히 진실을 이야기하고자 합니다.

판사 3 자유로이 이야기하시오.

볼토레 그럼 존경하는 판사님들, 이제 제가
이미 괴이한 이야기들로 오염된 판사님들의 귀에 30
아주 기이하고도 염치없는 사건을 들려드려야 하오니,
어떤 극악무도한 자도 아직까지

이처럼 기가 막히는 사기 행각으로
베네치아 주를 욕되게 한 적이 없습니다요. [실리어를 가리키며] 여기
35 이 음탕한 여자는 분장이나 가짜 눈물의 도움 없이도
이런 순진무구한 얼굴을 하고 있지만,
저기 서 있는 저 호색한 애송이와 [보나리오를 가리킨다.]
오랫동안 정을 통해온 사이라고 알려져 있습니다.
그냥 의심을 받는 정도가 아니라,
40 제가 분명 말씀드리듯이, 확실히 그렇다고 밝혀졌어요. 저 젊은이와
현장에서 붙잡혔으니까요. 그리고 여기 이 사람, 마음씨 좋은 남편이
[코르비노를 가리킨다.]
용서를 해주었는데, 그런 때아닌 관대함이 이 양반을
법정에까지 서게 할 줄 알았습니까. 착한 천성 때문에
고소당한 사람 중에도 제일 불행하고 무고한 사람이지요.
여기 이자들은 그렇게 귀한 은총의 선물을
45 수치심 말고는 어떻게 받아야 할지도 모르고,
배은망덕하게도, 용서해준 은혜를 미워하기 시작했단 말입니다.
고마운 마음은커녕, 오히려 은혜를 입었다는
그런 과거의 기억 자체를 뿌리 뽑아버리고자
시도했답니다. 그러니 우리 판사님들,
50 이자들이 그런 사악한 행동에서 발각되자
품은 적의와 격노를 잘 눈여겨 보십시오.
게다가 그런 범죄 행각에서도 얼마나 용기 백배한지요.
점차 더 많은 것이 밝혀질 것입니다. 여기 아버지 되시는 이 신사분은
[코르바치오를 가리키며]
아들의 그 몹쓸 짓을 듣고 나서, 그동안 귓전을 어지럽혔던

다른 비열한 소문들을 다 같이 생각해볼 때, 55
더 이상 부모 노릇을 하지 못하겠다는 결론에 도달하여
(그 아들의 비행이 점점 더 기이해지고 있었으니 말이지요)
슬픈 마음으로 마침내 아들의 상속권을
박탈하도록 명했답니다.

판사 1 상황이 점점 이상하게 돌아가는구나!

판사 2 저 젊은이는 정직하고 착실하기로 티 없는 명성을 유지해왔거늘. 60

볼토레 그런 만큼 그 악덕이 더 위험하다는 것입니다.
선량한 척하면서 그만큼 쉽게 속여 넘길 수 있으니까요.
그런데, 제가 말씀드렸다시피, 청년의 아버지가
그렇게 상속 문제를 처리하기로 마음먹고(어떻게 이 얘기가
청년의 귀에 들어갔는지는 아무도 모릅니다), 바로 오늘 65
일을 거행하기로 했답니다. 그러자 이 부친 살해범이
(달리 뭐라 부르겠습니까), 비밀리에 약속을 해서
자신의 정부가 그곳에 가 있도록 준비해놓고는
볼포네의 자택에 들어서서는 (바로
볼포네 대감이 대신 유산 상속을 받도록 예정되었다니까요, 70
존경하는 판관님들) 거기서 아버지를 찾았답니다.
그런데 대체 무슨 목적으로 거기서 아버지를 찾았을까요, 판사님들?
제 그 말을 입 밖에 꺼내기도 온몸이 떨리니, 아들이
아버지에게, 그것도 그런 선량한 아버지에게,
그토록 끔찍하고도 극악무도한 마음을 먹을 수 있다니요. 75
바로 아버지를 살해할 요량이었답니다! 그런데, 아버지가 다행히도
자리에 없어서 뜻대로 잘 안 되자, 아들이 어떤 짓을 했습니까?
그 사악한 생각들을 거두기는커녕, 아니 이제 새로운 범행을,

(나쁜 짓을 시작하면 절대 그만두지 못한다니까요)

80 아주 끔찍한 범행입니다, 판사님들! 삼 년이 넘도록

병상에 누워 있던 나이 지긋한 어르신을

발가벗은 채로 그 무고한 침상에서 끌어내려

마룻바닥에 내팽개쳐 두었다니까요. 게다가 하인

얼굴에 상처를 입혔다지요. 그리고는 여기 이 창녀를

85 그 교활한 음모의 미끼로 사용해서, 이 여자야 한몫 거드는 게

그 이상 기쁠 수 없었지요, (자, 판사님들,

여기 결말이 얼마나 기가 막힌지 잘 들어보시기 바랍니다)

아버지의 계획을 수포로 돌릴 생각을 했단 말입니다.

볼포네 대감을 상속자로 선택한 아버지의 판단을

90 수치스럽게 하고, 이 사람 코르비노에게 불명예를 뒤집어씌워

부끄러움을 모면하려 하였으니, 사실 바로 그의 자비로

자신들의 목숨을 부지해왔었는데 말입니다.

판사 1 지금 한 이야기의 증거는 있소?

보나리오 존경하는 판사님들,

돈에 고용된 이자의 이야기를

믿지 마실 것을 간청드립니다.

95 **판사 2** 그만 하시오.

보나리오 수수료 몇 푼에 영혼도 팔 사람이에요.

판사 3 선생!

보나리오 이자는

동전 여섯 닢만 더 주면, 창조주에 맞서서라도 변호를 맡을 사람입니다.

판사 4 지금 자기 본분을 잊고 있소.

볼토레 아니 아니, 엄숙하신 판사님들,

저자에게도 기회를 주십시오. 생각해보십시오.
부모도 살려두지 않으려 한 인간인데, 자신을 고소하는 사람을 100
봐주겠습니까?

판사 1 자, 그럼 증거를 제시하시오.

실리어 내 차라리 세상에 태어나지 않았으면 좋았을 것을!

볼토레 코르바치오 씨!

판사 4 그가 누구요?

볼토레 아버지입니다.

판사 2 선서는 하였는가?

노타리오 예.

코르바치오 이제 제가 어떻게 해야 합니까?

노타리오 증언을 해주셔야 합니다.

코르바치오 (잘못 듣고) 저놈에게 얘기를 하라구? 105
차라리 흙으로 내 입을 틀어막고 말지. 저 녀석을 안다는 것만으로도
심장이 떨립니다. 저런 놈과는 아예 인연을 끊겠습니다.

판사 1 허나 무슨 이유인지?

코르바치오 저놈은 한낱 자연의 조화일 뿐이지,
제 혈육과는 전혀 관계가 없습니다.

보나리오 저자들이 그러라고 시켰습니까?

코르바치오 네놈 말은 듣지 않겠다. 110
이 인간의 탈을 쓴 괴물, 돼지, 염소, 늑대, 애비 죽일 놈아!
이 독사야, 입 닥쳐라.

보나리오 저는 자리에 앉겠습니다.
아버지의 권위에 대항하느니, 차라리
제 결백함이 고난을 당하는 편이 낫겠습니다.

볼토레 코르비노 씨!

판사 2 이것 참 이상하군!

115 판사 1 이자는 누구요?

노타리오 남편입니다.

판사 4 선서는 하였는가?

노타리오 예.

판사 3 그럼 이야기하시오.

코르비노 판관님들, 이 여자는 자고새[67]보다도

더 화려한 경력을 가진 창녀로서,

알려진 바에 의하면……

판사 1 그만 하시오.

코르비노 암탕나귀처럼 울어대며.

노타리오 법정을 모독하는 발언을 삼가시오.

120 코르비노 그러겠습니다.

그리고 여러분의 존경스런 귓가를 붉힐 말도 삼가야지요.

그러나 제가 말씀드리고 싶은 것은, 바로 이 두 눈으로

저년이 삼나무같이 단단한 저 젊은이에게

엉겨붙은 것을 봤다는 겁니다. 게다가 바로 여기

(자신의 이마를 가리키며)

125 솟아난 뿔 사이에 글자를 읽으실 수 있을 터이니,[68]

그러면 이야기가 딱 떨어지지 않겠습니까.

모스카 (코르비노에게 방백) 잘하셨어요, 선생님.

코르비노 내 말에 상스런 표현은 없었지, 응?

---

67 가장 음탕한 동물로 알려짐.

68 손가락을 V자를 만들어 이마에 대는 것은 오쟁이 진 남편cuckold의 표시.

모스카 없었고말고요.

코르비노 혹시나 내가 그런 말을 입에 담았더라도, 다
저년이 저주를 받았으면 하는 마음에서 그랬지. 창녀와 여자보다도
더 큰 지옥이 있냐만은. 독실한 가톨릭 신자면 130
의심해보라고 그래, 어디.

판사 3 슬픔 때문에 완전히 이성을 잃었군요.

판사 1 이자를 내보내시오.

판사 2 저 여자 좀 돌보시오. (실리어 기절한다.)

코르비노 아주 희귀한 재주야!
감쪽같이 속이다니! 또야!

판사 4 여자에게서 좀 떨어지시오.

판사 1 신선한 공기를 좀 쐬게 하지.

판사 3 자네는 뭐 할 말이 있는가?

모스카 제 상처,
현명하신 판사님들, 제가 부상당한 걸 보시면 135
아시지 않습니까. 우리 후원자 나리를 도우려다가 입은
이 부상 말이에요. 저 청년이 찾아 헤매던 부친을 놓치고,
저 노련한 부인이 신호를 받고 강간이라고 외쳤을 때 말이지요.

보나리오 이런, 정말 치밀한 사기 행각이로군! 판관님들

판사 3 좀 조용히 하시오.
당신 하고 싶은 말을 했으니, 다른 사람들에게도 말할 기회를 줘야지. 140

판사 2 여기 무슨 사기 행각이 있지 않은가 의심이 가기 시작합니다.

판사 4 이 여자도 너무 변덕스럽지 않습니까.

볼토레 엄숙하신 판관님들,
그 여자야말로 전문적인 직업 여성의 음탕함을

고스란히 가진 인간이라니까요.

코르비노 아주 충동적인 데다,

만족을 몰라요, 판관 어르신들!

145 **볼토레** 저 여자의 연극에

판관님들이 현명함을 잃지는 않으시겠죠. 바로 오늘만 해도

저 여자가 웬 이방인, 어떤 엄숙한 기사를 꼬드겼답니다,

그 색기 어린 눈초리와 아주 음란한 키스로요. 여기 이 사람이

둘이 함께 물에서 곤돌라를 타고 있는 것을 보았답니다.

150 **모스카** 여기 있는 숙녀분께서도 밖에서 그들을 보았다고 합니다.

그래서 백주 대낮에 그들을 뒤쫓았는데,

순전히 바깥양반 기사님의 명예를 위해서였지요.

판사 1 그 여자를 불러오시오.

판사 2 증인을 들여보내. 〔모스카 퇴장.〕

판사 4 이 일련의 사건들이

아주 기이하기 짝이 없군요!

판사 3 내 놀라서 돌로 굳어질 지경이요!

〈제6장〉

〔모스카, 레이디 폴리틱 우드-비 등장.〕

모스카 부인, 마음 단단히 먹으세요.

레이디 (실리어를 가리키며) 그래, 바로 이 여자예요.

이 카멜레온 같은 창녀야, 썩 나오지 못해. 이제 네년의 눈이

하이에나와 눈물 내기를 하는구나. 아니 나한테 그런 잘못을 하고도
어딜 뻔뻔스럽게 쳐다보는 거야? 여러분, 제 무례를 용서해주세요.
제가 깜빡하고, 말을 함부로 해서 5
법정의 위엄을 깨뜨린 것 같군요……

판사 2 아니요, 부인.

레이디 게다가 제가 좀 심했지요……

판사 4 그렇지 않았소, 부인.
이 증거들이면 아주 확실하군요.

레이디 분명 제가 여러분 명예를 실추시키거나,
저희 여성들의 명예를 떨어뜨리려는 의도는 없었어요.

판사 3 우리도 그렇게 믿고 있소.

레이디 분명, 그렇게 믿으셔도 돼요. 10

판사 2 그렇소, 부인.

레이디 사실, 그러셔도 돼요. 제 혈통이 그렇게
천하지는 않거든요……

판사 4 우리도 잘 알고 있소.

레이디 그렇게 집요하게
무례를 범할 정도로……

판사 3 부인.

레이디 이런 법정에서요.
아니, 절대로요.

판사 1 우리도 좋게 생각하고 있소.

레이디 그러셔도 돼요.

판사 1 저 부인이 하고 싶은 대로 말하게 두시오. 지금 보고하는 내용을 15

증명할 증인이 있습니까?

보나리오 우리 양심입니다.

실리어 그리고 결백한 사람들을 결코 저버리지 않으시는 하늘이요.

판사 4 그것들은 증거가 될 수 없소.

보나리오 여기 법정에서는 아니겠지요.

자기 편 많고 목소리 큰 사람이 이기는 곳이니까요.

판사 1 아니, 갈수록 무례해지는군요.

20 볼토레 여기, 여기,

증거가 옵니다. 저자들의 대담한 혓바닥을

당장 벙어리로 만들 수 있는 확실한 증거요.

(볼포네가 병자로 운반되어 들어온다.)

여기를 보세요, 엄숙하신 판관님들, 여기 강간범, 대사기꾼,

다른 남자의 부인 위에 올라탄 기수, 관능에 빠져

25 흥청망청대는 자가 있어요! 여기 이 사지가

성적 능력이 있을 거라고 생각되세요? 이 눈이

정부를 탐할 수 있을 거라고 생각되세요? 부디, 이 손을 좀 보세요.

숙녀의 가슴을 쓰다듬을 수 있겠습니까?

아마 지금 이 양반이 분장을 하고 있는 모양이죠?

보나리오 정말 그렇다니까요.

볼토레 어디 이 양반을 고문해보겠습니까?

30 보나리오 저라면 시험을 해보겠습니다.

볼토레 그럼 어디 한번 막대기나 이글거리는 인두로 시험해보십시오.

고문대에 올려보세요. 제가 듣기로,

고문대가 중풍 환자를 고쳤다고 하니, 부디 이 양반도 그렇게 해서

질병 치료를 도와주도록 합시다, 친절하게요.

여기 명예로운 판관님들 앞에서 제가 해보지요. 35
그렇게 해도 저 여자와 바람난 남정네들,
〔보나리오에게〕 당신이 상대해온 창녀들 수만큼
많은 질병이 이 양반에게 남아 있을 것이오.
오, 공평하신 판관님들, 만약 이 행동들,
이 뻔뻔스럽고 도가 지나친 행동들을 40
그냥 참고 넘기면, 어떤 시민의 생명과 명예가
비방꾼의 모략에서 안전할 수 있겠소.
판관님들이라고 안전하시겠습니까? 제가 여쭙겠는데
(엄숙하신 판관님들의 허락 하에서입니다만)
저들의 음모에 일말의 진실이라도 있습니까? 45
아니, 가장 둔감한 콧구멍일지라도, 여기
아주 가증스러운 중상모략의 썩은 내를 맡지 못하겠습니까?
저들의 계략으로 생명이 왔다갔다하는
여기 이 선량한 양반을 위해 판관님들의 선처를 빕니다.
저자들에 대해서는 다음과 같이 결론을 내리겠습니다. 50
사악한 자들이 불경한 짓을 한창 저지를 때는
결의가 아주 확고합니다.
나쁜 짓은 대단한 확신을 가지고 범하는 법이지요.

판사 1 저자들을 감금하되, 둘을 갈라놓도록 하시오.

판사 2 저런 괴물들이 살고 있다는 게 유감이오. 55

〔실리어와 보나리오를 데려간다.〕

판사 1 여기 노신사분을 조심해서 돌려보내도록 하시오.
우리가 쉽게 속아서 그분께 결례를 범했군요. 〔볼포네를 데려간다.〕

판사 4 바로 저 두 인간들이군!

판사 3 온몸이 떨릴 지경이오!

판사 2 수치심이라고는 아예 찾아볼 수 없군요.

60 판사 4 저자들의 죄를 밝혀냄으로써 베네치아 주에 아주 큰 공헌을 하셨소이다.

판사 1 밤이 되기 전에 법정이 어떤 처벌을 내릴지 듣게 될 것이오.

볼토레 판관님들의 노고에 감사드립니다. 〔판사들 퇴장.〕

자 어떤가?

모스카 아주

훌륭하십니다요. 선생님의 혀를 황금으로 입혀도 손색이 없겠습니다.

선생님을 이 도시 전체의 후계자로 삼아도 부족함이 없겠습니다.

65 선생님이 생활의 궁핍을 겪으시느니, 이 땅에 인간들이 부족한 게 낫지요.

산마르코 광장에 선생님의 동상을 세워야 할 겁니다.

코르비노 씨, 이제 가셔야죠. 가셔서 선생님이

승리하셨음을 보이셔야지요.

코르비노 그렇지.

모스카 다른 게 발각되는 것보다는[69] 선생님 스스로

70 이렇게 소박맞은 남편이라고 떠벌리는 게

훨씬 낫지 않았습니까요.

코르비노 아니, 나도 그 생각을 다 해봤지.

이게 다 그년 탓이야.

모스카 전에는 선생님 탓이었지요.

---

69 아내 실리어를 볼포네에게 알선하려 한 것(옮긴이).

코르비노 그렇지, 그런데 아직도 이 변호사가 의심스럽단 말이야.

모스카 정녕,

그럴 필요 없으세요. 그런 걱정을 덜으셔도 됩니다. 75

코르비노 자네를 믿네, 모스카.

모스카 선생님 영혼처럼요.

〔코르비노 퇴장.〕

코르바치오 모스카.

모스카 자 이제 선생님 일을 돌봐야죠.

코르바치오 뭐야? 일이라고?

모스카 그럼요, 선생님 일이지요.

코르바치오 다른 일은?

모스카 다른 게 뭐 있겠습니까요.

코르바치오 그럼 잘 처리하게나.

모스카 걱정 말고 푹 쉬셔도 됩니다, 선생님.

코르바치오 바로 처리하게.

모스카 그리합지요.

코르바치오 그리고 잘 살피게. 80

보석류, 접시류, 돈, 가재 도구, 침구류, 커튼 할 것 없이 전부

목록에 포함되도록 말일세.

모스카 커튼 고리도 포함시켜야지요, 선생님.

단지 변호사 수수료를 좀 제해야겠는데요.

코르바치오 내가 지금 대금을 치르지 뭐. 자네는 너무 헤플 수 있단 말이야.

모스카 제가 지금 지불하기로 되어 있는데요.

코르바치오 금화 두 냥이면 충분하지? 85

모스카 아니요, 선생님. 여섯 냥이요.

코르바치오 뭐가 그리 비싸.

모스카 변호를 오래 했으니,

그걸 감안하셔야 합니다요.

코르바치오 자, 여기 세 냥이 있네……

모스카 제가 변호사님께 드릴게요.

코르바치오 그러게, 그리고 이건 자네 몫이야. 〔동전 한 닢을 준다.〕

〔퇴장.〕

모스카 참 인심 좋은 뼈다귀일세! 젊었을 때 무슨 죄를

90 지었기에, 이 나이 먹도록 아직 숨이 붙어 고생을 하는 거야?

〔볼트레에게〕 보셨지요, 선생님. 제가 선생님을 위해 얼마나 애쓰는지를요.

걱정하지 않으셔도 됩니다.

볼토레 그래 그래.

그럼 나는 이만 가네. 〔퇴장.〕

모스카 전부 당신 차지요. 악마와 모든 재앙이 말이야.

훌륭한 변호사입니다, 부인. 댁에 모셔다 드리지요.

레이디 아니, 난 후원자 나리를 보러 갈 거예요.

95 모스카 그러시면 안 됩니다.

이유를 말씀드리지요. 지금 제가 할 일은

후원자 나리를 재촉해서 유언장을 고치는 거거든요.

전에는 부인이 세번째인가, 네번째였는데,

오늘 보이신 열성으로, 이제 맨 첫번째로 올라갈 겁니다.

100 부인이 자리에 계시면, 마치 그걸 구걸하는 것 같지 않겠습니까.

그러니까……

레이디 조언하신 대로 하죠. 〔모두 퇴장.〕

제5막

〈제1장〉

〔볼포네의 집.〕

(볼포네 등장.)

볼포네 자, 이제 집에 왔구나. 온갖 칼날을 피해서 말이지.
내 변장이 지금처럼 못마땅했던 적은 처음이야.
여기 집에 혼자 있을 때는 좋았지. 그런데 저 공공 장소에 서니
숨쉬는 것조차 조심해야 한단 말이야.
하나님 맙소사, 내 왼쪽 다리에 쥐가 나기 시작했다니까. 5
정말 죽은 듯이 온몸에 마비가 오면 어쩌나
얼마나 겁이 났던지. 자자, 이제 기분 좀 돌리고,
그런 생각을 떨쳐야지. 이렇게 걱정을 하다가는
정말 끔찍한 병에 걸릴지도 몰라.
너무 걱정을 하면 말이지. 그럴 수는 없지. 10
자, 빛 좋은 포도주 한 잔 대령해라. 이런 걱정을
털어내게 말이야. (흠, 흠, 흠) (포도주를 마신다.)
이러면 벌써 사라진 거나 다름없지. 내가 이기고말고.
희귀하고 기발한 협잡거리든 무슨 장난이든,

15 내가 배 아프도록 웃게 만들기만 하면

이 몸이 다시 멀쩡해질 거란 말이야! 암, 그렇지, 그래, 그래.

(다시 마신다.)

이 취기가 인생이지. 포도주가 지금쯤 피가 됐겠군 모스카!

〈제2장〉

〔모스카 등장.〕

모스카 좀 어떠십니까, 나리? 다시 날이 맑게 개었는지요?

이제 우린 살았지요? 잘못된 걸 다 바로잡고,

다시 원상복귀하지 않았습니까요? 다시 우리 신수가 훤하지요?

다시 마음껏 사업을 할 수 있지 않겠습니까?

볼포네 잘했어, 모스카!

모스카 아주 그럴듯하게 해내지 않았습니까?

5 **볼포네** 의심의 여지가 없었지.

기지란 원래 극한 상황에서 최고로 빛을 발하기 마련이야.

모스카 겁쟁이에게 중대사를 맡기는 것처럼

어리석은 짓은 없습죠.

아까 상황을 충분히 즐기셨나요?

10 **볼포네** 오, 내가 그 계집을 차지했다 해도 그런 재미는 못 봤을 거야.

여자들이 주는 쾌락은 그 발치에도 못 가지.

모스카 자, 이제야 나리답게 말씀하십니다요. 이쯤에서 멈춰야 합니다.

지금 우리 연극이 최고조에 있으니, 여기서 쉬어야지요.

더 이상 간다는 건 상상할 수도 없지요.

볼포네 맞는 말이야.

자네는 자네 몫을 충분히 했단 말이야, 모스카.

모스카 아니요, 나리. 15

법정을 속여 넘겨서……

볼포네 물살을 역류시켜서,

죄없는 자들을 뒤덮었단 말이지.

모스카 그렇습죠, 그 의견 분분한

불협화음 속에서 희귀한 음악을 만들어냈으니까요.

볼포네 맞는 말이야.

그게 내게는 가장 신기한 일이야! 어떻게 그럴 수가 있었던가?

저자들이 (서로 의견이 분분해가지고는) 20

나나 자네에게서 뭔가 낌새를 채지 못하다니 말이야.

자기들 편을 의심할 수도 있었을 텐데.

모스카 그자들이 뭘 보려 해야 말이지요.

불이 너무 많으면 눈이 어두워지는 법이에요. 각자

자기 자신의 희망에 가득 차 그 생각에만 사로잡혀서는,

자신의 희망과 반대되는 것은 25

그 이상 진실되고 명백할 수가 없고,

그 이상 빤할 수가 없는데도, 그냥 거부하려는 거지요……

볼포네 악마의 유혹처럼 말이지.

모스카 맞습니다요, 나리.

상인들은 장사 얘기를 하기 마련이고, 저 부자 양반들은

비옥한 땅에 대해 이야기하라지요. 하지만, 30

이탈리아에 저 사람들보다 더 비옥한 영지가 있으면
제가 성을 갈아요. 나리, 변호사 양반 정말 대단하지 않습니까?

볼포네 오, '제가 존경해 마지않는 판관님들, 엄숙하신 판관님들,
판관님들이 판단하시건대,
35 지금 여기 진실이란 무엇입니까? 이 괴이한 짓거리들을
그냥 묵인해주면, 명예로우신 판관님들……' 내가 웃음을 참느라
죽는 줄 알았네.

모스카 소인이 보기에는 나리가 땀을 흘리시던데요.

볼포네 진짜, 땀을 조금 흘렸다니까.

모스카 솔직히, 나리,
겁이 나지는 않으셨습니까요?

볼포네 솔직히 말해서,
40 내 좀 어리둥절하기는 했지만, 기가 죽지는 않았어.
절대로, 여전히 나 볼포네였다구.

모스카 아무렴 그러셨으리라 믿고말고요.
자 (이제 사실대로) 이 말씀을 드려야겠습니다.
양심상, 변호사 양반 말이에요.
그 양반 정말 애 많이 쓰셨고, 그리고,
45 (제 비천한 판단에 따라 말씀드리는 겁니다,
나리 뜻을 거스리려는 건 아니구요) 아주 충분한 자격이 되세요.
뭐랄까 사기 당해도 마땅한 자격이요.

볼포네 나도 같은 생각일세.
내가 법정에 가서 그의 뒷부분 변론을 들으니 그렇더구만.

모스카 아니, 그전에도 말이에요. 나리가 앞부분을 들었어야 하는데.
50 어떤 지점까지 이야기를 끌고 가다가, 갑자기 과격해져서는,

격렬한 손동작을 하질 않나 셔츠가 다 땀에 젖어 언제 갈아입나
제가 가만히 지켜봤지요. 이게 다 순수한 사랑에서 우러나온 거라니,
뭔가 노리고 그러는 게 아니라요……

볼포네 맞아.
하지만, 모스카, 내 곧바로 보상을 해주지는 않을 걸세.
아직은 아니야. 하지만 자네가 간청하기 시작하면 55
그때 시작하도록 하지. 아직 저자들을 약 좀 올려야 해.
바로 이 순간도 말일세.

모스카 좋습니다요, 나리.

볼포네 난쟁이와
내시를 불러들여라.

모스카 카스트로네, 나노. 〔나노와 카스트로네 등장.〕

나노 여기요.

볼포네 지그를 추어볼 참이냐?

모스카 나리 원하시는 대로요.

볼포네 자
바로 나가서, 거리를 돌아다니며, 너희 둘, 60
내가 죽었다고 떠들어대라. 한결같이 슬픈 표정으로
그래야 한다, 알아듣겠느냐? 최근의 비방 사건으로
상심해서 죽었다고 그래. 〔나노, 카스트로네 퇴장.〕

모스카 아니 이게 무슨 말씀이십니까?

볼포네 자자,
이제 바로 독수리니, 까마귀, 검은 새매가
여기로 날아오겠구나. 소식을 듣고 65
내 시체를 쪼아 먹으려고 말일세. 저 암늑대며 전부들

탐욕스럽게 기대에 차서……

모스카 그러면 놈들 입에서 먹을 걸 바로 채뜨리시려고요?

볼포네 그렇지. 내 자네에게 가운을 입힐 테니까,

70 자네가 바로 내 상속자인 것처럼 행동하게.

그자들에게 유언장을 보여주게. 저기 궤짝을 열면

칸이 비어 있는 유언장이 있을 거야. 내 거기다 바로

자네 이름을 써넣을 테니까.

모스카 그것 참 드문 유희가 되겠습니다요.

볼포네 그렇지.

저놈들이 입을 쩍 벌리고, 자신들이 속은 줄 알면……

모스카 그렇지요.

75 볼포네 놈들에게 아주 야비하게 굴어. 자자,

빨리 자네 가운을 입어야지.

모스카 그런데, 나리, 그자들이

시체를 찾으면 어떻게 하지요?

볼포네 부패했다고 말해.

모스카 냄새가 고약했다고 말하겠습니다. 그래서

바로 관에 넣어서 보내버려야 했다고요.

80 볼포네 자네 좋을 대로 말하면 돼. 자, 여기 내 유언장 받게.

모자와 회계책, 펜과 잉크,

종이를 자네 앞에 준비하게. 앉아서 자네가 항목들의

목록을 적고 있는 것처럼 말이야. 나는 일어나

커튼 뒤의 의자에 앉아서 엿들을 테니까.

85 놈들이 어떤 표정을 짓나 가끔씩 훔쳐보면서 말이지.

얼굴에 핏기가 싹 가시는 꼴을 봐주지!

아주 진귀한 웃음의 성찬이 되겠구나!

모스카 저 변호사 양반은 아주 아연실색할 겁니다요.

볼포네 그럼 웅변술의 칼날도 뭉툭해지겠구만.

모스카 저 등이 굽은 클라리시모 양반[70]은 90

돼지에 붙은 빈대처럼 나리를 우두둑 깨물려고 할걸요.

볼포네 코르비노는 또 어떻고?

모스카 아이고, 내일 아침

밧줄과 단검을 들고 온 거리를 달릴 테지요.[71]

아마 제정신이 아닐 겝니다.

또 나리를 위해 거짓 증언을 하러 95

법정에 출두한 귀부인 마님은 또 어쩌구요.

볼포네 그렇지.

판관들이 보는 앞에서 기름이 질질 흐르는 내 얼굴에

입을 맞추지 않았더냐.

모스카 땀투성이기도 했습죠. 웬걸, 나리 황금이

또 다른 명약 아니겠습니까. 고약한 냄새도

다 없애버리는걸요! 흉측한 모습도 고쳐서 100

아주 사랑스럽게 보이게 하질 않나,

마치 신기한 마술 벨트처럼요.

아크리시우스[72]의 보초를 통과하려는 제우스 신도

그 이상 교묘한 망토를 만들 수는 없었을 겁니다. 황금이야말로

세상을 가장 우아하고 젊고 아름답게 만드는 그런 물건 아닙니까요. 105

---

70 clarissimo: 베네치아의 지주. 코르바치오를 가리킴.

71 자살을 시도하려 할 거라는 뜻(P).

72 Acrisius: 다나에의 아버지로, 딸을 탑에 감금했음.

볼포네 그 여자가 나를 사랑하는 것 같단 말이야.

모스카 누구요? 그 부인이요?

나리를 질투하는 겁니다.

볼포네 그런 것 같은가?

모스카 앗, 들어보세요.

벌써 누가 왔어요.

볼포네 내다보게.

모스카 독수리예요.

역시 냄새는 제일 잘 맡는다니까요.

볼포네 내 자리로 돌아가겠네.

자네도 어서 자리로 가.

모스카 준비 완료입니다.

110 볼포네 허나 모스카,

연기 잘해야 하네. 놈들을 살살 괴롭혀주라고. 〔볼포네 퇴장.〕

〈제3장〉

〔볼토레 등장.〕

볼토레 자 어떤가, 모스카?

모스카 터키산 양탄자, 아홉……

볼토레 재산 목록을 적고 있구만? 그래 잘하는 일이야

모스카 침대 커버 두 세트, 황금으로 짠……

볼토레 그래 유언장은 어디 있어?

그동안 유언장이나 읽어보자. 〔코르바치오가 실려온다.〕

코르바치오 자, 여기 내려놓게.

이제 집에 가도 좋아. 〔운반꾼들 퇴장.〕

볼토레 아니 저 양반이 우릴 괴롭히려고 왔나? 5

모스카 테이블 보, 벨벳으로 된……

코르바치오 모스카, 다 되었는가?

모스카 테이블 보 두 장 더, 여덟……

볼토레 아주 꼼꼼해서 마음에 든다니까.

코르바치오 모스카 내 말 안 들려?

〔코르비노 등장.〕

코르비노 어라? 드디어 때가 온 건가, 모스카?

볼포네 (커튼 뒤에서 엿보며) 그렇지, 이제 놈들이 몰려드는구나.

코르비노 아니 변호

사 양반이 여기서 뭐 하는 거야?

여기 코르바치오는 또 뭐고?

〔레이디 우드-비 등장.〕

코르바치오 이것들이 여기서 뭐 하는 겐가?

레이디 모스카? 10

그분 운명의 실이 다 했나요?

모스카 리넨 여덟 궤짝……

볼포네 이런,

우리 우드-비 부인도 행차하셨군!

코르비노 모스카, 유언장.

이것들에게 유언장을 보여줘서 쫓아 보내야겠어.

모스카 삼베 여섯 궤짝, 다마스크 네 궤짝…… 거기요.

코르비노 저게 유언장인가?

모스카 오리털 침대, 덧베개……

15 **볼포네** 잘한다!

그래 계속 바쁜 척해라. 이제 놈들이 안절부절못하는구나.

내 생각은 안중에도 없고 말이지. 저것 좀 봐, 저것 좀 보라구!

놈들의 날쌘 눈초리가 다른 거 다 뛰어넘고,

이름과 유산 항목을 훑고 있는 꼴 말이야.

지놈들한테 뭐를 남겨줬나 하고……

20 **모스카** 침대에 매달 휘장 장식 열 세트……

볼포네 옳거니, 놈들 대님끈에 목이나 매달라고 해, 모스카. 이제 놈들 희망이

마지막 숨을 몰아쉬고 있구나.

볼토레 모스카가 상속자야!

코르바치오 이게 무슨 소리야?

볼포네 우리 변호사 양반은 말문이 막혔구나. 저 상인 양반 좀 봐.

지금 막 이상한 폭풍에 대해 들었거든. 배가 사라졌다고.

25 기절하는군. 우리 귀부인도 기절하시겠고. 안경알을 번득이는 늙은

코르바치오는 아직 자신의 상황을 모르는군.

코르바치오 다른 작자들의 희망이

모두 사라지는구나. 내가 저 친구를 믿거든.

코르비노 한데, 모스카

모스카 두 상자……

코르비노 이게 정말인가?

모스카 하나는

흑단이고……

코르비노 아니, 나를 그냥 놀리려고 그러는 거지?

모스카 다른 한 상자는 진주…… 지금 매우 바쁩니다. 30

세상에, 갑자기 한 재산이 내가 떨어졌으니 말이죠

항목, 마노가 소금통 한 가득…… 제가 달라고 한 것도 아닌데요.

레이디 아니 지금 듣고 계신가요?

모스카 흑단으로 만든 자, 좀 그만 하시죠.

지금 바쁜 게 보이실 텐데요…… 향수 한 상자……

레이디 이럴 수가!

모스카 내일이나, 다음 날이나, 여러분 모두와 35

이야기할 여유가 좀 생길 겁니다.

코르비노 이게 내 부푼 희망의 끝인가?

레이디 여보세요, 전 좀 반가운 대답을 들어야겠는데요.

모스카 부인!

좋아요, 나중에 그러시죠. 부디 내 집에서 조용히 나가주세요.

얼굴에 그런 험한 표정 지으실 것 없이 제 말 들어보십시오.

부인께서 상속자에 끼어보려고, 40

제게 베푸신 걸 기억해보세요. 가서 생각해보세요.

가장 훌륭한 귀부인들도 지위를 유지하려고 그렇게

했다는데 왜 부인은 안 되냐고 했죠? 자자, 됐어요.

집에 가서 기사 양반, 폴 경에게나 잘하시오.

내가 비밀을 털어놓을까 두렵군요. 자 가서 조신히 지내시오. 45

〔레이디 퇴장.〕

볼포네 아이고 저 악마같이 귀여운 녀석!

코르비노 모스카, 부디 말 한마디만 하세.

모스카 경! 아직도 안 가고 여기 계신단 말씀입니까?

다른 누구보다도 선생이 모범을 보이셨어야 한다고 생각하는데요.

왜 여기 어물쩡거리는 거요? 무슨 생각으로? 무슨 기대로?

50 들어보시오. 선생이 얼마나 얼간이인지 내가 빤히 알고 있다는 걸 모르시나요?

만약 상황이 달리 흘렀으면, 기꺼이

아내의 부정을 모른 척하려고 했다는 걸 말이에요. 아니,

아주 대놓고, 오쟁이 진 남편 역할을 하려 하지 않았소. 여기

이 진주가 선생 거였다고 말할 참이요? 그랬죠. 여기 다이아몬드도?

55 그걸 부인하지 않겠소, 오히려 고맙지. 여기 있는 다른 것들도 그렇다고?

그럴지도 모르죠. 이렇게 좋은 일들을 하셨으니, 선생의 검은 속을

가려줄거라고 생각하시라구요. 내 다 털어놓지는 않겠습니다.

당신 아내가 실제로 바람 피운 게 아니라도

그렇게 오쟁이 진 남편의 타이틀을 달았으니 그거면 충분합니다.

60 집으로 가서 울적하게 지내시오, 미쳐도 좋고. 〔코르비노 퇴장.〕

볼포네 잘한다, 모스카! 아주 재능이 있단 말이야!

볼토레 확실히, 모스카가 나를 위해서 이런 사기를 친 거야.

코르바치오 모스카가 상속자라구?

볼포네 아이고, 저 눈깔 네 개로 이제야 읽었구나![73]

코르바치오 내가 사기를 당했어, 저 식객 노예놈에게.

---

73 코르바치오는 안경을 끼고 있다(P).

이 악당, 나를 속였겠다.

모스카 그렇소, 선생. 입 다물지 않으면, 65

하나 남은 이빨을 마저 뽑아버리겠소.

선생이 바로 그 더럽고 욕심 많은 작자지,

지팡이 짚고 세 다리로, 먹이를 찾아 여기 와서는

지난 삼 년간 그 야비한 코를 들이박고

냄새를 킁킁 맡지 않았던가요. 게다가 우리 후원자 나리를 70

독살하도록 나를 사주할 뻔하지 않았소. 선생?

선생이 바로 오늘 법정에서

아들 상속권을 박탈하겠다고 선언한 그 양반 아니신가요?

또 거짓 맹세를 하지 않았나요? 집에 가서 썩어 문드러져요.

한마디만 더 꽥꽥거리면 다 불어버리겠소. 75

자 썩 꺼지라고, 운반꾼들을 불러. 가서 썩어 문드러지라고.

〔코르바치오 퇴장.〕

볼포네 대단한 하인 녀석이야!

볼토레 자, 내 충직한 모스카야,

자네의 변함없는 마음을 알겠구나.

모스카 네?

볼토레 아주 성실해.

모스카 반암으로 만든

탁자 하나…… 선생께서 이렇게 성가시게 구실 줄은 몰랐습니다.

볼토레 아니, 이제 연극은 그만두게, 다들 갔으니까.

모스카 무슨 소립니까? 당신 누구요? 80

뭐요? 누가 선생을 불렀습니까? 이런, 자비를 구하세요,

거룩하신 선생님! 솔직히, 저도 선생 일이 안타깝습니다,

선생 그간의 노력이 (저도 인정하지만) 마땅히 보상을 받아야 하는데,
갑자기 제가 그 운을 차지해버렸으니까요.
85 하지만, 분명히 해둘 것은, 재산이 갑자기 저에게 떨어졌다는 겁니다.
고인의 유언이 지켜져야 하는 것만 아니라면
저야 솔직히 재산이 없었으면 하는 바람입니다.
그래도 선생은 재산이 필요 없으시니 그 점이 다행입니다.
선생은 재능이 있으시니까 (고등 교육 덕분이지요)
90 인간이 있고 범죄가 있는 한, 법정 소송이 끊이지 않을 것이니,
선생이 궁핍하실 일이 있겠습니까. 내게 그런 재능의
절반만 생겨도, 전 재산을 내놓겠다니까요.
내게 어떤 소송 문제가 생긴다면 (바라건대,
일 돌아가는 것이 쉽고 뻔해서 그렇지야 않겠지만)
95 선생의 목청 높은 도움을 찾을 것입니다.
선생이 평소 받으시는 수수료를 물론 치르구요. 아무튼
선생께서 법을 그렇게 잘 아시는데,
내 소유물을 탐하지 않을 만큼의 양심은 있지 않겠습니까.
선생이 주신 금접시 감사드립니다. 젊은이 힘을 돋우는 데
100 도움이 되겠어요. 그런데, 선생님, 마치 변비에 걸리신 듯한
표정이네요. 집에 가서 하제를 쓰시는 게 제일 좋겠어요.

〔볼토레 퇴장.〕

볼포네 양상치를 많이 먹으라고 그래. 요 재치 있는 악동.
어디 좀 안아보자. 지금 자네를 비너스로 변신시키면
참 좋겠구나. 자 모스카, 가서
105 바로 내 화려한 클라리시모 의상을 입고
거리를 거닐게. 사람들 눈에 띄어 놈들을 더 괴롭히라고.

계획만 할 게 아니라 잘 즐겨야지. 누가 이 재미난 향연을
놓치겠는가?

모스카 이제 놈들에게서 들어오는 수입을 잃겠는데요.

볼포네 아니, 내가 회복되면 다시 다 돌아올 텐데 뭐.
지금 내가 하고 싶은 건 좀 변장을 하고 나가서, 110
놈들을 만나보는 거야. 이것저것 물어보고 말일세.
매 순간 놈들을 어떻게 괴롭혀줄까 고민이란 말이야.

모스카 나리, 제가 도와드리지요.

볼포네 자네가?

모스카 네, 제가 나리와
꼭 닮은 법정 하사관 한 명을 알거든요.
그자를 술에 취하게 하고, 그자의 옷을 제가 가져옵지요. 115

볼포네 자네 머리에서나 나옴직한 아주 기발한 생각이야.
내가 나가서 놈들을 잔뜩 괴롭혀줘야지.

모스카 나리, 저주를 사서 받으셔야지요.

볼포네 놈들이 폭발할 때까지 말일세.
여우란 원래 저주를 받을 때 제일 잘사는 법이니까. 〔모두 퇴장.〕

〈제4장〉

〔폴리틱 우드-비 경의 집.〕

〔페레그리네, 상인 세 명 등장.〕

페레그리네 제 변장 괜찮아요?

상인 1 그럼요.

페레그리네 난 그저 저자를 놀래키려는 생각밖에 없어요.

상인 2 그 양반을 멀리 보내버리면 좋을 텐데.

상인 3 찬트나 알레포[74]로?

페레그리네 그렇죠, 그래서 저 작자의

5 모험 이야기를 항해 책자에 적어서,

저자의 어리숙한 이야기를 출판하면 어떨까요?

신사 양반들, 제가 들어가면 잠시 후에,

우리가 한참 이야기에 열중할 즈음에

들어오시는 겁니다.

상인 1 우리에게 맡기시게. 〔상인들 퇴장.〕

〔여인 등장.〕

10 **페레그리네** 안녕하십니까, 이리따운 부인. 폴 경은 안에 계신지요?

여인 잘 모르겠는데요.

페레그리네 부디, 폴 경에게 전해주십시오.

여기 상인이 진지한 사업 이야기로

말씀 좀 나누고 싶어한다고요.

여인 말씀대로 하겠습니다. 〔퇴장.〕

페레그리네 그래주시오.

여기 사는 사람들은 전부 단순한 것 같군.

---

74 Zant: 베네치아령 이오니아의 섬들 중 하나. Aleppo: 시리아의 도시(O).

〔여인 등장.〕

여인 나리께서 말씀하시기를, 지금 중대한 국사를 15
돌보시느라 시간을 내실 수 없으시답니다. 다음 기회에
방문하시지요.

페레그리네 부디, 다시 말씀드려주십시오.
제가 지금 가져온 소식이 경을 사로잡고 있는 국사보다도
훨씬 중요한 일이라고요. 〔여인 퇴장.〕
그 양반의
중대한 국사란 대체 무엇일까? 20
아마 여기 베네치아에서 어떻게 볼로냐 소시지를 만드느냐의 문제?
한 가지 재료쯤 생략하고 말이야.

〔여인 등장.〕

여인 나리께서 말씀하시길,
선생님 말투로 미루어보아 정치가는 아닌 것 같으니,
잠시 기다려달라고 하십니다.

페레그리네 좋아요, 돌아가서 말씀해주세요.
내가 그분처럼 그렇게 많은 선언서를 25
읽은 적도 없고, 단어마다 공부한 적은 없으나……
경께서 여기 몸소 나오시는군요. 〔여인 퇴장.〕

〔폴리틱 우드-비 경 등장.〕

폴 선생, 너그러운 이해
바랍니다. 오늘 나와 우리 안사람 사이에
뜻밖의 불상사가 일어났답니다.
30 그래서 그녀가 만족할 만큼 사과문을
작성하고 있을 때, 선생이 오셨던 겁니다.

페레그리네 선생님, 제가 더 끔찍한 재앙을 가져왔으니 안타깝군요.
선생님께서 오늘 항구에서 만나신 그 신사, 왜 베네치아에 막 도착했다던 그 사람이요……

폴 그래, 그 사람이 망명한 매춘부였소?

35 페레그리네 아니요,
선생님께 붙여진 스파이였답니다.
그자가 시의회에 접촉해서는,
선생님이 베네치아 주를 터키에 팔
음모를 꾸미고 있다고 고해 바쳤다던데요.

폴 아니 이럴 수가!

페레그리네 그 때문에, 지금 선생님을 체포할
40 영장이 발급되고, 선생님 서재를 수색해서
그 문서들을……

폴 맙소사. 문서들은 하나도 없소. 연극책에서 뽑아낸
노트밖에 없는데……

페레그리네 그게 더 낫지요.

폴 에세이 몇 편하고 말이야. 이제 난 어떻게 하지?

페레그리네 선생님,
설탕 궤짝에 들어가보시든지,
45 몸을 둥글게 말 수 있다면, 골풀 바구니가 낫겠는데요.

그럼 제가 선생님을 국외로 보내드릴 수 있겠습니다.

폴 내가 그렇게

애기했단 건,

그냥 재담이었을 뿐이는데. (밖에서 문을 두드린다.)

페레그리네 이런, 벌써 여기 왔군요.

폴 내 처지가 참 가련하구나, 가련해.

페레그리네 어떻게 하시겠습니까, 선생님?

뛰어 들어가 숨을 만한 건포도 통 없어요?

선생님을 고문대에 올릴 텐데, 빨리 움직이셔야지요. 50

폴 선생, 내 장치가 하나 있긴 한데……

상인 3 (밖에서) 폴리틱 우드-비 경?

상인 2 어디에 있지?

폴 내 오래전에 생각해놓은 거지.

페레그리네 그게 뭔데요?

폴 (내 절대 고문을 견디지는 못할 거야)

글쎄, 그건 거북이 등껍질로 만든 건데,

이런 극한 상황에 맞추어 제작한 거지. 선생, 나 좀 도와주시오. 55

여기 내가 다리를 둘 공간이 있으니,

그걸 좀 등에 올려주시오. 내 여기 이 모자를 쓰고

검은 장갑을 끼고, 거북이처럼 누워 있으리다.

저자들이 갈 때까지 말이오.

페레그리네 선생님, 이걸 장치라고 부르십니까?

폴 내가 고안해낸 장치지, 선생, 내 아내의 하녀들에게 60

내 문서들을 태우라고 좀 해줘요. (상인들이 뛰어 들어온다.)

상인 1 그자가 어디 숨었나?

상인 3 반드시
찾아내야 해. 찾아낼 거라고.

상인 2 그자의 서재는 어디 있지?

상인 1 당신은
뭐 하는 자요?

페레그리네 저는 상인인데, 여기 이 거북이를
보러 왔습니다.

상인 3 뭐라고?

상인 1 맙소사!
이게 무슨 짐승인가?

페레그리네 물고기입니다.

65 상인 2 이리 나와보시오.

페레그리네 아니요, 이걸 때리든지, 밟고 올라타보세요. 수레를 매달아
끌게 하면 좋겠군요.

상인 1 그 위를 뛰어넘으라고?

페레그리네 예.

상인 3 어디 그놈 위에서 뛰어볼까.

상인 2 놈이 못 움직이나?

페레그리네 기어 다닙니다.

상인 1 놈이 기는 걸 좀 보지.

페레그리네 아니요, 잘못하면 거북이가 다칩니다.

70 상인 2 아니, 놈이 기는 걸 보아야겠네. 아니면 놈의 창자를 찔러놓겠다.

상인 3 야, 이리 나와.

페레그리네 부디 선생님 (조금 기어보세요).

상인 1 앞으로.

상인 2 조금만 더.

페레그리네 선생님 (기세요).

상인 2 놈의 다리를 좀 볼까?

상인 3 세상에, 대님을 했는데?

상인 1 그러게, 게다가 장갑까지!

상인 2 이게

그 무서운 거북이인가?

(거북이 등껍질을 벗기고 폴 경의 정체를 밝힌다.)

페레그리네 자, 폴 경, 이제 비겼습니다.

선생님의 다음 프로젝트에 저도 잘 대비하지요. 75

선생님의 노트들이 장례식을 치러야 했다니 참 유감이네요.

상인 1 플리트 거리에서나 볼 만한 기이한 쇼였네.[75]

상인 2 그럼, 이 기간에 말이야.

상인 1 아니면 스미스필드 장에서나 볼 수 있을까.

상인 3 이것 참 우울한 광경 아니었나!

페레그리네 가장 교활한 거북이야, 잘 있게. 〔상인들과 퇴장.〕

폴 우리 부인은 어디 있나? 80

〔여인 등장.〕

부인이 이 일을 알고 있나?

여인 잘 모르겠습니다.

폴 가서 여쭈어보게.

---

75 런던의 Fleet Street에서 당시 인형극이 유행했음.

〔여인 퇴장.〕

이런, 내가 잔칫상마다 오르는 이야깃거리가 되겠구나.
신문 지면을 장식하겠어. 뱃사공들이 입방아 찧고,
더 심한 건 선술집에서도 그럴 테니 말이야.

〔여인 등장.〕

85 **여인** 부인께서 아주 낙심하셔서 집에 오셔서는,
회복을 위해서 바로 바다로 가신답니다.

폴 나도, 이 장소와 기후를 영영 피해서 떠나야겠다.
집을 등에 짊어지고 기어가야지. 내 가여운 머리를
교활한 등껍질 속에 움츠리고 말이야. 〔모두 퇴장.〕

〈제5장〉

〔볼포네의 집.〕
(볼포네는 법정 하사관의 옷을 입고, 모스카는 베네치아 거부의 옷차림으로 등장.)

볼포네 내가 그자와 비슷하단 말이지?

모스카 아이고, 완전히 빼다 박았습니다.
아무도 구별하지 못할걸요.

볼포네 좋구만.

모스카 그럼, 소인은 어떻습니까요?

볼포네 분명, 아주 멋드러진 베네치아 거부 아닌가, 아주 잘 어울려!

그렇게 태어나지 않은 게 유감일 지경이야.

모스카 (방백) 지금 거부가 된 모습을 잘

유지하면, 그것으로 충분하지.

볼포네 난 우선 법정에 가서 5

어떤 소식이 있는지 보고 오겠네. 〔퇴장.〕

모스카 그렇게 하시지요. 우리 여우가

이제 제 굴 밖으로 나가니, 다시 굴에 들어오기 전에

빌려 입은 옷차림으로 꽤나 괴로워하게 만들어줄 테다.

나랑 타협을 잘하기 전까지 말이야.

안드로지노, 카스트로네, 나노!

〔다들 등장.〕

모두 여기요. 10

모스카 밖에 나가서 즐겁게 놀거라. 나가 놀아. 〔다들 퇴장.〕

자, 이제 열쇠를 가졌겠다, 전부 내 차지란 말이야.

여우가 때가 되기 전에 죽을 테니,

잘 묻어주든지, 구슬러서 한밑천 뽑을 테다. 내가 상속자니까.

여우가 재산을 좀 나누어줄 때까지, 상속자 자리에서 안 비킬 거야. 15

여우의 등을 쳐 먹어도 그냥 사기를 잘 치는 정도지.

누가 그걸 죄악이라고 부르겠어. 여우가 그동안 재미 좀 봤으면,

이제 그 값을 치러야지. 이게 바로 여우덫이라는 거지. 〔퇴장.〕

〈제6장〉

〔거리.〕

(코르바치오, 코르비노 등장.)

코르바치오 법정이 곧 설 거라고 사람들이 그러오.

코르비노 우리 체면을 위해서라도,

우리 이야기를 그럴듯하도록 잘 지어내야 하오.

코르바치오 왜? 내 사연은 가짜가 아냐. 내 아들이 거기서 나를 죽였을 거야.

코르비노 사실이오. 내 깜빡했군요. 내 경우는 확실히 그렇거든요.

아무튼, 선생 뜻대로 하시오.

5 **코르바치오** 내 그 하인놈에게 요구해서 받아낼 거야.

그놈의 후원자가 죽었으니 말이야.

〔볼포네 변장하고 등장.〕

볼포네 코르비노 씨! 코르바치오 씨!

많이 기쁘시겠어요.

코르비노 뭣 때문에?

볼포네 갑자기 한 재산

장만하셨다면서요……

코르바치오 어디서?

볼포네 (사연이야 모르겠지만)

고인 볼포네에게서지요.

10 **코르바치오** 비켜, 이 떠돌이 악당아.

볼포네 재산이 너무 많아졌다고 갑자기 성질을 부리지는 마십시오.

코르바치오 불한당 같은 놈, 썩 꺼져.

볼포네 왜요?

코르바치오 지금 나를 놀리는 건가?

볼포네 선생님이 세상을 놀리시는 거지요. 서로 유언장을 교환하셨다며요?

코르바치오 꺼져, 이 악당놈아.

볼포네 오! 아마, 선생님도 그렇다죠,

코르비노 씨? 그래도 선생님은 꿋꿋하십니다. 15

그런 일로 이성을 잃지는 않으시는군요. 그 기질이 존경스럽네요.

재산을 가지고 잔뜩 부풀어 오르시지는 않잖아요.

지금쯤이면 가을 수확으로 가득 찬 포도주 통처럼

부풀어 오르실 만도 한데 볼포네가 선생님께 모든 것을 남겼나요?

코르비노 눈앞에서 사라져, 이 악당놈아.

볼포네 진실로, 사모님께서는 그 여성스러 20

움을

확실히 보이셨다지요. 하지만 선생님이야 괜찮으시죠,

뭐 걱정할 거 있으세요. 이제 한 재산이 있으시니,

그 정도야 이번 기회에 더 잘 넘기실 수 있잖아요.

코르바치오 씨와 재산을 분배하지만 않으면요……

코르바치오 꺼져, 이 불한당아.

볼포네 상속자임을 인정하지 않으려 하시는군요. 아주 현명하십니다. 25

도박장에서 도박꾼들이 다 그렇게 아닌 척하지 않습니까.

딴 사람이 아무도 없는 것 같아 보이지요.

〔코르바치오, 코르비노 퇴장.〕

저기 독수리 양반이 오는군.

부리를 하늘 높이 쳐들고 킁킁대면서 말이야.

〈제7장〉

(볼토레 등장.)

볼토레 그 식객놈에게 이렇게 당하다니? 그 노예놈에게?
심부름이나 하러 뛰어다니고, 빵부스러기를 바라고 굽실대는 놈에게?
내가 이제……

볼포네 법정에서 선생님을 기다리고 있습니다.
선생님의 행운에 저도 기뻐 몸둘 바를 모르겠습니다.
5 그게 그처럼 박식하신 손 위에 떨어졌으니 말이에요.
손가락의 기술을 잘 이해하시는……

볼토레 무슨 소리인가?

볼포네 제가 선생님께 감히 청을 드리고자 하옵니다.
저 선생님의 저택들이 이어진 길 끝에 있는,
그러니까 생선 시장 근처에 있는
10 막 수리를 마친 저 작은 건물을 염두에 두고 있습니다요.
선생님 선임자이셨던 볼포네 나리가 살아계실 때는
베네치아 여느 홍등가에 뒤지지 않아. (타 업소를 헐뜯자는 게 아니라요)
늘 손님이 끊이질 않고 벌이가 꽤 괜찮았다고 하지요.
그런데 볼포네 양반과 운명을 같이하여, 그 양반의 몸과 그 집이
같이 썩어갔답니다요.

볼토레 여보시오, 헛소리 작작 하시오. 15

볼포네 이런, 선생님께서 그저 악수를 허락해주시면
제가 선매권을 갖는 걸로 알겠습니다요. 자 제가 갖는 겁니다요.
선생님께는 그거야 아무것도 아니잖습니까. 그런 낡아빠진 건물세란.
박식하신 선생님께서 잘 아시다시피……

볼토레 내가 뭘 알아?

볼포네 선생님 재산이 끝을 모르니까요. 하나님이 좀 덜어주셔야 하는데. 20

볼토레 이 착각에 빠진 인간아! 뭐야, 내 불행을 비웃는 건가?

볼포네 신의 가호가 선생님과 함께하시길. 〔볼토레 퇴장.〕
자, 저쪽 길모퉁이에 있는 첫번째 희생양에게 가보자.

〈제8장〉

(코르바치오, 코르비노 등장. 모스카가 지나간다.)

코르바치오 저것 좀 봐, 우리 옷이야! 저 뻔뻔한 종놈 좀 봐!

코르비노 내 눈알이 대포알처럼 놈에게 꽂히면 시원하겠소.

볼포네 아니, 그게 사실입니까? 저 식객이?

코르바치오 또 우리를 괴롭히려고? 이 괴물아.

볼포네 사실, 선생님,
그 근엄하신 수염이 그렇게 쉽게 농락당하다니, 5
소인 마음이 몹시 아픕니다요. 저 식객의 터럭 하나도
못 봐줄 지경입니다. 저 코 좀 보세요. 사기꾼 그 자체 아닙니까요.
저자의 표정에는 옛날부터 항상 클라리시모를

말아먹을 것 같아 보였다니까요.

코르바치오 이놈을……

볼포네 제 생각에는

10 그렇게 세상 경험이 많으시고,

그토록 재치 있고 수려한 새인 코르비노 씨가,

(그 존함에 도덕의 경귀까지 담고 계시지 않습니까)

자신의 수치를 노래하지 않았어야 합니다.[76] 여우가

그 텅 빈 머리와 뱃속을 비웃도록 치즈를 떨어뜨리지 말았어야지요.[77]

15 **코르비노** 이놈, 네놈이 법정 하사관이라는 지위와,

그 건방진 새빨간 모자를 믿고— 그 모자는 마치

네놈의 돌머리에 구리 동전 같은 단추 두 개로 박혀 있는 것 같구나—

마음대로 약올릴 수 있다고 생각하는 모양인데, 이리로 오너라, 이놈.

내가 네놈을 패 줄 수 있다는 걸 알게 될 거다. 이리 다가와.

20 **볼포네** 선생님, 서두르실 거 없습니다요. 선생님의 용맹함이야 잘 아니까요.

선생님이 과감히 자신이 어떤 사람인지 밝히셨지 않습니까요.

코르비노 잠깐,

네놈과 이야기를 좀 해야겠다.

볼포네 (물러나며) 선생님, 나중에요……

코르비노 아니야, 지금.

볼포네 하나님 맙소사! 바람맞은 남편이 이성을 잃고

분노를 터뜨리는 걸 견딜 줄 안다면 제가 현명한 거게요?

코르바치오 뭐야! 또 왔어? 〔모스카가 그들 곁을 걸어간다.〕

---

76 이는 코르비노가 법정에서 아내가 바람을 피웠다고 공공연히 선언한 것을 말함(P).

77 여우가 까마귀를 노래하도록 유인해서 그 부리에서 치즈를 떨어뜨리게 한 이솝 우화에 대한 언급(P).

볼포네 모스카, 나 좀 저자들로부터 살려주게. 25

코르바치오 저놈 숨결에 공기가 오염되는 것 같다.

코르비노 저놈 없는 곳으로 가자구. 〔퇴장.〕

볼포네 과연 훌륭한 바실리스크[78]야! 이제 독수리를 공격해봐라.

〈제9장〉

(볼토레 등장.)

볼토레 어디, 이 쉬파리야. 지금은 너한테 여름이지만,
곧 겨울이 올 거다.

모스카 훌륭하신 변호사 양반.
부디 이렇게 경우에 맞지 않게 욕설을 퍼붓거나 위협하지 마시오.
저 레이디 우드-비 말처럼, 부적절한 문장이에요.
변호사 모자를 잘 써봐요. 선생 두뇌가 헐거워지겠소. 5

볼토레 글쎄요.

볼포네 소인이 이 건방진 노예놈을 패줄깝쇼?
저 새로 입고 나온 값진 옷에 오물을 던질깝쇼?

볼토레 이놈도
분명 한 패야, 그 집에서 풀었을 거라고!

볼포네 선생님, 법정에서
정말로 선생님을 기다린다니까요. 제가 정말 화가 납니다요.

---

78 basilisk: 바라보기만 해도 상대를 죽일 수 있다는 전설상의 파충류로, 수탉의 알에서 부화한다고 함.

10 유스티누스 법전을 읽은 적도 없는 노새가
일어나서 변호사 등에 올라타니 말이에요.[79] 그런 놈에게
바보 취급 당하는 걸 막을 수 있는 법정 트릭은 없나요?
선생님께서 그저 농담하시는 거겠죠? 그런 게 아니라요.
다른 사람들 눈을 속이려고 둘이 짜고 그러는 거예요.
선생님이 상속자 맞죠?

15 **볼토레** 거 참 괴이하고, 주제넘고,
귀찮은 놈이로구나! 날 고문하고 있어.

볼포네 제가 잘 알지요.
선생님이 사기당했을 리 없다는 걸요.
사람의 재간으로야 그럴 수는 없지요.
선생님이 그렇게 현명하고 그렇게 신중하니,
20 재산과 지혜가 함께 가는 것이 도리 아니겠습니까. 〔모두 퇴장.〕

〈제10장〉

〔검사실.〕
(판사 네 명, 서기, 법정 하사관, 보나리오, 실리어, 코르바치오, 코르비노 등장.)

판사 1 자 여기 전원 출두했습니까?

서기 변호사만 빼고 전원 참석입니다.

판사 2 저기 변호사도 오는군요.

---

79 일반적으로 변호사들이 노새를 탔음.

〔볼토레, 볼포네 등장.〕

판사 1 　　　　　　　저자들에게 형을 선고하시오.

볼토레 존경하옵는 판사님들, 부디 자비를
베푸셔서, 용서해주십시오……
제가 이성을 잃었습니다……

볼포네 (방백) 　　　　　　　저자가 뭘 하려는 거야?

볼토레 　　　　　　　　　　　　　　오, 5
누구에게 먼저 얘기를 해야 할지 모르겠군요,
판사님들에게 해야 할지, 여기 결백한 사람들에게 해야 할지……

코르비노 (방백) 아니 다 털어놓을 생각인가?

볼토레 　　　　　　　　　　　　내 탐욕에 사로잡혀
저 순진무구한 사람들에게도 똑같이 죄를 지었습니다.

코르비노 저자가 미쳤어!

코르바치오 　　　　　　저게 다 무슨 소리야?

코르비노 　　　　　　　　　　　　뭔가에 단단히 홀렸어. 10

볼토레 이제 양심의 가책을 받아, 용서를 빌고자 이렇게 (무릎을 꿇는다.)
피해 입은 분들 발밑에 제가 몸을 던져 사죄드립니다.

판사 1, 2 일어나시오.

실리어 　　　　　　하늘이시여, 정말 공명정대하십니다!

볼포네 (방백) 　　　　　　　　　　　　내가 만든 올가미에
내가 걸려들었구나……

코르비노 (코르바치오에게) 　　　말을 잘 맞춰야 해요. 지금은 대담함밖에
믿을 게 없단 말이오.

판사 1 계속 얘기하시오.

15 법정 하사관 좌중은 조용히 하시오.

볼토레 거룩하신 판관님들, 지금 제가 진실을 털어놓는 것은
순간의 격한 감정에서가 아니라, 그저 양심의 소리를
따르는 것일 뿐입니다. 저 식객,
저 악당놈이 이 사기를 다 조종한 장본인입니다.

판사 2 그 악당이 어디 있소? 불러 오시오.

볼포네 제가 가겠습니다. 〔퇴장.〕

20 코르비노 엄숙하신 판관님들,
저 변호사는 미쳤습니다. 금방 다 털어놓았어요.
지금은 고인이 된 볼포네의 상속자가 되기만 바라다가
그만……

판사 3 뭐라고?

판사 2 볼포네가 죽었는가?

코르비노 엄숙하신 판관님들, 벌써 죽은 지……

보나리오 오, 확실히 복수를 하였다!

판사 1 가만,
그럼 그자가 사기꾼이 아니었나?

25 볼토레 아니요, 절대 아닙니다.
저 식객이 나쁜 놈입니다, 엄숙하신 판관님들.

코르비노 저자가 다
시기심에서 저러는 겁니다. 하인이 갑자기 저자가 노리던 자리에
올라앉았으니까요. 부디 판관 어르신들,
여기 진실을 들어보세요. 제가 하인의 편을 들지는 않겠사오니,
30 그자가 사기를 치는 데 한몫했을지도 모릅니다요.

볼토레 그렇지, 나뿐 아니라, 당신 희망도 말이야, 코르비노.
하지만 제가 중용을 지키도록 하겠소. 부디,
여기 이 문서들을 살펴보십시오. 잘 비교해보십시오. (문서를 준다.)
선처를 바라오니, 그 문서들을 보면 진실이 자명해질 것입니다.

코르비노 악마가 들었나 보구나!

보나리오 그 악마가 당신 몸에 살고 있나 보죠. 35

판사 4 만약 그가 상속자라면, 법정 하사관을 보내 소환하려 한 건
우리가 잘못한 것 같습니다.

판사 2 누구를 소환하는데요?

판사 4 저 사람들이 식객이라고 부르는 사람 말이오.

판사 3 맞는 얘기요.
이제 그 사람은 큰 재산을 물려받은 거부 아니오.

판사 4 어서 가서 그의 이름을 알아내시오. 법정에서 40
그분이 오시기를 간청드린다고 말하시오. 그저 몇 가지 의문점을
좀 확인했으면 한다고 말이오. 〔서기관 퇴장.〕

판사 2 이것 참 미로로구나!

판사 1 당신은 처음 증언한 것에 변함이 없소?

코르비노 저의 재산,
목숨, 명성이……

보나리오 (방백) 그런 게 어디 있기나 한가?

코르비노 걸려 있는 문제입니다.

판사 1 당신도 마찬가지요?

코르바치오 저 변호사가 악당입니다. 45
혓바닥이 갈라진 게 틀림없어요.

판사 2 요점을 말하시오.

코르바치오 그리고 식객놈도 그렇고요.

판사 1 정말 혼란스럽기 짝이 없소.

볼토레 판관님들께 간청드리오니, 이것만 좀 읽어보십시오.

〔문서들을 준다.〕

코르비노 저 사기꾼이 쓴 걸 하나도 믿지 마십시오.

50 저자가 뭔가에 홀린 것이 틀림없습니다, 엄숙하신 판관 나리들.

〔모두 퇴장.〕

〈제11장〉

〔거리.〕

(볼포네 등장.)

볼포네 내 목덜미에 씌울 올가미를 스스로 만든 격이야! 게다가
그 안에 일부러 머리를 들이밀고 말이야! 껄껄 웃어대면서!
겨우 위기를 모면하고 자유롭게 되었는데!
그저 변덕스런 장난 때문에 이 지경이 되다니! 내가 그런
5 변덕을 부렸을 때, 어리석은 악마가 내 머릿속에 있었던 게야.
모스카도 이 장난을 도왔겠다. 이제 모스카가 이 상처를
잘 아물게 하지 않으면, 우리 둘 다 피를 흘리고 죽을 게야.

〔나노, 안드로지노, 카스트로네 등장.〕

아니 이건 뭐야! 누가 너희들을 내보냈느냐? 지금 어디로 가는 중인가?

뭐야? 생강빵을 사러? 새끼 고양이를 물에 빠뜨리려고?

나노 나리, 모스카 도련님이 우리를 문 밖에 내보내시고, 10

나가서 놀라고 하셨습니다. 그리고 열쇠를 가져가셨어요.

안드로지노 그렇습니다요.

볼포네 모스카가 열쇠를 가져갔다고? 뭐야, 그렇다고!

내 처지가 더 심각하군. 이게 다 내 훌륭한 계략 덕분이야!

스스로 불상사가 생기게 하고는 즐거워하다니 말일세!

내 재산을 진득하게 가지고 있지 못했으니 15

나란 놈은 얼마나 불쌍한 인간인가? 꼭 변덕을 떨어야 했으니 말이야!

유난을 떨어야 했고! 그래, 가서 모스카를 찾아라.

괜히 걱정할 게 아니라, 그놈 생각에 무슨 깊은 뜻이 있을지도 모르지.

가서 곧바로 법정으로 오라고 전해.

나도 그리로 가겠다. 가능하면 내 변호사가 20

새로운 희망을 갖고 일하도록 힘써봐야지.

그자를 잘못 건드리면 나도 끝장이야. 〔퇴장.〕

〈제12장〉

〔검사실.〕

(판사 네 명과 다른 사람들이 전처럼 등장.)

판사 1 이번 사건은 어찌 해석해야 할지 모르겠소. 여기 이자는

그 신사 양반이 무고하게 당한 것이고,

그 여자는 남편이 억지로 시켜

그 자리에 와 있었다고 증언하고 있소.

볼토레 진실입니다.

실리어 정말 천지신명이 우리들의 기도를 들어주는군요!

5 **판사 1** 그렇지만,

볼포네가 그 여자를 겁탈하려 했다는 것은,

그의 성적 무능력을 고려할 때 앞뒤가 안 맞지 않소.

코르비노 엄숙하신 판관 어르신. 저자는 뭐에 홀렸어요. 다시 말씀드리는데,

홀렸다고요. 사람이 뭔가에 홀리고 사로잡히는 경우가 있다면

저자가 바로 그렇다니까요.

10 **판사 3** 저기 우리 하사관이 오는군요.

〔볼포네 등장.〕

볼포네 엄숙하신 판관님들, 그 식객이 바로 여기로 올 겁니다.

판사 4 이보시오, 시종, 식객 대신 다른 이름을 생각해보시오.

판사 3 서기관이 그를 만났던가요?

볼포네 아닌 걸로 아는데요.

판사 4 그가 여기 도착하면 분명해지겠지.

판사 2 아직은 모든 것이 불명확해.

볼토레 판관님들 부디……

15 **볼포네** (볼토레에게 속삭이며) 선생님, 식객이 제게 말씀을 전하도록

시켰습니다. 그의 주인장이 살아 있다고요.

아직 선생님이 상속자이고, 선생님 희망도 그대로라고요.

다 농담으로 그랬었던 거라고……

볼토레 뭐라고?

볼포네 선생님이 얼마나 확고하신지

시험해보려고요. 또 선생님이 어떻게 반응하시는지 보려고요.

볼토레 볼포네가 살아 있다는 게 사실이야?

볼포네 제가 살아 있는 것처럼요.[80]

볼토레 오! 20

내가 너무 성급했구나.

볼포네 선생님, 아직 만회할 여지는 있습니다.

저자들이 선생님이 홀렸다고 하니까, 쓰러지셔서 정말 홀린 것처럼 해보세요.

제가 그럴듯해 보이게 도와드릴게요. (볼토레가 쓰러진다.) 도와주세요!

—(볼토레에게) 숨을 꼭 참고 몸을 부풀려보세요.— 봐요, 보세요, 보세요, 보세요!

구부러진 핀을 토해냅니다. 가금상의 푸줏간에 걸려 있는 25

죽은 산토끼 눈알처럼 눈이 튀어나왔어요.

입이 돌아가요! 다들 이거 보이시죠?

이제 뱃속으로 옮겨 갔군요.

코르비노 그래, 악마로군!

볼포네 자, 이제 식도에 있어요.

코르비노 그래, 내 눈에도 분명 그렇군.

볼포네 이제 나올 겁니다, 나와요. 물러서세요. 보세요, 어디로 도망가는지! 30

박쥐의 날개를 단 파란 두꺼비 모양이에요!

선생님, 안 보이십니까?

---

80 여기서 볼포네는 이름이 새겨진 반지 등을 증표로 보여줄 수 있다(P).

코르비노 뭐? 잘 보이는 것 같으이.

코르바치오 아주 명백하구려.

볼포네 보세요! 제정신이 돌아오고 있어요.

볼토레 여기가 어딘가?

볼포네 마음 푹 놓으세요. 이제 최악은 지나갔어요, 선생님.

귀신이 선생님 몸에서 나갔으니까요.

35 판사 1 이게 무슨 사건인가?

판사 2 갑작스럽고 기이하기 짝이 없구나!

판사 3 지금 우리가 본 것처럼

저자가 홀렸던 것이라면, 이 증거들은 다 헛것이 아닌가.

코르비노 저 양반이 종종 이런 발작을 겪곤 했습니다요.

판사 1 저자에게 이 문서를 보여라. 이게 뭔지 알겠소?

40 볼포네 〔볼토레에게 방백〕 모른다고 하세요, 선생님. 모른다고 맹세하세요.

볼토레 예, 잘 압니다. 제 필적이군요.

하지만 그 내용은 전부 잘못된 것입니다.

보나리오 저런 사기 행각이!

판사 2 이게 무슨 미로처럼 복잡한 사건인가!

판사 1 그럼 당신이

식객이라고 칭한 그자는 죄가 없소?

볼토레 엄숙하신 판관 어르신들,

45 그자의 선량하신 후원자 양반 볼포네가 무죄인 것처럼요.

판사 4 그래, 그자는 죽지 않았소?

볼토레 오, 아닙니다, 명예로우신 판관님들.

살아 계십니다……

판사 1 뭐라고! 살아 있다고?

볼토레 살아 계십니다.

판사 2 이건

더 이상하구나!

판사 3 그가 죽었다고 말하지 않았소?

볼토레 절대로요.

판사 3 당신이 그렇게 말했소?

코르비노 그

렇게 들었소만.

판사 4 저기 신사 양반이 오시는군. 길을 비켜드리시오.

〔모스카가 베네치아 거부로 등장.〕

판사 3 의자를 가져와.

판사 4 참 늠름한 사람이로군! 볼포네가 죽었다면 50

내 딸과 잘 어울리는 배우자가 되겠구나.

판사 3 길을 비켜드리시오.

볼포네 (모스카에게 방백) 모스카, 내가 거의 망할 뻔했어.

저 변호사가 다 불었거든. 하지만 이제 살았어.

다시 제자리로 돌아왔다고. 자, 내가 살아 있다고 얘기해주게.

모스카 이건 웬 성가신 작자인가! 거룩하신 판관 어르신들, 55

돌아가신 고인 후원자 나리의 장례식 때문에

잡혀 있지 않았더라면, 좀더 빨리

법정에 출두했을 겁니다.

볼포네 (방백) 모스카!

모스카 그분을 신사답게 장례 치르고자 합니다.

볼포네 (방백) 그래, 산 채로 말이지, 그리고 내 재산을 가로채려고.

60 판사 2 갈수록

이상해지는군! 더 복잡해지고 있어!

판사 1 또 사건이 뒤얽히고 있으니.

판사 4 이건 괜찮은 혼사가 되겠는걸. 내 딸 남편감이 나왔어.

모스카 (볼포네에게 방백) 제게 절반을 떼어주시죠?

볼포네 (크게) 먼저 내 목을 매달아.

모스카 (침착하게) 목청 큰 거 아니까, 그렇게 크게 소리 지르지 마십쇼.

65 판사 1 변호사에게 질문하시오. 볼포네가 살아 있다고

아까 단언하지 않았소?

볼포네 그랬습죠, 그리고 살아 있다니까요.

여기 신사분께서 그렇게 말씀하셨습니다요. (모스카에게 방백) 그럼 절반을 주겠네.

모스카 여기 이자는 웬 술주정뱅이요? 이자를 아는 사람은 좀 알려주시오.

난 이자의 얼굴을 본 적도 없소. (볼포네에게 방백) 이제 그렇게

헐값에 해줄 수는 없어요.

볼포네 (방백) 안 된다고?

70 판사 1 자, 뭐라 말씀해보시오.

볼토레 저 법정 하사관이 제게 그렇게 말했습니다.

볼포네 그랬죠, 엄숙하신 판관 님들,

제 목을 걸고라도 맹세하는데, 그분이 살아 계시다고,

저기 저 인간이 그렇게 얘기했습니다요. (방백) 내 팔자소관이

아주 불운하게 태어났구나.

모스카 엄숙하신 판관 어르신들,

이런 무례함이 내게 행해지는 데는, 75
그저 침묵으로 응수할 수 있소. 하지만, 이런 일로
저를 부르신 건 아니겠지요.

판사 2 저자를 데려가시오.

볼포네 (방백) 모스카!

판사 3 저자를 채찍으로 호되게 치시오.

볼포네 (모스카에게 방백) 이
렇게 나를 배반하기냐?
나를 상대로 사기를 쳐?

판사 3 그리고 신분이 높은 사람들에게
대하는 태도를 좀 익히도록 하시오.

판사 4 데려가시오. 80

모스카 판관님들 처사에 감사드립니다.

볼포네 (방백) 잠깐, 잠깐, 채찍질이라고?
게다가 내 전 재산을 잃어? 차라리 내가 자백을 해도,
그것보다 더 나쁠 거야 없지 않겠는가.

판사 4 결혼은 하셨습니까?

볼포네 (방백) 놈들이 바로 작당을 할 게야. 이럴 때일수록 단호해야지.
여우가 여기 본모습을 드러내도다. 〔변장을 벗는다.〕

모스카 (방백) 후원자 나리!

볼포네 아니, 이제, 85
나 혼자 파멸하지는 않을 것일세. 자네의 혼담을
내 확실히 막아주지. 내 재산을 가지고 자네가 좋은 집안에
빌붙거나 파고 들어갈 수는 없을 걸세.

모스카 (방백) 아니, 후원자 나리!

볼포네 내가 볼포네요. 이놈은 내 종놈이오.

90 이자는 또 다른 악당이고, 이자는 탐욕의 어릿광대,

이자는 불쌍한 남편, 바보, 악당을 합쳐 만든 키메라[81]요.

거룩하신 판관님들, 이제 우리가 바랄 건 선고뿐이니,

우리를 실망시키지는 않으시겠죠.

내 할 말은 다 했소.

코르비노 부디 판관님들께서……

법정 하사관 조용히 하시오.

95 판사 1 이제 복잡한 매듭이 기적처럼 풀렸구나!

판사 2 이 이상 명료할 수는 없소.

판사 3 이 사람들이 무죄라는 것도

그 이상 명백할 수 없습니다.

판사 1 그 사람들을 풀어주시오.

보나리오 그런 더러운 죄악이 감추어진 꼴을 하늘도 오래 참을 수 없었던 겁니다.

판사 2 이런 짓이 부자가 되는 지름길이라면,

내 차라리 가난한 게 낫겠소.

100 판사 3 이건 한몫 잡는 게 아니라, 고문 아니오.

판사 1 재산을 소유하고 있는 사람들은, 마치 병자들이 열병을 앓듯이,

재산이 그들을 소유한다는 말이 더 맞겠소.

판사 2 저 식객의 옷을 벗기시오.

코르비노, 모스카 거룩하신 판관 어르신.

판사 1 정의가 실현되는 것을 지연시키면서까지 뭔가 변론할 것이 있소?

그렇다면 말해보시오.

---

81 키메라는 전설의 동물로, 사자의 머리와 염소의 몸통, 뱀의 꼬리를 가졌음.

코르비노, 볼토레 저희에게 선처와,

실리어 자비를 베푸소서. 105

판사 1 죄인들을 위해 탄원하다니, 당신의 결백함마저 다치겠소.
저리 물러서시오. 먼저, 식객. 당신이야말로
이 사악한 사기극에서 가장 큰 역할을 한 것 같소.
다 계획한 건 아니더라도 말이오.
그리고 이제는 마침내 그 뻔뻔스러움으로 110
일개 비천한 신분에 불과한 주제에
베네치아 신사의 의상을 입고, 법정까지 속여 넘기려 하였소.
그 죄에 대한 우리의 판결은, 우선 채찍형을 받고,
그후 우리 갤리선에서 종신수로 살아야 하오.

볼포네 놈을 대신해 제가 감사드립니다.

모스카 이 늑대 같은 인간에게 파멸이 내 115
리길.

판사 1 법정 진행관에게 데려가도록. 〔모스카가 끌려간다.〕
그대 볼포네는
신사의 혈통과 지위를 고려할 때, 저런
형벌에 처하지는 않겠소. 그대에 대한 판결은
그대의 전 재산을 몰수하여
불치병 환자들의 병원으로 보내는 것이오. 120
그리고 재산 대부분이 절름발이에, 중풍에,
발작에 뭐 그 비슷한 병에 걸린 척 사기를 쳐서 얻은 것이므로,
그대 역시 족쇄를 차고, 진짜 병이 들고 다리가 절 때까지
감옥에서 지내야 하오. 이자를 데려가시오.

볼포네 이게 바로 여우의 최후라는 것이지. 〔끌려간다.〕 125

판사 1 그대 볼토레는, 같은 업종에 종사하는
다른 선량한 법조인들에게 물의를 빚은 대가로,
법조계와 우리 베네치아 주에서 추방당할 것이오.
코르바치오, 아들을 가까이 데려오시오. 당신 아들에게
130 당신의 전 재산을 넘겨주는 바요. 당신은
산 사피리토의 수도원에 감금하겠소.
여기서 어떻게 살아야 잘사는 길인지 몰랐으니,
거기서 잘 죽는 법이라도 배우게 될 것이오.

코르바치오 하! 지금 뭐라고 한 거요?

법정 하사관 금방 알게 되실 겁니다.

판사 1 그대, 코르비노는 집에서
135 끌려 나와서 베네치아 주위의 대운하 주변을
노 젓고 다니도록 할 것이오. 머리에 뿔 대신에
기다란 당나귀의 귀가 달린 모자를 쓰고 말이오.
그래서 (가슴에 핀으로 종이를 꽂고) 칼을 쓰고
단 위에 올라야 하오……

코르비노 그러지요,
140 그리고 썩은 내 나는 생선과, 멍든 과일,
썩은 달걀을 던져 내 눈을 때려주십시오. 그러면 좋겠습니다.
그럼 내 수치스러움이 보이지 않을 테니까요.

판사 1 그리고 아내에게
지은 죄를 사하기 위해서, 부인을 친정의 아버지에게로
돌려보내야 하오. 지참금을 세 배로 해서 말이오.
이게 그대들에 대한 판결 전부요.

145 모두 거룩하신 판관님들.

판사 1 이 판결은 번복될 수 없소. 자 이제
범죄는 지나갔고, 벌 받을 일만 남았으니,
각자의 죄악에 대해 생각해보시오. 모두 데려가시오.
자, 이렇게 범죄가 응보를 받는 걸 본 사람들은
용기를 내서 범죄를 연구해보도록 하시오. 악행이란 150
가축처럼 배불리 먹어 살이 찌면, 피를 흘리게 되어 있는 법이오.[82]
〔모두 퇴장.〕

〔볼포네 다시 등장.〕

볼포네 연극에 제격인 조미료는 박수입니다.
이제, 이 여우가 법에 의해 처벌되더라도,
여러분께 뭔가 잘못을 저질러서
벌을 받는 일은 없기를 바랍니다. 155
그렇다면, 여우를 비난하세요. 여기 여우가 서 있습니다.
그렇지 않다면, 즐거운 마음으로, 박수를 보내주세요.

---

82 가축이 잘 먹고 살찌듯 악행은 꼬리에 꼬리를 물지만, 결국 가축이 도살되는 것처럼 악행도 종국에는 값을 치르게 되어 있다(O).

연금술사

헌정사

그 이름과 혈통에 준하는
고귀함을 지니신
귀부인,
매리
로스 귀부인[1]께,

부인,

옛날 옛적 제물을 바치던 시대에, 진정한 신앙심은 제물 자체의 기름지고 풍성함에 있었던 것이 아니라, 제물을 바치는 사람들의 헌신과 열성에 있었습니다. 그렇지 않고서야, 황소 일백 마리의 제물 앞에서 한 줌의 송진 향료가 무슨 의미가 있었겠습니까? 또, 제가 감히 이 제단 앞에 나타날 수 있는 것도, 부인의 미덕을 익히 알고 있을 뿐더러 그 경건하고 진실되심을 사모해 마지않는 마음 때문이 아니겠습니까? 제가 지금 바치는 제물이 좋은 향을 내고 어떤 힘을 갖는다면, 모두 부인께서 그를 높이 사주시기 때문입니다. 부인께서 언제, 어디서, 누구를 위해 이 제물이 불타올랐는지 기억해주시기 때문입니다. 그렇지 않으면, 지금 시대가 그러하므로, 이렇게 권위와 모범으로 가득 찬 헌정품은 거의 나올 수가 없으니, 반복과 습관에 의해 점점 사라져 없어질 것입니다. 하지만 이 헌정품은 시드니 가문에 어울리는 부인의 훌륭하신 판단력의 비호 아래 안전하니, 더 이상 이야기를 하지 않겠습니다. 자꾸 이야기할수록 이 책이 이 시대의 가장 야심 찬 얼굴처럼 보일까 걱정돼서입니다. 그런 얼굴처럼 더 화장을 할수록, 더 자신하고는 멀어지는 법이니까요.

부인을 진심으로 존경하는, 벤 존슨

---

1 Mary, Lady Wroth: 이름의 철자가 Worth로도 표기되었음. 로버트 시드니Robert Sidney의 딸이자 유명한 문인인 필립 시드니Philip Sidney 경의 조카로, 『유레이니어 *Urania*』와 소네트 모음집의 저자.

독자에게

만약 그대가 연극을 관람하고 이해하는 사람이라고 하면,[2] 내 그대를 신뢰하리다. 만약 그대가 아는 척하는 것을 좋아해 연극 대본을 사는 사람이라면, 그대가 진열대에서 집어든 물건이 누구 손에서 나온 것인지 조심하시오. 왜냐하면 (지금 이 시대에는) 시, 특히 희곡에서만큼 속아 넘어가기 쉬운 경우가 없기 때문이오. 춤과 광대짓이 판을 치는 요즘 연극은 자연스러움과 그렇게 동떨어질 수 없으며, 자연스러움을 두려워하는 판국이니, 이 춤과 광대짓만이 관객을 간질일 따름이오. 이렇게 목적이 없고 질서가 없으니, 내 어떻게 예술을 이야기하리오? 요즘은 오히려 예술을 한다는 사람들이 예술을 경멸하는 격이니, 자신들의 엉터리 광대짓이 자연스러운 것이라 주장하며, 규칙을 따라 공을 들여 세부를 살리는 것을 비웃으며, 잘 알지도 못하는 걸 가지고 말장난하며 관객들을 웃기면 아주 재치 있게 해냈다고 생각하는 것이오.[3] 아니, 그뿐이 아니라, 그러면 대다수 사람들이 부도덕한 판단력으로 이들이 대단히 박식하고 훌륭한 작가들인 양 여긴단 말이오. 왜냐하면, 그들은 펜싱 선수나 씨름 선수를 칭찬하듯 작가들을 칭

---

2 원문의 Understander는 일종의 말장난으로, (1) 연극을 이해하는 사람과 (2) 무대의 아래under에 있는 마당에 서서stander 연극을 보는 사람이라는 이중 의미를 지님(M). 당시의 야외극장은 원형 모양의 건물로 무대가 앞으로 돌출되어 있으며, 1페니의 입장료를 내면 무대 앞마당에 서서 관람을 할 수 있었고, 갤러리로 올라가서 좌석을 확보하려면 1페니를 더 내야 했다(옮긴이).

3 여기서 존슨은 예술Art과 자연스러움Nature이라는 비평의 틀에서 허황된 줄거리와 볼거리가 성하던 당시 연극계를 비판하고 있다. 극작의 규칙을 무시하고, 춤과 광대짓을 제공하여 관객을 웃기려는 당시 풍조를 존슨은 자연스러움에서도 멀뿐더러, 규칙을 따르는 것도 아니라고 비난하고 있다(옮긴이).

찬하니 말이오. 즉 작가들이 씩씩하게 들어와서는 폭력을 휘둘러대면, 더 대단한 사람인 양 인정받을 수 있소. 그런데 사실 대다수의 경우 이 작가들이 망신을 당하는 원인은 규칙이 부족하기 때문이니, 적들이 살짝만 건드려도 이 사나운 장사를 쓰러뜨릴 수 있을 것이오. 항상 뭔가 자연스러움 이상을 추구하는 이 작가들이 어쩌다가 우연히 대단한 일을 할 수도 있다는 걸 부인하지는 않겠소. 그러나 그런 경우는 아주 드물고, 설령 그렇다 해도 이 작가들이 저지른 만행들을 보상하기에는 역부족이오. 그 유일한 미덕은 우뚝 튀어나와 더 눈에 띌 것인즉, 그 주변에 온통 더럽고 사악한 것밖에 없으니 당연하오. 마치 어스름한 그림자보다는 칠흑 같은 어둠 속에서 빛이 더 잘 눈에 띄는 이치처럼 말이오. 내가 누구 한 사람 좋자고 뜻을 거슬러가며 이런 말을 하는 게 아니라는 건 잘 알 거요. 만약 나와 그들을 두고 투표에 부치면, 나쁜 쪽이 더 많은 표를 얻게 될 것이오. 왜냐하면 잘못이라도 그게 보편적일 때에는 대부분 사람들이 그쪽 편을 들기 마련이기 때문이오. 내 그대에게 경고하고 싶은 것은, (다변이라는 칭찬을 듣고자) 경우에 맞지 않아도 할 말을 다 하는 사람들과, 선별하고 중용을 지키어 말하는 사람들과는 아주 다르다는 것이오. 가공되지 않은 것이 잘 가다듬어진 것보다 더 훌륭하고, 산만한 것이 잘 정리된 것보다 더 풍부하다고 생각하는 것은 기술이 없는 사람들의 고질병이기 때문이오.

등장인물[4] **서틀**(Subtle—교묘함) 연금술사

페이스(Face—뻔뻔이) 집사[5]

돌 커먼(Dol Common—공동 인형) 그들의 동료[6]

대퍼(Dapper—말쑥이) 서기

아벨 드러거(Abel Drugger—약품상) 담배 장수[7]

러브윗(Lovewit—재치를 즐김) 집의 주인

에피큐어 매몬(Epicure Mammon—황금만능주의 쾌락주의자) 기사

설리(Surly—퉁명스러움) 도박꾼

트리뷸레이션 호울섬(Tribulation Wholesome—호된 시련) 암스테르담의 목사

아나니아스(Ananias—거짓말쟁이) 그 교회의 부사제

카스트릴(Kastril—새끼매) 화난 젊은이

데임 플라이언트(Dame Pliant—말 잘 듣는 여자) 그 누이로 과부

이웃들

장교들

대사 없는 역들

장 소 런던

---

4 등장인물의 이름은 각자의 성격이나 특성을 묘사하고 있다. 괄호 안 옮긴이 설명 참조(옮긴이).

5 제5막에서 밝혀지듯, 페이스의 본명은 제레미이다. 극중에서는 대장 역과 연금술사 조수 역(허파군 Lung, 또는 서풍군 Zephyrus으로 불림)을 겸하고 있다(옮긴이).

6 돌은 흔한 여자 이름인 도로시의 애칭으로, 인형 doll과 동음어를 이루어 '공유의 인형'이라는 뜻으로 보통 창녀를 칭하는 이름이다(옮긴이).

7 냅 Nab이라고도 불림(옮긴이).

개요

흑사병이 심해지자 불안해진 주인이
하인 하나만 남겨놓고 시내의 집을 비웠다.
할 일이 없어 한가해진 하인은
어떤 사기꾼과 그의 창녀를 알게 되었다.
비천한 이들은 이제 경범죄 수준을 넘어서 5
대규모의 사기 사업을 펼칠 경지에 올랐으나,
다만 무대로 삼을 집이 없던 터라, 그 하인과 연결하여
각자 한밑천 잡을 생각으로 다 같이 행동을 개시하였다.
많은 사람들을 끌어 모아 현자의 돌을 가지고
사기 행각을 벌이니, 사주보기, 점치기, 말 옮기기에, 10
소주 판매업, 매춘업에 못 하는 것이 없었다.
돌도, 사기꾼들도 한낱 연기가 되어 사라질 때까지.

서막

바보나 총애하는 행운 따위는 우리의 이 짧은 두 시간 무대에
없어도 좋습니다. 판단을 내리시는 관객 여러분이나
저희들 모두를 위해서입니다. 그 대신,
작가에게는 공정함이, 저희들에게는 은총이 있기를 바랍니다.
5 우리 무대는 런던입니다. 왜냐하면 바로 다른 어떤 나라의
여흥도 우리 것만 못하다는 것을 보이고 싶기 때문입니다.
다른 나라에서는 이만한 것이 나올 수 없는 것이, 왜냐하면
여러분의 저 창녀, 뚜쟁이, 포주, 사기꾼 그외 다수 사람들의
행동 양식, 즉 요즘 말로 기질이 우리 무대를 채우기 때문입니다.[8]
10 이 기질이야말로 아직도 우리 희극 작가들이
분통이나 울화를 터뜨리는 소재거리 아니겠습니까.
허나, 이 작가는 사람의 심경을 어지럽히려는 것이 아니라
바로잡고자 합니다. 비록 걷잡을 수 없이 곳곳에서 벌어지는
악행을 견디어내야 하는 시대에 살지만 말입니다.
15 그래서, 건강에 좋은 구제책이 입맛에 달고,

---

8 당시 유행하였던 기질 희극에 대한 언급. 기질 희극은 '사(四) 기질설'에 근거하는데, 당시의 생리학과 심리학에서는 '사 기질'의 구성 비율에 따라 사람의 건강과 체질, 성격이 결정되는 것으로 생각했다. 네 가지 기질 four humours이란 혈액 blood, 점액 phlegm, 담즙 choler, 흑담 melancholy의 주된 체액을 말한다(M).

그 작용에 있어서 뭔가 얻어지는 것이 있다면,

그렇게 건강하게 고쳐주는 약에

모든 사람들이 부작용 없이 만족하기를 바랍니다.

여기 작가는 구제책이 누구에게 적용되든 두렵지 않습니다.

더 자세히 보고 싶어 흐르는 물가에 20

바짝 다가앉는 사람들이 있다면

그들이 생각한 것이 물가에 비친 모습을 보게 될 것입니다.

어리석음이 인간에게 보편적이지만, 그렇게 보게 되면

평소 어리석은 자들도 그 모습에 기분이 상하지는 않을 겁니다.

제1막

〈제1장〉

〔러브윗의 집과 그 바깥 골목길.〕

〔페이스는 칼을 들고, 서틀은 작은 약병을 들고, 돌 커먼과 등장.〕

페이스 〔칼로 위협하며〕 어디 두고 봐, 내가 안 그러나.

서틀 어디 해보시지. 같잖아서.

돌 지금 제정신들이야? 이봐, 신사 양반들! 제발……

페이스 이 녀석, 네놈 옷을 홀딱 벗겨서……

서틀 뭘 하려고? 치질이나 핥아먹게? 내 엉……

페이스 이 악당, 악당놈, 이제 그딴 속임수는 집어치워.

5 돌 아니, 내 말 좀 들어봐! 국왕 폐하, 장군 각하, 두 분 다 미쳤어?

서틀 아니, 입싼 놈은 지껄이게 내버려둬. 네놈 새 비단옷에

이 황산을 들이부어 망쳐줄 테니, 이리 오라구.

돌 아니

이웃 사람들이 들으면 어쩌려고 그래? 다 불어버릴 참이신가?

쉿, 누가 오는 것 같아.

〔잠시 침묵 후, 숨죽인 목쉰 소리로 싸움이 계속된다.〕

페이스 여봐?

서틀 더 가까이 오면

재봉사가 힘들여 만든 옷들을 다 망쳐버릴 테니까. 10

페이스 이 못된 하룻강아지야, 이 버르장머리 없는 종놈아.

감히 이럴 테냐?

서틀 암 그러고말고, 암.

페이스 이런! 내가

누구더냐, 이 똥개야, 내가 누구냐고?

서틀 내 말해주지.

자기 주제도 모르고 있으니 말이야?

페이스 목청 좀 낮춰, 이 악당아.

서틀 그러지. 너는 한때 (아주 오래전도 아니지) 성실하고, 정직하고, 15

평범했던 종놈이었지. 일 년 3파운드 품삯에 제복을 입고

주인 나리 집을 지키지 않았느냐구, 여기 프라이어즈[9]에서

휴가철에 말이야?

페이스 자꾸 그렇게 크게 얘기할 거야?

서틀 그런 종놈이 내 덕분에 근교의 대장이 되지 않았냐구.

페이스 네놈 덕분이라고, 멍멍이 박사?

서틀 사람 기억력이 성한 한, 20

다 내가 말한 대로지.

페이스 그래, 내 묻거니, 내가 네놈 덕분에

---

9 Friars: Blackfriars. 런던의 템스 강과 러드게이트 사이의 지역으로 1221년 세워진 도미니코 수도원 때문에 그렇게 불렸다. 블랙프라이어즈 극장에서 「연금술사」가 초연되었을 가능성이 높으며, 존슨도 이 지역에서 살았다(M).

유지된다는 거냐? 네놈이 내 덕분 아니고?
내 댁을 어디서 처음 만났는지 기억을 잘 더듬어보시게.

서틀 뭐라고, 잘 안 들리네.

페이스 이런 얘기는 잘 안 들리겠지.

25 내 일깨워주지, 파이 코너[10]에서 댁이
조리대에서 김이 나는 음식을 받아다 먹던 그때 말이야.
그때 댁이 굶주림의 아버지인 양, 얼마나 애처롭게
변비에 걸려 걸어 들어왔는지 말이야. 말라비틀어진 코에,
누리끼리한 얼굴에는 검은 기미가 가득하고,
30 포병대에서 사격 연습하던 사람처럼
얼굴에 검댕을 잔뜩 묻히고서 말이야.

서틀 좀 크게 얘기해주면 좋겠네.

페이스 그때 댁은 날이 밝기 전 쓰레기장에서 주워 올린
넝마 쪼가리에 몸을 끼워 넣고 왔었지.
35 동상에 걸린 발에는 곰팡이가 피어나는 슬리퍼를 걸치고,
펠트직 양탄자에 올이 드러나는 얇은 망토를 둘렀는데,
어디 그 엉덩이나 겨우 가릴까 말까 했지?

서틀 그래서!

페이스 댁의 연금술입네, 대수학입네,
광물학에, 식물학에, 동물학에,
40 주문 걸기, 사기치기 등등 수십 가지 술수들에도 불구하고
그 몸뚱어리에 속옷 하나 해 입을
천을 살 형편이 안 되었단 말이야.

---

10 Pie Corner: 스미스필드에 있는 음식점 지역.

그때 내가 보조를 해주고, 석탄에,
증류 기구에, 유리 그릇에, 재료들을 살 수 있게
돈을 빌려주고, 화로를 지어주고, 손님을 끌어주었지. 45
그래서 그 흑마술을 계속하게 하고, 게다가
장소 제공까지 하지 않았나?

서틀 네놈 주인집을 말이지?

페이스 그랬더니, 거기서 매춘업을 더 성행시키지
않았던가.

서틀 그렇지, 너희 주인네 집에서 말이야.
네놈과 쥐새끼들이 이 집을 차지하고 있었지. 50
시치미 뗄 것 없어. 내 다 알고 있으니까. 네가
곳간 문을 걸어 잠그고 빈민용 식량 부스러기를 모아서는
그 빵 조각과 맥주를 술 증류업자에게 팔아넘겼지.[11]
그뿐인가. 카드놀이에서 칩을 제공해서
챙긴 이윤과 크리스마스 때 받는 선물로 55
한밑천 잡았지, 한 20마르크 되나.
그래서 안주인이 죽고 집이 비자,
집의 거미줄과 대화를 나눌 정도의 신용을 얻었지.

페이스 이 악당아, 목청 좀 줄여라.

서틀 (목청을 점점 높이며) 아니, 이 왕쇠똥구리야,
네놈을 박살내놓을 테다. 화통 같은 목청과 60
폭풍 같은 손아귀를 가진 사람을
건드리면 어떻게 되는지 가르쳐주겠다.

---

11 부잣집의 곳간 앞에서 가난한 사람들에게 정기적으로 빵과 술을 나누어주었음. 서틀은 페이스가 그 자선 양식을 팔아 이익을 챙겼음을 지적하고 있다(M).

페이스 여기에 있으니 용기백배한 모양이구나.

서틀 그건 네놈 대장 옷 얘기지.

내 이 기생충 같은 놈이 똥무더기에서

65 불쌍하게 버둥거리는 것을 꺼내주었지.

거미 말고는, 아무도 상대하지 않던 것을 말이야.

네놈을 빗자루와 먼지, 물뿌리개 더미에서 들어올렸지.

네놈을 승화시키고 고양시켜서, 은총의 상태라 불리는

제삼의 영역으로 올려주지 않았던가?[12]

70 네놈을 정신과 제5원소 상태로 만들어주지 않았어?

그 수고면 현자의 돌을 두 번은 만들었을 거다, 이놈아.

네놈에게 사교계의 언어와 몸가짐을 가르쳤지?

높은 사람들과 어울려도 손색이 없도록 만들어줬지?

맹세하는 방법과 싸움의 규칙을 알려줬지?

75 경마와 투계, 카드 게임, 주사위며,

멋쟁이 신사에 어울리는 사기 방법도 알려줬고?

내 이 위대한 연금술에서 네놈을 제이인자로 만들었잖아?

그런데, 이게 그 고마움의 대가라니? 지금 반항하는 거야?

지금 사영[13] 단계에서 폭발하려는 거야?

지금 사라지려는 거냐구?

80 **돌** 신사 양반들, 지금 어쩌자는 거야?

일을 다 망치려는 거냐구?

---

12 승화시키다 sublime, 고양시키다 exalt는 모두 연금술의 용어. 승화란 물질을 액체 상태를 거치지 않고 증발시키는 것을 뜻하며, 고양이란 물질의 성질을 정화하여 높은 단계로 올리는 것(M). 제삼의 영역이란 상, 중, 하 삼층의 대기에서 가장 순수한 부분을 말함.

13 사영(射影) projection: 연금술 과정의 마지막 단계. 현자의 돌을 투사하여 물질을 고양시킴.

서틀 이 노예놈, 아무것도 아니었을 놈이?

돌 이렇게 집안싸움으로 일을 다 망칠 작정이야?

서틀 에퀴 클리바눔,[14] 즉 말똥의 열기 단계나 될까.

땅속이나 지하실에 틀어박혀 어두컴컴한

저 허름해빠진 술집 말고는

이름이나 알려졌겠어.

세탁부들이나 술집 보이들이나 알아주겠지. 85

이 몸이 없었더라면 말이야.

돌 폐하, 지금 누가 듣고 있는지 아셔야죠.

페이스 여봐?

돌 아니, 장군 각하는 생각이 있는 줄 알았더니?

페이스 이렇게 자꾸 소리를 높이면, 나도 다 생각이 있어.

서틀 그래 목이라도 매달게, 난 신경 안 써.

페이스 (같이 목청을 높이며) 이 숯장수야, 너나 목매달아라. 90

자꾸 내 성질을 건들면, 네놈 냄비며 프라이팬이며

전부 같이 그려서……

돌 (이러다 다 망하겠어.)

페이스 세인트 폴 성당[15]에 네놈을 고발하는 대자보를 붙여줄 테다.

텅 빈 숯과 은가루, 왁스를 이용한 속임수,[16]

체와 가위를 사용해서 도둑을 잡는 속임수,[17] 95

---

14 말똥equi clibanum: 말똥을 발효시켜서 연금술에 쓰는 가장 약한 열기를 만들어냈음(M).

15 당시 세인트 폴 성당은 예배 목적 이외에도 많은 왕래와 거래가 있었으며, 광고나 공고가 붙는 공공 장소였다(M).

16 속이 빈 숯 안에 은가루를 넣고 왁스로 막은 것을 화로에 태워서 연금술로 은이 만들어진 것처럼 속였음(O).

17 체의 양 옆에 가위의 뾰족한 양 끝을 꽂아놓고 균형을 잡아 두 사람의 손가락으로 눌러서 지탱한 다음 용의자의 이름을 나열하는데, 범인의 이름을 말하는 순간 체가 뒤집힌다고 믿었음.

황도 12궁으로 별점을 치는 속임수,

수정 구슬을 이용해서 점치는 속임수,

이 속임수들을 빨간 글씨로 찍어내고, 그 옆에 가마리엘 랏시[18]보다

더 흉악한 얼굴을 새겨줄 테다.

돌 지금 제정신이야?

두 양반 다 정신이 있냐고?

100 **페이스** 네놈의 사기 행각을

나열해서 그 내용으로 책을 내면 인쇄업자들에게는

그야말로 현자의 돌이 아니겠냐구.[19]

서틀 꺼져, 이 악당놈아.

페이스 나가, 이 개에 붙은 찰거머리야.

감옥에 토해놓은 찌꺼기야.

돌 이 양반들아, 스스로들

말아먹기로 작정하셨소?

105 **페이스** 감방의 배급 식량을

너무 많이 먹고 게워놓은 토사물 같은 놈.

서틀 사기꾼.

페이스 뚜쟁이.

서틀 소대가리.

페이스 주술꾼.

서틀 소매치기.

페이스 마녀.

돌 맙소사!

---

18 Gamaliel Ratsey: 흉악한 가면을 쓰고 도둑질을 일삼았다는 노상강도.

19 즉 이 책이 선풍적인 베스트셀러가 되어 인쇄업자들에게 큰돈이 될 것임(O).

우린 끝장이야. 다 끝났어! 당신들 명성을
조금이라도 생각해야지. 이성이라곤 다 어디 갔어? 세상에,
내게 조금이라도 신경 쓰고, 우리의 공동 수익을 생각한다면…… 110

페이스 꺼져, 이 암캐야. 내 이 악당놈을
마술 금지법 위반으로 고발할 테다. 헨리 8세 통치 33년에
마술을 금지시킨 그 법령[20] 말이야. 암, 또 (모르지)
금화 테두리를 닦고 갉아댄 죄로, 네놈 목에 올가미를 걸어줄 거야.[21]

돌 그래서 바보 역할을 톡톡히 하시겠다, 이거야? 115
(페이스의 칼을 뺏고, 서틀의 유리병을 깨뜨린다.)
당신, 그 잘난 멘스트루에[22]로 어디 다시 붙여보시지.
세상에, 이 지긋지긋하게 치사한 두 인간들아,
이제 그만들 짖어대시지. 다시 시작하면
내 하늘에 맹세코, 그 모가지를 잘라버릴 테니까.
당신들같이 으르렁대는 작자들 때문에 120
감방에 가지는 않을 거니까.
세상 사람들을 상대로 여태 잘 사기를 쳐놓고,
이제는 저희들이 사기를 당할 차례입니다,
그렇게 공손하게 말씀하실 텐가?
[페이스에게] 서틀을 고소하신다? 법의 쓴맛을 125
보여주겠다고? 누가 당신 말을 믿겠어?
사생아에, 졸부에, 출신이 의심스러운 대장을
깃털만큼이라도 믿을 청교도는

---

20 1541년에 마법을 금지한 법.
21 산으로 금화를 닦아서 금 표면을 녹여내고, 금화 모서리를 긁어내는 것은 불법이었다(M).
22 menstrue: 금속을 녹이는 용액.

블랙프라이어즈[23]에 한 명도 없을걸. 〔서틀에게〕 그리고 당신,

130 소송을 내시겠다고? 허풍 좀 치면서,

이익 배분에 우선권이 있다고 주장하신다?

자기가 우리들 중 최고라고? 마치 자기만

사영에 쓸 현자의 돌 가루가 있는 것처럼? 우리가

일을 동등하게 시작한 걸 잊었나?

135 삼자간의 사업 아니냐고? 우선권 없이

수입은 전부 나눠 갖기로 했지? 맙소사, 이 영락없는 똥개들,

어서 다시 짝을 지어, 사이좋게 작업을 해야지,

충심으로, 서로 격려하면서 말이야.

이번 기간[24]을 놓쳐서야 안 되지.

140 안 그러면 나도 집안싸움에 끼어들어

내 할 말 하고 떠나버릴 거야.

페이스 다 저놈 잘못이야.

계속 중얼거리면서 힘들다고 투덜대고, 자기가

일의 막중한 부담을 떠맡고 있다고 불평한다고.

서틀 왜, 사실이 그렇지.

돌 그게 말이 되는 얘기야? 우리는 뭐 놀고먹고,

맡은 역할이 없나?

145 **서틀** 있지만, 그게 다 똑같지가 않다니까.

돌 당신 맡은 일이 오늘 좀 힘들면, 내일은

---

23 블랙프라이어즈에 사는 청교도들이 주로 모자를 장식하는 데 쓰이는 깃털 상업에 종사 했음.

24 법정이 열리는 기간. 힐러리 Hilary(1월 11에서 31일), 이스터 Easter(약 4월 5일에서 5월 8일), 트리니티 Trinity(5월 22일에서 6월 12일), 미컬머스 Michaelmas(11월 2일에서 25일)의 네 기간이 있었으며, 이때는 사업과 관광차 많은 사람들이 런던에 모여들었다. 돌이 말하는 기간은 미컬머스(M).

우리 일이 그만큼 힘들 수도 있잖아.

서틀 그럴 수도 있겠지.

돌 그럴 수도 있다고, 꽁알꽁알 꽁생원! 그렇다니까. 젠장할!

〔페이스에게〕 저놈 목 조르는 것 좀 거들어줘. 〔서틀의 목을 잡는다.〕

서틀 도로시, 도로시 여사,

빌어먹을, 내 뭐든지 할게. 왜 이러는 거야? 150

돌 네놈의 발효와 재활[25] 덕이라고?

서틀 내 말은 그게 아니라……

돌 자 네놈의 솔과 루나[26] 따위…… 〔페이스에게〕 빨리 도와줘.

서틀 차라리 내 목을 매달아. 내 이제 안 그럴게.

돌 정말 안 하는 거지? 그럼 빨리 맹세해.

서틀 뭐라고 맹세하지?

돌 이제 집안싸움 그만 하고, 155

공동 작업에 열심히 협조하겠다고.

서틀 내 그렇게 안 하면 숨을 쉬지 말라고 해.

페이스를 그저 좀 자극하려고 그런 말을 했던 거야.

돌 우리에겐 그런 자극이 필요 없었으면 좋겠군. 안 그래?

페이스 맹세코, 누가 사기의 대가인지 어디 오늘 밝혀보자구.

서틀 좋아. 160

돌 그렇지, 그렇게 사이좋게 일하자고.

---

25 발효 fermentation: 연금술의 제6단계. 발효제가 변환하고자 하는 물질의 전체에 스며들게 하여, 물질을 그 본질로 고양시키는 것.
재활 cibation: 제7단계. 증발할 때 손실되는 부분을 보충하려고 새로운 성분을 공급해주는 것.

26 Sol and Luna: 금과 은, 해와 달의 두 금속.

서틀 하늘에 맹세코,

이렇게 한번 다투고 나면, 결속이 더 튼튼해질 거라구.

돌 자자, 우리 착한 비비들! 이제 가서

근실하고, 상스럽고, 청교도적인 이웃들에게

165 (이 사람들은 왕이 등극한 이래,[27] 두 번도 안 웃었다는데)

우리의 우행으로 웃음 잔치를 선사해야 할까?

악당 이웃들이 내가 짐마차에 호송되는 걸 보려고,

또 당신들이 칼을 쓰고 머리를 내밀고 있다가

귀가 잘리는 걸 보려고, 숨이 차서 달려오겠지? 천만의 말씀.

170 (고귀한 국왕 폐하, 그리고 훌륭하신 장군님)

우리가 잡혀서 새 털실 양말을 뺏기기 전에,

교수형 집행 사령관 각하는

그 낡아빠진 벨벳 조끼와 얼룩진 스카프를

계속 입고 말을 타야 할 테니까.[28]

서틀 잘 말했어, 돌!

175 클라리디아나[29]처럼 말하는구나, 역시 돌이야!

페이스 그러니, 저녁식사에 위풍당당하게 모셔다가

돌 커먼 따위 시시한 이름이 아니라, 돌 프로퍼나 돌 싱귤러로

불러드려야 한다고. 긴 제비를 뽑는 쪽이 밤에

너를 돌 파티큘러[30]로 데려갈 거야.

---

27 1603년 제임스의 즉위 이래(M).

28 사형 집행인은 부수입으로 사형수의 옷을 가질 권리가 있었음. 돌은 자신들이 사형당해서 사형 집행인이 자신들의 옷을 차지하는 일은 없을 거라고 이야기하고 있다(M).

29 Claridiana: 당시 유행하던 소설 『기사도의 거울 *The Mirror of Knighthood*』에 나오는 여주인공.

30 Dol Common, Dol Proper, Dol Singular, Dol Particular: 문법 용어를 이용한 말장난으로 성적인 풍자도 들어 있다. 그날 밤 누가 돌과 잘 것인지 페이스와 서틀이 제비를 뽑아 결정할 것임.

서틀 아니 누구야? 누가 초인종을 누르는데. 돌, 창가로 가서 봐. 180
부디 이 시점에 집주인이 우리를 귀찮게 하지 않기를.

페이스 걱정 말게. 흑사병으로 일주일에 한 명씩
죽어나가는 한은, 주인이 런던으로 돌아올 리가 없어.
게다가 지금 홉 밭에서 한창 바쁠 때야.
편지를 받았거든. 주인이 돌아오려면, 185
집을 환기시키라고 전갈을 보낼 거야.
그러면 자네가 집을 떠날 충분한 시간이 있지.
이 주일 전에만 판을 거두면 걱정할 것 없어.

서틀 누구야, 돌?

돌 어떤 젊은 애송이인데.

페이스 이런, 우리 변호사의 서기야. 어제 190
홀본에 있는 '단검' 선술집에서 만났거든.
내가 얘기했었지, 도박을 하는데 점을 치고 싶어한다고.
경마와 주사위 게임에 이기고 싶어한다고.

돌 어서 들어오라고 하지.

서틀 잠깐. 이 일은 누구 몫이지?

페이스 어서
옷을 차려입어. 내가 나가는 것처럼 하면서 맞아들일 테니. 195

돌 그럼 난 뭘 하지?

페이스 눈에 띄지 않게 나가 있어. (돌 퇴장.)
말수를 좀 줄이고 있어봐.

서틀 알았네.

(서틀 퇴장, 페이스는 떠나는 손님인 것처럼 문을 열고 나가면서.)

페이스 신의 가호가 함께하시길.

부디, 내가 여기 왔었다고 말해주시오.

그자의 이름은 대퍼요. 내 더 머물고 싶지만……

〈제2장〉

대퍼 〔밖에서〕 대장님, 저예요.

페이스 아니 이게 누구요? 그가 온 것 같소, 박사.

(대퍼 등장.)

이런, 내 막 떠나려던 참이었소.

대퍼 진실로,

정말 유감이군요, 대장님.

페이스 하지만 내 분명

다시 자네를 보리라 생각했지.

대퍼 예, 저도 매우 기쁩니다.

5 사실 문서를 한두 개 작성할 것이 있었고,

게다가 오늘 주지사 댁에 식사 초대를 받은 사람에게

어젯밤 제 시계를 빌려주는 바람에,[31]

시간 가는 줄 몰랐습니다.

(서틀이 예복을 입고 등장.)

---

31 그 당시 귀한 시계를 소유하고 있음을 대퍼가 은근히 자랑하고 있다(M).

바로 이분이 그 주술사세요?

페이스 바로 그분이시오.

대퍼 박사님이세요?

페이스 그렇지.

대퍼 박사님께 제 얘기는 드렸나요, 대장님?

페이스 했지.

대퍼 그래서요? 10

페이스 사실, 박사님은 일을 너무 복잡하게 생각하신단 말이야.

뭐라고 말해야 할지 모르겠소……

대퍼 그러지 마세요, 대장님.

페이스 이 일은 빨리 끝냈으면 좋겠소.

대퍼 아니, 저를 어렵게 하시네요. 왜 그런 생각을 하세요?

제가 분명 은혜를 잊지는 않을 거예요. 15

페이스 나도 잘 알고 있소. 하지만, 법은 법이라……

그리고, 최근에 리드의 사건[32]이

일어나고 보니……

대퍼 리드요? 그자는 얼간이에다가,

바보하고 거래를 했대요.

페이스 서기였소.

대퍼 서기요?

페이스 아니, 내 말 들어보시오. 법이라면 자네가 더 20

잘 알 거라 믿소……

---

32 1608년 2월 사이먼 리드Simon Read는 토비 매슈Toby Matthew의 37.10파운드를 훔쳐간 범인을 찾기 위해 혼령들을 부른 죄로 벌금형에 처했다가 특별 사면을 받았다(M).

대퍼 그래야지요. 또 거기 따르는 위험도요.
제가 법령을 보여드렸잖아요.

페이스 그랬지.

대퍼 그럼 제가 말씀드려요? 비밀을 불면,
이 손이 다시는 법정 문서를 작성하지
25 못하게 돼도 좋아요. 저를 어떻게 생각하시는 거예요?
제가 차이어스[33]예요?

페이스 그건 또 뭐요?

대퍼 터키인 말이에요……
흔히 쓰는 말처럼, 제가 터키인처럼 거짓말을 할 거라 생각하세요?

페이스 내 박사님께 그리 얘기하리다.

대퍼 그래주세요, 대장님.

페이스 고귀하신 박사, 여기 얘기 좀 들어주시오.
30 이분이 그 신사인데, 차이어스가 아니라오.

서틀 대장, 내 대답은 이미 대장을 통해 다 전달했소.
대장을 봐서라도 내 그만큼은 하겠지만…… 이건
해서도 안 되고 할 수도 없소.

페이스 저런, 그런 말씀 마시오.
박사, 지금 고귀한 젊은이를 상대하고 있는 거요.
35 박사에게 충분히 감사를 표할 거요. 게다가 차이어스도 아니잖소.
그러니 청을 좀 들어주시오.

서틀 부디, 이제 그만 좀……

---

33 Chiause: 터키어로 사신이란 뜻. 1607년 터키에서 머스타파라는 이름의 사신이 영국에 도착하여 술탄의 대사임을 자칭, 지중해 담당의 상업 회사들로부터 융숭한 대접을 받았다. 이렇게 일개 사신이 지중해 상인들을 골탕먹인 유례에서 'chouse,' 즉 속이다라는 단어가 생김.

페이스 여기 젊은이가
천사 금화 네 닢을 가져왔소……
서틀 대장, 내게 지금 잘못하시는 거요.
페이스 어째서요, 박사, 이 천사들로 유혹하는 거요?
서틀 내 연금술과 애정을 위험으로 유혹하는 것 말이오.
하늘에 맹세코, 나를 그렇게 뻔한 위험으로 이끌다니, 40
당신이 내 친구라고 생각할 수 없소이다.
페이스 이끈다고요, 내가? 말이 박사를 수레에 태워 교수대로 이끌라지.
박사와 박사의 혼령들도 같이 말이요……
대퍼 아니, 대장님.
페이스 사람을 못 알아보니 말이요.
서틀 좋은 말씀이시오.
페이스 좋은 행동이시오, 겁쟁이 박사. 맹세코, 내가 45
도박이나 일삼고, 뜨거운 커스터드 뱉듯
비밀을 토해내는 사기꾼들에게
박사를 데려가는 것도 아니고……
대퍼 대장님.
페이스 교회 재판소 장교에게 고해바치는
우울한 서기에게 데려가는 것도 아니요. 바로 이 신사, 50
일 년에 40마르크씩 연금을 받고,
군소 시인들과 어울려 지내는 이 신사,
저 연로하신 조모의 유일한 희망,
법에 해박하고, 여섯 가지 서체를 쓸 줄 알며,
훌륭한 서기이자, 회계에 능하며, 55
주머니에 그리스어 크세노폰을 넣고 다니며

필요하면 맹세를 할 줄 알고,[34] 오비드를 인용하여
구애할 줄 아는 이 신사에게 데려가는 거요.

대퍼 저기요, 대장님.

페이스 나한테 그렇게 얘기하지 않았소?

대퍼 맞습니다, 그렇지만

60 대장님이 박사님께 좀더 깍듯이 대하셨으면 해서요.

페이스 저 거만한 사슴을 매달아버려. 벨벳모를 쓴 채 말이야.[35]
자네를 위해서가 아니라면, 내 저 허풍선이와
숨을 주고받느니, 질식해 죽고 말지.
자, 가버리라고.

서틀 여보시오, 얘기 좀 합시다.

대퍼 대장님, 박사님께서 부르시는데요.

65 **페이스** 내가
이런 일을 시작한 것 자체가 유감일 뿐이오.

대퍼 잠시만요. 박사님이 막 부르셨어요.

페이스 그럼 이 일을 맡으시겠소?

서틀 우선 내 말을 들어보……

페이스 맡으시기 전에는 한 마디도 안 들을 겁니다.

서틀 부디……

페이스 다른 계약서는 없이 구두로 약조하는 겁니다.

서틀 대장 마음이 법이구려. (돈을 받는다.)

70 **페이스** 자 이제, 말씀해보십시오.

---

34 그리스어로 된 크세노폰 책을 그리스어 『성경』인 양 내놓고 그 위에 맹세를 하면 위증죄를 피할 수 있었다.

35 서틀은 대학 박사의 벨벳모를 쓰고 있다.

이제 제 명예를 걸고 말씀을 듣겠습니다. 말씀하시죠.
여기 이 신사도 그럴 겁니다.

서틀 (페이스에게만 이야기하듯) 그러니까……

페이스 귓속말하지 마시고요.

서틀 하늘에 맹세코, 대장이 이 일에 개입하면
잃는 것이 더 많다는 걸 모르시는 것 같소.

페이스 어째서죠? 왜요?

서틀 글쎄, 대장이 그렇게 끈질기게 졸라대는 것을 75
이 신사가 손에 넣게 되면, 모두 망할 테니 말이오.
그가 시내의 돈을 죄다 긁어모을 거요.

페이스 그럴 리가요!

서틀 그렇소. 게다가 인형극에서 폭죽을 터뜨리듯,
노름꾼들을 하나하나 폭파시킬 것이오.
내 그자에게 운수를 알려줄 혼령을 불러주면, 80
그에게 가진 돈을 전부 거시오. 절대 그와 반대로 걸면 안 돼.
그자가 전부 딸 거니까.

페이스 박사님이 착각하셨군요.
그는 컵과 말 도박에 조언해줄 혼령 하나를 원할 뿐입니다.
박사님의 대단한 혼령들이 아니라, 주사위 전문 혼령 하나요.

대퍼 아니요, 대장님. 모든 도박에 조언해줄 혼령을 갖고 싶어요. 85

서틀 내 그렇게 말했잖소.

페이스 (대퍼에게) 세상에, 이건 완전히 다른 얘기잖아!
내 자네는 길들여진 새라서 한 철에 두 번씩만
날아보려 한다고 생각했지. 업무가 끝나는
금요일 밤에 말이오. 사오십 실링 하는

경주마에 걸려고 말이지.

90 **대퍼** 그래요, 맞는 말씀이에요.

그런데 지금 다시 생각해보니까 이제 법조계를 아예 떠나서,

그래서……

페이스 이런, 그렇다면 얘기가 달라지지!

내 박사를 움직일 수 있다고 생각하시오?

대퍼 대장님이 뜻하시면요.

박사님께는 피차 매한가지 같은데요.

페이스 뭐라고! 그 돈을 가지고?

95 내 양심상 그럴 수는 없소이다. 자네도

그런 요청은 하지 못하리라 보는데.

대퍼 아니죠. 당연히

돈을 더 지불해야지요.

페이스 그렇다면,

내 시도해보리다. 박사, 그 혼령이 모든 도박에 능합니까?

서틀 내 단언코, 그러면 런던의 모든 도박꾼들이

100 외상으로 식사를 해야 할 거요.[36]

이건 도박에 조언하는 영이오, 내 말 들으시오.

페이스 그렇군요!

서틀 그 혼령이 그와 반대로 내기에 거는 모든 금은보화를

끌어다 줄 것이오.

페이스 지금 연금술의 힘으로 말씀하시는 겁니까?

서틀 그렇소. 게다가 연금술의 근본인 이성에서 하는 말이오.

---

36 대퍼가 돈을 전부 따서 다른 도박꾼들은 식당에서 현금으로 지불할 수 없을 것임.

그의 용모는 요정의 여왕이 유일하게 좋아하는 105

그런 호남형이란 말이오.

페이스 뭐라고! 그래요?

서틀 쉿, 조용히 하시오.

저 친구에게 다 들리겠소. 여왕이 그를 보기만 하면……

페이스 뭐라고요?

서틀 그에게는 얘기하지 마시오.

페이스 카드 게임에도 이길까요?

서틀 죽은 홀랜드와 살아 있는 아이작[37]의 혼령이

저 친구에게 들어 있다고 해도 좋소. 그렇게 운이 좋기도 110

힘들단 말이오. 맹세코, 그가 멋쟁이 신사 여섯 명을

망토만 입고 가게 만들 거라오.[38]

페이스 참 그런 운을 타고나다니 신기하네요!

서틀 그가 듣는다니까……

대퍼 제가 은혜를 잊지는 않을 거예요.

페이스 사실, 그의 착한 성품을 믿는 바가 있소. 115

듣고 있소? 그가 말하기를 은혜를 잊지 않겠다고 하오.

서틀 말씀대로입니다. 제 사업이야 박사님만 믿고 따르는 거니까요.

페이스 그래, 맡아주시오, 박사. 그를 믿고, 사람 좀 만들어주시오.

그가 우리를 한 시간 안에 부자로 만들어줄 수도 있소.

한 5천 파운드쯤 따서 우리에게 2파운드만 보내줘도요. 120

대퍼 믿어주세요. 정말 그럴 겁니다.

페이스 그럴 거라 믿소.

---

37 John과 Isaac Holland: 네덜란드의 연금술사로 이들의 저서가 16세기 말에 출판됨.
38 즉 스트립 포커 같은 도박에서 나머지 옷을 다 따고 집에 갈 수 있도록 망토만 남겨줄 것이다(M).

(대퍼에게) 전부 들었소?

대퍼 아니, 무엇을요? 전 아무것도 못 들었는데요.

페이스 아무것도?

대퍼 사실, 조금이요. (페이스가 그를 옆으로 데려간다.)

페이스 자자, 아주 귀한 별이 자네 탄생일에 떴다네.

대퍼 제 탄생일에요? 그럴 리가요.

페이스 박사가 맹세하길 자네가……

125 서틀 아니, 대장. 지금 전부 말해주시오.

페이스 자네가 요정의 여왕과 엮어져 있다는 거야.

대퍼 누가요? 제가요? 세상에, 그런 일이……

페이스 그렇다니까. 게다가 자네가 대망막[39]을 머리에 쓰고 태어났다는 걸세.

대퍼 그게 정말이에요?

페이스 이리 오게. 자네가 그렇게 시치미를 떼도 무슨 말인지 잘 알지 않나.

대퍼 정말 모르겠어요. 대장님이 착각하셨나 봅니다.

130 페이스 뭐라고! 그렇게 모르는 척하다니? 박사가 이미 그리도 잘 알고 있는 일을? 그럼 우리가 다른 일에서

---

39 대망막caul: 태아가 종종 머리에 뒤집어쓰고 나오는 엷은 막. 좋은 전조로 여겼으며, 익사에 대한 보호막으로 해석되었음.

자네를 어떻게 믿겠소? 이런 식이면
자네가 오륙천 파운드를 따도 우리에게 일정액을 보내줄 거라고
어떻게 믿을 수 있겠소?

대퍼 제우스 신에 맹세코, 135
일만 파운드를 따면 절반을 보내드릴 겁니다.
맹세코요.

서틀 아니, 아니, 그가 그냥 농담을 한 거겠지.

페이스 가시오. 가서 박사에게 감사드려요. 그렇게 받아주니
정말 자네 친구 아닌가.

대퍼 박사님 감사합니다.

페이스 그래?
그럼 천사 금화 한 닢 더.

대퍼 그래야 하나요?

페이스 그래야 하냐고? 세상에, 140
무슨 감사가 그런가? 그렇게 야박하게 굴 텐가? (대퍼가 돈을 준다.)
박사,
이 친구가 언제 혼령을 만나러 와야 하겠소?

대퍼 제가 혼령을 지금 받는 것 아닌가요?

서틀 이런, 친구!
치러야 할 의식이 한 둘이 아니오.
우선 목욕재계하고 몸에 향을 피워야 하오. 145
게다가, 요정의 여왕은 정오가 될 때까지
일어나지 않는단 말이오.

페이스 어제 밤새 춤을 추었으면 절대 안 일어나지.

서틀 그 다음 여왕이 혼령을 축복해주어야 하오.

페이스 그래 자네는 직접 그분을

뵌 적이 없단 말인가?

대퍼 누구 말씀입니까?

페이스 자네 백모인 요정 말이야.

150 서틀 그녀가 옛날 요람에 있던 저 친구에게 입 맞춘 후로,

못 봤소. 그건 확실하오, 대장.

페이스 그래, 무슨 대가를 치르더라도

꼭 그분을 만나보게. 내 한 가지는 확신해!

뭐라고 확언하기는 좀 그렇지만, 아무튼,

그분을 꼭 만나보게. 그분을 만나보기만 하면

155 자네 팔자가 펴는 걸세. 그분은 외로운 여인이고,

아주 부자라서, 마음만 먹으면

아주 진귀한 일들도 할 수 있다네. 반드시 그녀를 만나게.

맹세코, 그녀가 전 재산을 자네에게 물려줄지도 모를 일이야.

그게 박사가 걱정하는 거라니까.

대퍼 그럼 어떻게 되는 겁니까?

160 페이스 나를 좀 내버려둬. 너무 깊이 생각하지 말고,

그분을 만나겠어요, 대장님, 이렇게 말해보게.

대퍼 대장님, 그분을 만나겠어요. (밖에서 누가 문을 두드린다.)

페이스 됐어.

서틀 게 누구요?

나가오. (페이스에게 방백) 저 친구를 뒷문으로 데리고 가게.

(대퍼에게) 1시 즈음에 준비를 하시오.

165 그때까지 단식해야 하며, 콧속에

식초 세 방울만 뿌리시오.

입에 두 방울, 귀에 한 방울,
그 다음에 손가락 끝을 식초에 담그고, 눈을 씻으시오.
그렇게 하면 오감이 예리해질 것이오. 그리고 '험험' 세 번
기침하고, 다음엔 '윙윙' 소리를 세 번 하고, 그리고 다시 오시오. 170

(퇴장.)

페이스 다 기억할 수 있겠소?

대퍼 자신 있습니다.

페이스 좋소, 그럼 가시게. 그분의 하인들에게
팁으로 금화 20냥쯤 주기만 하면 되네.
깨끗한 셔츠를 입고 말일세. 깨끗한 리넨을 입은
자네를 보면 그분이 어떤 은총을 내릴지 모를 일이야. (모두 퇴장.) 175

〈제3장〉

(서틀, 아벨 드러거 등장.)

서틀 들어오시오. (안에다 대고)—부인들, 부디 이제 저를 놓아주십시오.
오후까지는 해드릴 수 있는 게 없으니까요.—
이름이 뭐라고 하셨던가, 아벨 드러거라고?

드러거 네, 그렇습니다.

서틀 담배 장사를 한다고?

드러거 네, 그렇습니다.

서틀 음.
식료품 회사에는 허가를 받았고?

드러거 네, 말씀대로입니다.

5 서틀 자……

그래 용건은, 아벨?

드러거 그것은, 나리도 아시다시피,

저는 이제 새내기인데, 새 가게를

짓고 있습니다요, 저, 바로

거리의 모퉁이에다가요. 여기 지도가 있습죠.

10 박사님의 연금술 힘을 빌려 소인이 알고 싶은 것은

어느 쪽에다 문을 내야 할지, 또 어디에

선반을 둘지 점을 좀 치고 싶어서요. 보관함은 어디에 두고

항아리들은 어디에 둘 것인지요. 장사가 잘됐으면 하거든요.

저 페이스 대장이라는 한 신사분께서

15 박사님이 사람의 타고난 별자리며 수호천사며 악운을

잘 맞추신다고 알려주셨습니다.

서틀 그렇소,

내가 일단 보면……

(페이스 등장.)

페이스 이런! 아벨 아닌가?

마침 참 잘 만났네 그려!

드러거 아닌 게 아니라, 제가 막

대장님 얘기를 하고 있는 참에 오셨네요.

20 부디, 박사님께 제 얘기를 좀 해주세요.

페이스 뭐든지 해줄 걸세. 박사, 듣고 있소?

여기 내 친구 아벨인데, 아주 정직한 사람이오.
이 친구에게 질 좋은 담배를 구할 수 있으니,
담배를 삼베 찌끼나 기름과 섞지도 않고,
포도나 곡물에 씻어내지도 않고, 25
자갈 많은 지하에 묻어두거나,
기름진 가죽이나 더러운 천조각으로 말지도 않는다오.
담배를 질 좋은 항아리에 보관하니, 뚜껑을 열면
장미향이나 프랑스 콩절임같이 향긋하다오.
또 단풍나무 도마에, 은 부젓가락에, 30
윈체스터산 파이프, 곱향나무 불을 쓴다오.
아주 깔끔하고 말쑥한, 정직한 친구지, 금세공사[40]는 아니오.

서틀 아주 운이 좋은 친구요, 내 단언할 수 있어……

페이스 아니, 벌써 그걸 알아냈소? 아벨, 좀 보게!

서틀 게다가 부자가 되는 길목에 서 있어.

페이스 박사.

서틀 이번 여름에, 35
식료품 회사의 제복을 입게 되겠구만.
내년 봄에는 주지사의 주홍옷을 입겠고. 돈도 맘껏 쓰겠어.

페이스 뭐라고, 저렇게 새파랗게 젊은 나이에?

서틀 생각을 잘해야 하오.
저 친구가 수염이 날 만한 중책을 맡아 존경을 받을 수도 있지만,
현명하니까 젊음을 유지하는 대신 벌금을 내고 직책을 마다할 거요. 40
그의 행운은 다른 곳에서 손짓을 하고 있소.

---

40 고리대금업자의 다른 말.

페이스 세상에, 박사, 어떻게 이렇게 빨리 알아낼 수 있소?
정말 놀랄 노릇이오!

서틀 관상학에 의해서요, 대장.
내가 관상학에 의거해서 보니,
45 저 친구의 이마에 어떤 별이 있는데, 당신 눈에는 안 보일 거요.
자네의 밤색, 아니 올리브빛 얼굴은
절대 실패할 상이 아니야. 그리고 그 큼직한 귀는 좋은 징조야.
치아에 있는 어떤 점들과,
수성의 손가락 손톱을 보고 바로 알았지.

페이스 어떤 손가락 말이오?

50 서틀 새끼손가락을 보시오.
수요일에 태어났소?

드러거 네, 바로 그렇습니다.

서틀 손금을 읽는 수상학에서, 엄지는 금성에 속하고,
검지는 목성, 중지는 토성,
약지는 태양, 새끼는 수성에 속하오.
55 이 수성이 저 친구 천궁도의 주인이고,
인생의 궁은 천칭 자리이니, 즉
그가 상인이 될 것이고 천칭으로 장사할 것을 예견할 수 있지.

페이스 이런, 아주 신기하군! 안 그런가, 정직한 냅?

서틀 지금 오르머스[41]에서 오는 배 한 척이 있으니,
60 그에게 약재를 한 상품 가져올 것이야……
이게 서쪽이고, 이게 남쪽이지?

---

41 Ormus: Hormuz. 페르시아 만 지역의 향료 화물 창고항(M).

드러거 맞습니다요.

서틀 이게 자네 가게의 양 측면이고?

드러거 예.

서틀 그렇다면 문을 남쪽으로 내게. 가게 넓은 쪽을 서향으로 하고.

가게 동쪽 편은 좀 높게 만들고,

마트라이, 타르미엘, 바라보라트라고 쓰게. 65

북쪽 위에는 라엘, 벨렐, 티엘이라고 쓰고.

이는 수성의 혼령들 이름이니

보관함에 꼬이는 날파리들을 막아줄 것일세.

드러거 알겠습니다.

서틀 그리고

문지방 아래에는 자석을 하나 묻어놓을 것이니,

박차를 찬 멋쟁이 신사들이 자력에 이끌리듯 들어오고, 70

그러면 나머지는 그냥 따라 들어오는 걸세.

페이스 이건 비밀일세, 냅!

서틀 그리고 진열대 위에 특수 장치를 단 꼭두각시와

화장품을 올려놓으면 도시의 부인들이 몰려올 것이야.

광물을 가지고도 할 일이 많을 걸세.

드러거 박사님,

제가 집에 벌써……

서틀 암, 다 알고 있네. 집에 비소, 75

황산, 탄산칼륨, 주석, 알칼리,

진사를 가지고 있다는 걸. 다 알지. 대장, 이 친구

때가 되면 대단한 증류사가 될 걸세.

(대놓고 말은 않겠네만, 터놓자면)

80 나중에 현자의 돌에 있어서 한가락 하게 될 걸세.

페이스 이런, 어떻게 그럴 수가, 아벨! 이게 사실인가?

드러거 대장님,

제가 뭘 드려야 할까요?

페이스 아니, 난 뭐라 조언하지 않겠네.

어떤 재산을 자네가 얻게 될지 들었지 않았나.

(자네가 아무리 펑펑 써도 말일세.)

드러거 박사님께 1크라운을 드리겠어요.

85 **페이스** 1크라운! 그런 재산을 눈앞에 두고도? 맙소사,

자네 가게를 갖다바쳐도 부족할 판이야. 지금 가진 금은 없나?

드러거 포르투갈 금화[42]가 하나 있습니다요. 반년째 몸에 지녀온 겁니다.

페이스 빨리 내놓게, 냅. 세상에, 그런 얘기를 듣고도……

이제 그만 내놓게. 내 박사에게 갖다드리겠네.

90 박사, 냅이 이 돈으로 술이라도 드시라는구려. 그리고 더

감사한 마음으로 또 올 거랍니다. 박사의 기술로

자신이 출세하게 생겼으니 말이오.

드러거 박사님께 또

다른 부탁을 드리고 싶어요.

페이스 뭔가, 냅?

드러거 제 달력을 좀 살펴보시고,

95 액이 낀 날을 좀 표시해달라고요. 그래야 그날은

거래도 않고, 사람들도 안 믿죠.

페이스 그렇게 해줄 걸세, 냅.

---

42 1크라운은 5실링에 해당하고, 1포르투갈 금화는 3파운드 5실링에 해당함.

맡겨놓게. 오후까지는 될 테니까.

서틀 선반의 방향도 그때 말해주겠소.

페이스 자, 냅?

이제 만족한가, 냅?

드러거 두 분 모두 정말 감사합니다.

페이스 잘 가게.

(드러거 퇴장.)

자자, 이제, 연기를 뿜어대는 자연의 박해자여! 100

이제 알겠지, 뭔가를 해내야 한단 말이야.

저 너도밤나무 숯과, 부식제,

용해용 항아리, 도가니, 증류기 말고도

작업을 하려면 집으로 누군가를 유인해야 하지 않겠어?

그런데도 내가 아무 일도 안 한다고 생각하다니, 105

이렇게 광맥을 찾아 쫓아다니며,

데리고 오는데 말이야. 신에 맹세코, 내가 이렇게

손님을 데려오는 게 내 몫의 배당금보다 돈이 더

든단 말이야.

서틀 아주 기분이 좋은 모양이군. 그래서?

〈제4장〉

(돌 등장.)

페이스 우리 어여쁜 돌이 할 말이 있는가?

돌 저기 생선집 여편네가
가려 하질 않아. 게다가 램버드의 포주,
여자 거인도 있고.
서틀 이런, 지금은 그 여자들과 상대할 수 없어.
돌 그래서 대롱에다 대고 혼령들 중 하나의 목소리를 흉내 내서
5 밤이 되기 전에는 안 된다고 얘기했지.
그런데 에피큐어 매몬 경을 발견했지 뭐야.
서틀 어디서?
돌 저 골목길 끝에서 이쪽으로 오고 있어.
느린 발길로, 같이 오는 사람에게
혀를 부지런히 놀리면서.
서틀 페이스, 빨리 가서 옷을 갈아입게.
(페이스 퇴장.)
10 돌, 너도 당장 서둘러 준비해야 해……
돌 아니, 무슨 일이야?
서틀 오, 해가 뜨자마자 그자가 올 거라고
내가 내내 기다리고 있었거든. 그자가 잠을 잘 수 있었다니 대단해!
바로 오늘이야, 내 그자에게
우리의 대 작업인 현자의 돌과 관련된 원칙을
15 완성해서 그자 손에 넘겨주기로 했거든.
이번 달 들어서는 아예 돌이 수중에 있는 듯 얘기를 하더군.
그러더니 이제 그 돌을 나누어 쓸 생각인가봐.
그자가 여염집에서 성병 예방용 약을 돌리고,
흑사병 걸린 집에는 치료약을 나누어주는 꼴이 눈에 선해.
20 무어필즈[43]에 나병 환자들을 보러 다니고,

여염집 부인들에게 엘릭시르[44]를 넣어 만든
향료알 달린 팔찌를 나눠주고,
늙은 포주들을 젊게 해주려고 병원을 찾아다니고,
거지들을 부자로 만들 방도를 찾겠지.
그의 노고가 언제 끝날지 모르겠군. 분명 25
자연이 깊이 잠들었던 것을 반성하게 만들 거야. 인간의 기술은
계모에 불과하지만, 친모인 자연보다 더한 일을 할 거야.
인류를 사랑하는 한 말이지.
그자의 꿈이 지속되면, 이 시대를 황금으로 만들 걸세. (모두 퇴장.)

제2막

〈제1장〉

(에피큐어 매몬 경과 설리 등장.)

매몬 자자, 이제 당신이 신세계에
발을 디디고 있소. 여기는 부유한 페루요.
저기 저 안에 황금 광산과 위대한 솔로몬의
오피르가 있소이다! 솔로몬은 삼 년 동안
항해해서 도착한 걸 우리는 열 달에 도달한 거요.[45] 5

---

43 Moorfields: 도시 진입이 금지된 나병 환자들이 모여 사는 곳.
44 elixir: 연금술에 쓰이는 약품(옮긴이).

바로 오늘이 내 친구들에게 '부자 되시오'라고
행복한 말을 할 수 있는 날이란 말이야.
바로 오늘부터 당신은 고위층이 되는 거요.
더 이상 텅 빈 주사위니 덧없는 카드놀이를
10 할 필요가 없단 말이야. 채무 장부에 슬쩍
셔츠를 끼워 넣어 계약하도록 졸개들을
관리할 필요도 없어.[46] 나중에
채무자가 부인하면 두들겨 패서
현물을 가져오도록 할 필요도 없단 말이오.
15 마담 오거스타네 집[47]에서 입고 뽐낼
성긴 망토를 만들려고, 명주를 탐내거나
벨벳 안감에 군침을 삼키지 않아도 되지.
싸움꾼에 도박꾼들을 황금 송아지 앞에
밤새도록 무릎 꿇게 하고, 포도주와 트럼펫으로
20 우상 숭배를 범하지도 않을 것이오.
북소리와 군기를 따라가지 않아도 되오.
이제 이럴 필요가 없단 말이야. 젊은 총독을 둘 것이고,
졸개들과 부하 졸개들을 두게 될 것이오, 설리.
그럼 내 당신에게 '부자 되시오'라고 말하겠소.
(부르며) 여보시오, 거기 안에 서틀 어르신 계시오?

---

45 신세계는 아메리카 그리고 동시에, 설리가 연금술에 입문함으로써 부와 사치의 신세계에 들어섬을 뜻함. 페루는 스페인 금의 원산지이자 엘도라도가 있는 곳. 연금술사들은 솔로몬이 현자의 돌을 가졌고, 보안을 위해 멀리 떨어진 오피르에서 금을 만들었다고 믿었음. 이 구절에서 3년이란 솔로몬이 현자의 돌을 만드는 데 걸린 시간(M).

46 사채업자들이 고객에게 돈을 현물로 갚게 해서 이익을 챙기는 사기 행위로 매춘부들을 고용하여 슬쩍 현물을 채무 목록에 끼워 넣고 계약하도록 유도함.

47 고급 매춘가를 뜻함.

페이스 (안에서) 선생님, 25

지금 나가니, 잠시만요.

매몬 저자가 조수 허파군이야.

화룡 살라만더에, 불에 바람을 불어 넣는 허파,

숯을 지피는 산들바람으로, 자연을 그 중심까지 흔들어놓는 거지.

잘 믿기지 않으시겠지. 오늘 이 집에 있는

금속을 전부 금으로 바꾸어놓을 것이오. 30

그리고 아침이 되면 일찍

배관공이니 납세공자에게 사람을 보내

주석과 납을 전부 사들일 참이오. 로드버리에서는

구리를 전부 사 올 것이고.

설리 아니, 그것들도 바꾸시려고요?

매몬 암, 데본셔와 콘월을 사들여서 35

완벽한 인도로 바꿔버려야지.[48] 놀라셨겠지?

설리 믿기지 않는군요.

매몬 현자의 돌이 어떤 효력을 내는지 보기만 하면 말이오!

그 돌의 일부를 일백 개의

수성이나, 금성이나, 혹은 달에 사영시키면,

같은 수의 태양으로 바꿔줄 것이오.[49] 40

아니, 일천 개도 좋고, 무한히도 가능하지.

내 말을 믿게 될 것이오.

---

48 매몬은 데본셔와 콘월에 있는 주석과 구리 광산을 금광으로 바꾸려 함. 서인도는 금이 많다고 생각되었음(M).

49 수성: 수은, 금성: 구리, 돌: 은, 태양: 금.

설리 　　　　　　　　　　그래요, 내 두 눈으로 보면 믿게 되겠죠.
하지만 내 두 눈이 나를 확실히 속이면,
(그럴 기회가 없겠지만), 다음 날
창녀가 내 눈에 오줌을 싸도 좋아요.

45 매몬 　　　　　　　　　　하! 왜 그러시오?
내가 당신을 속인다고 생각하시오? 내 장담컨대,
불사불로의 영약, 완벽한 루비라고도 불리는,
태양의 꽃을 일단 손에 넣으면,
그런 거야 식은 죽 먹기에다,
50 명예, 사랑, 존경, 장수는 보장된 거요.
안전함과 용기를 주고, 원하면
승리도 가져다준다오. 스무여드레면
여든 먹은 늙은이도 어린아이로 바꾸어놓을 수 있소.

설리 늙은이야 이미 어린아이 아니겠어요.

매몬 　　　　　　　　　　아니, 내 말은,
55 시간을 되돌려준다니까, 독수리처럼,
회춘시킨다고. 다시 아들 딸 얻을 수도 있고.
우리 철학자들이 그랬던 것처럼,
(노아의 방주 이전에 태곳적 아버지들 말이야)
일주일에 한 번씩 겨자씨만큼씩
60 현자의 돌을 칼끝에만 대어주면,
다시 전쟁의 신이 되어 젊은 큐피드를 낳게 될 거요.

설리 픽트해치[50]에서 신성한 불을 지키는

---

50 Pict-hatch: 런던 차터하우스 양로원 근처로 매춘부들이 많이 살았던 지역(M).

정결한 처녀들이 고마워할 노릇이네요.

매몬 감염을 막는 데

특별한 힘이 있는 이 자연의 신비가

어떤 원인에서 오는 질병이든 전부 고쳐줄 것이오. 65

한 달 동안 앓던 병은 하루면 낫고, 일 년짜리 병은 열이레.

얼마나 오래된 병이든 한 달이면 깨끗이 낫소.

저 약 파는 의사들의 처방에 비할 바가 아니지.

이걸로 이 나라에 만연하는 흑사병을

석 달 안에 퇴치하려고 하오.

설리 그러면 장담컨대, 70

극단 배우들이 선생님을 칭찬하는 노래를 부를 겁니다.[51]

시인이 따로 없어도요.

매몬 내 그리 할 것이오. 그러는 동안,

내 하인을 시켜서 도시 전체에 공급해도

충분한 양의 방부제를 배포할 것이오.

각 가구당 일주일치 가격은…… 75

설리 템스 강 물을 끌어 대는 시설을 만든 사람처럼요?

매몬 당신은 정말 의심이 많군.

설리 사실, 제 기질상

잘 속지 않으려 한답니다. 선생님의 돌도

저를 변화시키지는 못할 겁니다.

매몬 고집이 세군, 설리.

선인들의 말씀이나 기록은 믿겠소? 80

---

51 흑사병이 발생하면 극장은 문을 닫아야 했다.

내 책을 한 권 보여주지. 모세와 그 누이,
그리고 솔로몬이 연금술에 대해 쓴 책이오.
그리고 아담이 썼다는 책자도 보여주겠소.

설리 뭐라고요!

매몬 현자의 돌에 대해 표준 네덜란드어로 쓴 것 말이오.

설리 아니, 아담이 표준 네덜란드어로 썼단 말입니까?

85 매몬 그렇소.
네덜란드어가 아주 오래된 언어임을 입증하는 거지.

설리 어떤 종이에요?

매몬 삼나무 판이오.

설리 아아, 삼나무 판이 (사람들이 말하길)
벌레에 오래 견딘다고 하대요.

매몬 아일랜드산 목재가 거미줄에 강한 것과
마찬가지지. 내 이아손의 황금 양털도 하나 가지고 있으니,
90 다름이 아니라 바로 연금술에 관한 책으로
커다란 양가죽에 씌어진 것이오. 숫양의 가죽으로 만든 양피지지.
피타고라스의 허벅지가 바로 그랬고, 판도라의 상자가 그랬지.
메데아의 마술에 대한 전설들이 다
우리 작업과 관련된 것이오. 황소들이나 우리 용광로나
95 아직 불을 뿜어대고 있지. 우리 수은이나 용도 그렇소.
물질을 희고 딱딱하게 유지시켜주는
용의 이빨, 즉 염화수은을
이아손의 투구(즉 알렘빅)에 모아서
화성인 철의 밭에 뿌린 다음,
100 응고가 될 때까지 계속 순화시킨단 말이오.[52]

이 두 이야기나, 헤스페리아의 정원, 카드무스의 이야기,
소나기로 변한 제우스 신, 미다스의 소원, 아고스의 눈,[53]
보카치오의 마왕, 이외에도 수천 가지 이야기가
다 우리 돌에 얽힌 알레고리란 말이요. 어떻소?

〈제2장〉

(페이스 등장.)

매몬 일이 잘되었는가? 드디어 우리의 날이 온 건가?

페이스 오늘 저녁이 온통 붉게 빛날 것입니다.
선홍색, 색깔이 바로 나왔습니다. 붉은 효소가
제 역할을 해낸 것이지요. 이제 세 시간 후면
사영을 보시게 될 것입니다.

매몬 고집센 설리, 5

52 이아손Jason의 황금 양털: 어떤 철학자들은 이아손과 황금 양털이 연금술에 대한 비밀을 담고 있는 양피지라고 생각했다. 피타고라스는 황금으로 된 허벅지를 가지고 있다고 믿어졌다.
알렘빅alembic: 증류기의 일종. 황금 양털을 얻기 위해 이아손은 놋쇠 발을 하고 입에 불을 뿜는 황소 두 마리를 붙잡아 매고 밭을 갈게 한 후, 그 이빨을 밭에 뿌려야 했다. 이아손은 메데아의 마술을 빌려 이 임무를 완수했다.
용: 카드무스가 용을 죽인 후 그 이빨을 밭에 뿌렸더니 그 숫자만큼 병사들이 솟아나서 서로 싸우다가 다섯 명만 남았다. 그때 카드무스가 그들과 싸워 이긴 후 테베를 세웠다.

53 헤스페리아의 정원: 이 정원의 황금 사과나무를 용이 지켰다. 헤라클레스의 열한번째 임무가 이 용을 죽이고 황금 사과를 가져오는 것이었다.
소나기로 변한 제우스 신: 제우스는 황금 소나기로 변해서 다나에가 갇혀 있는 탑의 창살로 들어가 구애했다.
아고스의 눈: 제우스가 사랑했던 이오는 암소로 변했는데, 질투심이 강한 헤라가 공작의 꼬리에서 백 개의 눈을 아고스에게 달아 그녀를 감시하게 했다.

내 다시 당신에게 크게 말해주겠소, '부자 되시오'라고.
오늘은 금괴를 갖게 될 거요. 그리고 내일은
높으신 양반들 얼굴을 바로 보게 될 거요. 안 그런가, 서풍군?
플라스크 병이 붉게 달아오르고 있지?

페이스 아이 밴 것을
10 주인에게 막 들킨 계집애처럼 발그스레합니다.

매몬 재치 있는 대답이야, 허파군! 내 유일한 걱정은
어디서 사영시킬 물질을 충분히 구해오느냐는 거야.
이 도시에 있는 걸로는 절반도 양을 못 채울 텐데 말이지.

페이스 그래요?
교회를 덮은 납 지붕을 사들이시죠.

매몬 그거 좋은 생각이야.

페이스 그렇죠.
15 교회 지붕이야 건물 안처럼 아예 납을 다 벗겨버리든지,
나무 타일로 새로 씌우면 되잖아요.

매몬 아니, 초가지붕이 낫지.
초가지붕이면 서까래 위에 가볍게 올라가지 않겠나.
허파군, 내 자네를 용광로에서 풀어주겠네.
깜부기불에 그을려버린 자네의 안색을
20 회복시켜주고, 금속에서 나오는 증기로
다친 그 뇌도 고쳐주겠네.

페이스 제가 다 나리를 위해서
열심히 공기를 불어 넣었던 겁니다. 너도밤나무가 아닌
숯을 꺼내버리고, 집어넣는 숯의 양을
정확히 쟀으니, 그 열기를 적정 온도로 유지하려고 그랬지요.

이 눈도 말씀하신 여러 색깔, 즉 연한 레몬빛, 초록색 사자, 25
까마귀, 공작새 꼬리, 깃털 달린 백조 같은 색깔들을
구별하려고 부릅뜨다 보니 이제 흐릿합니다.

매몬 그래 끝으로,
'양의 피'라고 회자되는 꽃을 보았던가?

페이스 예.

매몬 주인은 어디 계신가?

페이스 기도 중이십니다.
신앙이 깊으신 분이라 이번 성공에 대해 감사 기도를 30
올리고 계세요.

매몬 허파군, 내 자네의 그간 노고에
종지부를 찍어주겠네. 이제부터 자네가 내 하렘의
관리인이 될 것이야.

페이스 좋습니다요.

매몬 무슨 소린지 알겠나?
허파군 자네를 거세한다는 거야.

페이스 예.

매몬 이제 나도
솔로몬 왕과 맞먹는 숫자의 부인과 첩을
거느리려고 한단 말일세. 솔로몬도 35
나처럼 돌이 있었거든. 불사의 약으로
내 허리를 헤라클레스처럼 강하게 만들어서
하룻밤에 오십 명씩 상대할 것이야.
피처럼 빨갛게 된 것을 봤다는 게 확실하지?

페이스 어디 색깔뿐이겠습니까. 40

매몬 침대를 공기로 부풀려야겠어. 깃털로 채우지 말고.
오리털도 너무 딱딱하단 말이야. 그리고 내 둥근 방 안에는
그림들로 가득 채워야겠다. 티베리우스가 모방한
엘리판티스 스타일로 말이야. 재미없는 아레티노[54]도
45 그 스타일을 모방했었지. 그리고, 거울을
아주 정교한 각도로 만들어서 내가 여자들 사이를
발가벗고 누비는 모습을
다각도에서 다양하게 비추도록 말이지.
향수로 안개를 만들어서 방마다 뿌리면
50 사람들이 넋을 잃을 거야. 욕실은 풍덩
들어갈 수 있는 웅덩이처럼 만들고, 거기서 나오면
얇은 비단과 장미에 구르며 몸을 말리도록 해야지.
—(재차 확인하듯) 루비 색이 되었단 말이지?— 부유한 신사나,
돈 많은 변호사가 정숙한 아내를 데리고 있으면,
55 그자에게 일천 파운드를 보내서
부인을 소개받아 놀아난단 말이야.

페이스 그럼 제가 중개역을 할까요?

매몬 아니. 난 어머니나 아버지가 아닌,
다른 뚜쟁이는 필요 없어. 부모가 그 역할을 제일 잘하는 법이거든.
어느 누구보다 낫지. 그리고 내가 돈 주고 살 수 있는 한
60 가장 엄숙하고 정숙한 예지자들이 내게
아첨하도록 할 것이야. 말솜씨 좋은 신사를
내 광대로 삼을 것이고, 방귀를 주제로

54 Elephantis: 성애 작가. Aretino: 외설적 풍자 작가.

절묘한 시를 썼던 시인들을 대접하여,
나를 위해 같은 주제로 시를 짓게 할 것이로다.
자신들을 궁정과 시내의 종마라고 뻐기고, 65
가장 순진하다고 알려진 귀부인들을
희롱해왔던 자들을 불러들여
나의 내시가 되어달라고 요청할 것이오.
이자들이 타조 꼬리 열 개로 만든 깃털 부채로
내 옆에서 부채질을 하게 할 것이오. 70
만병통치약이 우리 손에 들어왔으니, 이제 멋진 인생이지.
고기 요리는 전부 인도산 조가비 그릇이나,
에메랄드, 사파이어, 히아신스, 루비로 장식된
마노와 금 접시에 담아 식탁에 나올 것이오.
잉어의 혀, 겨울잠 자는 쥐와 낙타 발꿈치를 75
정화된 금 속에 끓여서 진주와 녹여내어,
(간질병을 치료하는 아피시어스의 처방식이지)
이 수프를 손잡이에 다이어몬드와 홍옥이 박힌
호박 수저로 떠먹어야지.
내 종놈도 꿩고기와 연어회, 80
도요새, 흑꼬리도요새, 칠성장어를 먹여줘야지.
이 몸은 민물고기의 수염으로 샐러드를 만들게 하고,
기름에 볶은 버섯에, 새끼 밴 암퇘지의
미끈하게 부푼 젖꼭지를 바로 베어서
아주 매운 소스에 무쳐 먹어야지. 85
그 요리를 만들어 대령한 요리사에게는, '자 옜다,
이 금을 받아서 기사 작위나 사거라,' 이렇게 말해줘야지.[55]

페이스 나리,

들어가서 얼마나 되어가는지 보고 오겠어요.

매몬 그러게. (페이스 퇴장.) 내 셔츠는

거미줄처럼 가볍고 부드러운 호박단 명주로

90 만들게 해야지. 내 다른 의상들은

페르시아왕이 부러워하며 다시 새로 흥청망청

쓰도록 할 만큼 화려할 거야.

내 장갑은 물고기와 새들의 가죽으로 만들어,

천국의 수액과 동방의 향수를 뿌려주고……

95 설리 아니 그런 걸 누리면서 현자의 돌을 얻을 생각을 하세요?[56]

매몬 아니지, 현자의 돌로 그런 걸 누리려고 하는 거지.

설리 이런, 제가 듣기로, 현자의 돌을 구하려면 호모 프루기 homo frugi, 즉

신앙심이 깊고, 성스럽고 종교적인 사람이어야 한다고 하던데요.

세속의 죄와는 완전히 거리가 먼 사람 말이오.

100 매몬 현자의 돌을 만드는 사람은 그렇지. 하지만 나는 돌을 사는 거야.

내 돈을 투자하는 거니까. 그 정직한 친구,

그 뛰어나게 신앙심 깊고 착한 영혼이

현자의 돌 때문에 기도하고 단식하면서

옷은 무릎이 다 드러나게 해지고, 슬리퍼는 닳아빠졌지 뭔가.

105 나를 위해서 그 친구 혼자 그러라지 뭐. 여기 그가 오는군.

상스러운 말은 한마디도 말게. 그에게는 독이야, 독.

---

55 제임스 1세의 계승과 함께 많은 기사들이 돈으로 작위를 산 것에 대한 빈정거림.

56 연금술에 관한 책에서는 신앙심과 순수함, 무욕(無慾)을 현자의 돌을 얻는 필수 조건으로 꼽았다(M).

〈제3장〉

(서틀 등장.)

매몬 어르신, 평안하셨습니까.

서틀 착한 젊은이, 그대도 평안하길.

그리고 거기 자네 친구도 마찬가지일세. 그래 그 친구는 누군가?

매몬 이교도인데, 혹시 개종시킬 수 있을까 해서

데려왔습니다.

서틀 젊은이, 시간을 아주 정확하게 맞추어 오는 걸 보니 5

자네가 너무 욕심을 내는 것 같아 두렵네.

이렇게 이른 아침부터 뭔가를 기대하다니.

자네가 조급해하거나 육욕을 범할까

두려운 마음이 드는구나. 너무 급히 서두르다가

은총이 자네 곁을 떠나게 하지는 말게. 10

그렇게 오랜 밤을 새며 인내심을 가지고 일해서

이제야 완성된 나의 공든 탑이,

애정과 열성을 부어 쌓은 그 탑이 무너지면 마음이 아플 걸세.

그 탑을 세운 내 의도는 (하늘에 걸고 맹세하건대,

자네에게도 내가 계속 얘기했었지) 15

경건한 대의나 소중한 자선 활동처럼

만인에게 이익이 되도록 하는 것 말고는 없다네.

이 돌이 이제 사람들 사이에 경이적인 것이 되었지.

그런데 갑자기 자네가 배신을 해서,

자네 개인 탐욕을 채우는 데 20

그 위대한 은총을 쓰려고 하면,
분명 저주가 따를 것이야. 암, 자네가 아무리
은밀하게 수작을 부려도 저주가 붙을 거야.

매몬 잘 알고 있습니다.
제가 그럴 거라고 추호도 걱정하지 마십시오. 저는 단지
여기 이 신사를 좀 설득해주십사 온 거니까요.

25 **설리** 사실, 제가
어르신의 돌이란 것을 좀체 믿지 못하겠거든요.
워낙 잘 속는 성격이 아니라서요.

서틀 자, 젊은이,
내 그에게 확신을 줄 수 있는 것은 단 하나뿐,
이제 돌이 완성되었도다. 번쩍이는 태양이 의상을 걸쳤도다.
30 이제 우리가 이 세 겹의 영혼을 지닌 약, 즉 영광된 혼령을
갖게 되었도다. 우리에게 그런 걸 내려주신
하늘에 감사할지어다. 울렌 스피겔.[57]

페이스 곧 갑니다, 나리.

(페이스 등장.)

서틀 공기 조절기를 잘 살펴보고,
알루델[58]의 열기를 단계적으로 서서히 줄여주어라.

---

57 Ulen Spiegel: 틸 오일렌스피겔 Til Eulenspiegel. 전설적인 독일의 익살꾼. 여기서는 조수 페이스를 부르는 말.

58 aludel: 아랍어 aluthal에서 온 단어로 조롱박 모양으로 생긴 항아리. 연금술의 증류 과정에서 압축 장치의 역할을 함(M).

페이스 알겠습니다.

서틀 플라스크는 35

살펴보았는가?

페이스 어느 것 말씀입니까? D병이요?

서틀 그렇다.

색깔이 어떠하더냐?

페이스 백색에 가깝습니다.

서틀 식초를 들이부어,

휘발성 물질과 정기를 끌어내도록 하여라.

유리관 E에 있는 물을 여과시켜서

타원형의 그릇에 담도록 해라. 찰흙으로 잘 감싸서 40

발네오[59]에 잘 담가놓도록 하여라.

페이스 분부대로 하겠습니다. (퇴장.)

설리 (방백) 용어 한번 거창하네! 무슨 도둑놈들이 쓰는 은어 같군!

서틀 젊은이, 자네가 아직 보지 못한 또 다른 작품이 있네.

삼 일 동안 연금술의 과정을 거치고

아타노[60]의 약한 불을 통과하여 이제 자연의 유황이 45

된 것이지.

매몬 다 저를 위한 것입니까?

서틀 이게 다 자네에게 무슨 필요인가?

자네는 이미 완벽한 것을 충분히 가졌는데.

매몬 하지만……

---

59 연금술에서 약한 열이 골고루 퍼지게 하기 위해 물체를 발네오 balneo(모래나 물이 담긴 욕조)에 담가 가열하였다. 이를 성 마리아의 욕조라 부름.

60 athanor: 계속적인 열기를 유지시키기 위한 용광로.

서틀 어허, 이렇게 욕심이 많을 수가!

매몬 아닙니다. 제 맹세컨대,

순전히 경건한 목적에만 쓸 것입니다.

50 대학이나 문법학교를 설립하고,

어린 처녀들을 결혼시키고, 병원을 짓고,

가끔 교회를 짓는 데도 쓰고요.

(페이스 등장.)

서틀 자, 어떤가?

페이스 나리,

여과기를 갈아줘야 할까요?

서틀 그렇지, 그러도록 하게.

그리고 유리관 B의 내용물을 가져오게. (페이스 퇴장.)

매몬 다른 것도 있습니까?

55 서틀 그렇다네, 내 자네의 신앙심만

확고한 걸 확인하면 그걸 영광되게 하는 방법이

부족하지는 않을 것이야. 아무튼 최선을 기대해보네.

내일은 모래 열기에 C를 착색시키고

용액에 담가놓으려고 하네.

매몬 하얀 기름에요?

60 서틀 아니, 붉은 기름이네. F도 증류기 목까지 올라왔으니,

신이여 감사합니다. 성 마리아의 욕조에서

성처녀의 우유[61]를 보이고 있단 말이야. 복 받을지어다.

내 저 침전물들을 태워서 가루를 내어 보냈단 말일세.

그 생석회에서 수은 산화물을 만들어내지 않았겠나.

매몬 정화수에 부어서 말이지요? 65

서틀 그렇다네, 그리고 아타노에 반사열을 가했지.

(페이스 등장.)

자 어떤가? 어떤 색깔이던가?

페이스 썩은 듯한 검은 빛입니다요.

매몬 까마귀의 머리빛[62]인가요?

설리 (방백) 광대 모자겠지, 안 그래?

서틀 아니, 그럼 아직 불충분한데. 까마귀 색이어야 하는데.

이번 작업에 뭔가 부족한 게야.

설리 (방백) 오, 내 이럴 줄 알았지. 70

놈들이 이제 막 토끼덫을 치는 중이야.[63]

서틀 분명, 그것들을 증류 용액에

용해시켰느냐?

페이스 그러믄요, 그리고 잘 결합시켜서

플라스크에 담아두었지요. 분부하신 대로

침지(浸漬)시키려고 잘 밀봉시켜서 말입죠. 동시에

화성의 액체[64]가 같은 열에서 순환하도록 75

작동해두었고요.

---

61 성 마리아의 욕조: 주 **59** 참조. 성처녀의 우유: 수은을 일컫는 말들 중 하나.

62 검은 정도에서 이 이름으로 불리면 성공적인 단계에 들어섬을 암시함(M).

63 토끼를 잡는 비유는 뒤에도 계속 이어짐. 보통 토끼굴 앞에 망을 친 후 흰족제비를 굴에 넣어 토끼들을 몰아내게 하였다(M).

64 화성의 액체: 녹인 철.

서틀 그렇다면 작업 과정은 틀린 게 없는데.

페이스 그렇습죠. 그 증거로 증류기가 깨졌거든요.
남은 것은 펠리칸 모양의 병에 담아서
헤르메스의 봉인[65]으로 봉해두었습니다요.

서틀 내 생각대로야.
우리에게 새 아말감[66]이 필요한 것 같군.

80 설리 (방백) 세상에, 이 흰족제비는
긴털족제비만큼이나 고약하구나.[67]

서틀 뭐 그리 개의치 않겠네.
그 실험은 끝난 것으로 하지. 게다가 아직 혼합 중인 금속이
충분히 있지 않은가. 그건 하얀 셔츠를 입고 있던가?[68]

페이스 그렇습니다.
이제 밀랍으로 만들 준비가 되었습니다. 잿불에서
85 따뜻하게 기다리고 있지요. 제가 한 말씀 올릴 수 있다면
부디 선생님께서 지금 실험을 그만두지 않으셨으면
합니다. 좋은 생각이 아닌 듯합니다요.

매몬 맞습니다.

설리 (방백) 그렇지, 이제 토끼가 굴에서 내몰리는군……

페이스 아니,
제가 잘 압니다. 그런 걸 자주 봐왔으니까요. 도대체 새로운 재료
3, 4온스가 대수입니까?

---

65 헤르메스의 봉인: 용접 밀폐함.
66 아말감: 수은과 다른 금속의 혼합물.
67 흰족제비는 긴털족제비의 변종이다. 토끼몰이 비유의 연장(옮긴이).
68 금속 혼합물이 흰색으로 변했는가?(옮긴이)

매몬 고작 그것뿐이오?

페이스 그뿐입죠. 90

수은 6온스와 혼합할 금 3, 4온스면 되는데.

매몬 빨리 가시오, 여기 돈이 있으니. 얼마면 되겠소?

페이스 나리께 여쭤보세요.

매몬 그래 얼마입니까?

서틀 9파운드를 주게. 10파운드를 줘도 좋고.

설리 (방백) 그렇지, 20파운드는 또 어떻고. 어디 사기를 당해보라고.

매몬 여기 있소.

서틀 그럴 필요는 없네만, 자네가 작업마다 95

전부 성공적인 결말을 보겠다면 그래야지.

부족한 작업들 중 두 실험이 막 응고[69]되는 단계에 있거든.

다른 하나는 막 증류 단계에 있고. 어서 다녀오게.

루나의 기름[70]을 케미아[71]에 넣었나?

페이스 예, 사부님.

서틀 철학자의 식초는?[72]

페이스 넣었고말고요. (퇴장.) 100

설리 (방백) 곧 샐러드가 완성되겠구만.

매몬 언제 사영을 합니까?

서틀 젊은이, 너무 서둘지 말게. 내 우리 약을

발네오 바포로소[73]에 걸어놓아 강화시킬 참이니까.

---

69 응고 fixation: 휘발성 물질을 고체 형태로 바꾸어주는 것.
70 oil of Luna: 백색 엘릭시르.
71 kemia: 호리병박.
72 금속을 용해시키는 산. 수은을 가리킨다.
73 balneo vaporoso: 스팀 욕조.

약을 녹였다가 다시 응고시키고,
105 또 용해시킨 다음, 다시 응고를 시킨단 말일세.
왜냐하면, 보게, 내가 이 과정을 자주 되풀이할수록
약의 효과가 높아지니까 말일세.[74]
즉 처음에는 1온스가 백을 변화시키면,
두번째 용해 후에는 천을 바꿀 것이고,
110 세번째 용해 후에는 만, 네번째에는 십만이야.
다섯번째 후에는 백만 온스의
어떤 불완전한 금속이든,
순은이나 순금으로 바꿀 것이니, 암만 조사를 해도
자연 광산에서 나온 것처럼 흠잡을 데가 없지.
115 오후 즈음에 자네 물건들을 여기로 보내게.
놋그릇이니, 양푼이니, 난로 장작 받침쇠니 전부 말이야.

매몬 철제류는 안 됩니까?

서틀 암, 철제류도 가져오게.
금속이면 전부 바꿀 테니까 말일세.

설리 (방백) 암 그렇겠지.

매몬 그럼 고기 굽는 쇠꼬챙이도 보낼까요?

서틀 암, 쇠꼬챙이를 거는 까치발도 잊지 말게.

120 **설리** 왜 고기 구울 때 쓰는 기름받이 그릇이랑 냄비걸이, 갈고리는요?
가져오면 안 됩니까?

서틀 그러고 싶으면.

---

74 돌이 액체의 증기에 용해되었다가 응고될 때마다 효과가 열 배로 증가된다고 믿음(M).

설리 바보가 되고 싶으면 말이죠.

서틀 뭐라고!

매몬 이 신사분은, 어르신이 좀 참아주셔야 합니다.

말씀드렸지만, 신앙이 없어요.

설리 희망도 거의 없습니다만,

스스로를 속인다면 동정심은 더 없는 격이죠.

서틀 아니, 우리 비술에서 어떤 점이 그렇게 125

불가능해 보이던가?

설리 당신네 하는 일들 전부요.

이집트에서 달걀을 부화하듯이,[75]

용광로에서 황금을 부화시킨다니요!

서틀 그래,

달걀이 그렇게 부화된다는 건 믿나?

설리 그렇다면요?

서틀 글쎄, 나는 그게 더 큰 기적이라고 생각하네. 130

금속이 서로 다른 것은 달걀이 닭과 다른 거나

다름없으니 말이야.

설리 그럴 리가 없죠.

달걀은 자연적으로 닭이 되도록 계획된 거니까요.

즉 잠재적인 닭 아니겠습니까.

서틀 납이나 다른 금속에 대해서도 같은 얘기를 할 수 있네. 135

시간이 있었다면 황금이 되었을 것이야.

매몬 그래서

---

75 플리니 Pliny의 『자연사 *Natural History*』(1635)에 의하면, 이집트인들은 거름을 태운 열로 화로에서 달걀을 부화시켰다(M).

우리의 비술로 그 이상을 해낸다는 거구요?

서틀 그렇지,

자연이 짧은 순간에 황금을 완벽하게 만들어

땅속에 묻어두었다는 것이 이상하지 않나? 그전에 뭔가가 있었지.

뭔가 초기 물질이 있어야 한다 이거지.

140 **설리** 그래, 그게 뭐지요?

서틀 그러니까, 우리가 말하길……

매몬 자, 이제 시작이군요. 어르신,

일어나서 저 친구를 가루로 내버리세요……

서틀 그것의 일부는

우리가 마테리아 리퀴다,[76]

즉 유액(油液)이라고 부르는 습한 증길세.

145 다른 부분은 거칠고 끈끈한 습성을 가진

흙이고 말이야. 이 두 가지가 서로 섞여

황금을 이루는 기본 물질을 만드는 거지.

이건 아직 프로프리아 마테리아[77]가 아니라

모든 금속과 모든 광물에 공통된 것이네.

150 왜냐하면, 여기에서 습기를 빼어내고

좀더 건성을 더해주면, 광물이 되거든.

좀더 습한 유분을 함유하게 되면,

유황이나 수은으로 변하는데,

이것들이 다른 모든 금속의 부모 격이지.

155 이 초기의 물질이 갑자기

76 Materia liquida: 액체로 된 물질.

77 Propria materia: 특정 물질.

온갖 단계들을 뛰어넘어서 금이 되는 것처럼,
한 극단에서 다른 극단으로 상승할 수는 없는 일이야.
자연이 우선 불완전한 물질을 낳아놓는다, 그러고 나서
완전함을 향해 나아간다 이걸세. 그 공기와
유액 같은 물에서 수은이 형성되고, 160
기름진 토양질의 부분에서 유황이 나오는 거지. 모든 금속에서
하나는 (바로 유황 말일세) 남성의 부분을 제공하고,
다른 하나는 여성의 부분을 공급하네.
어떤 자들은 암수일체설을 믿어서,
두 가지가 다 영향을 미친다고 생각하지. 하지만 이 두 가지야말로 165
다른 금속들을 연성을 가지게 하고, 단련할 수 있도록 만든다네.
이것들은 심지어는 황금에도 있지. 불 곁에서 보면
이것들의 씨앗이 보인단 말이야. 그 안에 황금도 있고 말일세.
그래서 각각의 금속 견본을
자연이 흙에 묻어두는 것보다 더 완벽하게 만들어줄 수 있지. 170
게다가, 일상에서 누구나 보지 않나,
우리 기술로 벌, 호박벌, 딱정벌레, 말벌을
주검이나, 생물들 거름에서 만들어내는 것을.
암, 제대로만 놓으면 식물에서 전갈도 만들지.
이것들은 살아 있는 생물이니, 금속보다 더 완벽하고 175
뛰어난 존재 아니겠나.

매몬 잘 말씀하셨습니다, 어르신!
아니, 우리 어르신이 자네와 논쟁을 시작했다 하면,
자네를 박살내서 묵사발을 만들 걸세.

설리 잠깐만요, 멈춰보세요.

내 묵사발이 되느니, 차라리 믿겠어요.
연금술이란 아주 깜찍한 게임이라고요.
180 화투장 속임수랑도 비슷해서, 주술처럼
사람을 속이는 거라고요.

서틀 뭐라고?

설리 그렇지 않고서야 당신네들 말이
이 저자나 저 저자나 도무지 일치하지 않잖아요?
당신네 엘릭시르에, 성처녀의 우유,
185 당신네 돌에, 당신네 약에, 당신네 황금 씨앗에,
당신네 염, 당신네 유황과 당신네 수은,
당신네 절정의 기름, 당신네 생명의 나무, 혈액,
당신네 백철광, 불순 산화아연, 산화마그네슘,
당신네 두꺼비에, 까마귀, 용, 표범,
190 당신네 태양에, 당신네 달에, 당신네 천공에, 당신네 납,
당신네 라토,[78] 아조크,[79] 제르니치,[80] 시브리트,[81] 오타리트,[82]
그리고 또, 당신네 붉은 남자에 하얀 여자,[83]
게다가 당신네 묽은 죽이며, 월경이며, 물질들,
오줌에, 달걀 껍데기에, 여자 생리혈에, 남자의 피에,
195 머리털, 기저귀 태운 것, 분필, 배설물, 진흙,
뼛가루에, 철 같은 것, 유리에,

---

78 lato: 황동.
79 azoch: 퀵실버(수은의 일종).
80 zernich: 비소삼황산.
81 chibrit: 유황.
82 heautarit: 수은.
83 유황과 수은.

세상 온갖 기이한 재료들을 가지고 요란 법석을 떠니
어디 누가 이름을 붙일 수 있겠소?

서틀 그게 다 한 가지를 의미하고자
이름 붙여진 거네. 우리 작가들이 비술을 감추고자
사용한 수법이지.

매몬 어르신, 내 저자에게 그렇게 얘기했는데, 200
저 단순한 백치가 말을 들으려 하지 않고,
우리 비술을 속된 것으로 생각하니 말입니다.

서틀 이집트에서
지식이란 지식은 전부 신비한 상징으로 쓰이지 않았던가?
『성경』에서는 종종 비유로 얘기하지 않던가?
지혜의 샘이자 최초의 근원이라 할 수 있는 205
옛 시인들이 쓴 우화 중 가장 훌륭한 것들은
수수께끼 같은 알레고리에 싸여 있지 않던가?

매몬 제가 그 점을 강조하고,
분명히 얘기했지요. 시시포스가 저주를 받아
한없이 돌을 굴리게 된 건, 단지 그가
우리의 비밀을 평범하게 만들려고 했기 때문이라고요.
(돌이 나타난다.) 이게 누굽니까? 210

서틀 세상에? 왜 나오셨소? 어서 들어가시오, 부인,
부탁드리리다. 시종은 어디 있소?

(페이스 등장.)

페이스 네?

서틀 이 불한당 같은 놈! 나한테 이렇게 굴 테냐?

페이스 왜 그러십니까?

서틀 들어가서 보거라, 이 배은망덕한 놈. 가. (페이스 퇴장.)

매몬 어르신, 누구입니까?

서틀 아무도 아닐세, 아무도 아니야.

215 매몬 무슨 일이십니까? 세상에나!

어르신이 이렇게 냉정을 잃으신 건 처음 봅니다. 대체 누굽니까?

서틀 모든 비술에는 주해서와 주석자가 있지만,

우리 연금술에는 그것도 드물다네.

(페이스 다시 등장.)

또 뭔가?

페이스 제 잘못이 아닙니다요. 부인께서 사부님과 나눌 말씀이 있으시대요.

서틀 그런가? 따라오게.

매몬 허파군, 잠시만.

220 페이스 지금 그럴 분위기가 아닙니다요.

매몬 뭐라고! 잠시 서보게.

페이스 저 숙녀분이 미쳐서 여기에 보내진 겁니다요?

매몬 기다리래도, 뭐하는 여자인가?

페이스 귀족의 누이랍니다.

(방백) 장담하건대, 이자도 곧 미치겠구만.

매몬 왜 여기로 보내진 건가?

페이스 당연히 미친 걸 고치려고요.

서틀 〔안에서〕 뭐야, 악당아!

페이스 보세요. 예, 갑니다.

(나간다.)

매몬 신께 맹세코, 브라다만테[84] 같은 아주 멋진 여자야. 225

설리 세상에, 여기는 매춘굴이군! 아니면 날 화형시켜도 좋아.

매몬 아니, 맹세코 아닐세. 저분께 그런 우를 범하지 말게. 그런 일에는
아주 철저하시니까. 그게 하나 단점이라니까.
공정하게 말해서, 저분은 보기 드문 의사셔.
뛰어난 파라셀시안[85]이지! 광물 하제를 써서 230
기적적으로 병을 치료해오셨다구. 게다가
모든 영들도 다룰 줄 아셔. 갈렌[86]이나
그의 지겨운 처방전을 절대 들으려 하지 않으시네.

(페이스 다시 등장.)

그래 어떤가, 허파군!

페이스 쉬잇, 선생님, 작게 말씀하세요.
제 선생님께 다 말씀드리려고 했습니다요. 저자는 듣지 못하게 하세요. 235

매몬 안 되지. 저자는 속지 않겠다니까. 그냥 내버려두자고.

페이스 선생님 말씀이 맞습니다. 그 숙녀분은 대단한 학자신데
브라우튼[87]을 공부하다가 미쳤다고 합니다.
헤브루어를 한마디만 하면
발작이 시작되어서, 계보에 대해서 240

---

84 Bradamante: 아리오스토Ariosto의 『올란도 푸리오소*Orlando Furioso*』에 나오는 여전사.

85 Paracelsian: 파라셀수스Paracelsus(1493~1541)의 추종자. 파라셀수스는 화학을 최초로 의학에 도입했다.

86 Galen(130~210): 전통적 의학을 대표하는 의사로 그의 의학은 중세와 그 이후에도 널리 쓰였다.

87 Hugh Broughton: 「볼포네」 주 **27** 참조.

아주 박식하게 얘기할 것이니,
그걸 듣는 선생님이 미칠 지경이랍니다. .

매몬 그녀를 만나려면 어떻게 하는 게 좋은가, 허파군?

페이스 저 숙녀분을 만난 후 여럿이 미쳤답니다.
245 저는 잘 모릅니다요. 지금 물병 하나를 가지러
급하게 왔거든요.

설리 매몬 경, 속지 마세요.

매몬 어째서? 잠시만, 좀 인내심을 가지게.

설리 그러죠, 당신처럼요.
그래서 다 한통속인 악당에, 뚜쟁이에, 창녀를 믿으라고요.

매몬 자네는 정말 입버릇이 고약해. 울렌, 이리 와보게,
한마디만 하자구.

페이스 정말 그러면 안 됩니다. (가려고 한다.)

매몬 이 녀석, 잠시 기다리라
250 니까.

페이스 나리가 그 숙녀분을 봤다는 사실에 사부님이 아주 화가 나셨어요.

매몬 술이라도 마시게. (돈을 준다.) 그녀가 발작에서 벗어나면 사람이 어떠한가?

페이스 오, 아주 상냥합니다, 선생님! 그렇게 유쾌할 수가 없구요!
아주 즐겁습니다! 선생님을 퀵실버처럼
255 철철 넘치게 둥둥 띄워줄 거예요. 식물성 기름처럼
활발하게 순환시킬 거고요. 국가나
수학, 음담패설, 무슨 얘기든지 할 겁니다……

매몬 그녀에게 다가갈 방법이 전혀 없는가? 전혀?
어떤 방법도? 그녀를? 그 기지를— 맛볼 수 있는 방법이?

응?

서틀 (안에서) 울렌!

페이스 제 다시 오겠습니다. (퇴장.) 260

매몬 설리, 자네같이 가정교육을 잘 받은 사람이
고귀한 분들을 비방할 줄은 몰랐네.

설리 에피큐어 경,
분부만 내리십쇼. 하지만 사기 당하는 건 내키지 않네요.
당신의 그 철학적 음담패설이 마음에 안 들어요.
이 미끼가 아니더라도, 저자들의 돌 때문에 뜯기는 돈은 265
충분히 음란하다구요.

매몬 이런, 자네가 잘못 생각하고 있어.
내 저 숙녀를 알고, 그 친구들도 알고, 이런 재난이
일어나게 된 경위도 다 알고 있어. 그녀 오빠가
다 얘기해줬거든.

설리 아니 그러고도 당신은 여태 그녀를
본 적이 없단 말이에요?

매몬 웬걸, 봤지. 그런데 깜빡했지. 내 생각에 270
(내 말 믿게나) 나는 세계에서 가장 믿을 수 없는 기억력을
가진 사람 같아.

설리 그래 그녀 오빠 이름이 뭡니까?

매몬 세상에……
이제 생각해보니, 그가 자기 이름을 밝히지 않으려 하더라구.

설리 정말 믿을 수 없는 기억력이군요!

매몬 정말 그렇지……

설리 첫, 지금 생각나는 게 없다면, 다음번 만날 때까지 275

잊어버리세요.

매몬 아니, 이 손에 맹세코, 사실이야.

그는 내가 자랑스러워하는 내 고귀한 친구이고,

내 그의 집안도 존경한다니까.

설리 세상에! 그렇게 엄숙하고,

부유하고 부족할 것이 없는 나리가,

280 다른 때는 현명하신 분이, 이렇게

스스로 맹세를 하고 억지를 펴가면서까지

속지 못해 안달이라니 말이 됩니까? 자, 이게 엘릭시르고,

여기 라피스 미네랄리스[88]가 있고, 루나리아[89]가 있으니,

프리메로 카드판이나, 글릭 게임에서 패나 잘 주시오.

285 당신 루툼 사피엔티스[90]와 멘스트룸 심플렉스[91] 다 가져가요.

당신보다 내가 먼저 황금을 갖게 될 거요,

게다가 이 편이 퀵실버나 뜨거운 유황 맛을 볼

위험도 더 적단 말이요.

(페이스 등장.)

페이스 (설리에게) 페이스 대장이 보낸 사람이 왔는데,

선생님을 템플 교회에서 만났으면 하신답니다.

290 한 삼십 분 후에요. 아주 중요한 용무라던데요.

---

88 연금술에서 쓰이는 광물.

89 연금술에서 쓰이는 식물.

90 lutum sapientis: 철학자의 류트, 즉 진흙.

91 menstruum simplex: 일반 용매.

(매몬에게 속삭인다.) 나리, 지금 돌아가셨다가,
한 두 시간쯤 후에 다시 오세요. 그때 우리 주인님이
작업 상황을 조사하느라 바쁘실 거예요.
그럼 제가 나리를 살짝 들어오게 할 테니,
그때 그 숙녀분이 대화하는 걸 보실 수 있을 거예요. 295
(설리에게) 대장 각하를 만나신다고 전할까요?

설리 그러리다.

(방백) 하지만 변장을 하고, 다른 목적으로 갈 거라고.
자, 이제 내 확신컨대, 여기는 분명 매음굴이야.
맹세해도 좋아. 옥내 사법관이 여기 있었으면, 나한테 고마워할 텐데.
대장 이름을 대는 걸 보니 더욱 확실해졌어. 300
돈 페이스! 세상에, 그자야말로 이런 상품들 거래에 있어
전문가 아닌가! 시내에 일어나는
온갖 기이한 매매의 총감독이지.
그가 저자들의 순찰관이야. 누가 누구랑 자고,
몇 시에, 얼마에 할지 어떤 가운에, 속옷은 뭘 입을지, 305
목에 어떤 칼라를 달고, 어떤 옷을 입을지 지정할 거라고.
내 제삼자로 하여금 그자를 시험해봐야겠다.
이 어두운 미로의 수수께끼를 풀려면 말이야.
내 이걸 풀기만 하면, 친애하는 매몬 경,
이 부족한 친구가 비록 철학자는 못 되지만 한바탕 웃도록 허락해야 310
할 것이야. 스스로 철학자라 생각하는 자네는 울게 되고 말이야.

페이스 선생님. 꼭 잊지 말고 나오시랍니다.

설리 꼭 가리다.

에피큐어 경, 내 먼저 가야겠소. (설리 퇴장.)

매몬 곧 따라가리다.

페이스 의심을 피하려면, 꼭 그렇게 하세요.

저 신사분은 아주 위험한 생각을 가진 것 같으니까요.

매몬 그나저나, 울

315 렌 자네,

약속은 꼭 지켜야 하네.

페이스 제 목숨처럼요.

매몬 내가 누군지 언질을 주고, 칭찬해줄 텐가?

내가 고귀한 사람이라고 말해주고?

페이스 그럼요, 또 다른 거는요?

나리가 돌의 힘으로 그녀를 왕족으로, 황후로

320 만들어줄 거라고요. 또 나리가 반탐[92]의 왕이라고 말할게요.

매몬 그렇게 해줄 텐가?

페이스 제가요, 선생님?

매몬 허파군, 우리 허파군!

내가 자넬 얼마나 좋아하는지 알지.

페이스 선생님 물건들을 빨리 보내세요.

그럼 주인님이 사영 때문에 바쁠 테니까.

매몬 나를 홀리는구나, 요 악당. 자 받아. (돈을 준다.) 가게.

페이스 잭이랑 다

른 것도 전부요.

325 매몬 정말 악한 같구나…… 내 잭[93]을 보내마.

추도 같이 보내지. 노예야, 네 귀를 깨물어주고 싶구나.

---

92 Bantam: 부귀로움을 상징하는 자바 섬의 전설적 도시.

93 jack: 석쇠를 뒤집는 기구. 추가 달려서 시계처럼 자동으로 움직이게 되어 있음.

가거라. 넌 내가 안중에도 없구나.

페이스 제가요?

매몬 이리와, 자네를 내 족제비 삼아야 할까 보네.

자네를 벤치에 앉혀놓고, 쇠사슬로 칭칭 감는단 말이야.

귀족 나리의 해충으로 말일세.

페이스 가세요, 선생님. 330

매몬 백작, 아니 팔라틴 백작[94]도?

페이스 어서 가셔야지요.

매몬 나만큼 자넬 잘 키워주지는 못할 거야. 그렇게 빨리도 안 될걸.

(매몬 퇴장.)

〈제4장〉

(서틀, 돌 등장.)

서틀 그래 놈이 물었어? 물었어?

페이스 꿀꺽 삼키기까지 했다네, 서틀.

내 낚싯줄을 던져놓았더니, 이제 잘 노는구만.

서틀 그럼 어디 놈을 홱 낚아채볼까?

페이스 양쪽 아가미에 단단히 꿰였다니까.

역시 계집이 미끼로는 최고야. 어떤 남자든 그걸 물기만 하면

미친 듯이 날뛰니 말이야. 5

---

94 Count Palatine: 자기 영토 안에서 국왕과 같은 특권을 행사한 영주.

서틀 돌, 귀족 나리 '뭐라-에헴'의 누이답게, 이제
위엄을 갖추고 행동해야 해.

돌 내게 맡겨.
내 신분을 결코 잊지 않을 테니까, 안심 놓으셔.
짐짓 거리를 두고, 웃어넘기며, 크게 얘기할 테니까.
10 거만하고 천박한 귀부인의 온갖 술수를 다 쓰면서
그 시녀처럼 무례하게 굴 테니까.

페이스 다혈질답게 말 한번 잘했다.

서틀 그런데 놈이 진짜 난로 장작 받침쇠를 보내려나?

페이스 잭도 보낼걸.
쇠 구둣주걱도 물론이고. 내가 가져오라고 했거든. 그나저나,
저기 저 조심스러운 노름꾼을 잃으면 안 되는데.

15 서틀 아, 속지 않겠다는 그 조심성 양반?

페이스 그래, 놈에게도 적당한 낚싯바늘을 꽂아줄 수 있다면.
템플 교회에 내가 막 낚시를 던져놓았거든.
잘되길 기도해주게. 거기 가봐야겠어.

서틀 뭐야, 모샘치[95]를 더 써봐!

(누가 문을 두드린다.)

돌, 가서 염탐해봐. (돌 창가로 간다.) 페이스, 잠시만. 자네가 문을 열어줘야 해.
20 신이시여, 부디 그 재침례교도 놈이길. 돌, 누구야?

돌 처음 보는 사람인데. 꼭 떠돌이 보석상처럼 생겼어.

서틀 세상에! 그자야. 사람을 보낸다고 했잖아. 그자 이름이 뭐였지?

---

95 모샘치 gudgeon: 낚시 미끼로 쓰는 잉어과의 작은 물고기(M).

신성하신 장로님께서 매몬의 책과 난로 받침 장식쇠를
사시게 생겼군! 들어오라고 해.
잠깐, 이 가운 벗는 것 좀 도와줘. (페이스 가운을 들고 퇴장.) 25
마담, 방으로 물러가주시죠. (돌 퇴장.) 자, 이제
새로운 목소리와 몸가짐을 하되, 하는 말은 똑같으렷다.
저 작자는 분명 나와 현자의 돌에 대해 협상을 하던 그자가
보낸 사람일 거야. 암스테르담의 성스러운 형제들과
추방당한 성자들을 위해서 말이야.[96] 30
돌을 가지고 자신들 수양을 높여보려는 거지. 저자가
나를 존경하게 하려면 아주 기인처럼 대해야겠는걸.

〈제5장〉

(아나니아스 등장.)

서틀 내 조수는 어디 있는가? (페이스 등장.)

페이스 예.

서틀 용기들을 가져다 치우고,
플레그마[97]를 더해서 용액을 바로잡게.
그리고 이걸 조롱박에 쏟아 붓고,
물속에 넣어 담금질로 부드럽게 하여라.

---

96 16세기 재침례교도들은 뮌스터 폭동 실패 후 암스테르담에서 세력을 잡아보려 하였으나 역시 실패로 돌아감.

97 phlegma: 증류를 통해 얻어진 무미, 무취의 용액.

페이스 예, 사부님.

찌꺼기는 모아둘까요?

5 서틀 아니, 테라 담나타[98]는

작업에 섞여서는 안 되네. 자네는 누구인가?

아나니아스 충실한 형제입니다.

서틀 그게 뭔가?

럴리 파 사람인가? 리플리 신자?[99] 필리우스 아르티스?[100]

자네 승화할 수 있는가, 녹일 수 있는가? 하소는?

10 사포 폰틱은 아는가? 사포 스텝틱은?[101]

아니, 균질은 뭐고, 불균질은 뭔가?

아나니아스 이교도의 언어는 정말로 모릅니다.

서틀 이교도라고, 이 니퍼돌링?[102] 신성한 비술,

크리소포에이아,[103] 스파지리카,[104]

15 모든 자연과 모든 힘에 대한 지식이

이교도의 언어인가?

아나니아스 제 생각에는 이교도 그리스어입니다.

서틀 뭐라고? 이교도 그리스어라고?

아나니아스 헤브루어만 빼고는 전부 이교도입

---

98 terra damnata: 휘발성의 물질이 승화된 후 남은 찌꺼기.

99 Raymond Lully와 George Ripley는 유명한 연금술사임. '충실한 학자'라는 이름으로 10세기에 설립된 아랍의 연금술 학자 단체가 있었다. 서틀은 일부러 아나니아스의 종파를 오인하는 척하고 있다.

100 filius artis: 비법의 아들, 즉 연금술사(O).

101 sapor pontic, sapor stiptic은 맛을 아홉 가지로 분류할 때 그중 두 가지로, 신맛과 좀 덜 신맛을 뜻함(O).

102 Knipperdoling: 1534년 뮌스터 폭동 시 재침례교도들의 지도자.

103 chrysopoeia: 금 만들기라는 그리스어.

104 spagyrica: 분리했다 다시 합치기라는 뜻으로 파라셀수스파의 연금술 기법.

니다.

서틀 여봐라, 시종아, 이리 나와봐라. 저자에게
연금술사답게 얘기해봐라. 초심자의 언어로 대답해봐.
우리 대업에서 금속이 겪는 고초와 순교자가 되는 과정을 20
읊어봐라.

페이스 예, 사부님. 부패, 용해, 재계(齋戒), 승화,
재증류, 하소, 밀랍, 그리고 응고가 있습니다.

서틀 그래, 이게 자네한테는 이교도의 그리스어인가?
그럼 부활[105]은 언제 일어나는가?

페이스 고행[106]이 끝난 다음입니다. 25

서틀 재증류란 뭔가?

페이스 그건 저 아쿠아 레지스[107]를
부어주고 증류하여 일곱 천체에
세 번 뽑아내어주는 겁니다.

서틀 금속의 고유 성질은 무엇인가?

페이스 연성입니다.

서틀 울티뭄 수플리시움 아우리[108]는 무엇인가?

페이스 안티모니움[109]입니다. 30

서틀 자네에게는 이게 다 이교도 그리스어인가? 그럼 수은은 무엇인가?

페이스 아주 붙들기 어려운 것입니다. 사라져버리니까요.

---

105 부활 vivification: 물질을 원래 상태로 되돌리거나, 금속을 순수 상태로 만드는 과정.
106 고행 mortification: 금속의 형태를 바꾸는 과정.
107 Aqua Regis: 금을 녹이는 용제.
108 ultimum supplicium auri: 금에 대한 최악의 처벌.
109 antimonium: 금을 안티모니와 합금하면 연성을 잃는다.

서틀 수은인지는 어떻게 아는가?

페이스 점착성과 유질(油質),

들뜨기 쉬운 성질로 알 수 있습니다.

서틀 수은을 어떻게 승화시키는가?

35 페이스 달걀 껍데기의 생석회와,

하얀 대리석, 활석을 가지고요.

서틀 자, 그럼 마기스테리움[110]은?

이게 무슨 뜻인가?

페이스 사 요소를 건조한 상태에서 차가운 상태로,

냉한 상태에서 습한 상태로, 습한 상태에서 온한 상태로, 온한 상태를

건조한 상태로 순환시키는 것입니다.

서틀 이게 아직도 자네 귀엔 이교

도 그리스어란 말인가?

라피스 필로소피쿠스란?

40 페이스 그건 돌이기도 하고, 돌이 아니기도 합니다.

정신이자, 영혼이자, 몸입니다.

용해시키면, 용해되고,

응고시키면, 응고되며,

날게 만들면, 날아갑니다.

서틀 그만하면 됐다. (페이스 퇴장.)

45 이게 자네에게는 이교도의 그리스어란 말인가? 대체 자넨 뭔가?

아나니아스 추방당한 형제들의 하인입니다.

과부들을 돌봐주고, 고아들의 물건을 돌보며,

---

110 magisterium: 연금술의 정복 과정.

성자들께 걸고, 정직한 회계일을 합니다.

바로 부사제입니다.

서틀 오, 그럼 스승이신 호울섬 선생이

보내셨나?

아나니아스 트리뷸레이션 호울섬이 보내셨습니다. 50

우리 열성적이신 사제시지요.

서틀 좋아. 여기에도

고아들의 물건이 곧 오기로 되어 있네.

아나니아스 어떤 종류의 물건입니까?

서틀 양푼, 놋그릇, 난로 장식 받침쇠, 부엌 가재 용품 등,

우리 약을 적용시킬 금속들이지.

형제가 원한다면 헐값에 가질 수 있네. 55

현금 거래 시 말이야.

아나니아스 고아의 부모들은

독실한 신자였답니까?

서틀 왜 그런 걸 묻는가?

아나니아스 그렇다면

공정하게 거래해야 하니까요. 그리고 값을

최대로 쳐서 줘야지요.

서틀 세상에, 그럼, 그 부모들이

신앙이 없으면, 사기라도 칠 셈인가? 60

이제 보니 자네를 믿을 수 없겠어.

자네 사제하고 얘기해보기 전엔 말일세. 석탄을 살

돈은 가져왔는가?

아나니아스 아뇨, 아니예요.

서틀 안 가져왔다고? 어째서?

아나니아스 형제들이 말씀을 전해달라 하셨습니다.

65 이제 더는 투자하지 않으시겠답니다.

사영을 보기 전까지는요.

서틀 뭐라고!

아나니아스 벌써 기구 값으로만도,

벽돌이다, 찰흙이다, 유리다 해서

30파운드를 가져갔잖아요. 재료값으로는

90파운드 이상 들어갔다고 하던데요. 형제들 말로는

70 하이델베르크에서는 이미 달걀 하나랑 금속 쪼가리 하나로

그걸 만들어냈다고 하더군요.

서틀 자네 이름이 뭔가?

아나니아스 아나니아스[111]라고 합니다.

서틀 썩 나가라, 이 종놈아.

사도들을 속여먹은 놈이지! 썩 사라져.

악행아 달아나가라. 너희 성스러운 추기경회에서는

75 사악한 아나니아스 말고 나한테 보낼 신자가

부족했더냐? 네놈을 보낸 걸 속죄하는 의미에서

여기로 장로를 보내라고 해라. 빨리.

내 뜻대로 하지 않으면, 불은 꺼지고,

알렘빅이며 용광로며 다 무너지고 말 터이니.

80 피거 헨리쿠스[112]니 뭐니 다 마찬가지야. 네놈,

세리콘[113]이고 부포[114]고 다 잃을 테니,

---

111 『성경』에서 아나니아스는 그의 아내 사피라와 공동체의 돈을 횡령했다. 「사도행전」 5:1-10(O).

112 Piger Henricus: 혼합 용광로.

그렇게 전해라. 60분 후면,
주교들을 교회에 유지하는 거나,
반기독교적 체계의 꿈도 사라지고 말 것이다.
수은과 흙과 유황이 85
다시 흐르게 될 테니, 그럼 모두 끝장이니라.
이 사악한 아나니아스. 그렇게 가서 전하렷다. (아나니아스 퇴장.)
이러면 정신 좀 들겠지.
그래 놈들이 더 속아 넘어가도록 재촉해야지.
사람은 험악하게 다루어야 해. 게다가
고집 센 놈들은 놀래줄 필요가 있어. 90

〈제6장〉

(드러거, 페이스 등장.)

페이스 지금 정령들을 다루느라 바쁘신데, 곧 오실 걸세.
서틀 이런! 여기 왜 아랫것들이? 왜 베이야드[115]가 여기까지 온 거야?
페이스 내가 화를 내실 거라고 얘기했지 않나. 박사, 여기 냅이
금화 한 닢을 더 가져왔습니다. 잘 봐달라고요.
—(드러거에게) 화를 누그러뜨려야 하니, 어서 돈 내놓게.—그리
고 박사가 5

---

113 sericon: 붉은 정기
114 bufo: 검은 정기, 연금술사 금의 재료.
115 Bayard: 샤를마뉴의 전설적인 말로 일반적으로 말을 통칭.

어서 그걸 고안해주셨으면 한답니다. —뭐였지, 냅?

드러거 표지 말씀입니다.

페이스 맞아, 행운의 표지요. 장사가 잘되는 표지요, 박사님.

서틀 지금 고안하는 중이었소.

페이스 (서틀에게만 들리게) 젠장, 그렇게 얘기하면 어떻게 해. 놈이 돈 더 준 걸 후회할걸.

(크게) 이 친구의 별자리가 어떻습니까, 박사님? 천칭이에요?

서틀 아니, 거긴 김빠지고 별 볼일 없네.

금우궁 태생의 시민이 황소를 주는구나.

아니, 황소의 머리로다. 백양궁에는 양이로다.

형편없구나. 아니, 그의 이름을

비밀의 문자로 새기게 해야겠다. 그러면 그 반경 안에

지나가는 행인들의 감각을 자극하여,

호의를 빚어내도록 영향을 미칠 것이니,

그 표지를 지닌 자에게 막대한 결과를 가져오리라.

그러므로……

페이스 냅!

서틀 우선 그자에게 벨을 주겠으니, 바로 아벨이니라.

그 옆에 러그 가운을 입고 서 있는 자는 이름이 디,

그래서 디와 러그가 있으니 드러그니라.

바고 그 맞은편에는 개 한 마리가 어~ 하고 으르렁거리니,

바로 드러거, 아벨 드러거가 되었다. 이게 그의 표지니라.

여기 신비와 상형문자의 수수께끼가 담겨 있도다.

페이스 아벨, 이제 자네가 사람 다 되었군.

드러거 정말 감사드립니다. 25

페이스 절을 여섯 번을 더 해도 소용없네, 냅.

박사님께 드리려고 냅이 담배 한 파이프를 가져왔대요.

드러거 그러믄요, 대장님.

그리고 또 드릴 말씀이 있는데……

페이스 냉큼 얘기해보게, 냅.

드러거 제 집 근처에

부유한 젊은 과부가 사는데……

페이스 잘됐군! 잘 차려입었나? 30

드러거 많이 됐어야 열아홉이나 됐을까요.

페이스 그래 계속하게, 아벨.

드러거 아니, 아직 그렇게 멋을 부리지는 않아요.

두건을 쓰거든요. 머리 위에요.

페이스 중요한 건 아니지, 아벨.

드러거 그리고, 제가 가끔씩 화장품을 주는데……

페이스 아니, 그런 것도 거래하나, 냅?

서틀 대장, 내 얘기하지 않았나. 35

드러거 가끔은 약도 팔구요. 그래서 그 여자가

저를 신뢰하게 되었어요. 패션을 배우려는 목적으로

여기에 왔거든요.

페이스 잘됐군. (방백) 놈과 잘 맞겠군! 계속 얘기해봐, 냅.

드러거 그런데 그녀가 자기 운명에 대해서 알고 싶어해서요.

페이스 세상에, 냅, 그녀를 여기 박사님께 보내게. 40

드러거 그러려고요. 그녀에게 박사님에 대해 벌써 얘기했어요.

그런데 자기 소문이 퍼지면
결혼을 망칠까 걱정하더라구요.

페이스 결혼을 망쳐? 망쳐진 결혼을
바로잡는 길인 줄은 모르고. 남자들이 더 따라다니고
45 쫓아다니도록 하는 길인데. 냅, 그녀에게 얘기해줘야 하네.
그녀가 더 많이 알려지고, 회자될 거라고. 그리고 과부들은
유명해지기 전에는 값이 안 나간다는 걸.
구애자가 얼마나 많은가가 바로 그들의 명예 아닌가.
그녀를 이리 보내게. 자네에게도 행운일지 모르지. 왜냐고?
자네는 모를 일일세.

50 **드러거** 아니요. 그녀는 기사 이하로는
결혼하지 않을 거예요. 그녀의 오빠가 맹세를 했거든요.

페이스 뭐야, 그래서 절망하는 건가, 우리 냅.
박사님이 자네를 위해 준비해놓은 건 모르고?
이 도시에 수많은 사람들이 기사 작위를 받았지 않나?
55 자네 사랑의 묘약 한 잔에 귀부인이면,
다 해결될 일이야, 냅. 그녀 오빠는 뭐라나, 기사?

드러거 아니요, 신사랍니다. 땅을 이제 막 상속받았고요,
이제 약관을 갓 넘었을 뿐이래요. 그런데
누이 일을 보살피고 있대요. 그 자신은
60 수입이 일 년에 한 3천 파운드쯤 된대요.
여기에는 싸움과 기지를 배우러 올라왔는데,
그러고 나면 다시 내려가서 시골에서 평생 살 거랍니다.

페이스 뭐라고! 싸움이라고?

드러거 예, 멋쟁이 신사 양반들처럼

싸움을 규칙대로 잘하고 싶어서래요.

페이스 세상에, 냅! 전 기독교 나라들 통틀어서 65

여기 박사님이 그를 도와줄 유일한 분이시네. 박사님이

수학적인 증명을 담은 도식표를 만드셨지 않나.

싸움의 기술에 대해서 말이야. 박사님이 그에게

어떻게 싸워야 하는지 지도해주실 걸세. 자, 가서 둘 다 데려오게.

그 사람과 그 누이 말이야. 그리고 자네는 그 누이랑 잘되도록 70

박사님이 힘써주실 수도 있네. 어서 가게.

그리고 박사님께 다마스크 천으로 새 옷 한 벌을 해드리게.

앞일을 생각해서 말이야.

서틀 이런, 대장도.

페이스 이 친구 아주 정직한 사람

이에요,

박사님. 분명 그렇게 할 겁니다. 자 머뭇거리지 말고,

다른 걸 더 해드리지 않아도 되니, 다마스크를 가져오게. 그 사람들도. 75

드러거 제 표지의 힘을 시험해보겠어요.

페이스 자네 의지력도 시험해보게나, 냅.

서틀 이거 참 좋은 담배로구나! 그런데 한 온스가 뭔가?

페이스 냅이 한 파운드 더 가져올 겁니다, 박사님.

서틀 아니 됐네.

페이스 그럴 거예요.

아주 훌륭한 친구라니까요. 아벨, 어서 그렇게 하게.

(드러거에게 방백) 곧 더 자세한 얘기를 해줄 테니, 이제 어서 가게. 80

(드러거 퇴장.)

비참한 악당 같으니라고, 치즈만 먹고 살다가

기생충이 생길 정도라니. 놈이 여기 온 이유가
사실은 그것 때문이었어. 조용히 약을 구하려고
나를 찾아온 거였지.

서틀 그렇겠지. 이거 확실히 효력이 있어.

85 **페이스** 마누라, 우리 중 하나가 마누라를 보겠군, 서틀.
제비를 뽑아보자구. 그래서 지는 사람이 동산을 더 갖고,
이긴 사람은 부동산을 갖자고.

서틀 작은 쪽이 나을지도 몰라. 그 여자가 너무 가벼워서,
곡물을 좀 얹어서 균형을 잡아야 할지도 모르지.

페이스 아무렴, 또 아나,

90 짐짝처럼 무거워서 남자가 끝까지 견딜 수 없을 정도인지.

서틀 아무튼, 우선 그 여자를 먼저 보고, 그 다음에 결정하자고.

페이스 좋아. 하지만 돌이 이 일에 끼어들게 해서는 안 되지.

서틀 암.
자넨 어서 가서 설리를 잡아야지.

페이스 내가 너무 지체하지 않았나 싶어.

서틀 사실 그런 것 같군. (모두 퇴장.)

제3막

〈제1장〉

(트리뷸레이션 호울섬, 아나니아스 등장.)

트리뷸레이션 이런 응징이야 성자들이 흔히 받는 것 아닌가.

또 이 정도 힐책이야 우리의 분리[116]

이후 기꺼이 짊어져야지.

우리 약함을 시험하기 위한

시련이라고 생각하고 말이야.

아나니아스 사심 없이

얘기해서, 그자가 마음에 들지 않습니다. 이교도예요. 5

분명 가나안 말을 쓴다니까요.

트리뷸레이션 세속적인 사람이라는 점에는 동의하네.

아나니아스 이마에

짐승의 표지를 달고 있어요.

그 돌인지 뭔지는 암흑의 작품이고,

철학을 끌어들여서 사람의 눈을 멀게 하는 거예요. 10

트리뷸레이션 형제, 성스러운 대의명분을 추진하기 위해서라면

온갖 수단과 방법을 다 이용해야 하네.

아나니아스 그자의 방법은 틀렸어요. 신성한 대의는

신성한 대로를 걸어야 하니까요.

트리뷸레이션 반드시 그런 것만은 아닐세.

지옥의 자식들도 때로는 15

위대한 일을 하는 데 쓰이니까 말이야.

게다가 사람의 성격에 있어서 고려해줘야 하는 것이

사람이 사는 장소지. 노상 불가에서

---

116 재침례교도들이 고국인 독일이나 네덜란드를 떠나 망명에 오르게 된 것에 대한 언급이거나, 재침례교도들은 염소와는 분리된 양처럼 선택 받은 소수라는 믿음에 대한 언급(M).

금속의 증기를 쐬니, 그게 사람의 뇌를 자극해서
20 쉽게 격앙 상태에 빠질 수 있다는 점일세.
요리사보다 더 믿음이 없는 사람이 어디 있는가?
또, 유리직공보다 더 속되고 성마른 사람은 어디 있고?
종 만드는 이보다 더 반기독교적인 사람은?
자네에게 묻겠는데, 악마를 그렇게 악마같이 만들고,
25 사탄을 우리 공동의 적으로 만드는 것이 무엇이겠는가?
바로 그놈이 영구히 불가에서 유황과 비소를
끓이고 있다는 사실 아닌가? 사람의 혈액에서
우리의 기질을 휘젓는 힘에 대해서
인정해야 하네. 그럴 수도 있다 이걸세.
30 작업이 완성되고, 돌이 만들어지면,
그자의 그 열기가 열성으로 변할지 아는가?
그래서 피 묻은 불결한 넝마 조각[117] 같은 로마 가톨릭에 대항해서,
아름다운 기강을 위해 일어설지 말일세.
그자가 소명을 받아서 훌륭한 생각으로 돌아올 것을
35 기다려야 하네. 우리 형제들이 하이델베르크를 축성했다는 말로
그자를 꾸짖다니, 자네가 잘못했네. 침묵당한 성자들을
복원하는 데 그 일을 재촉하는 것이
우리에게 얼마나 중요한지 생각한다면 말일세.
현자의 돌만이 그 일을 할 수 있을 걸세.
40 스코틀랜드 출신의 박식한 장로 한 분이
내게 확신을 주셨네. 아우룸 포타빌레[118]가 그 문관에게는

117 천주교에서 입는 백의를 비꼬는 말. 「요한 계시록」에서 로마는 '진홍색 여자'로 묘사됨.
118 aurum potabile: 마실 수 있는 약용금. 여기서는 뇌물을 의미함.

그가 대의명분에 합류하도록 할 수 있는
유일한 약이라고. 병에 걸렸을 때는
날마다 그 약을 써야 한다 하셨지.

아나니아스 아름다운 빛이 저에게 비친 이래 45
이렇게 사람에 의해 감화되기는 처음입니다.
제 열의 때문에 일이 그렇게 되다니 슬프군요.

트리뷸레이션 그럼 같이 그를 방문해보세.

아나니아스 행동하려는 의지 좋습니다.
그리고 정신도 훌륭하고요. 제가 먼저 문을 두드려보지요. 안에 평화가 있길.

〈제2장〉

(서틀, 트리뷸레이션, 아나니아스 등장.)

서틀 오, 자네 왔는가? 시간이 지났어. 보다시피,
그 60분이 거의 막바지를 넘어섰으니 말일세.
푸르누스 아케디애[119]와 투리스 치르쿨라토리우스[120]는 다 내려앉았네.
알렘빅, 플라스크, 증류기, 펠리칸병은
전부 재로 변해버렸어. 사악한 아나니아스! 5
이제 돌아왔는가? 그래봤자 이미 다 무너졌네.

---

119 furnus acediae: 복합 증류기.
120 turris circulatorius: 특수 순환 증류기.

트리뷸레이션 부디, 진노하십시오. 그가 겸손하게 고개를 숙이고
당신의 인내심을 구하고자 왔지 않습니까.
너무 지나친 종교적 열의가 그를 정도에서 잠시
벗어나게 했을지 모르겠습니다만.

10 서틀 그 말을 들으니 좀 진정이 되는구려.

트리뷸레이션 우리 형제들은 진실로 당신을 언짢게 하려는
의도가 전혀 없었습니다. 다만 당신이 이끄는 대로
그 프로젝트에 기꺼이 협조하려고 마음먹고
있었습니다.

서틀 그 얘기를 들으니 화가 더 누그러지는군요!

15 트리뷸레이션 그리고, 고아들 물건 말씀인데, 가치를 측정해보고,
성스러운 일에 필요한 것은 무엇이든
지불하도록 하겠습니다. 여기 맹세코, 성자들이
당신 앞에 지갑을 던집니다.

서틀 그 얘길 들으니 화가 확실히 가라앉았소!
이제, 그래야 한다는 걸 분명히 이해하시는군요.
20 우리 돌에 대해서 그렇게 얘기를 하지 않았소?
그리고 돌이 당신들 명분에 가져올 효용도 얘기했소.
(돌의 주 효력인 해외에 세력을 형성하는 것, 당신들 아군인
네덜란드인들을 인도에서 끌어 모아 그들의 함대를 가지고
당신들에게 봉사하게 하는 것 등 말이오)
25 돌의 의학적인 효력은 심지어 당신들을 지지하는
도당과 무리들을 형성하게 해줄 거라는 걸 보여드렸소.
일례를 들어, 고위직의 인사가 통풍이 들었다 칩시다.
그때 당신이 당신 엘릭시르 세 방울을 보내서,

그를 도와주오. 그럼 바로 친구를 하나 만든 것이오.

다른 이는 수족마비를 앓거나, 수족증에 걸렸는데, 30

당신이 보낸 불연성의 물질을 복용하고

다시 젊어진다면, 또 친구가 하나 생긴 셈이오.

어떤 귀부인이 있소. 마음은 그렇지 않은데,

몸은 한창때를 지났고, 화장을 해도 손볼 수 없이,

얼굴이 늙었는데, 당신이 활석 기름,[121] 즉 엘릭시르를 가지고 35

고쳐준단 말이오. 그럼 친구가 하나 또 생기지 않겠소.

그녀 친구들도 마찬가지지. 어떤 영주가 나병 환자이고,

어떤 기사는 매독에 걸렸고, 또 종사 하나는

두 가지를 다 앓고 있는데, 당신이 당신 약을 약간만 도포해서

그들을 매끈하고 건강하게 고쳐준단 말이오. 40

그럼 친구들이 점점 늘어나는 것이오.

트리뷸레이션 아주 의미심장한 얘기입니다.

서틀 그리고, 여기 이 변호사의 양푼을 금접시로 바꾸거나,

크리스마스에……

아나니아스 크리스-타이드[122]라고 말씀해주세요.

서틀 아나니아스, 아직도?

아나니아스 그래요.

서틀 도금된 은그릇을

묵직한 순금으로 바꿔준다면, 친구가 45

늘 수밖에 없지 않겠소. 덧붙여서, 전투에서

군대를 고용할 힘이 생기고, 프랑스 왕을

---

121 oil of tale: 화장용 백색 가루분. 연금술적으로는 백색 엘릭시르(O).

122 -mas라는 접미사는 교황을 따르는 것이라 하여 엄격한 청교도들이 사용을 반대함.

왕국에서 사들이고, 스페인 왕을 인도에서 사들일
힘을 가지게 될 때, 종교적이든 세속적이든
50 당신에게 대항하는 영주들을 마음대로
못할 게 뭐가 있소?

트리뷸레이션 진정, 사실입니다.
우리들 스스로 속세의 영주가 될 수도 있으니까요.

서틀 뭐든지 될 수 있소. 즉석에서 설교를 하면서,
한 곡조로 에~, 음~ 을 되풀이하는 숨찬 운동을
55 그만두고 말이오. 혜택을 충분히 입지 못한 자들은
흥분하여 그들의 목적을 달성하려고 종교에 반발할지도
모른다는 걸 내 부인하지는 않겠소. 그들이
양 떼들을 불러 모으려고 어떤 곡조를 쓸 수도 있소.
아닌 게 아니라 곡조가 여자들과 냉담한 사람들에게
60 큰 역할을 하니까, 당신들의 벨과 다름없소.

아나니아스 곡조라는 말이 더 경건하오.

서틀 아직도 정신을 못 차렸나? 그럼 내 인내심도 이제 끝장이다.
맹세코, 다 무너질 걸세. 이렇게 고문 받지는 않을 테니.

트리뷸레이션 제발 고정하세요.

서틀 모두 사라질 것이오. 내가 분명 말했소.

65 **트리뷸레이션** 부디 당신 눈에서 은총을 찾게 해주십시오. 여기 이 친구는
이제 버릇을 고칠 겁니다. 당신 말고는 그의 종교적 열의가
다른 곳에서 곡조를 허락한 적이 없었어요.
이제 돌을 곧 갖게 됐으니, 그게 우리에게 더 필요하지 않을 겁니다.

서틀 필요 없다마다. 당신들 성스러운 가면으로 과부들이 유산을
70 남기도록 꼬일 필요도 없고, 열심히 믿는 부인들이

대의를 위해서 남편 돈을 강탈하도록 할 필요도 없소.
어음을 잘 이용했다가 어느 날 파기한 후,
그 어음이 신의 섭리로 상실되었다고 얘기할 필요도 없소.
내일 돌아오는 단식일을 더 잘 지키려고,
그 전날 밤새 포식을 해야 할 일도 없소. 75
단식일에 형제자매 신자들이 겸허하게 완고한 육체를
이겨보려고 하지 않소. 또 배고픈 청자들에게
시답지 않은
논쟁의 뼈다귀를 던져줄 필요도 없소.
가령 기독교인이 매사냥이나 다른 사냥을 해도 되는가,
또 성스러운 모임에서 노부인들이 머리칼을 보여도 되는지 80
또는 더블릿을 입어도 되는지,
또 그네들 흰 리넨 옷에 우상처럼 풀을 먹여도 되는지 등이요.

아나니아스 그건 정말 우상 숭배입니다.

트리뷸레이션 저 친구 말에 신경 쓰지 마십시오.
내 명령하건대, 그대 종교적 열의의 기백이여,
저 친구 안에 조용히 있어라. 자, 계속하십시오. 85

서틀 또 대수도원장을 비방할 필요도 없을 것이고
철사줄처럼 가느다란 은총을 듣다가
귀를 잘리는 일도 없을 것이오.
또 시의 문관들 눈에 들고자, 날마다 즐기고 있는
연극에 욕설을 퍼부을 필요도 없을 것이오.
또 목이 쉴 때까지, 종교적 열성으로 90
거짓말을 할 일도 없을 것이오.
저 특출한 재주는 하나도 필요 없소이다.

또, 오로지 영광을 위해, 신도들의 귀를 사로잡으려고
95 시련이니, 박해니, 억제니, 긴-인내니,
이런 이름으로 당신들을 부를 필요도
없을 것이오.

트리뷸레이션 사실입니다. 그 이름들은
경건한 형제들이 영광된 대의를 널리 퍼뜨리고자
고안해낸 방법입니다. 아주 이목을 끄는 방법이라,
100 이런 이름으로 유명해지면
바로 돈벌이가 되거든요.

서틀 하지만, 돌에 비하면 다 쓸데없는 짓이야. 아무것도 아니지!
천사들의 비술이자, 자연의 기적이자,
구름 사이를 동에서 서로 날아다니는 신성한 비밀이니,
105 그 전통은 인간이 시작한 것이 아니라
정령들의 일이로다.

아나니아스 전 전통은 싫어요.
믿을 수가 없어요……

트리뷸레이션 조용히.

아나니아스 전부 천주교 일색이잖아요.
저도 이제 조용히 안 할래요. 이제 저도……

서틀 아나니아스.

아나니아스 조용한 신자들을 괴롭게 하지 않을래요. 안 되죠.

110 서틀 그래, 아나니아스, 그렇게 극복하게 될 것이다.

트리뷸레이션 아주 무지한 열성분자가 그를 사로잡고 있습니다.
하지만, 아주 믿음이 깊은 형제 아닙니까.
서투른 직공이긴 하지만, 계시에 의해서

진리를 충분히 배우게 되겠지요.

서틀 거기 그 가방에 충분한 돈은 가지고 있소? 115

물건들을 살 돈 말이오. 내 후견인이 되었으니,

자선을 위해서, 그리고 양심상,

내 가엾은 고아들에게 최대한 이익이 돌아가도록 해야 하오.

우리 형제들도 이익을 봤으면 하고 바라지만 말이오.

저 안에 물건들이 있소이다. 살펴보시고 값을 치르신 후, 120

구입한 물건의 목록을 작성해주시면,

그 물건들을 사영할 수 있도록 준비하겠소. 그게 제일 좋지.

약을 써서, 주석이 있는 만큼 은을 만들고,

놋쇠만큼 금을 만들어내는 거요.

무게로 쳐서 돌려주겠소.

트리뷸레이션 하지만 성자분들이 125

얼마나 더 기다려야 할까요?

서틀 어디 봅시다.

지금 월령이 얼마인가? 여드레, 아흐레, 열흘 후면

액체 상태의 은이 될 것이고, 그로부터 사흘 후면

담황색으로 변할 것이고, 약 보름 후면

마기스테리움이 완성될 것이오. 130

아나니아스 아홉번째 달의 셋째 주,

둘째 날 즈음이요?

서틀 그렇다네, 아나니아스.

트리뷸레이션 그럼 고아들 물건이 어느 정도나 될 것 같습니까?

서틀 몇백 마르크쯤 될 것이오. 지금 상태로는 마차 세 대를

가득 채울 양이지만, 사영 후에는 6백만 마르크어치가 되오. 135

하지만 먼저 석탄을 채워넣어야 하는데 말이오.

트리뷸레이션 뭐라고요!

서틀 석탄

한 짐만 있으면, 다 된 거나 마찬가지요. 이제 우리 불을

이그니스 아덴스[123]까지 키워야 하오.

피무스 에퀴누스,[124] 발네이,[125] 치네리스[126]와

140 다른 약한 열기의 단계는 다 거쳤으니 말이오.

만약 이 단계에서 신성한 지갑에 돈이 떨어져서

성자들이 당장 현금이 필요하다면, 내게 좋은 수가 있소.

이제 당신이 막 사려고 하는 양푼을 녹여서

요오드팅크 한 방울로 네덜란드에서 쓰는 금화랑

찍어낸 듯이 똑같은 네덜란드 돈을 만들어줄 수 있소.

145 트리뷸레이션 정말이십니까?

서틀 그렇소, 법적으로 전혀 하자가 없을 것이오.

아나니아스 형제들에게 즐거운 소식이 되겠네요.

서틀 허나, 비밀로 해야 하오.

트리뷸레이션 그러믄요. 그런데

돈을 찍어내는 게 합법적인가요?

아나니아스 합법적이냐고요?

150 어차피 우리 교리에선 정부 관리를 인정하지 않는데요.

혹시나 그런다 해도, 이건 외국 돈이잖아요.

---

123 ignis ardens: 가장 뜨거운 불.
124 fimus equinus: 말똥을 태워 얻는 습한 열.
125 balnei: 끓기 전 물의 온기.
126 cineris: 다음 단계의 열기를 뜻함.

서틀 이건 돈을 찍어내는 것
이 아니라,
다만 돈을 주조하는 것이오.

트리뷸레이션 그래요? 구별을 정확히 해주시는군요.
돈을 주조하는 건 합법적일지도 모르겠군요.

아나니아스 그래요.

트리뷸레이션 진정, 그렇게 생각이 되오.

서틀 양심에 한 점
부끄러울 것이 없을 것이오. 아나니아스를 믿으시오. 155
양심의 경우에는 정통한 것 같으니.

트리뷸레이션 형제들에게 질문해보겠습니다.

아나니아스 형제들이 합법적이라고 승인할 것임이 분명해요.
어디서 작업을 하실 거죠?

서틀 그 문제에 대해서는 곧 얘기해봅세.
(밖에서 문 두드리는 소리.)
누가 나와 이야기하러 왔군. 들어가셔서, 160
물건들을 살펴보시오. 여기 목록이 있소.
나도 곧 따라 들어가리다. (아나니아스, 트리뷸레이션 퇴장.)
누구요? 페이스! 어서 오게.

〈제3장〉

(페이스 등장.)

서틀 어떤가? 뭔가 낚았나?

페이스 염병할! 저 쩨쩨한 사기꾼이

넘어와야 말이지.

서틀 그래서 어쨌는데?

페이스 내 계속 템플 교회 주변을 맴

돌았지.

여태껏. 그런데 놈이 없더라구.

서틀 그래서 그냥 버려두고 왔어?

페이스 놈을 버리고 왔냐고? 지옥에다 버려둬도 감지덕지할 놈이야.

5 젠장 그럼 자넨 곡식 한 톨 가져오지 않을 놈을 기다리며

내 하루 종일 방앗간의 야윈 말처럼 서 있기를 바라나?

놈을 진작부터 알아봤어.

서틀 그런 놈을 골탕 먹였으면 대단했을 텐데.

페이스 흑도령, 그런 놈은 내버려두자고.

자네 귀를 번쩍 뜨게 할 새 소식이나 들어보게,

10 내 절친한 동지, 뚜쟁이 친구.

스페인의 신사, 고귀하신 백작 나리가 사적인 일로

여기 온대. 군수품으로 무장을 하고 말이야.

네덜란드 범선 세 척보다도 넓은 바지 여섯 벌과,

트렁크 호즈 바지에 스페인 금화를 잔뜩 가지고 온대.

15 여덟 닢짜리 금화도 가득 들고 여기로 온다는군.

여기서 목욕을 한다는데 (이건 다 핑계지)[127]

그리고 여기에 기지를 세우려고 한대.

---

127 목욕은 매춘을 에둘러 일컫는 말. 이들은 목욕업도 하고 있다.

우리 달 위에, 우리 성 위에, 우리 다섯 항구에,
우리 도버 부두에, 뭐가 됐든 우리 것에 말이야. 돌은 어디 있지?
향수와 고급 리넨, 그리고 당연히 욕조와, 20
연회 준비를 해놓고 손님을 재치 있게 맞을 준비를 해야
손님에게서 돈을 잔뜩 뜯어낼 것 아냐. 이 갈보 같은 계집애가
도대체 어디 있는 거야?

서틀 내 고것을 찾아 자네에게 보내지.
그리고 저 안쪽의 존 라이덴[128] 한 쌍을 해치우고
다시 돌아오겠네.

페이스 그럼 그자들이 안에 있어? 25

서틀 계산을 하고 있지.

페이스 얼마나?

서틀 일백 마르크라는군, 친구.

(서틀 퇴장.)

페이스 이런, 무지 운수 좋은 날이로군! 매몬한테 10파운드!
서기놈한테 3파운드! 식료품상에게 포르투갈 금화 하나!
형제들에게 일백 마르크! 게다가
과부와 백작이 오면 생길 이익과 재산! 30
오늘 내 몫은 아무리 못 잡아도 사십…… (돌 등장.)

돌 뭐라구?

페이스 파운드, 돌. 근처에 왔는지도 몰랐군.

돌 그래, 장군 각하, 오늘 우리 진영은 잘되어갑니까?

페이스 암, 안전하게 참호를 파고 들어앉은 후

---

128 John Bockelson of Leyden: 뮌스터 재침례교도들의 지도자였음. 아나니아스와 트리뷸레이션을 가리킨다.

35 기강을 지키며 사는 사람들처럼 말이야.
그 참호 안에 들어앉아 웃으며,
놈들이 날마다 갖다바치는
전리품 생각에 살이 오르는 거지. 이번에는
용맹스런 스페인 신사가 우리 돌에게 걸려들었거든.
40 원하는 대로 그자의 몸값을 요구해도 될 판이야,
요 귀여운 돌. 그자는 너를 보기도 전에 그대의 아리따운 미모에
꽁꽁 묶여 여기로 끌려올 테니 말이야. 그런 다음
지하 감옥처럼 깜깜한 오리털 침대에 던져 넣는다 이거야.
거기 네가 가서 음담패설의 북을 쳐대며 잠을 못 자게 해.
45 그 소리에 지쳐서 마침내
그 작자가 된서리를 맞은 딱한 검은지빠귀나
웅덩이에 빠진 벌처럼 온순해지면, 그때 그자를
스완스킨 침대보와 아마포 홑이불에 싸서 가두어놓는 거지.
꿀과 밀랍을 만들어낼 때까지 말이야, 돌.

돌 뭐 하는 작자야, 장군?

50 **페이스** 주지사쯤 되는
거물이라네. 참, 대퍼가 아직 여기 오지 않았나?

돌 아직.

페이스 드러거는?

돌 안 왔어.

페이스 염병할 놈들.
무슨 준비를 하기에 시간이 이렇게 걸려! 이런 축제 같은 날
그렇게 치사한 놈들은 시야에서 사라져야 해.

(서틀 등장.)

그래 어떤가! 잘했어?

서틀 그럼. 그놈들은 갔어. 여기 돈은 55

내가 받았네, 페이스. 그 쇳조가리를 또다시 사들일

도붓장수를 하나 알면 참 좋을 텐데.

페이스 냅이 사게 하지 뭐. 과부를 맞아들이면

가재도구가 필요할 거 아닌가.

서틀 기가 막힌 생각이야.

그놈이 빨리 오면 좋겠군.

페이스 아니, 우리 새 사업이 60

끝날 때까지는 오면 안 되지.

서틀 그런데, 페이스, 이 비밀스런

스페인 양반을 어떻게 만나게 되었나?

페이스 정령이 내게

이 종이에 정보를 줬지. 저 설리를 위해

내가 원 안에 정령을 불러들였을 때 말이야.

서틀, 자네 목욕탕이 유명해진 건 내 덕분이야. 돌, 65

너는 가서 첼발로를 조율해야지. 일 분도

낭비할 시간이 없다구. 그리고 알아들었지? 행동 똑바로 해.

가자미처럼 민첩하게 움직이고,

조가비처럼 키스하고 닫아버리라고.

영어를 지껄여대며 그를 간질이고. 그 나리께서는 70

영어라고는 A 한 자도 모르는 것 같으니,

그만큼 속이기가 쉽지 않겠어, 돌?

그자가 전세 마차를 타고 비밀리에 여기 올 거야.
길을 안내하도록 우리 마부를 내가 보냈지.
(누가 문을 두드린다.) 게 누구요?

75 **서틀** 그자 아닌가?

페이스 아직 올 시간이 아닌데.

서틀 누구야?

돌 대퍼,
그 서기야.

페이스 신의 뜻이 그러하다면, 요정 여왕은
가서 옷을 차려입고, 박사는 의상을 갖추시게.
부디 놈을 빨리 해치우자고. (돌 퇴장.)

서틀 시간이 걸릴 것 같은데.

80 **페이스** 내 장담하는데, 내가 시키는 대로만 하면,
금방 끝낼 수 있을 거야. 아직도 찾아올 놈들이 잔뜩 있잖아!
아벨, 싸움질을 배우려는 화난 소년, 상속자도
덤벼들려고 할걸.

서틀 그럼 과부는?

페이스 글쎄,
거기까진 잘 모르겠군. 빨리 나가. (서틀 퇴장.)
오, 잘 왔네.

〈제4장〉

(대퍼 등장.)

페이스 박사님은 안에서 자네를 위해 일을 하고 계시네.
(그것 때문에 내가 얼마나 법석을 떨었는지 모를 걸세)
자네가 주사위의 총애를 독차지할 거라고 맹세하셨네.
여태껏 그 귀하신 몸이 그렇게 총애를 베푸는 걸 본 적이 없다지.
자네 백모가 상상할 수도 없이 은혜로운 말들을 5
자네에게 전했네.

대퍼 제가 그분을 곧 보게 되나요?

페이스 보다마다, 키스도 할 것이네.
(드러거와 카스트릴 등장.)
뭐야? 정직한 냅!
다마스크는 가져왔는가?

드러거 아직이요, 여기 담배부터 받으세요.

페이스 잘했네, 냅. 다마스크도 가져오는 거지?

드러거 그럴게요. 여기 대장님이시고, 여기 카스트릴 도령이요. 10
박사님을 뵙고자 해서 모셔왔어요.

페이스 과부는 어디 있나?

드러거 도령 말이, 곧 올 거라는데요.

페이스 아, 그런가? 시간을 잘 맞췄군. 당신 이름이 카스트릴이요?

카스트릴 그래요. 일 년에 일천오백 파운드를 받으니
카스트릴이란 이름을 가진 이들 중 제일일 거예요. 박사님은 어디 계시죠? 15
저 미친 담배 가게 친구가 뭐든지 다 할 수 있는 사람에 대해
얘기해줬어요. 어떤 기술이라도 있나요?

페이스 뭐에 말이오?

카스트릴 결투를 중재하고, 싸움을 공정하게 알맞은 조건에서 진행하도록
하는 일 말이에요.

페이스 그런 걸 물으시다니, 아직
20 여기 오신 지 얼마 안 되신 것 같소이다!

카스트릴 꼭 그렇진 않지만, 포효하는 젊은이들에 대해서는
들은 바가 있고, 담배 피우는 것을 보기도 했어요.
그의 가게에서요. 나도 담배를 피울 수 있어요.
나도 그들 하는 걸 배워서, 시골에 내려가서
그렇게 행동하고 싶어요.

25 페이스 결투에 대한 거라면,
내 장담컨대, 우리 박사님이 속속들이 샅샅이
가르쳐주실 거요. 그리고 스스로 고안해낸
도구를 보여주실 것이오. 그 도구만 있으면
어떤 결투를 하게 될 때, 모욕 받은 정도에 따라
30 그 결투가 얼마나 안전할지 측정할 수 있소.
또 모욕에 어떻게 대처해야 할지도 알 수 있소.
그 모욕을 정면으로 받아넘겨야 할지,
아니면 돌려서 받아야 할지,
너무 심한 모욕이 아니라서
35 그냥 얼버무리는 게 나을지 알 수 있지.
박사님이 이런 걸 다 설명해줄 거요. 그리고,
서로 모욕을 주고받는 법도 말이요.

카스트릴 뭐라고요? 모욕을 받는 법도요?

페이스 그렇소. 간접적으로 받거나, 에둘러 받아야지,
절대로 정면으로 받으면 안 된다는 걸 알려줄 거요.

마을 전체가 박사의 이론을 공부하고, 일반 음식점에서조차 40
그걸 토론을 한다오.

카스트릴 그럼 재치 있게 지내는 방법도
가르치시나요?

페이스 뭐든 박사님이 다루지 못하는 기술은
없소이다. 그 미묘한 차이를 모르겠지만, 그분은 모든 걸 읽어내시오.
나를 대장으로 만든 것도 그분이지. 박사님을 만나기 전에는,
내 미숙하기가 당신 정도 되는 빈털터리 뚜쟁이에 불과했소. 45
그게 두 달도 되지 않은 일이야. 우리 박사님의 방법을 얘기해드리리다.
일단 당신을 일반 음식점에 데리고 가 소개시킬 거요.

카스트릴 아니, 거기 안 갈래요. 이해해주셔야 해요.

페이스 왜 그러시오?

카스트릴 거기 가면 도박질에 사기만 치잖아요.

페이스 아니, 그럼 도박을 않고
멋쟁이 신사가 되려고 하오?

카스트릴 그래요. 도박이 사람을 거덜내잖아요. 50

페이스 거덜낸다고? 당신이 거덜나면, 도박이 당신을 재생시킬 텐데?
그럼 당신 재산 여섯 배나 날려버린 사람들은
어떻게 제정신으로 살겠소?

카스트릴 뭐, 난 일 년 3천 파운드인데?

페이스 그렇소, 4만 파운드요.

카스트릴 그런 사람들이 정말 있나요?

페이스 그렇소.
게다가 다 멋쟁이 신사들이오. 저기 있는 젊은 신사는 55
태생이 별 볼일 없소. 일년에 고작 40마르크이니

아무것도 아니지. 이제 박사가 저 친구를 입문시켜
정령을 하나 줄 것이오. 그러면 운수가 대통하여,
보름 안으로 남작의 지위를 사고도 남을
60 돈을 따게 될 거요. 그러면 저 친구는 크리스마스 내내
궁정의 노름 담당관 댁에서 명예롭게 지낼 것이오!
그리고 연중 내내, 게임이 있는 곳이면 어디든지,
저 친구에게 자리를 내어줄 것이란 말이오.
최고급 수행원, 최고급 술, 가끔 카나리 산 와인
65 두 잔을 마셔도, 돈을 낼 필요가 없다 이거요.
새하얀 냅킨, 아주 잘 드는 칼,
쟁반 바로 옆에 자고새 요리가 있고, 다른 곳에 가면
우아한 침대에 조용히 여자와 함께한단 말이오.
극장이 극작가를 모시려고 그러듯이, 사람들이
70 그의 환심을 사려고 애를 쓸 거요. 주인은
그에게 어떤 음식을 드시겠냐고 여쭐 것이고,
그럼 버터 바른 새우 요리가 나올 것이오. 술잔을 드는 자
전부 그를 위해서 건배할 것이니, 그가
식탁에 앉은 사람들 중 가장 훌륭한 위인이니 말이오.

카스트릴 당신 사기치는 것 아니예요?

75 **페이스** 세상에! 그렇게 생각하시오?
당신은 실직한 장교를 고용해서
(그저 장갑 두어 켤레든, 말박차
두어 쌍이든 쥐어주면 쉽게 따라오거든)
그자가 민첩하고 유능하게
80 일을 돌봐주고, 똘마니와 조무래기들을

그럴듯하게 옷을 입혀준단 말이오. 그럼 사람들이
다들 당신을 보고 감탄할 거요.

카스트릴 박사님이 그런 걸 가르쳐주실까요?

페이스 그뿐이 아니오. 당신의 땅을 팔고 나면,
(원래 정령을 가진 사람들은 땅을 오래 갖지 않는 법)
거래가 뜸한 법정 휴정기, 소자본들이 움직이기 시작하고 85
일반 사람들이 법정이 다시 열 때까지 지불을 연기하는데,
이때 박사님이 마술 거울을 보여주실 것이오. 거울 한 면에는
마을에서 부유한 젊은 상속인들 중
물건을 사려고 채권을 시장에 내놓은
사람들의 얼굴이 비춰질 것이오. 90
다른 한 면에는 상인들의 모습과, 또 중개인 도움 없이
(이들은 중개비를 요구하니까)
물건들을 사려는 사람들이 보일 것이오.
세번째 면에는 상품들이 있는 거리와 표지판이 보이는데,
여기에 바로 상품들이 곧 배달되기를 95
기다리고 있지. 후추든, 비누든,
홉 열매, 담배, 오트밀, 청색 염료, 치즈 뭐가 되든 말이오.
이 물건들을 전부 가져다가 당신 마음대로 사용할 수 있으니,
뭐 빚지고 그런 것도 없소이다.

카스트릴 세상에! 박사님이 그런 분이신가요?

페이스 이런, 여기 냅이 박사님을 아오. 100
게다가 돈 많은 과부들, 젊은 규수들, 상속녀들의
혼사를 성사시키는 데 뛰어나시오, 이 운 좋은 친구!
박사님 조언을 듣고 자신들 운명을 점쳐보려는 사람들 성화에

영국의 방방곡곡 다니지 않으신 곳이 없으시오.

카스트릴 맹세코, 내 누이도 박사님을 봐야겠네요.

105 페이스 박사님이 냅에 대해

말씀하신 걸 당신에게 전해드리리다. 아주 이상한 일이오!

(그나저나 냅, 자네 치즈 좀 그만 먹게. 그게 우울증을 가져오고,

우울증 때문에 기생충이 생긴다고) 그렇다 치고

박사님이 말씀하시길, 여기 이 정직한 냅은 선술집이라고는

평생 딱 한 번 가봤다고 하셨소.

110 드러거 사실입니다. 그러고는 다시 안 갔어요.

페이스 그때 이 친구가 아주 아파서……

드러거 박사님이 그런 것도 말씀하셨어요?

페이스 안 그러면 내가 어떻게 알겠나?

드러거 사실 우리가 사냥을 나갔다 와서,

저녁으로 기름진 숫양고기를 먹었어요.

그게 내려가지 않고 위장에 남아서……

페이스 그래서 술을 마시지 못할 정도로

115 머리가 많이 아팠지. 깽깽이 켜대는 소음 속에서,

가게에 대한 걱정들 하며…… 이 친구 하인을 안 두거든.

드러거 그때 머리가 정말 아팠어요……

페이스 그래서 집에 갔으면 할 정도였다고,

박사님이 말씀하셨네. 그때 한 마음씨 좋은 할머니가……

드러거 (정말 그래요. 그분은 시코울 레인[129]에 사시죠) 나를 고쳐줬어요.

120 에일 맥주와 피트레눔 국화 끓인 약으로요.

---

129 Seacoal Lane: 스노우 힐 Snow Hill에서 플리트 거리 Fleet Street를 잇는 런던의 좁은 골목으로 싸구려 약장수를 흔히 볼 수 있는 가난한 지역(O).

전부 2펜스밖에 안 들었어요. 그보다 더 심하게
아팠던 적도 있는데……

페이스 그렇지, 런던의 물 공급 시설을 개선한다고
자네에게 18펜스의 세금이 징수되었을 때
너무 속이 상해서 그랬었다지.

드러거 사실, 그건 제게 목숨을 내놓으라는 거나
마찬가지 같았어요. 125

페이스 그래서 머리가 다 빠졌고?

드러거 그래요. 다 원한으로 그런 세금을 물린 거죠.

페이스 박사님도 그렇게 말씀
하셨네.

카스트릴 담배 주인장, 가서 내 누이를 데려오세요.
가기 전에 이 박식한 사람을 만나봐야겠어요.
누이도 그럴 거고요.

페이스 지금 박사님은 바쁘십니다.
여기 누이를 데려오고 싶으시면, 130
수고스럽지만 직접 다녀오시는 게 나을 거요.
돌아오실 즈음이면 박사님이 시간이 나실 테니까.

카스트릴 다녀오겠어요.
(카스트릴 퇴장.)

페이스 드러거, 과부는 자네 차지일세. 자, 다마스크. (드러거 퇴장.)
(서틀과 내가 과부를 차지하려고 한 싸움 하겠군.) 이보게, 대퍼 도령.
내가 여기 계신 고객분들을 돌려보내는 것 봤나? 135
자네 일을 빨리 처리해주려고 말이야. 시킨 대로
의식은 수행하고 왔는가?

대퍼 그럼요. 식초에,

깨끗한 셔츠도요.

페이스 좋네. 그 셔츠가 자네 생각보다

자네 면목을 더 세워줄지도 모르네. 백모가 많이 달아올라 있지만,

140 자네에게 그것을 내색하지는 않을 것이네.

백모님 시종들 접대는 충분히 해야지?

대퍼 그럼요. 여기 120에드워드 실링이 있어요.

페이스 좋네.

대퍼 그리고 10해리 실링 받으세요.

페이스 아주 좋아.

대퍼 3제임스 실링 하고, 4엘리자베스 실링, 즉 전부

20노블 금화예요.

145 페이스 너무 계산이 정확하구만.

자네에게 매리 노블 금화가 더 있으면 좋겠는데 말이야.

대퍼 여기 필립과 매리 금화[130]가 좀 있어요.

페이스 그 금화들이 최고지.

어디 있나? 이런, 박사님이 오시는군.

〈제5장〉

(서틀, 요정의 사제처럼 입고 등장.)

---

130 당시에는 주조된 시대의 여왕/왕 이름을 붙여 돈을 구별했다. 여기서 페이스는 드러거가 지불한 통화들 중 매리 여왕이 빠져 있음을 아쉬워하는 척하며, 돈을 더 뜯어내려고 한다(O).

서틀 그분의 조카가 아직도 안 왔는가?

페이스 여기 왔습니다.

서틀 단식은 했다는가?

페이스 그렇답니다.

서틀 흠 하고 소리도 지르고?

페이스 (대퍼에게) 세 번이라고 대답해야 하네.

대퍼 세 번이요.

페이스 윙 소리도 세

번 했고?

페이스 했으면 대답하게.

대퍼 했습니다.

서틀 그러면, 그분 조카가

시킨 대로 식초로 감각을 정화했으리라 믿으면서 5

요정의 여왕께서 내게 이 예복, 행운의 페티코트를

조카분에게 전하라 하셨으며,

받는 즉시 바로 입도록 권유하셨네. (대퍼 페티코트를 입는다.)

그분의 페티코트가 행운에 가깝긴 하지만,

그분의 슈미즈는 행운에 바로 닿는다고 말씀하시며, 10

심지어는 당신의 슈미즈 일부를 보내셨네.

아직 아이였던 조카를 싸려고 찢으신 것이지.

(당신께서 그 속옷을 찢으셨을 때처럼 애정을 담아서)

이 천을 스카프처럼 둘러줄 것을 당부하셨네.

눈 주위에 말일세. 그가 운이 좋다는 걸 보여주기 위함이네. 15

(대퍼의 눈을 넝마 조각으로 가린다.)

이제 당신께 그의 부귀영화를 부탁드리기로 했으니,

그 조카는 몸에 지니고 있는 금전 나부랭이를 다 던져버릴지어다.
그가 그렇게 하리라고, 당신은 조금도 의심치 아니하니라.

페이스 전혀 의심하실 필요 없습니다. 그분의 말을 듣고,
20 그분이 시키신 대로—(어서 지갑을 던지게!—)
기꺼이 내놓지 않을 것이 (손수건이며 몽땅!—)
하나도 없으니까요. 그분이 시키시는데,
안 할 일이 어디 있겠습니까.

(대퍼는 그들이 시킨 대로 던지기 시작한다.)

(몸에 지니고 있는 반지가 있으면 어서 빼어버려,
25 팔목에 은팔찌가 있으면 벗어던지게, 요정의 여왕께서
자네 몸수색을 할 요정들을 보낼 걸세.
그러니 그분께 정직하게 행동하라고. 자네가
한 푼이라도 숨긴 게 발각되면 자넨 끝장이야)

대퍼 진짜 그게 다예요.

페이스 뭐가 다인가?

대퍼 제 돈이요. 정말이에요.

30 **페이스** 덧없는 것들을 몸에 지니려 하지 말게.
〔서틀에게〕
(돌에게 음악을 연주하라고 해.)
(돌 류트를 들고 등장.)
보게, 꼬마 요정들이 왔어,
거짓말쟁이를 꼬집어주려고. 잘 생각하게.
(다 같이 대퍼를 꼬집는다.)

대퍼 아, 에드워드 노블 금화 한 닢이 든 봉투가 하나 있어요.

페이스 티, 티,

다 알고 있었다고 요정들이 얘기하잖아.

서틀 티, 티, 티, 티, 분명 더 가 35

진 게 있을 거야.

페이스 티, 티-티-티, 다른 주머니에?

서틀 티티, 티티, 티티, 티티.

자네가 좀 꼬집혀야 털어놓을 거라고 요정들이 말하는데.

대퍼 오, 오.

페이스 아니, 잠시 멈추시오. 이 친구가 그분 조카 아닙니까.

티, 티, 티? 무슨 상관인가? 맹세코 신경 좀 쓰게.

정직하게 행동해서, 요정들이 미안하도록 만드세. 자네가

무죄라는 걸 보여주라고.

대퍼 세상의 밝은 빛에 맹세코, 더는 가진 게

없습니다. 40

서틀 티 티, 티 티 토 타. 말을 얼버무린다고 그분께서 말씀하시네.

티, 티 도 티, 티 티 도, 티 다. 눈을 가렸는데 밝은 빛에 맹세를 하니

말이야.

대퍼 이 칠흑 같은 어둠에 맹세코, 가진 거라고는

손목 근처에 제 애인이 준 금화 반 크라운하고,

그녀가 저를 버린 후 지녀온 납 심장밖에 없습니다. 45

페이스 뭔가 있을 줄 알았네. 그까짓 하찮은 걸로

자네 백모의 기분을 거스를 셈인가? 이보게,

나라면 반 크라운을 이십 번 내동댕이치겠네.

납 심장은 가지고 있어도 되네. (돈을 받는다.)

(돌 등장.)

그래 이제 어떤가?

(돌, 서틀, 페이스 자기들끼리 속삭인다.)

서틀 돌, 무슨 일이야?

돌 저 밖에 기사 나리 매몬 경이 왔어.

페이스 맙소사. 여태 그 작자 생각을 못 했네.

그자가 어디 있어?

50 돌 바로 와 있어. 문 앞에까지.

서틀 그런데 너흰 아직 준비가 안 됐어? 돌, 어서 페이스 옷을 가져와.

(돌 퇴장.)

그자를 그냥 돌려보내서는 안 돼.

페이스 암, 절대 안 되고말고.

55 그나저나 이 바다 오리를 어떻게 해야 하나?

이제 꼬챙이에 꿰어놨으니 말이야.

서틀 글쎄, 무슨 궁리든 해내서

뒤편에 잠시 놓아두지.

(돌 페이스의 옷을 가지고 등장.)

티, 티티, 티티티. 그분께서 나랑 얘기를 하시겠다고?

지금 가네. 돌, 도와줘.

(페이스가 대장 의상을 벗는 것을 돌이 도와준다. 그사이 다시 문 두드리는 소리가 들리고 페이스는 열쇠 구멍으로 얘기한다.)

페이스 게 누구요? 에피큐어 경,

우리 주인님이 지금 여기 계세요. 잠시 좀 왔다갔다

하고 계세요. 주인님이 등만 돌리면, 60
제가 바로 나갈게요. 빨리, 돌!

서틀 (대퍼에게) 요정의 여왕께서
대퍼 도령에게 친절하게 안부를 전하셨소.

대퍼 여왕님을 뵙고 싶습니다.

서틀 그분은 이제 침대에서
저녁식사를 하시는 중인데, 친히
그분의 전용 쟁반에서 죽은 쥐 한 마리와 65
생강빵 한 조각을 드시도록 보내셨소.
당신이 단식으로 기절하지 않도록 위를 달래기 위해서라오.
하지만, 그분이 당신을 볼 때까지 당신이 견딜 수 있다면,
그편이 훨씬 낫다고 하셨소.

페이스 그분을 위해서라면,
두 시간을 더 기다리래도 이 친구가 기꺼이 버틸 것입니다. 70
틀림없어요. 여태껏 들인 공이 있는데, 그게
물거품이 되면 안 되지요……

서틀 그때까지 아무도 보거나
얘기하면 안 되오.

페이스 그러면 말을 하지 말도록
입 안에 재갈을 물려두겠어요.

서틀 뭘로 말이오?

페이스 생강빵이오.
자 이걸 넣어주세요. 그분 마음에 이렇게까지 들었는데, 75
이까짓 일로 주춤하면 안 되지요.
저분이 그걸 집어넣도록 입을 벌리게.

(생강빵으로 대퍼 입을 막는다.)

서틀 (자기들끼리 속삭이며) 이제 이놈을 어디다

박아두지?

돌 변소 어때?

서틀 (크게) 따라오시오.

행운의 은밀한 숙소로 모셔다드리리다.

페이스 향은 잘 뿌렸고요? 이 친구 목욕 준비는요?

80 서틀 다 됐소이다.

단지 향이 다소 강하지 않을까 싶소.

(서틀 대퍼를 이끌고, 돌은 대장 의상을 들고 퇴장. 페이스는 허파군 의상으로 재빨리 갈아입는다.)

페이스 에피큐어 경, 곧 갑니다. 이제 막 나가요.

제4막

〈제1장〉

(에피큐어 매몬 경 등장.)

페이스 아이고, 시간을 참 잘 맞추어 오셨습니다요.

매몬 주인은 어디 있나?

페이스 사영을 준비하고 있지요.

나리 물건들이 곧 전부 바뀔 테니까요.

매몬 금으로 말이지?

페이스 금과 은으

로 말입니다.

매몬 은은 별로인데.

페이스 왜요, 거지들에게 줄 은 약간은 필요하지요.

매몬 귀부인은 어디 계신가? 5

페이스 저기 가까운 곳에 계세요. 제가 부인 들으라고 나리 칭찬을

했답니다. 나리가 얼마나 관대하시고 성품이 고귀하신지요……

매몬 그랬나?

페이스 그랬더니 부인께서 나리를 보고 싶어 안달입니다.

하지만, 절대로 종교 얘기는 꺼내지 마세요.

부인이 미친 듯이 발작을 할 수 있거든요……

매몬 걱정 말게나. 10

페이스 장정 여섯도 부인을 말리지 못할 거예요. 또,

우리 노인이 나리를 보거나 들을 경우에는……

매몬 걱정 말게.

페이스 이 집 전체가 난장판이 될 겁니다. 아시잖아요,

우리 주인장이 얼마나 철저하고, 일말의 죄도

용납하지 않으려 하는지. 의학이나 수학, 15

시, 정치, (말씀드렸다시피) 음담패설까지는

부인께서 받아들이시고, 전혀 놀라지 않으실 겁니다.

하지만 종교적 논쟁은 한 마디도 안 됩니다.

매몬 착한 울렌, 충분히 잘

알았네.

페이스 그리고 부인의 가문을 칭찬하셔야 합니다. 부인의

고귀한 출생을 기억하셔서요.

20 **매몬** 맡겨두게.

계보학자나 역사학자도 나보다 더 잘하진 못할 걸세,

허파군. 이제 가보게.

페이스 (방백) 이건 또

현대의 평범한 행복 아닌가. 돌 커먼을

대단한 귀부인으로 모시는 거 말이야.

(페이스 퇴장.)

매몬 자, 에피큐어.

25 스스로를 고양시키자구. 그녀에게 전부 황금으로 얘기를 하자.

주피터가 다나에에게 쏟아 부은 것처럼 그녀에게 황금비를

내려야지. 이 매몬에 비교하면 신도 구두쇠에 불과함을

보여주자. 뭐야? 현자의 돌이 다 해낼 것이야.

그녀는 황금을 느끼고, 황금을 맛보고, 황금을 듣고, 황금잠을 자리라.

30 그뿐인가, 우리가 함께 누워 황금을 낳게 될 거야. 그녀에게

강력하고 힘 있게 말을 해야지! 저기 그녀가 오는구나.

(돌, 페이스와 등장.)

페이스 (돌에게) 저놈이야. 돌. 가서 젖을 먹이게. [크게] 이분이

제가 말씀드렸던 고귀하신 기사 나리입니다.

매몬 마담,

옷자락에 키스하는 무례를 용서해주시오.

돌 경이 그러시도록 할 만큼

35 제가 무례하지는 않습니다. 제 입술 받으시지요.

(매몬에게 키스한다.)

매몬 우리 각하, 그대 오라버니는 건강하시오, 레이디?

돌 우리 각하, 제 오라버니는 건강하십니다, 비록 제가 레이디는 아니지만요.

페이스 (요 창녀가 말도 잘하는구나)

매몬 고귀하신 마담……

페이스 (아이구, 이제 숭배가 시작되니 난리가 나겠어!)

매몬 레이디라 불리실 자격이 있소이다.

돌 경의 예의범절이겠지요. 40

매몬 당신의 미덕을 내게 알려주는 것이 더 없더라도,
그 대답을 들으면 당신의 고귀한 혈통과 교육을 알 수 있소이다.

돌 혈통이야 자랑할 것이 없습니다, 경. 가난한 남작의 딸일 뿐이지요.

매몬 가난하다고! 당신을 낳았는데? 신성 모독하지 마시오. 당신 부친께서
그 행위 후에 남은 일생 내내 그 자리에 가만히 누워 45
숨을 헐떡이며 잠만 잤다고 해도, 그는 이미
그 자신과 자손, 그 후손들을 고귀하게 만들 만큼
충분히 해놓은 것이오.

돌 경, 비록 우리가
명예의 겉치레라 할 금부스러기와 장식은
부족하다고는 하나, 명예의 씨앗과 본질을 50
지키려고 애쓰고 있습니다.

매몬 그대가 미덕이라는
원재료를 잃지 않았고, 그 미덕이
돈과 섞이지도 않았음을 내 잘 알 수 있소.
신기한 고귀함이 그대 눈에, 이 입술에, 그 턱에

55 깃들어 있소이다! 내 생각에 분명 그대가 오스트리아
왕족을 빼어닮은 것 같소.

페이스 (방백) 그렇고말고!
그 계집 아버지가 아일랜드 청과상이었거든.

매몬 발루아 왕가가 바로 그런 코를 가졌소.
그대 이마는 바로 피렌체의 메디치 가문에서
뽐내던 것이오.

60 **돌** 진정, 왕족들과 닮았다는 소리를
늘 들었지요.

페이스 (방백) 아무렴 들었고말고.

매몬 왜 그런지 모르겠소만, 어느 한 왕족을 닮은 게 아니라,
각각의 왕족 중 좋은 점만 모아다 빼닮은 것 같소이다.

페이스 (방백) 안에 들어가서 마음껏 웃어야겠다. (퇴장.)

매몬 분명 그대에게는
65 지상의 미 너머로 빛나는 천상적인 기운이
깃들어 있소!

돌 오, 경께서는 궁정의 멋쟁이 조신처럼 행동하시는군요.

매몬 부인, 허락해주시오……

돌 진정, 아니 되옵니다.
저를 놀리시려는 거지요.

매몬 이 달콤한 불꽃 속에 타오르도록 말이오.
불사조도 이보다 더 고귀한 죽음은 몰랐을 거요.

70 **돌** 아니, 이젠 궁정의 조신보다 더 하시군요. 그동안
보여주신 모습마저 믿을 수가 없군요. 말만 너무 그럴듯하게
하시는 것 같으니까요.

매몬 내 영혼에 걸고……

돌 아니요, 그런 맹세도 다 마찬가지입니다, 경.

매몬 자연이

일개 인간에게 이보다 더 나무랄 데 없는

조화로운 모습을 주신 적이 없소. 75

그대 이외 다른 얼굴들을 만들 때는 자연은 계모 노릇을 하였나 보오.

다정하신 마담, 좀 특별한 사이가 되도록 해주시오……

돌 특별하다고요, 경? 부디, 거리를 지키소서.

매몬 나쁜 뜻에서가 아니라, 부인, 시간을 어찌

보내시는지 알고 싶소. 여기 보기 드물게 뛰어난 80

명인의 집에서 살고 계시는 건 알고 있소. 그런데

그런 것들이 그대에게 무슨 의미가 있소?

돌 그렇습니다. 여기서 수학과 증류법을

공부하지요.

매몬 오, 제 무례를 용서해주시오.

그분은 신성하신 스승이지요! 그 비법으로 85

사물들의 영혼을 끄집어낼 수 있으시고,

태양의 미덕과 기적을 온화한 화로 속에

불러 모을 수 있으시오. 퇴색한 자연에게

본연의 힘이 무엇인지 가르치시오. 그러니 황제가

켈리[131]보다 더 높이 쳐서 부르지 않았소. 금메달과 90

금사슬을 보내 초청하고자 하셨소.

---

131 Edward Kelly(1555~1595): 존 디John Dee 박사의 동료로 연금술사. 현자의 돌을 만들 수 있다고 공언해 프라하로 루돌프 2세의 초청을 받았지만, 결국 실현하지 못하자 2년간 투옥되었다. 탈출을 시도하다 다리가 부러져 죽음(M).

돌 그랬다지요. 또 그분의 의술은……

매몬 제우스 신의 시샘을 받았던
의술의 신 에스쿨라피우스 이상이지요.
내 그런 걸 다 알고 있소이다.

돌 진실로,
95 자연에 대해 숭고하는 이런 학문들에 제가 푹 빠졌습니다, 경.

매몬 아주 고귀한 일이오. 하지만 그대의 그 자태는
이런 어두운 용도에 쓰도록 빚어진 것이 아니요!
그대가 기형적이고, 더럽고, 조잡한 모습을 타고났다면,
수도원에 갔으면 됐을 일이오. 하지만,
100 한 왕국의 영광을 세울 만한 그런 자태로
세상에 등을 돌리고 혼자 산다는 건
수녀원에서건 어디서건 부적당한 일이오! 그래서는 아니 되오.
우리 각하 당신의 오라버니가 그걸 허락하다니요!
내가 오라버니라면 우선 당신에게 땅의 절반을 주겠소.
105 이 다이아몬드가 여기 내 손가락에 있는 것이
채석장에 있는 것보다 낫지 않소?

돌 그렇지요.

매몬 그렇듯, 그대도 그렇단 말이오.
부인, 그대는 빛을 위해 창조된 거요!
여기, 이걸 끼시오. 받으시오. 내가 했던 말들을
증명하는 첫 증표요. 그대가 내 말을 믿도록 묶기 위해서요.

(돌에게 반지를 준다.)

돌 금강석의 사슬로 말인가요?

매몬 그렇소, 가장 강력한 끈이오. 110

이 비밀도 들어주시오. 지금 이 순간

당신 곁에 유럽에서 가장 행복한 사나이가 서 있소이다.

돌 만족하십니까, 경?

매몬 진실로 그렇소.

다른 제후들이 시샘하고 다른 나라들이 두려워할 정도요.

돌 그렇게 말씀하십니까, 에피큐어 경!

매몬 그렇소, 그대가 그걸 증명할 115

것이오,

명예의 딸이여. 내 그대의 자태에 내 눈길을 던졌으니,

가능한 모든 패션을 능가하는 미인으로

키우리다.

돌 거짓말하시는 건 아니겠지요, 경!

매몬 아니, 그 의심을 없애주리다.

이 몸은 현자의 돌을 가진 위인이고, 120

그대는 그 영부인이오.

돌 뭐라고요, 경! 그걸 가졌습니까?

매몬 내가 이제 현자의 돌의 주인이요.

오늘, 이 집의 불쌍한 늙은이가 내게 그걸

만들어주었소. 지금 그는 사영을 하고 있소.

그러니 그대의 첫번째 소망을 생각해보시오. 내 듣고, 125

그대의 다리 사이로 황금비를 내리어, 황금 홍수를 이루고

작은 폭포를 만들며 쏟아져 내리도록 하리다.

그럼 나라를 하나 낳을 수 있을 거요!

돌 우리 여자들의

야망을 일깨우는 게 즐거우시지요, 경.

130 **매몬** 여기 수도사의 집구석에서 갇혀서,

에섹스 시골 구석의 순경 아내나 배울 법한

의술과 수술법을 배우며 사는 것이

당신 같은 종족에게 적합지 않다는 걸

알려주게 되어 기쁘오. 그러니 나와서

135 궁정의 공기를 좀 맛보시오. 의사들이 고생해서

달여놓은 약과 늘 자랑해왔던

진주, 산호, 황금, 호박의 요오드팅크를 먹고 마셔요.

잔치마다 사람들 눈에 띄어 갈채를 받으시오. 기적과도

같은 당신 미모를 칭찬할 것이오. 스무 나라의 보석들로

140 그대를 치장하고, 그 빛이 별들보다 더 빛나는 걸 보면,

궁정 사람들의 눈길이 돋보기처럼

그대에게 쏠렸다가 재로 변할 것이오.

그래서 그대의 이름만 들어도 여왕들은 창백해질 것이오.

우리 둘이 사랑의 표시만 해도

145 네로 황제의 포피아[132]는 역사에서 사라질 것이오.

그렇게 우리가 할 것이오.

돌 저도 기꺼이 그러고 싶습니다, 경.

그렇지만, 왕국에서 이게 가능할까요?

왕이 곧 알게 될 거고, 당신과 당신의 돌을

빼앗을 텐데요. 일개 국민에게는 걸맞지 않는

재산이니까요.

---

132 네로 황제의 정부로, 후에 그의 부인이 된다. 그 때문에 네로는 첫 부인과 모친을 살해했다(M). 매몬과 돌은 그들보다 더 화려하고 사치스럽게 살 것이라는 뜻(옮긴이).

매몬 그가 이 사실을 알면 그러겠지. 150

돌 그대가 그렇게 자랑을 하지 않습니까, 경.

매몬 내 생명 같은 그대에게만

이오.

돌 오, 조심하세요, 경! 그걸 얘기했다가는

남은 일생을 끔찍한 감옥에서 보내며

생을 마감할지도 모릅니다.

매몬 일리가 있는 말이오!

그러니 우리는 같이 길을 떠나 자유로운 155

공화국에서 삽시다. 거기서 고급 와인에 절인

숭어 요리와, 소작농들의 달걀을 먹으며,

삶은 조개 요리는 조개 모양 은 그릇에 담고,

새우 요리는 진귀한 버터 속에 살아 있을 때처럼

헤엄치도록 합시다. 그 버터는 돌고래 젖으로 만든 것으로, 160

그 크림은 오팔처럼 빛날 것이오. 이렇게

진귀한 고기 요리로 쾌락을 최고로 높일 준비를 합시다.

그리고 다시 좀 하강했다가, 엘릭시르를 마셔

젊음과 기력을 새롭게 하며,

영원히 즐기도록 합시다, 165

인생과 쾌락을. 그대는 자연보다 더 풍요로운 옷장을 가질 것이니,

자연보다 더, 자연의 아내이자

동급의 하인인 예술보다도 더,

자주 의상을 갈아입고 변화를 줄 것이오.

(페이스 등장.)

170 **페이스** 나리, 너무 목소리가 큽니다. 실험실에서

나리 하시는 말이 다 들립니다. 장소를 좀 옮기시지요.

정원이나, 위층의 방으로요. 부인은 마음에 드십니까?

매몬 마음에 들다마다! 허파군, 여기 이거 받게. (돈을 준다.)

페이스 그런데 들으셨죠?

나리, 조심하세요. 랍비 얘기는 절대 안 됩니다.

매몬 그런 건 생각지도 않고 있으니 걱정 말게.

175 **페이스** 그렇다면 안심입니다.

(매몬과 돌 퇴장.)

서틀!

〈제2장〉

(서틀 등장.)

페이스 웃겨 죽을 지경이야.

서틀 나도. 그래 그들은 나갔나?

페이스 다 나갔어.

서틀 과부가 왔어.

페이스 그 싸움질 배우겠다는 자네 제자랑?

서틀 그렇지.

페이스 그럼 대장 노릇을 다시 시작해야겠군.

서틀 잠깐, 그들을 먼저 데려와야지.

페이스 나도 그러려고 했어. 과부는 어떤가?

미인이야?

서틀 아직 모르겠어.

페이스 제비를 뽑자구. 5

자네도 찬성이지?

서틀 달리 방도가 있나?

페이스 날쌔게 옷을 갈아입고

변장을 해야지!

서틀 어서 문에 나가 보게.

페이스 자네가 첫 키스를 차지하겠구만, 난 아직 준비가 안 됐으니.

(문으로 간다.)

서틀 (방백) 그렇지, 또 자네 코를 꿰어버릴지 누가 아나.

(카스트릴과 플라이언트 부인 등장.)

페이스 누구를 찾으십니까?

카스트릴 대장은 어디 있어요?

페이스 용무가 있어서 10

잠시 나갔는데요.

카스트릴 나갔다고요?

페이스 바로 돌아오실 겁니다.

하지만 그분의 부관이신 박사님이 여기 계십니다. (퇴장.)

서틀 어서 다가오너라, 테라 필리,

다시 말해, 땅의 아들아. 어서 다가오게.

잘 왔네. 자네가 원하고 바라는 것을 잘 알고 있으니, 15

그걸 만족시켜주지. 시작하세.
이쪽 방향이든, 저쪽 방향이든 나를 공격해보게.
여기가 내 중심일세. 싸움의 근거를 대보게.

카스트릴 당신은 거짓말쟁이예요.

서틀 아니, 분노와 노여움의 아이로다! 거짓말이라고?
무슨 거짓말인가, 성급한 젊은이?

20 **카스트릴** 그건 알아서 생각하세요.
어쨌든 난 한 수 둔 셈이니까요.

서틀 오, 이건 결투의 참된 문법에도 맞
지 않고,
잘못된 논법이로다. 자넨 근거를 대야 하네.[133]
첫째 의도와 둘째 의도를 대고, 정전을 알며,
각 분과와 분위기, 정도 및 차이, 자네의 입장,
25 외부와 내부에서 일어나는 일련의 사건들을
효과에 의한, 물질에 의한, 형태에 의한, 최종 목적에 의한
원인들에 따라 알아야 하며, 자네의 기본 원칙들이
완전해야?

카스트릴 이게 다 무슨 소리야!
무슨 말도 안 되는 소리를 하는 거죠?

서틀 그 한 수 두었다는
30 잘못된 개념이 수많은 사람을 기만하여,
싸움을 시작하게 하는데, 그들은 종종
그걸 잘 의식하지도 못할뿐더러,

---

133 서틀은 결투학을 스콜라 철학의 용어를 써서 가르치고 있다(M).

나중에는 싫어도 멈출 수가 없네.

카스트릴 그럼 어떻게 해야 하죠?

서틀 내 여기 귀부인께 용서를 구하오. 부인께서 먼저
인사를 받으셨어야 하는데. 내 당신을 레이디라 부르니, 35
머지않아 곧 귀부인이 되실 몸이시기 때문이오.
우리 귀엽고 통통하신 과부님. (그녀에게 키스한다.)

카스트릴 정말 그래요?

서틀 그렇네, 그렇지 않다면 내 비술이 구제불능의 거짓말쟁일세.

카스트릴 어떻게 알죠?

서틀 그녀의 이마를 살펴보고,
그녀 입술의 달콤함을 보면 알 수 있는데, 그걸 정확히 판단하려면 40
다시 맛을 보아야 하지. (그녀에게 다시 키스한다.)
(방백) 세상에, 설탕 과자처럼 녹는구나.
(크게) 여기 앞쪽 정맥에 있는 선을 보면,
이분의 상대가 기사는 아님을 알 수 있소.

플리이언트 그럼 어떤 사람입니까?

서틀 어디 손을 보여주시오.
오, 그대 운명의 선을 보니 분명하오. 45
엄지의 비너스 산에 있는 이 별과
특히 중지의 연결 부분을 보니 확실하오.
그는 군인이거나, 기술을 가진 사람이지만, 부인,
곧 대단한 명예를 가지게 될 거요.

플라이언트 오라버니,
이분은 아주 진귀하십니다!

카스트릴 조용히 해. 50

여기 또 다른 진귀하신 분이 오는군.

(페이스가 대장의 제복을 입고 등장.)

안녕하세요, 대장.

페이스 카스트릴 도령. 이분이 당신 누이인가요?

카스트릴 그래요.

부디 키스하시고 그녀와 인사를 나누세요.

페이스 레이디, 알게 되어 영광입니다.

플라이언트 오라버니,

이분도 저를 귀부인이라 부르십니다.

카스트릴 그래, 조용히 해. 나도 들었

55 으니.

페이스 (서틀에게 방백) 백작이 왔어.

서틀 어디 있나?

페이스 현관에.

서틀 그럼, 가서 그자를 접대해야지.

페이스 그동안 이자들은 어찌할 셈인가?

서틀 글쎄, 위층으로 데려가서

쓰잘데없는 책이나, 마술 거울 같은 걸 보여주지.

페이스 맹세코,

60 저 계집은 요염한 작은 새야. 내가 차지해야겠어. (퇴장.)

서틀 그러겠다고? 그래, 자네에게 운이 닿으면 그러도록 해야지.

(카스트릴과 플라이언트에게 돌아서며)

대장님은 곧 다시 돌아오실 겁니다.

그동안 여러분을 우리 증명의 방으로 모시어

두 분에게 싸움의 문법과 논리, 수사학을

설명해 보여드리겠소. 내 결투 방식을 65
도식화해놓은 표와, 저울이 예닐곱 개 달린
기구를 보여드릴 것이니, 이 도구가 있으면
도령이 달밤에도 결투할 수 있을 거요.
그리고 부인께서는 그대의 운명을 볼 수 있도록
시력을 깨끗하게 해주는 거울 앞에 70
반시간쯤 서 있도록 하겠소. 그러면 내가 갑작스레
그대 운명을 읽어드리는 것보다 훨씬 나으리다.

(모두 퇴장.)

〈제3장〉

(페이스 등장.)

페이스 어디 있소, 박사?

서틀 (안에서) 내 곧 가오.

페이스 이 과부를 보고 나니, 서틀과 타협을 잘해서,
내가 그녀를 차지해야겠는걸.

(서틀 등장.)

서틀 뭐 할 말이 있나?

페이스 그자들은 잘 처치했어?

서틀 위로 올려보냈네.

5 페이스 서틀, 솔직히, 그 과부를 내가 차지해야겠네.

서틀 그 문제였어?

페이스 아니, 내 말을 좀 들어봐.

서틀 어디 해보시지.

자네가 반항하면, 돌이 전부 알게 될 거야.

그러니 조용히 하고, 기회에 순응하라고.

페이스 아니, 자네 지금 너무 열이 올라 있어…… 좀 생각해보게.

자넨 이제 늙었고, 더 이상 봉사할 수가 없잖아……

10 서틀 누구, 내가?

내 자네와 함께 그 과부에게 봉사할 거야……

페이스 아니,

내 말뜻 알잖아. 자네에게 보상을 해줌세.

서틀 자네와 거래하지는 않겠네. 내 행운을 팔라고?

내 생득권보다도 더 나은 것을? 중얼대지 말게.

15 그녀를 차지해서 잘해보게. 자네가 투덜거리면,

돌이 즉시 알 거 아닌가.

페이스 좋아, 내 입을 다물지.

가서 스페인 나리를 성대하게 데려오는 걸 도와주게나.

서틀 내 곧 따라가겠네. (페이스 퇴장.)

페이스가 이 몸에게 경외심을 갖도록 해야 해.

아니면 이 몸을 독재자라고 생각할 테니까.

20 아니 재봉사가 다 모였나? 이게 누구야? 돈 환!

(스페인 사람처럼 차려입은 설리, 페이스의 안내를 받으며 등장.)

설리 세뇨레스, 베소 라스 마노스, 아 부에스트라스 메르세데스.[134]

서틀 좀더 몸을 굽히고, 우리 아노[135]에 키스하면 더 좋겠구만.

페이스 서틀, 조용히 해.

서틀 내 더는 못 참겠네, 친구.

놈이 러프[136] 칼라에 푹 둘러싸인 꼴이 마치 쟁반 위에 담은 머리 같아.

두 개의 버팀 다리로 지탱한 짧은 망토가 그 쟁반을 들고 들어오는 거야! 25

페이스 아니면 돼지 머리 같지 않은가? 귀 밑으로는 잘려나가고

칼에 꽂혀 꿈틀거리는 돼지 말이야.

서틀 젠장, 스페인 놈 치고는 너무 뚱뚱하지 않나.

페이스 아마 벨기에나 네덜란드 놈의 서자인지도 모르지.

알바 공[137] 시대에 말이야 에그몬트 백작의 서자쯤 되려나.

서틀 (설리에게 절하며) 돈,[138] 30

상스럽고 누리끼리한 마드리드 놈아, 잘 왔다.

설리 그라시아스.

서틀 놈이 러프의 요새에서 말을 하는군.

부디 그 러프의 주름 사이사이에 폭탄은 없어야 할 텐데.

설리 포르 디오스, 세뇨레스, 무이 린다 카사.[139]

서틀 뭐라는 거야?

페이스 집을 칭찬하는 것 같군. 35

나도 바디 랭귀지밖에 몰라.

서틀 맞아, 이 카사(집)가

---

134 Señores, beso las manos, à vuestras mercedes: 내 당신들의 명예로운 손에 키스하리다.
135 anos: anus, 항문.
136 ruff: 16세기 유럽에서 유행한 주름이 많이 들어간 칼라의 일종(옮긴이).
137 Alva: 페르난도 알바레스, 알바 공. 1567~1573년까지 네덜란드를 통치함.
138 Don: 스페인어로 남자의 경칭. 설리가 영어를 모른다고 생각하고 마음대로 말하고 있다(옮긴이).
139 Por dios, señores, muy linda casa: 신께 맹세코, 아주 훌륭한 집이오!

사기 당하기에 아주 멋진 곳임을 알게 될 걸세,
디에고 군. 알아들어? 자네한테 사기를 칠 거라구,
디에고.

페이스 사기 친다고, 알겠어?
우리 스페인 양반, 사기 친다고.

40 **설리** 엔티엔도.[140]

서틀 자네도 그러고 싶다고? 우리도 그렇다네, 돈.
그래 스페인 금화를 가져왔나, 아니면 포르투갈 금화인가?
우리 스페인 신사 양반? 뭔가 만져지나?

페이스 (설리의 주머니를 더듬는다.) 가득한데.

서틀 텅텅 빌 거요, 돈. 바짝 마르도록
짜낼 테니까.

45 **페이스** 빈틈없이 젖을 짜낼 테니까요, 돈.

서틀 런던 구경을 하시고, 특히 사자를 꼭 보세요, 돈.[141]

설리 콘 리센시아, 세 푸에데 베르 아 에스타 세뇨라?[142]

서틀 지금 무슨 소리 하는 거야?

페이스 세뇨라 타령이구만.

서틀 오, 돈.
암사자가 한 마리 있으니, 그것도 보게 될 거요,
돈.

50 **페이스** 세상에, 서틀. 이제 어떻게 해야 하지?

서틀 뭘 말이야?

---

140 Entiendo: 알아들었소.
141 당시 런던 탑에 가두어둔 사자는 유명한 볼거리였다(M).
142 Con licencia, se puede ver à esta señora: 부디, 그 부인을 볼 수 있을까요?

페이스 웬걸, 돌이 지금 다른 일로 바쁘잖아.

서틀 정말 그러네!

깜빡하고 있었어. 이자를 그냥 기다리도록 하지 뭐.

페이스 그냥 기다리라고? 절대로 그러면 안 되지.

서틀 안 된다고? 왜?

페이스 그러면 일을 다 망칠 거야. 이 작자가 의심을 할 거라구.

그러면 돈을 절반도 안 내려고 할 거야. 55

이놈은 아주 숙련된 창녀 전문가라, 벌써 뭔가

늦어지고 있는 걸 다 알고 있다고. 악명 높은 악당이야.

벌써 사나워져 있잖아.

서틀 젠장, 매몬을

방해하면 안 되는데.

페이스 매몬을? 절대 안 되지!

서틀 그럼 도대체 어떻게 해야 하지?

페이스 생각해봐. 기발한 수가 날지 아나. 60

설리 엔티엔도 케 라 세뇨라 에스 탄 에르모사 케 코디시오 탄

아 베르라, 코모 라 비엔 아벤투란사 데 미 비다.[143]

페이스 미 비다?[144] 젠장, 서틀. 갑자기 과부 생각이 나는군.

그 계집애를 여기에 끌어들이는 게 어때? 응?

그리고 이게 그녀의 행운이라고 얘기를 한단 말이야. 65

이제 거기에 우리 사업이 전부 달린 것 같군. 우리 중 누가 그녀를

차지하더라도, 한 사람 더 있는 건데 어떤가. 게다가 과부니까

---

143 Entiendo que la señora es tan hermosa, que codicio tan à verla, como la bien aventurança de mi vida: 그 부인이 아주 아름답다고 하니 내 일생의 행운이 될 그녀를 보고 싶소.

144 페이스는 Vida를 듣고 Widow(과부)를 생각해냄(O).

처녀성이 사라진다고 겁낼 것도 없고 말이야.
어떻게 생각해, 서틀?

서틀 누구, 나 말야? 글쎄?

70 페이스 우리 사업의 신용이 걸려 있는 문제이기도 하잖아.

서틀 아까 나한테 내 몫으로 다른 걸 준다고 했었지.
정녕 나한테 뭘 줄 텐가?

페이스 오, 맹세코,
지금 사지는 않겠네. 자네의 몫을 알지 않나.
그 할당을 갖고, 기회에 순응하도록 해. 그녀를 차지하고,
마음껏 쓰라고. 난 상관없네.

75 서틀 젠장, 그럼 이런 일을 시키지 않겠네.

페이스 이건 대의명분이야. 그러니 잘 생각하게.
자네가 말했다시피, 안 그러면 돌이 알 텐데.

서틀 내 알 바 아니야.

설리 세뇨레스, 포르 케 세 타르다 탄토?[145]

서틀 사실, 난 과부한테 안 맞지. 나이도 있고.

페이스 그건 이제 이유가 될 수
없어.

80 설리 푸에데 세르, 데 아세르 부를라 데 미 아모르?[146]

페이스 스페인 양반도 뭐라 하지 않나. 내가 얘기를 해야겠군.
우리 약정이 깨지거나 말거나. (부른다.) 돌!

서틀 이런 빌어먹을……

페이스 그럼 그렇게 하겠나?

---

145 Señores, por que se tarda tanto: 왜 이리 오래 걸립니까?
146 Puede ser, de hazer burla de mi amor: 내 사랑을 가지고 노는 거요?

서틀 넌 정말 끔찍한 악당이야.

내 이 일은 잊지 않겠네. 과부를 불러 오겠나?

페이스 그래. 그녀의 갖은 흉허물에도 불구하고 그녀를 차지하기로 하지. 85

그게 나은 것 같아.

서틀 그것 참 잘되었네. 그럼 나는

이제 더 얽매인 할당이 없는 거지?

페이스 자네 좋을 대로.

서틀 손을 주게.

(둘이 악수한다.)

페이스 자 이제 어떤 일이 생기더라도,

과부를 달라고 하지 말게.

서틀 기쁨과 건강이 함께하길 비네.

창녀와 결혼을 해? 세상에, 내 마녀와 먼저 결혼을 하겠네. 90

설리 포르 에스타스 온라다스 바르바스……[147]

서틀 놈이 수염에 걸고 맹세를 하

는군.

빨리 하자구. 그 오라비도 불러.

(페이스 퇴장.)

설리 텡고 두다, 세뇨레스,

케 온 메 아간 알구나 트라이시온.[148]

서틀 뭐, 이시온? 그래, 프레스토(빨리), 세뇨르. 곧

욕실에 들어가게 되실 거란 말이야, 돈. 95

---

147 Por estas honrada's barbas: 이 명예로운 수염에 걸고……

148 Tiengo duda, señores, Que on me hágan alguna traycion: 당신들이 나를 속이는 게 아닌가 의심이 되오.

95 거기 욕조에서, 운명이 허락하는 한,
당신을 물에 담근 후, 문지르고, 목욕시키고, 비비고,
박박 문지르고, 등가죽을 벗긴 후, 나가게 될 것이오.
우리 상스러운 비비 스페인 양반,
100 곧 당신을 문지르고, 긁어대고, 껍질을 벗기고, 무두질해줄 거요.
빨리 그 시간이 오면 좋겠소.
이 버릇없는 페이스에게 복수하기 위해서라도,
빨리 과부년이 창녀짓하는 걸 보고 싶구려.
어서 일이 진행되도록 신이여 은총을 내리소서.

(모두 퇴장.)

〈제4장〉

(페이스, 카스트릴, 플라이언트 등장.)

페이스 부인, 어서 오시오. 내 박사가 그대의
행운을 찾기 전에는 떠나지 않을 줄 알았소.

카스트릴 백작 부인이 될 거라고 그랬어요?

페이스 스페인의 백작 부인이요.

플라이언트 왜요? 영국의 백작 부인이 더 낫지 않아요?

5 **페이스** 더 낫냐고? 세상에, 그걸 질문이라고 하시오, 부인?

카스트릴 글쎄, 얘는 바보예요, 대장. 용서해주셔야 해요.

페이스 궁정의 조신들이든, 법정 사람들이건, 하물며
일개 모자 장수에게 물어보시오.

스페인산 말이 최고라고 얘기해줄 거요.
스페인제 나비넥타이가 최고지. 스페인 스타일 10
턱수염이 제일 멋있지. 스페인제 러프가 가장
좋은 것이오. 스페인 파반이 춤 중에는 최고지.
스페인에서 만드는 향수가 최고 아닌가.
그리고 스페인산 창과 스페인산 칼날에 대해서는
대장님이 잘 설명해주실 거요. 15
여기 박사님이 오시는군요.

(서틀 천궁도를 들고 등장.)

서틀 우리 명예로우신 레이디.
(이제 제가 그대를 그렇게 불러야 합니다.
그대가 이제 막 명예로운 행운을 맞이한다는 것을
내 이 천궁도를 통해 알게 되었으니까요)
부인께서 뭐라고 말씀하실까요, 만약……

페이스 내가 다 말씀드렸습니다. 20
여기 고명하신 오라버니도 다 들으셨고요. 부인께서 백작 부인이
되신다는 걸요. 한시도 지체하지 마세요. 스페인 백작 부인이에요.

서틀 그런데, 우리 고명하신 대장님은 비밀이란 걸 지키지
못하시는군요. 이런, 그가 다 얘기해버렸다니, 마담,
대장을 용서해주십시오. 저는 용서합니다.

카스트릴 그럴 거예요. 25
내가 알아서 할게요. 내 책임 소관이니까요.

서틀 그렇다면 좋소.

이제 부인께서 다가온 행운에 사랑을 맞추는 일만 남았소이다.

플라이언트 전 정말 스페인 사람들은 견디지 못할 거예요.

서틀 못한다고?

플라이언트 1588년[149] 이후, 전 그들을 참을 수가 없었어요.

30 그건 제가 태어나기 삼 년 전의 일이었죠.

서틀 아니, 그를 사랑해야 하오. 안 그러면 누구를 선택하더라도

비참함을 면치 못할 거요.

페이스 (카스트릴에게) 이 골풀에 걸고, 누이를 설득하시오.

안 그러면 일 년 안으로 '딸기 사세요'를 외치고 다닐 운명이오.

서틀 아니지, 청어와 고등어야, 그게 더 비참하지.

페이스 정말이오!

(카스트릴이 플라이언트를 협박한다.)

카스트릴 그자를 받아들이는 게 좋아, 아니면 나한테 맞을 테니까.

35 **플라이언트** 왜 그러세요?

오라버니가 시키시는 대로 하겠어요.

카스트릴 시키는 대로 해.

아니면 이 손으로 너를 흠씬 패줄 테다.

페이스 아니, 그렇게까지

심하게 하실 필요가 있나요?

서틀 아니, 화난 소년이여,

부인은 곧 말을 들을 것이네. 더구나, 백작의 쾌락을

40 맛보게 된다면 말일세! 구애를 받고……

페이스 키스를 받고, 애무를 받고 말이오!

---

149 1588년은 스페인의 아마다가 영국에 함락된 해이다.

서틀 그럼, 벽걸이 융단 뒤에서 말이야.

페이스 그리고 위풍당당하게 나온단 말이지!

서틀 그리고 그녀의 지위를 알 것이오!

페이스 그럼 대기실에는 숭배자들로 가득 차서,

기도드릴 때보다 더 열심히 모자를 벗고 모신단 말이오!

서틀 무릎을 꿇고

봉사할 것이오!

페이스 게다가 그녀의 시종에, 안내원에, 마부에, 45

마차가 있는데……

서틀 암말 여섯 마리가……

페이스 아니, 여덟 마리지!

서틀 마차를 이끌고 런던 시내를 통과해서 교환소에,

베들램에, 도자기 상점까지 부인을 모실 것이오……

페이스 그렇소,

그러면 시민들이 부인을 보고 입을 다물지 못하고, 옷을 칭찬할 것이오!

게다가 부인과 함께 마차를 타고 있는 백작의 연녹색 칼라는 어떻구요! 50

카스트릴 아주 훌륭해요! 이 손에 맹세코, 백작을 거부하면

넌 내 동생이 아니야.

플라이언트 거부하지 않겠어요, 오라버니.

(설리 등장.)

설리 케 에스 에스토, 세뇨레스, 케 논 세 벤가?

에스타 타르단사 메 마타![150]

페이스 여기 백작께서 오셨소!

55 박사가 그의 비술로 백작이 오실 걸 알았소.

서틀 엔 갈란타 마다마, 돈! 갈란티시마![151]

설리 포르 토도스 로스 디오세스, 라 마스 아카바다

에르모수라 케 에 비스토 엔 미 비다![152]

페이스 이야말로 아주 멋진 언어 아니오?

60 카스트릴 정말 존경스러운 언어예요! 프랑스어 아닌가요?

페이스 아니, 스페인어요.

카스트릴 법정 프랑스어처럼 들리는군요.

그게 가장 세련된 언어라고 사람들이 그러던데.

페이스 들어보시오.

설리 엘 솔 아 페르디도 수 룸베르, 콘 엘

레스플란도르, 케 트라에 에스타 다마. 발가메 디오스![153]

페이스 당신 누이를 칭찬하는군요.

65 카스트릴 무릎을 굽혀 절해야 하는 거 아닌가요?

서틀 먼저, 저분에게 다가가시, 키스해야 하오!

여자가 먼저 그렇게 하는 것이

스페인의 관습이오.

페이스 박사님 말씀이 맞아요.

---

150 Que es esto, señores, que non se venga? Esta tardanza me mata!: 왜 그 여자가 아직 안 오는 거요? 기다리다가 내가 죽을 지경이요!

151 En gallanta madama, Don! Gallantissima!: 엉터리 스페인어. 아주 멋진 부인이요, 돈! 멋져요!

152 Por tódos los dioses, la mas acabada/Hermosura, que he visto en mi vida!: 신에 맹세코, 내 평생 만나본 가장 완벽한 미인이오!

153 El Sol ha perdido su lumber, con el/Resplandor que tràe esta dama. Valgame dios!: 이 부인의 눈부심 때문에 태양이 빛을 잃었소. 부디 신이시여, 저를 도우소서!

그분의 비술로 모르는 것이 없으니까요.

설리 페르 케 노 세 아쿠데?[154]

카스트릴 누이에게 얘기하는 것 같은데요?

페이스 그렇소. 70

설리 포르 엘 아모르 데 디오스, 케 에스 에스토, 케 세 타르다?[155]

카스트릴 아니, 보세오. 누이가 백작 말을 못 알아듣잖아요! 얼간이!
바보!

플라이언트 뭐라고 하시는 거예요, 오라버니?

카스트릴 이 바보 누이야,
민첩한 남자가 그러듯이 가서 백작에게 키스해.
안 그러면 엉덩이에 핀을 꽂아줄 테다.

페이스 아니, 그러시면 안 돼요. 75

(플라이언트가 설리에게 키스한다.)

설리 세뇨라 미아, 미 페르소나 무이 인디그나 에스타
알레가르 아 탄타 에르모수라.[156]

페이스 백작이 누이를 멋있게 대하지 않소?

카스트릴 정말 멋있어요!

페이스 아니, 누이에게 더 잘할 것이오.

카스트릴 그렇게 생각해요?

설리 세뇨라, 시 세라 세루이다, 엔트레모스.[157] (설리 플라이언트와 퇴장.) 80

카스트릴 어디로 누이를 데려가는 거예요?

---

154 Per que no se acude?: 왜 그녀가 다가오지 않는 거요?

155 Por el amor de dios, que es esto, que se tàrda?: 도대체 그녀가 뭘 기다리고 있는 거요?

156 Señora mia, mi persona muy indigna esta/Allegar à tànta Hermosura: 부인, 저는 이런 미인을 얻을 만한 가치가 없는 놈이오.

157 Señora, si sera seruida, entremos: 부인, 괜찮으시다면 안으로 들어갑시다.

페이스 정원으로 가는 겁니다.

걱정하지 마세요. 제가 가서 통역을 해드려야겠어요.

서틀 (페이스에게 방백) 돌에게 발작을 시작하라고 해. (페이스 퇴장.)

용맹한 소년이여, 이리 나오게.

우리는 결투 레슨을 계속할 것이네.

카스트릴 좋아요.

85 정말이지 스페인 소년이 아주 좋아졌어요.

서틀 그렇네. 이렇게 자네는 위대한 백작의 형제가

되는 걸세.

카스트릴 그래요. 나도 그걸 바로 알았어요.

이 혼인이 카스트릴 집안을 더 유명하게 할 거예요.

서틀 자네 누이가 말을 잘 듣기만을 기도하게.

카스트릴 왜

누이 이름부터 바로 그렇잖아요.[158] 이전 남편 성을 따라서요.

90 **서틀** 뭐라고!

카스트릴 과부 플라이언트예요. 그걸 몰랐어요?

서틀 아니, 금시초문일세.

하지만 그녀의 천궁도를 던져보고, 그렇다고 짐작은 했네.

가세, 가서 연습하세.

카스트릴 그래요, 그런데 박사님,

내가 싸움을 잘하게 되리라고 생각해요?

서틀 걱정 말게.

(다들 퇴장.)

---

158 Pliant: 말 잘 듣는, 유순한.

〈제5장〉

(돌 미친 사람처럼 지껄이며 매몬과 등장.)

돌 그러니까, 알렉산더 대왕 서거 후에……[159]

매몬 부인……

돌 두 장군 페르디카스와 안티고누스가 살해된 후,
셀루카스와 프톨레마이오스 두 왕조가 일어났으니……

매몬 마담.

돌 다리를 두 개 만들고, 네번째 짐승이다.
그게 고그의 북쪽과 이집트 남쪽이었으니, 5
나중에는 고그 철의 다리와 남쪽 철의 다리라 불리었다……

매몬 부인……

돌 그후 고그에 뿔이 나고, 이집트에도 그랬다.
그러고는 이집트의 진흙 다리와 곡의 진흙 다리가……

매몬 다정하신 마담.

돌 그리고 마침내 고그의 먼지와 이집트의 먼지가,
네번째 사슬의 마지막 연결 고리에 떨어졌다. 그리고 10
이들은 역사에 별이 되었으니, 누구도 보지 못하는……

매몬 어떻게 해야 하나?

돌 왜냐하면, 그가 말하길,

---

159 돌의 발작 연기는 휴 브라우튼Hugh Broughton의 저서 『성경의 조화*A Concent of Scripture*』(1590)에 기반하고 있다. 브라우튼의 『성경의 조화』는 기이한 청교도 천년왕국 신봉자의 논설로, 『성경』의 역사적 연대기와 미래에 대한 예언을 가지고 신의 예정설을 설명하려 했으며, 교황령 로마의 몰락과 신 예루살렘의 건설을 예언했다(O).

우리가 랍비와 이교도 그리스인이라 부르는 자들 말고는……

매몬 부인.

돌 예루살렘과 아테네에서 와서,

여기 영국에서 가르치니……

(페이스 등장.)

15 페이스 아니 무슨 일입니까?

돌 에버와 자반의 말을 하도록……

매몬 오,

부인이 발작을 시작했소.

돌 우리는 아무것도 모를지어다……

페이스 젠장,

이제 우린 끝장입니다.

돌 그때 박식한 언어학자가

고대인들이 어떻게 모음과 자음이 결합했는지

보려 할 것이니……

20 페이스 우리 주인님이 들으시겠어요!

돌 피타고라스가 최고로 여겼던 지혜는……

매몬 존경하옵는 부인.

돌 목소리에서 나는

소리 전부를 문자 몇 개에 담고자 하니……

페이스 아니, 이제 부인을 진정시키기는 틀렸어요.

(돌의 헛소리 위에 페이스와 매몬이 이야기한다.)

25 돌 그래서 우리는 탈무드의 기술과

불경한 그리스의 기술을 이용하여
헬렌의 집을 지어 올리려 하도다.
이스라엘인, 토가마의 왕과
유황내 나는 푸르고 불그스레한
갑옷을 입은 무리들에게 대적하고자. 30
랍비 다윗 킴키, 온켈로스, 아벤-에즈라는
아바돈 왕의 세력과 시팀의 짐승을 로마라고 해석하도다.

페이스 어쩌다 저 지경에 빠뜨리셨어요?

매몬 맙소사,
내 현자의 돌로 건설할 다섯번째 나라에 대해
얘기했더니, 그녀가 다른 네 나라에 대해 갑자기 35
시작하더라니까.

페이스 브라우튼이군요! 제가 조심하라고
그렇게 당부했잖아요. 부인 입을 막으세요.

매몬 그게 가장 나을까?

페이스 안 그러면 그만두지 않을 거예요. 만약 노인이 듣기라고 하면,
우린 잿더미나 다름없어요.

서틀 〔무대 밖에서〕 거기 무슨 일인가?

페이스 오, 이젠 끝장이에요! 주인님 목소리를 듣고 부인이 이제 조용해졌 40
어요.

(서틀이 등장하자 다 흩어진다.)

매몬 난 어디로 숨어야 하나?

서틀 뭐야! 이게 무슨 광경인가!
밝은 빛을 회피하는 어둠의 행동이 숨어 있도다!
이리 데려오게. 이게 누구야? 이런, 자네 아닌가!

오, 내 오래 살다 보니 별꼴을 다 보는구나.

매몬 아니, 존경하옵는 어르신,

순결하지 않은 의도는 하나도 없었습니다.

45 **서틀** 없었다고? 그런데

내가 들어오니 도망을 쳐?

매몬 그건 제 실수였습니다.

서틀 실수?

죄, 죄일세, 이보게. 말은 정확히 하세. 내 우리 작업에서

뭔가 문제를 발견한 게 놀라울 일이 없어,

한구석에서 이런 작당이 오가고 있으니 말이야!

매몬 아니, 무슨 말씀이십니까?

50 **서틀** 반 시간가량 작업이 정지되어

움직이질 않고, 다른 소작업들은 오히려 퇴보하고 있네.

이 사악한 일을 매개해준 음탕하고 못된

잡일꾼은 어디 있나?

(페이스 눈에 띄지 않게 퇴장.)

매몬 아니, 그를 나무라지 마세요.

그가 그렇게 해준 것도 아니고 알지도 못했어요.

우연히 제가 그녀를 본 거예요.

55 **서틀** 종놈을 변명하려고

죄를 더 짓겠다는 거냐?

매몬 제 희망에 걸고, 정말이에요.

서틀 아니, 자네를 위해 큰 축복이 마련되고 있는

이 마당에, 자네가 하늘을 시험하고 그 행운을 버리려 하니

그것 참 놀랄 일일세.

매몬 왜요?

서틀 이번 일 때문에

우리 작업이 최소한 한 달은 늦어질 걸세.

매몬 세상에, 60

그렇다면 무슨 방도가 없겠습니까? 어르신, 곡해하지 마십시오.

우리 의도는 순수했습니다.

서틀 순수했든 어쨌든,

그 의도대로 거둘 것이네. (안에서 요란하게 깨지는 소리.) 이게 뭐야!

신이시여, 성자들이시어, 굽어 살피소서. (페이스 등장.) 이게 무슨 일인가?

페이스 주인님, 우리는 이제 끝장입니다! 모든 작업이 65

연기가 되어 날아가버렸어요. 유리관이 전부 깨졌습니다.

화로니 뭐니 전부 내려앉았어요! 이 집에

번개라도 내리친 것처럼요. 증류기니,

시험관이니, 펠리칸 병이니, 플라스크니,

전부 산산조각이 나버렸어요! (서틀 기절하는 것처럼 쓰러진다.)

도와주세요, 나리! 70

세상에, 얼음장처럼 차네. 이러다 돌아가시는 것 아닌가요. 아니, 매몬 경,

사람답게 할 일을 하셔야죠! 마치 이곳을 뜨지 못해

안달난 사람처럼 서 있으면 어쩌라구요. (문 두드리는 소리.)

게 누구요? 우리 각하 부인의 오라버니가 오셨군요.

매몬 하, 허파군?

페이스 그의 마차가 현관 앞에 있어요. 그분을 안 보시는 게 75

나을 거예요. 누이가 미친 것만큼이나 성격이 불같으니까요.

매몬 아아!

페이스 그 연기로 내 두뇌가 아주 손상된 것 같습니다.

이제 예전처럼 사람 구실하기는 틀린 것 같아요.

매몬 모두 도루묵이라고, 허파군? 그렇게 돈을 투자했는데

건질 게 하나도 없단 말인가?

80 페이스 정말, 거의 없습니다.

석탄 한 부대가 남았으니, 그나마 위안이 되겠습죠.

매몬 오, 이 색을 밝히는 흉물! 벌을 받아 마땅하지.

페이스 저도 그렇습니다요.

매몬 그 높디높은 희망에서……

페이스 아니, 확실히 보장된 일이었죠.

매몬 이놈의 비천한 감정 때문에 곤두박질치다니.

서틀 (의식이 돌아오는 듯) 오, 사악함과 성욕의 저주받은 과일이여!

85 매몬 어르신,

전부 제 잘못입니다. 용서해주십시오.

서틀 오 정의여,

이 사악한 인간의 죄 때문에 지붕이 우리 머리 위로 무너져 내리지 않도록

잘 지탱해주십시오!

페이스 아니, 보세요, 나리.

자꾸 사부님 눈에 띄어 더 괴롭히지 마세요.

90 게다가 그 귀족 양반이 왔으니, 나리를 잡아갈지도 몰라요.

그럼 완전히 비극이 되겠죠.

매몬 나 가겠네.

페이스 그러세요. 그리고 집에서 참회하세요. 그리고
나리가 뉘우치고 계시다는 증거로,
베들램 정신 병원에 백 파운드를 성금하시면……

매몬 그래.

페이스 그래서 미친 사람들이 정신을 차릴 수 있도록요.

매몬 그래야겠네. 95

페이스 제가 나리께 사람을 보내 기부금을 받아 오도록 합지요.

매몬 그러게.
그래 사영은 남은 게 전혀 없나?

페이스 전부 날아갔거나, 썩어버렸어요.

매몬 약으로 쓸 만한 건 아무것도 건질 게 없나?

페이스 지금은 뭐라 말씀드릴 수 없어요. 깨진 도자기 파편 사이로
가려움을 치료해주는 약재가 조금 남았을지도 모릅니다요. 100
(방백) 마음의 가려움을 고쳐주는 건 아니지만요.
그걸 모아서 댁으로 보내드리겠습니다.
이쪽이에요. 귀족 양반과 마주치면 안 되니까요.

(매몬 퇴장.)

서틀 페이스.

페이스 응.

서틀 놈은 갔나?

페이스 그래. 놈이 꿈꾸던 황금이
놈의 피에 가라앉은 것처럼 무거운 마음으로 말이야. 105
그렇지만 우린 가벼운 마음으로 지내세.

서틀 (벌떡 일어나며) 기뻐서 통통 뛰며
우리 머리에서 천장으로 튀는 공처럼 말이야.

이제 우리가 신경쓸 일이 한결 줄었군.

페이스 이제 스페인 양반에게 가보세.

서틀 그래, 그리고 자네의 젊은 과부도

110 이제쯤이면 백작 부인이 되어 있겠어. 페이스. 그녀가 자네 상속자를 낳으려고 산고에 있지 않겠나.

페이스 좋아.

서틀 이제 허파군 옷은 그만 벗고, 신랑답게 과부를 친절히 맞아주게나. 이제 우리를 위협하던 문제가 해결되었으니 말이야.

페이스 잘 알았네.

그러면 그사이, 돈 디에고를 보내버리고 오겠나?

115 서틀 그뿐인가, 그놈을 이겨줘야지.

돌이 지금쯤 그놈의 주머니를 털면서 제 임무를 하고 있으면 좋겠는데.

페이스 자네도 마음만 먹으면 할 수 있는 일 아닌가.

자네의 미덕을 증명해 보이라구.

서틀 자네를 위해서라면. (모두 퇴장.)

〈제6장〉

(설리, 플라이언트 등장.)

설리 부인, 당신이 어떤 손아귀에 붙잡혀 있는지 보십시오.

악당들의 둥지에 있는 겁니다! 게다가

(그렇게 잘 속아 넘어가니) 부인의 명예가

어느 정도 실추했을지 생각해보십시오.
장소와 시간, 상황에 맞춘 듯이 5
제가 나타나지 않았으면 말입니다.
부인의 빼어난 용모처럼 현명하기도 하면 좋았을 텐데요.
나는 신사인데, 이 요새에서 벌어지는 사기 행각을
밝혀내려고 이렇게 변장을 하고 온 거요.
내가 부인의 명예를 더럽힐 수도 있었지만, 그러지 않았으니, 10
부인의 사랑을 받을 자격이 있다고 생각하오. 사람들 말이
당신은 부유한 과부라고 하고, 나는 빈털터리 미혼남이요.
당신의 재산이 나를 인간답게 만들어줄 수 있으니,
내 행동이 여자로서 당신의 명예를 지켜준 것과 마찬가지요.
생각해보시오. 내가 당신을 차지할 자격이 있는지, 없는지.

플라이언트 그러겠어요. 15

설리 그리고 여기 이 집안의 악당들은, 내가
알아서 처리하리다.

(서틀 등장.)

서틀 우리 고귀한 디에고는 좀 어떠시오?
그리고 우리 마담, 백작 부인께서는요? 백작님이
멋지게 구애하시던가요, 부인? 자유롭고 개방적으로?
아니, 스페인 양반, 당신은 성교 후에 20
어째 더 우울하고 누래 보이는 것 같소! 진실로,
당신 눈알의 칙칙함이 아주 마음에 안 들어.
아주 무겁게 내리깔고 있거든. 이건 네덜란드식 아닌가.

마치 아둔한 창녀 전문가처럼 말이야.

25 좀 가벼워지시오. 당신 주머니부터 그렇게 해드리리다.

(주머니를 턴다.)

설리 (정체를 밝히며) 뚜쟁이 양반, 이제 지갑까지 터시겠소? 어떤가요?

비틀거리시는군요. 똑바로 서시오. 내가 그렇게 무겁다니,

그 무게를 어디 느껴보시지.

서틀 사람 살려! 살인이야!

설리 아니.

그런 의도는 전혀 없소. 매를 흠씬 맞은 후

30 달구지에 실려 동네를 끌려 다니면 그런 걱정은 없어질 거요.

나는 사기를 당해야 하는 스페인 신사요.

알겠소? 사기를 당해? 대장 페이스는 어디 있소?

좀도둑에 포주 대장인 그 악당놈 말이오?

(페이스 등장.)

페이스 아니, 설리!

설리 오, 대장, 어서 가까이 오시오.

35 선술집에서 사기를 치곤 하던 당신의

구리 반지니 숟가락이 어디서 나온지 이제 알겠소.

여기서 미리 유황을 칠해둔 당신의 부츠에

사람들의 금을 문질러 보이면,

그 금에 유황이 묻어 가짜처럼 보일 테니,

40 그러면 그걸 헐값에 사들였지. 게다가 이 박사,

그을음투성이, 연기에 전 수염을 단 당신 동료가

금을 긁어다가 플라스크에 넣고,
나중에 금 대신에 승화된 수은으로
바꿔치기 한단 말이야. 그 플라스크가 열을 받다가 터지면
전부 연기가 되어 날아갔다고 하겠지? (페이스 몰래 퇴장.) 그래서
매몬이 울고 갔지. 45
그러더니 그 사부란 놈이 기절했고. 아니면 그자는 파우스트 박사처럼
작은 사람을 빚고, 정령을 불러내고,
역병, 치질, 마마를 천체 달력으로 고치고,
동네방네 포주와 산파를 줄줄 꿰고
있단 말이야! 당신이. 아니, 대장. 50
뭐야, 없어졌어?? 애를 밴 처녀나,
애를 배지 못하는 아내나, 백화를 앓고 있는
여자들을 데리고 와서는 말이야! 아니, 한 놈은 도망쳤더라도 (서틀을 잡으며)
당신은 좀 기다려줘야겠소. 귀 잘리는 형을 당할 때까지 말이오.

〈제7장〉

(페이스, 카스트릴 등장.)

페이스 자, 기회가 왔소이다. 당신이 싸움을 잘해볼 마음이 있고,
(사람들 말처럼) 타고난 싸움쟁이가 되려거든 말이오.
놈이 박사님과 당신 누이를 욕보이고 있어요.

카스트릴 어디 있어요? 뭐 하는 놈이에요? 뭐 하는 놈이건,

5 그놈은 노예에, 후레자식이야. 내가 말하는 사람이
바로 당신이요?

설리 그걸 당신에게 알려줄 필요가
있을까?

카스트릴 당신은 목구멍부터 거짓말쟁이요.

설리 어째서?

페이스 아주 못돼먹은 악당에, 사기꾼이요.
박사님을 싫어하는 다른 마법사가 고용한 사기꾼.
10 어떻게든 박사님 일을 방해하려고 하고,
알기만 하면……

설리 당신도 속고 있는 거요.

카스트릴 당신은 거짓말쟁이야.
그럴 리 없어.

페이스 잘 말하셨어요. 놈은
극도로 뻔뻔스러운 악당이에요……

설리 네놈이야말로 그렇다. 내 말을 들으시겠소?

페이스 천만에요. 꺼지라고 하세요.

카스트릴 빨리 꺼져요.

15 **설리** 이해할 수 없는 노릇이군! 부인, 오빠에게 사실을 알려주시오.

페이스 세상에 이런 사기꾼은 온 마을을 뒤져도 없을 거야.
박사님이 놈의 정체를 바로 꿰뚫어 보고, 진짜 스페인 백작은
지금 여기 오고 있다는 것을 아셨지. (서틀에게 방백) 어서 장단을 맞춰, 서틀.

서틀 그렇소. 백작께서 곧 도착하실 거요.

페이스 다른 정령의 사주를 받고, 20

우리의 비술을 훼방놓으려고 이 악당이 변장을 하고 왔지만,

그게 쉽게 될 일이 아니지.

카스트릴 그래요. 내가 알았어?

(플라이언트가 카스트릴에게 귓속말하려고 한다.)

썩 물러나. 바보 같은 계집애처럼 얘기하지 말고.

(플라이언트 퇴장.)

설리 누이가 하는 말은 전부 사실이오.

페이스 놈을 믿지 마세요.

놈은 거짓말을 밥 먹듯 하는 말단 선원이에요. 갈 길을 가시오. 25

설리 주위에서 장단을 맞춰주니 아주 기가 살았구나.

카스트릴 그래서, 어쩔 테요?

(드러거가 다마스크 천을 한 뭉치 가지고 등장.)

페이스 여기 또 한 정직한 친구가 왔으니, 저놈과

놈의 속임수를 다 알고 있지. (드러거에게 귓속말) 아벨, 내가 하는 말에 맞장구치게.

저 사기꾼이 자네 과부를 빼앗아 가려고 하고 있어.

(크게) 저 작자가 여기 우리 정직한 드러거에게 30

두 푼짜리 담배를 일곱 근이나 빚지고 있다고요.

드러거 맞아요. 게다가 나한테 돈을 갚지 않으려고 아홉 달이나 위증하고 있어요.

페이스 저자가 머리 염색약은 또 얼마나 가져다 썼나?

드러거 30실링어치요.

또 관장제 여섯 통도요.

설리 히드라 같은 악당의 무리로다!

페이스 아니, 저 작자와 집 밖에서 싸우셔야 해요.

35 카스트릴 알았어요.

당신, 집 밖으로 나가지 않으면, 거짓말쟁이에,

뚜쟁이요.

설리 세상에, 그건 미친 거지 당신이 용감해서

그러는 게 아니오. 내 비웃지 않을 수 없구려.

카스트릴 그게 내 기질이에요. 당신은 뚜쟁이에, 돼먹지 않은 멋쟁이에,

40 아마디스 드 골이나 돈키호테[160] 같은 놈이에요.

드러거 이상하게 멋을 내는 기사 양반이거나. 다들 보시죠?

(아나니아스 등장.)

아나니아스 집안에 평화가 있을 지어다.

카스트릴 어떤 놈이건 평화는 없어요.

아나니아스 달러를 주조하는 건 합법적이라고 결론이 났습니다.

카스트릴 이자는 순경인가요?

서틀 아나니아스, 조용히 하게.

페이스 아니요.

45 카스트릴 그럼 당신은 수달이야. 청어이거나. 하잘것없는 겁쟁이야.

상대도 안 돼.

설리 내 말을 들으시겠소?

---

160 존슨이 경멸하던 스페인 기사문학의 주인공들. 카스트릴도 모욕의 의도로 사용하고 있다.

카스트릴 안 들어요.

아나니아스 동기가 뭡니까?

서틀 이 젊은 신사의 종교적 열의가

저자의 스페인 통바지를 보고……

아나니아스 이건 불경하고,

음란하고, 의심스럽고, 우상숭배적인 바지로군요.

설리 새로운 악당이군!

카스트릴 어서 나가시겠어요?

아나니아스 사탄을 피하라! 50

그대는 빛의 창조물이 아니로다. 그대 목에 두른

자만심 가득 찬 러프는 그대 정체를 폭로하노니,

1577년에 해안에 나타났던,

목에 러프 같은 깃털을 뽐내는 더러운 새들 같구나.

그 음란한 모자를 쓴 꼴이 반그리스도 같도다. 55

설리 이만 가야겠군.

카스트릴 썩 사라져요.

설리 허나, 내 꼭

복수하고 말 테요……

아나니아스 사라져라, 이 거만한 스페인 마귀.

설리 대장 그리고 박사……

아나니아스 파멸의 자식이로다.

카스트릴 어서 꺼져요.

(설리 퇴장.)

내가 멋있게 싸우지 않았나요?

페이스 정말 훌륭했습니다.

60 카스트릴 그러게, 내가 마음을 먹었다 하면, 해낸다니까요.

페이스 오, 어서 따라가셔서 놈을 협박하셔야 합니다.

안 그러면 놈이 되돌아올 거예요.

카스트릴 그럼 내가 다시 돌려보내지.

(카스트릴 퇴장.)

페이스 드러거, 이 악당이 자네 앞날을 방해했네.

자네가 스페인 복장으로 와서 그녀를 데려가도록

65 준비를 해놓았는데, 저 사기꾼 같은 노예놈이 와서

그 옷을 지 놈이 입었지 뭔가. 그래

다마스크 천은 가져왔고?

드러거 여기요.

페이스 자네는

스페인 의상을 빌려야 하네. 그나저나 연극은 좀 하는가?

드러거 네. 제가 광대역 하는 거 한 번도 못 보셨어요?

70 페이스 잘 모르네, 냅. 연극을 하게 될 걸세. 내 도와주지.

히에로니모[161]의 낡은 망토와 러프, 모자가 필요한데.

자네가 그걸 준비해오면 그때 더 자세히 얘기해주겠네.

(드러거 퇴장.)

(그사이 서틀은 아나니아스와 속삭인다.)

아나니아스 선생님,

스페인놈들이 우리 형제를 미워하고,

우리 일거수 일투족에 스파이를 풀어놓았고, 그래서

75 이놈은 양심의 가책을 가질 필요가 없는 놈이라는 걸 알았어요.

---

161 Hieronimo: 토마스 키드Thomas Kyd가 쓴 『스페인 비극 *The Spanish Tragedy*』의 등장인물.

그런데 성직회에서 기도를 하고 명상을 한 결과,
돈을 주조하는 건 아주 합법적이라는
사실을 밝혀내셨어요.

서틀 맞는 말이오.
하지만 여기에서 할 수는 없소. 만약 집이
검열이라도 받게 되면, 다 쫓겨나고, 80
우리는 런던탑에 평생 갇히게 될 거요.
거기서 다시는 나오지 못하고, (정부를 위해) 금을 만들게 될 테니,
그러면 자네 형제들은 끝장 아니오.

아나니아스 내가 이 말을
장로님들과 형제들에게 전할 터이니,
그러면 추방당한 교도 전체가 겸허하게 85
기도를 할 거예요.

서틀 (그리고 단식도 해야지.)

아나니아스 그건, 좀더 적당한 장소에서요. 이 집안에
평화가 깃들지어다.

서틀 고맙소, 예의 바른 아나니아스.

(아나니아스 퇴장.)

페이스 놈은 왜 온 거야?

서틀 달러를 주조해달라는 거야,
지금 당장. 그래서 내가 놈에게 90
스페인 사제가 여기 믿는 자들을
감시하러 왔다고 말해줬지.

페이스 알겠네. 자, 서틀,
자넨 별것도 아닌 재난에 아주 기가 죽어 있군!

도대체 내가 돕지 않았으면, 어떻게 할 뻔했나?

95 **서틀** 그 성난 소년건은 정말 고맙네, 페이스.

페이스 그게 그 악당인 줄 누가 알았겠나?

설리 그놈이 수염이랑 다 염색까지 했으니 말이야. 아무튼,

여기 자네 옷을 해 입으라고 다마스크 천을 가져왔네.

서틀 드러거는 어디 있나?

페이스 스페인 의상을 빌려 오라고 보냈네.

이제 내가 백작 노릇을 할 셈이야.

100 **서틀** 그런데 과부는 어디 갔지?

페이스 안에, 우리 각하의 누이와 함께 있지. 마담 돌께서

과부를 접대하고 있어.

서틀 자네에게 부탁하건대,

이제 과부가 아직 순결하니, 내가 다시 해보겠어.

페이스 설마 자네가 그럴 수는 없겠지?

서틀 왜?

페이스 약속은 지켜야지. 안 그러면……

저기 돌이 오는군. 돌이 다 알 텐데……

서틀 자넨 아직도 폭군 행세를

105 하는군.

페이스 내 권리를 엄격히 지키는 걸세.

(돌 등장.)

돌, 어떤가? 과부에게

스페인 백작이 올 거라고 얘기해줬나?

돌 했지. 그런데 다른 놈이 왔어.

전혀 생각지도 않던 놈이.

페이스 그게 누군데?

돌 당신 주인.

이 집 주인 말이야.

서틀 뭐라고, 돌!

페이스 거짓말이겠지!

뭔가 속임수일 거야. 우릴 그만 놀리게, 도로시. 110

돌 밖을 내다봐.

서틀 지금 농담하는 거 아냐?

돌 맹세코,

이웃 사십 명이 주인 주위에서 떠들고 있다니까.

페이스 (창가에서) 이 밝은 하늘에 맹세코, 주인이야.

돌 우리에게는

빌어먹을 날이 되겠군.

페이스 이제 우린 끝장이야. 잡혔어.

돌 망했군.

서틀 리버티 구역[162]에서 일주일에 한 명씩 죽는 한, 115

주인은 안 올 거라고 자네가 그랬잖아.

페이스 아니, 런던 성벽 안에서라고 했지.

서틀 그랬던가? 용서하게.

난 리버티 구역이라고 생각했네. 이제 우린 어째야 하나, 페이스?

페이스 조용히 하게. 주인이 문을 두드리거나 불러도, 말 한마디 하지 말고.

나는 내 원래 모습으로 돌아가서 주인을 맞이할 테니까. 120

즉 집사 제레미로 말일세. 그러는 동안

---

162 리버티 the liberties: 런던 시티 밖에 있는 교외 지역으로, 시티의 권한 밖에 있었으므로 리버티라는 이름으로 불렸음.

너희 둘은 트렁크 두 개에 담을 수 있는 물건들과 획득물을
챙겨서 싸도록 하게. 최소한 오늘만은 주인이 집에 돌아오지
않도록 내 어떻게 손을 써보겠네. 그러고 나서
125 오늘 밤에 내가 너희 둘을 랏클리프로 배를 태워 보낼 테니까,
내일 거기서 만나 각자 몫을 분배하자고.
매몬의 놋쇠와 양푼은 지하실에 그냥 두세.
언제 가지러 올 기회가 있겠지. 그리고, 돌,
가서 물 조금만 빨리 데워주게.
130 서틀은 날 면도시켜야 하네. (돌 퇴장.) 대장 턱수염은
이제 없애고, 미끈한 제레미로 변해야 하니까.
도와주겠지?

서틀 물론, 내 최선을 다해 면도를 해주지.

페이스 내 목을 베는 게 아니라, 다듬기만 하는 거야.

서틀 글쎄 두고 보라니까.

(모두 퇴장.)

제5막

〈제1장〉

(러브윗과 이웃들 등장.)

러브윗 여기 사람들이 그렇게 많이 들락거렸단 말인가?

이웃 1 날마다요.

이웃 2 밤에도요.

이웃 3 어떤 이는 귀족처럼 잘 차려입었어요.

이웃 4 귀부인들과 숙녀들도요.

이웃 5 시민의 아내들도요.

이웃 1 기사들도요.

이웃 6 마차를 타고요.

이웃 2 맞아요. 굴 파는 아낙네들도요.

이웃 1 다른 멋쟁이 신사들도요.

이웃 3 뱃사람의 아내들도요.

이웃 4 담배 가게 주인들
도요. 5

이웃 5 핌리코[163]가 또 생겼나 했어요!

러브윗 우리 하인이 무슨 짓을 벌였기에,
그렇게 사람을 많이 끌어들였단 말인가? 다리 다섯 달린
기형 소를 구경할 수 있다고 깃발을 내걸었나?
아니면 집게발이 여섯 개 달린 거대한 바닷가재?

이웃 6 그건 아니예요.

이웃 3 그럼 우리도 들어가봤게요.

러브윗 내가 아는 한, 10
청교도들처럼 콧소리를 내며 설교할 재주도 없는 녀석인데!
혹시 학질이나 치통을 고쳐준다는 광고를
보시지는 않았소?

이웃 2 그런 건 아닌 것 같수.

---

163 Pimlico: 런던 북쪽에 케이크와 에일 맥주가 유명한 술집으로 시어터Theatre나 커튼Curtain, 포춘Fortune 같은 극장에서 가까웠음(O).

러브윗 그럼 비비원숭이나 꼭두각시 쇼를 한답시고 북을 울려댄 거 아닌가?

이웃 5 그것도 아니오.

15 러브윗 그럼 도대체 무슨 수를 쓴 거야!

내가 영양가 있는 음식을 좋아하듯이 넘치는 재간을 좋아하긴 하지만.

하인놈이 내 집을 시장처럼 열어놓고,

내 벽걸이와 침구를 팔아넘기지는 않았기를 바랄 수밖에.

그외에는 두고 간 게 없는데. 놈이 그걸 혹시라도 먹어 치웠다면,

20 나방의 저주를 받으라지. 이렇게 사람들을 불러들이다니,

분명 음란한 그림이라도 어디서 구했을 거야.

탁발 수도사와 수녀라든지, 기사의 말이

사제의 암말을 덮친 모습이라든지,

물건이 커져 있는 여섯 살배기 소년이든지,

25 아니면 경사진 탁자 위에서 벼룩 서커스라도 하든지,

개를 춤추게 하든지 말이야.

언제 그를 보았소?

이웃 1 누구요? 제레미요?

이웃 2 집사 제레미요?

이번 달에는 그를 본 적이 없어요.

러브윗 그럴 수가!

이웃 4 지난 다섯 주 동안이요.

이웃 1 아니, 최소한 여섯 주는 됐어요.

러브윗 정말 이상한 일이군요, 이웃 여러분!

30 이웃 5 분명, 나리께서도 그가 어디 있는지 모른다면,

도망간 게 틀림없어요.

이웃 6 부디 신이시여, 그가 살해당한 건 아니기를!

러브윗 뭐라고? 그럼 꾸물거릴 시간이 없군요. (문을 두드린다.)

이웃 6 한 삼 주쯤 전인가 밤늦게 앉아서

우리 마누라의 양말을 깁다가 아주 구슬픈 울음소리를 들었다우.

러브윗 그거 참 이상한 일이오! 아무도 대답이 없으니! 울음소리를 35

들었다 하셨소?

이웃 6 예, 목 졸린 지 한 시간쯤 지나

말을 할 수 없는 사람이 내는 소리 같았소.

이웃 2 저도 그 소리를 들었소. 바로 삼 주 전 오늘

새벽 2시예요.

러브윗 이 무슨 변고인가, 아니면 당신들이 그냥 하는 소

리인가!

한 시간 전에 목을 졸리어 말을 할 수 없는 남자라니, 40

게다가 둘 다 그가 울부짖는 소리를 들었다고?

이웃 3 예, 아래쪽으로요.

러브윗 자넨 현명한 친구로다. 손을 주시오.

직업이 뭐요?

이웃 3 대장장이입니다.

러브윗 대장장이라? 그러면 이 문을 열도록 좀 도와주시오.

이웃 3 바로 그러도록 하겠습니다. 연장을 가져와서요…… (퇴장.) 45

이웃 1 나리, 문을 부수기 전에 다시 한 번 두드려보시지요.

〈제2장〉

러브윗 그러겠소.

(다시 문을 두드린다. 페이스 집사의 모습으로 문을 연다.)

페이스 무슨 일이십니까?

이웃 1, 2, 4 아니, 제레미일세!

페이스 주인님, 문에서 물러서세요.

러브윗 왜! 무슨 일인가?

(페이스가 러브윗을 문에서 물러서도록 재촉한다.)

페이스 더 멀리요. 아직도 너무 가깝습니다.

러브윗 이상한 일이로군!

자네 대체 무슨 일인가?

페이스 (여전히 재촉하며) 이 집도 병이 옮았습니다.

러브윗 뭐라고? 흑사병이? 그럼 자네도 비켜서게!

(러브윗, 페이스에게서 펄쩍 떨어진다.)

5 페이스 아니요,

주인님. 저는 병에 안 걸렸어요.

러브윗 그럼 누가 병에 걸린 거야?

자네 말고는 이 집에 남겨둔 사람이 없는데!

페이스 그렇습죠, 주인님.

제 고양이, 식료품실을 지키던 그 친구가 병에 걸렸는데,

일주일이 지나서야 그걸 알았죠.

그래서 밤에 멀리 내다버리고,

10 그후 한 달 넘게 집을 걸어 잠그고 있어요……

러브윗 뭐라고!

페이스 그래서

장미 식초, 당밀, 타르를 태워서 공기를 정화시키려고 했지요.

주인님이 눈치 채지 못하시게요.

이런 소식을 전해드려봤자 주인님이 더 피곤해하실 테니까요.

러브윗 좀 멀리 떨어져서 숨을 쉬게. 뭐야, 이건 더 이상한데! 15

여기 이웃들이 말하기를, 이 현관문이 계속

열려 있었다던데……

페이스 뭐라고요!

러브윗 멋쟁이 신사들, 남자들,

여자들, 온갖 종류의 사람들이 어중이떠중이 할 것 없이

여기 몰려들었었다면서. 지난 십여 주간 떼를 지어서 말이야.

핌리코나 아이브라잇같이 유명한 선술집 못지않았다던데!

페이스 주인님, 20

어떻게 사람들이 그런 말을 할까요!

러브윗 오늘은 마차를 탄 멋쟁이 신사들을

봤다고 하던데. 프랑스 두건을 쓴 여자가 들어갔다고

사람들이 그러더군. 또 하나는 벨벳 가운을 입고

창가에 서 있는 걸 봤다고 하던데! 온갖 종류의 사람들이

들락날락했다면서!

페이스 그러면 이웃들은 사람들이 문을 공기처럼 통과하거나, 25

아니 벽을 관통하여 들락거리는 걸 봤나 보지요. 제가 약속드릴 수 있습니다.

왜냐하면, 여기 이 집 열쇠가 있는데,

이 열쇠는 이십 일 넘게 제 주머니에 있었단 말이에요!

그리고 그전엔, 저 혼자 요새를 지켰고요.

지금이 아직 환한 대낮이 아니라면, 30

우리 이웃 양반들이 맥주를 잔뜩 들이켜고
헛것을 본 거라고 생각할 거예요!
정말, 제 명예를 걸고 말씀드리는데, 지난 삼 주 동안 내내
이 현관이 열린 적이 없다니까요.

러브윗 정말 이상한 일일세!

이웃 1 진짜로, 내가 마차를 본 것 같은데!

35 이웃 2 나도요,
거의 맹세를 할 뻔했어.

러브윗 그래 이제 그게 당신들 생각이었단 말이오?
마차도?

이웃 4 뭐라고 말씀드릴 수가 없네요. 제레미는
정직한 친구니까요.

페이스 저를 그동안 한 번이라도 보셨습니까?

이웃 1 아니. 그건 확실하오.

이웃 2 그건 맹세를 해도 좋아요.

40 러브윗 맹세까지 하다니 훌륭한 작자들이군!

(이웃 3 연장을 가지고 등장.)

이웃 3 그래 제레미가 왔는가?

이웃 1 그렇다네. 이제 자네 연장이 필요 없게 되었어.
우리가 헛것을 본 거라는데.

이웃 2 제레미가 열쇠를 가지고 있었고,
현관문은 지난 삼 주 내내 닫혀 있었대.

이웃 3 그럴 수도 있지.

러브윗 조용히 하시고, 이만 돌아가시오. 변덕스런 양반들.

(설리와 매몬 등장.)

페이스 (방백) 설리가 왔어!

매몬에게 다 고해 바쳤겠지? 이 놈들이 다 폭로하겠군. 45

어떻게 놈들을 떨쳐버리지? 어떻게 해야 하나??

죄지은 양심처럼 비참한 건 또 없구나.

〈제3장〉

설리 (비웃으며) 아니요. 저자는 아주 대단한 의사였소. 이 집은

창녀집이 아니라, 완벽한 예배당이었소.

당신도 그 귀족 양반과 누이를 잘 알았다면서요.

매몬 아니, 설리……

설리 '부자 되세요'라는 그 행복한 말을……

매몬 그렇게 폭군처럼 굴지 말게나.

설리 이제 당신 친구들 모두에게도 들려주어야 합니다. 5

당신의 난로 장작 받침쇠는 어디 있죠? 당신의 놋쇠 냄비는요?

지금쯤 황금 포도주병에, 묵직한 금괴가 되어 있어야 하지 않소?

매몬 숨 좀 쉬게 해주시오. 이런! 놈들이 문을 걸어 잠근 것 같소!

설리 그럼요, 이제 놈들에게는 휴가가 시작된 거요.

매몬 이 악당들,

사기꾼들, 협잡꾼들, 포주들! (매몬과 설리 문을 두드린다.)

10 **페이스** 대체 왜 그러시오?

매몬 여기 들어가려고 그러오.

페이스 다른 사람의 집에요?

여기 이분이 집 주인이시오. 용건이 있으시면

이분께 말씀하세요.

매몬 당신이 이 집 주인이요?

러브윗 그렇소.

매몬 그럼 집 안에 있는 악당들은 당신이 시킨 사기꾼이요?

러브윗 무슨 악당들? 무슨 사기꾼들 말이오?

15 **매몬** 서틀과 그 조수 허파 말이오.

페이스 이 신사분이 정신이 이상하시군요! 맹세코,

허파건, 내장이건 지난 삼 주 동안 이 집 안에는

눈 씻고 찾아도 없었어요.

설리 맹세코라고,

이 건방진 시종놈이!

페이스 그래요. 내가 이 집 관리인인데,

20 이 집 열쇠가 내 손을 떠나지 않았었단 말이에요.

설리 이놈은 또 다른 악당이로군.

페이스 당신이 집을 착각하신 게 틀림없어요.

어떤 간판을 찾고 계셨는지요?

설리 이 악당! 이놈도

한 패거리임에 틀림없어. 가세, 가서 순경들을 데려다가

억지로 문을 열어보세.

러브윗 신사 양반들, 잠시만 기다리시오.

설리 아니요. 우리가 영장을 가지고 오겠소.

매몬 그렇소. 그러면 25

당신네 그 문을 열게 될 것이오.

(매몬과 설리 퇴장.)

러브윗 이게 다 무슨 일인가?

페이스 저도 모르겠습니다, 주인님.

이웃 1 저 둘이 우리가 봤다고 생각한

그 멋쟁이 양반들이에요.

페이스 저 바보 둘이요?

당신도 저 사람들만큼이나 바보 같군요. 세상에,

사람들이 전부 보름달을 보고 미쳤나 봐요!

(카스트릴 등장.)

(맙소사, 30

이제 성난 소년까지? 이놈도 한 목소리 할 테니,

이러다 우리 정체가 다 폭로되겠어)

카스트릴 (문을 두드리며) 이 악당들, 포주들, 노예들아! 당장 문 열지 못하겠느냐!

매춘부에 창녀 같은 계집애, 내 누이야!

육군 원수를 데려다주겠다. 그 성에 붙어 있다니 35

넌 창녀나 다름없어……

페이스 지금 누구한테 얘기하시는 거요?

카스트릴 그 음탕한 박사와 사기꾼 대장, 그리고

창녀 같은 내 누이지 누구야.

러브윗 분명 뭔가 있는 게 틀림없어!

페이스 내 신용에 걸고, 이 문이 열린 적이 없다니까요.

40 카스트릴 뚱뚱한 기사 양반과 빼짝 마른 신사한테

놈들의 속임수를 내가 두 번이나 들었다니까.

러브윗 여기 또 누가 오는군.

(아나니아스와 트리뷸레이션 등장.)

페이스 (방백) 아나니아스까지?

그의 사제랑?

트리뷸레이션 우리가 못 들어오게 문을 걸었어. (그들도 문을 친다.)

아나니아스 나와라, 이 유황의 종자야. 지옥불의 자식아.

45 네놈의 악취가 여기까지 난다. 이 집 안에

끔찍한 놈들이 있어.

카스트릴 그래요, 내 누이가 거기 있어요.

아나니아스 이곳은

더러운 새들의 우리가 되어버렸어요.

카스트릴 그래, 내가 쓰레기 청소부와 순경을 불러 오겠어요.

트리뷸레이션 그거 잘하는 일이오.

아나니아스 그자들을 뿌리 뽑는데, 우리도 한몫 거들 거예요.

50 카스트릴 그럼 당신은 같이 안 갈래요? 이 못된 창녀야, 누이야!

아나니아스 누이라고 부르지도 마세요. 매춘부가 분명해요.

카스트릴 길거리에서 창녀야! 이렇게 외치고 다녀야지.

러브윗 신사 양반들, 한 말씀 드리겠소.

아나니아스 사탄아, 물러가라. 우리 종교적 열의를 훼방 말고.

(트리뷸레이션, 카스트릴과 퇴장.)

러브윗 세상이 베들램 정신 병원이 되어버렸군.

페이스 이자들은 전부

성 카테리나 병원에서 탈출한 자들일 거예요. 그 정신 병원에는 55

좀더 수준 높은 광인들을

가두어둔다고들 하니까요.

이웃 1 이 사람들 전부

이 집에 드나드는 걸 우리가 봤어요.

이웃 2 정말 그래요.

이웃 3 이 사람들은 한 패거리예요.

페이스 조용히 해요, 이 술주정뱅이들.

정말 이상한 일입니다, 주인님. 제가 문을 만져볼 수 있도록

허락해주신다면, 혹시 자물쇠가 바뀌었는지 살펴보겠어요. 60

러브윗 정말 이상한 일이야!

페이스 자물쇠가 바뀐 건

아닌 것 같습니다. 사람들이 환영을 본 거예요.

(속으로) 주인을 속여 넘길 수 있어야 할 텐데.

대퍼 (안에서 소리 지른다.) 대장님! 박사님!

러브윗 저게 누구인가?

페이스 (안에 점원이 있었던 걸 깜빡했구나!) 잘 모르겠습니다요.

대퍼 (안에서) 부디, 그분께서는 언제 시간이 되시나요?

페이스 하! 65

환영에다, 이제 귀신까지 나오나 봅니다. (재갈이 녹아서

이제 목청이 터져라 소리소리 지르는구나)

대퍼 (안에서) 질식해 죽을 것 같아요……

페이스 (정말 그래버리면 좋으련만)

러브윗 집 안에서 나는 소리야. 하! 들어보게.

페이스 공기 중에서 나는 것 같아요.

러브윗 조용조용……

대퍼 (안에서) 우리 백모님께서 제게 잘해주시지 않는군요.

70 **서틀** (안에서) 이 바보야,

조용히 해! 일을 다 망치겠어.

페이스 (안에 있는 서틀에게) 네놈이 다 망치겠다, 이 악당아.

러브윗 오, 그런가? 이제 자넨 귀신하고도 대화를 하는군!

이리 오게. 제레미, 이제 속임수는 그만두게.

바로 진실을 털어놓게.

페이스 이 사람들을 쫓아주세요.

(난 어떻게 해야 하나. 잡히고 말았으니)

75 **러브윗** 이웃 여러분,

모두 감사드립니다. 이제 돌아가주시오. (이웃들 퇴장.) 자 이리 오게.

내가 관대한 주인임을 잘 알 터이니,

아무것도 감추지 말게. 이렇게 다양한 야생 가금을

끌어들이게 된 비밀이 뭔가?

80 **페이스** 주인님, 주인님께서는 즐거움과 기지를 즐기셨지요.

하지만 지금 길거리에서 이야기할 내용이 아닙니다요.

저도 한 재산 만들 수 있도록 허락해주시고,

다만 주인님 집을 마음대로 사용한 점은 용서해주세요.

제가 간청하는 건 그뿐입니다. 그 대가로

85 주인님이 과부를 얻도록 도와드리겠습니다. 분명 제게

감사하실 겁니다. 주인님이 칠 년은 젊어지시고, 또 부자가 되실 거

예요.

여기 이 스페인 망토를 입기만 하시면 됩니다.

과부는 지금 안에 있습니다. 집은 걱정하지 않으셔도 됩니다.

역병이 오지 않았으니까요.

러브윗 대신 내가 왔지. 자네가

생각했던 것보다 빨리 말이야.

페이스 그건 그렇습니다. 90

부디 저를 용서해주세요.

러브윗 그래, 어디 자네가 말한 과부를 먼저 보세.

(모두 퇴장.)

〈제4장〉

(서틀, 대퍼 등장.)

서틀 세상에! 재갈을 먹어버렸는가?

대퍼 예. 사실 그게 그냥

제 입에서 녹아 부서져버렸어요.

서틀 이제 자네 일은 다 망쳤군.

대퍼 안 돼요.

우리 요정 백모님께서 저를 용서해주시길 바래요.

서틀 자네 백모님은 아주 자비로우신 분이네만,

자네는 정말 혼나 마땅하네.

대퍼 그 향이 너무 자극적이라서, 5

토하지 않으려고 그랬어요. 부디 그렇게
백모님께 양해를 구해주세요. 여기 대장님이 오시네요.

(페이스 대장 의상을 입고 등장.)

페이스 아니 이럴 수가! 그 친구 입이 풀렸소?

서틀 그렇소! 말을 해버렸소.

페이스 (젠장, 저놈이랑 네 소리가 밖에 다 들렸어) 이제 저 친구는 다 틀렸어.

(페이스와 서틀 방백)

10 (그 촌놈 주인이 못 들어오게 하려고, 이 집에 귀신이 들렸다고
말을 해놓았단 말이야.

서틀 그래 주인을 쫓아냈나?

페이스 그래, 오늘 밤만.

서틀 그렇다면 자네 승리 아닌가.
대단하이 페이스, 우리 샘솟는 꾀보 페이스를 위해
노래하자구.

페이스 현관에서 어떤 소동이 벌어졌는지
듣지 못했나?

15 서틀 들었지, 그래서 나도 그렇게 기어들지 않았나.)

페이스 저놈한테 그 백모를 보여주고, 빨리 쫓아 보내게.
백모를 자네에게 보내겠네. (퇴장.)

서틀 내가 간청을 드리고,
대장도 자네가 입에 물린 생강빵을 먹은 것이
백모님을 무시해서 그런 것이 아니라고 변호했으니,
곧 자네 백모께서 자네 말을 들으러 오실 걸세.

대퍼 정말이에요. 20

서틀 여기 오시네.

(돌 요정 여왕처럼 등장.)

무릎을 꿇고 땅바닥을 기게.

그분은 아주 위풍당당하신 모습이시네.

(대퍼 땅바닥에 엎드려서 돌의 발쪽으로 기어간다.)

좋아. 조금 더 가까이,

'신께서 굽어 살피소서'라고 말하게.

대퍼 마담.

서틀 자네 백모님 아니신가.

대퍼 그리고 제 가장 자비로우신 백모님, 신께서 굽어 살피소서.

돌 조카, 조카한테 화가 났다고 생각했는데, 25

조카의 상냥한 얼굴을 보니 화가 가시고

그 분노의 홍수가 기쁨과 사랑의 물결로 바뀌는군요.

일어서시오. 그리고 이 벨벳 가운을 만지시오.

서틀 치맛자락 말일세.

거기에 입을 맞추게! 그렇지.

(대퍼 무릎으로 일어나서 돌의 치맛자락에 키스한다.)

돌 내 이제 머리를 쓰다듬어주겠어요.

(돌 대퍼의 머리를 쓰다듬으며 노래한다.)

조카여, 그대는 많은 것을 얻을 것이며, 그만큼 쓸 것이오. 30

그대는 그만큼 베풀 것이고, 그만큼 빌려줄 것이오.

서틀 (암, 그렇겠지) 왜 백모님께 감사드리지 않는 건가?

대퍼 너무 기뻐서 말을 할 수가 없어요.

서틀 세상에, 정말 착한 친구로다!

정말 자네 백모님의 친척으로 부끄러울 게 없어.

돌 그 정령을 건네주오.

(서틀 작은 가방을 건네고, 돌 그걸 대퍼에게 준다.)

35 여기 당신 정령이 지갑 안에 들어 있으니 목에 걸어요, 조카.

이걸 오늘부터 일주일 동안

오른쪽 손목에 매고 먹이세요……

서틀 핀으로 작은 구멍을 하나 뚫고,

일주일에 한 번 빨아 먹게 하게. 그때까지는,

들여다보면 안 되네.

돌 절대 안 돼요. 그리고 조카,

40 그대의 혈통이 부끄럽지 않게 행동하세요.

서틀 이제 싸구려 선술집에서 파이를 먹거나 밀죽을 먹으면

자네 백모님께서 좋아하지 않으실 거네.

돌 단식 후 첫 식사를 '천국과 지옥'

선술집에서 해서도 안 돼요.

서틀 백모님께서는 어디서나 자네와 함께 계시다네.

'신이여 부자 되게 하소서' 등의 주사위 게임에서

45 청과물 장수들과 어울려도 안 되네. 멋쟁이 신사들과

어울리고, 품위 있는 게임을 하도록 하게.

대퍼 알겠습니다.

서틀 글릭이나 프리메로 같은 게임 말이야. 얼마를 따건 우리에게 솔직해야 하네.

대퍼 이 손에 걸고요.

서틀 내일 밤이 세기 전까지
일천 파운드를 딸지도 모르네. (판돈으로 3천 파운드가
나온다면 말이지만) 분명 그럴 걸세.

대퍼 그러면 꼭 가져올게요. 50

서틀 자네 정령이 게임 돌아가는 걸 다 알려줄 거야.

페이스 (안에서) 이제 다 끝났소?

서틀 백모님께서는 더 조카님께 전할 의무가 없습니까?

돌 없소.
다만 자주 찾아와서 나를 만나도록 하오.
내가 우리 조카에게 보물 궤짝 삼사백 상자와,
요정의 땅 1만 2천 에이커를 남겨줄지도 몰라요. 55
우리 조카가 멋진 도박꾼들과 잘 상대하면요.

서틀 정말 친절하신 백모님일세! 어서 떠나시는 그분께 키스하게.
(돌은 돌아서고, 대퍼는 그녀 치마 끝자락에 키스한다.)
이제 자네 일 년 40마르크 수입은 처분해야겠군.

대퍼 맞아요. 저도 그러려고 해요.

서틀 아니면 누굴 줘버리게. 그 염병할 돈.

대퍼 우리 백모님께 드리겠어요. 가서 서류를 가져올게요. 60

서틀 좋은 생각이야. 어서 가게.

(대퍼가 한쪽 문으로 나가고, 다른 문으로 페이스가 들어온다.)

페이스 서틀, 어디 있나?

서틀 여길세. 어떻게 되어가나?

페이스 드러거가 문 앞에 있어. 가서 그의 옷을 받고,

사제를 즉시 불러 오라고 시키게.
과부와 결혼하게 될 거라고 해. 이 일로
일백 파운드를 벌게 될 걸세! (서틀 퇴장.)
65 자, 돌 여왕 폐하,
짐은 다 꾸리셨나이까?

돌 그랬지.

페이스 플라이언트 부인은
마음에 드시나?

돌 아주 단순한 숙맥이더군.

(서틀이 스페인 의상을 들고 온다.)

서틀 여기 히에로니모의 망토와 모자가 있네.

페이스 이리 주게나.

서틀 러프도?

페이스 그래. 내 곧 돌아오겠네. (의상을 들고 퇴장.)

70 서틀 이제 놈이 과부 프로젝트를 시작하려나 본데, 돌.
내가 다 얘기해줬잖아, 과부에 대해.

돌 이건 우리 협정 사항을
바로 위반하는 일이야.

서틀 그러니까, 우리가 놈을 혼내줘야 한다고.
과부 보석이나 팔찌 같은 건 속여서 뺏었지?

돌 아니, 이제 해야지.

서틀 이제 곧 밤이 되면
75 우리 물건을 다 챙겨가지고 배를 타고

랏클리프를 향해 동쪽으로 가게 될 텐데 그때 우리가
브레인포드로 길을 틀어 서쪽으로 가는 거야. 그러면
이 안하무인 페이스, 애송이 악당과는
영영 안녕이란 말이야.

돌 찬성이야. 나도 놈은 질렸어.

서틀 이놈이 장가를 들겠다고 난리를 치는 건, 80
이건 우리 협정에 어긋나는 일이니, 우리가 이러는 것도 합당하지.

돌 놈의 과부년 깃털을 최대로 많이 뽑아 가져야지.

서틀 그래, 과부에게 말해.
어떤 일이 있어도 박사에게
선물을 보내야 한다고 말이야. 그의 비술을 의심한
죄를 씻으려면 반지나 진주 목걸이를 보내야 한다고 그래. 85
안 그러면 자면서 죽도록 고문받을 거라고 말이야.
특히 잘 때 이상한 것들이 꿈에 나타날 거라고 해.
알았지?

돌 내게 맡겨.

서틀 돌, 내 박쥐,
내 어둠의 새야. 우리 계획이 성공하면,
피젼 시장에서 트렁크를 열고, 90
'이건 내 것, 네 것, 네 것, 내 것' 하면서 즐겁게 보낼 거야……
(둘이 키스한다.) (페이스 등장.)

페이스 무슨 일인가, 부리를 다 비벼대게?

서틀 그래,
우리 일이 순탄하게 되어가니 약간 흥분이 되는군.

페이스 드러거가 사제를 데려왔네. 그를 안으로 안내하게.

95 그리고 냅에게 얼굴을 씻고 오라고 돌려보내게.

서틀 그러겠네. 그리고 면도를 하라고?

페이스 그렇게 만들 수 있으면.

(서틀 퇴장.)

돌 페이스, 넌 뭐가 됐든 아주 열심이야!

페이스 우리 돌이 한 달에 10파운드씩 쓰며 사치를 부릴 수 있도록 하는 거지.

(서틀 등장.)

놈은 갔나?

서틀 목사가 홀에서 자네를 기다리고 있네.

페이스 가서 안내를 해야겠군. (퇴장.)

100 돌 과부와 곧바로 결혼을 하겠군.

서틀 아직은 아닐걸. 준비가 덜 됐거든. 돌,
과부를 최대한 등쳐먹도록 해. 놈을 속이는 건
사기가 아니라 정의의 실현이야. 우리 협정을
그렇게 깨버리려고 하다니 말이야.

돌 놈을 혼내주는 건 내게 맡겨.

(페이스 등장.)

105 페이스 자, 동업자 여러분,
짐은 다 싸셨나? 트렁크는 어디 있지? 어서 가지고 오게.

서틀 여기.

페이스 어디 좀 보세. 돈은 어디 있나?

서틀 여기,

이 안에 있어.

페이스 (돈을 세며) 매몬한테 10파운드, 전에 160파운드.

형제들의 돈은 여기 있고. 드러거에게 뜯은 돈. 이건 대퍼.

이 종이는 뭐야?

돌 저번에 그 시녀가 자기 마님에게 110

훔쳐온 보석이잖아, 우리한테 물어보려고……

페이스 자기가 마님보다 더 잘될 수 있는지 알아보려고?

돌 그래.

페이스 이 상자는 뭐지?

서틀 생선 파는 아낙들의 반지 같은데.

맥주 파는 아낙네들의 잔돈하고. 안 그래, 돌?

돌 맞아. 그리고 선원의 아내가 가져온 호루라기하고. 115

남편이 해적한테 잡혀 갔는지 알아보려고 그랬지.

페이스 내일은 이걸로 술이나 마셔야겠군. 은컵에,

선술집 잔에 말이야. 프랑스제 페티코트하고

허리띠, 칼걸이는 어디 있나?

서틀 여기 트렁크 안에.

그리고 고급 리넨 한 필이랑.

페이스 드러거가 바친 다마스크 천은? 120

담배는?

서틀 다 이 안에 있어.

페이스 나한테 열쇠를 주게.

돌 왜 너한테 열쇠를 줘?

서틀 상관없어, 돌.

페이스가 오기 전에는 트렁크를 안 열 거니까.

페이스 맞는 말이야. 자네들 먼저 그걸 열거나 하면 안 되지.
먼저 꺼내면 안 된다고. 알겠나? 안 돼, 돌.

125 돌 알았어.

페이스 안 돼, 길거리 창녀야. 우리 주인님이 모든 걸 아시고,
나를 용서해주셨으니, 주인님이 열쇠를 맡으실 거네.
박사, 사실이야? 왜 그리 보나!? 자네가 아무리 별자리를 점친들 말이지.
내 주인님을 부르러 보냈네. 그러니, 동지들,

130 둘 다 만족하시게나. 자, 여기서
서틀, 돌, 페이스가 맺은
삼자 협약은 끝나는 걸세. 내가 할 수 있는 일은
이제 자내들이 이 집 밖으로 도망가도록 돕는 것과,
돌, 너의 벨벳 가운이나마 가져가게 천 한 조가리를 찢어주는 것뿐이야.

135 이제 곧 경찰관들이 들이닥칠 걸세. 어서 죄인 심문대를
벗어날 궁리나 하게. 안 그러면
그 처지를 면하지 못할 테니. (누가 문을 두드린다.) 이런, 천둥 소리 같군.

서틀 이 사악한 악마야!

경찰관 (밖에서) 문을 여시오.

페이스 돌, 정말 너한테는 미안하네. 하지만 들었지?

140 상황이 어렵긴 하지만, 내 너를 다른 곳에 취직시켜줄게.
창녀집 주인인 아모 여사에게 추천서를 써줄 테니까.

돌 목 졸라 죽일 놈……

페이스 캐사리안 부인네도 좋고.

돌 이 염병할 놈, 악당놈아!
네놈을 때려줄 시간이라도 있으면 좋겠다.

페이스 서틀,
다음번에는 어디에 자리를 잡을지 알려주게.
옛 정을 생각해서 자네한테 가끔 고객을 보내줄 터이니. 145
이제 무슨 일을 할 셈인가?

서틀 이 악당, 너같이 지독한 악마를 만나느니,
차라리 내가 목을 매겠다. 그래서 귀신이 되어
네놈을 밤낮으로 쫓아다닐 테다. (모두 퇴장.)

〈제5장〉

(문 두드리는 소리가 계속 되는 가운데, 러브윗, 스페인 의상을 입고 목사와 등장.)

러브윗 아니 이게 무슨 일이오?

매몬 (밖에서) 문 열어라!
사기꾼들, 포주들, 마법사들아!

경찰관 (밖에서) 안 그러면 문을 부수고 들어가겠다.

러브윗 무슨 영장이라도 있소?

경찰관 (밖에서) 영장은 염려 마시오.
당신이 문을 안 열면 말이오.

러브윗 거기 경찰관도 있소?

경찰관 (밖에서) 그렇소. 만약을 대비해서 두어 명이 더 있소이다.

5 러브윗 좀 기다
리시오.
내가 바로 문을 열어 드리리다.
(페이스 등장.)
페이스 주인님, 끝났어요?
완벽한 결혼입니까?
러브윗 그렇다네, 영리한 친구.
페이스 그럼 어서 러프와 망토를 벗고, 원래 모습으로 돌아가세요.
설리 (밖에서) 문을 부숴버려!
카스트릴 (밖에서) 부셔서 열어버리자!
러브윗 (문을 열자, 다들 몰려 들어온다.) 멈추시오!
10 잠시만요, 신사 여러분! 도대체 왜 이 소동이오?
매몬 이 갱부 놈은 어디 있어?
설리 페이스 대장은?
매몬 이 낮 올빼미 같은 놈들.
설리 남의 지갑이나 노리는 놈들.
매몬 귀부인 행세하는 여자.
카스트릴 창녀, 내 누이.
아나니아스 더러운 구덩이에 사는
메뚜기떼들.
트리뷸레이션 벨과 용처럼 불경한 자들.
15 아나니아스 이집트의 베짱이나 빈대만도 못한 놈들.
러브윗 여러분, 제 말씀을 들어보시오. 당신들,
이 소란도 막지 못하면서 경찰관들 맞습니까?
경찰 좀 조용히 시켜요.

러브윗 신사 여러분, 왜 그러십니까? 누구를 찾으십니까?

매몬 연금술쟁이 사기꾼.

설리 뚜쟁이 대장하고.

카스트릴 수녀 내 누이.

매몬 마담 랍비.

아나니아스 전갈과 20

지네들.

러브윗 한 번에 하나씩만 말해주시오.

경찰 여러분, 차례차례 말씀하시오. 내 지휘봉에 걸고

명합니다.

아나니아스 그자들은 자만심과 정욕의 노예들로

수레형을 받아 마땅해요.

러브윗 종교적 열의는 훌륭하시오만,

잠시만 가만히 계시오.

트리뷸레이션 조용히 하게, 아나니아스 부사제. 25

러브윗 이 집은 우리집이고, 문은 열려 있소이다.

당신들이 찾는 사람이 여기 있으면,

여러분 재량껏 찾아보시오. 신의 이름에 걸고 뒤져보시오.

내가 이제 막 마을에 도착해보니,

우리집 문 앞에 야단법석이 벌어지고 있어서, 30

(솔직히 말해) 내가 다 놀랄 지경이오.

여기 우리 하인이 (내가 화를 낼까봐 겁을 내다가)

마침내 자기 죄를 털어놓았소. 이 집을

(흑사병이 도는 동안은 내가 시내에 없을 것이라 믿고)

박사라는 자와 대장이라는 자에게 집을 빌려주었다고요. 35

그자들이 뭐 하는 사람이고 누구이며
어디에 사는지는 하인도 모른다 하오.

매몬 그래 놈들은 갔소?

러브윗 안에 들어가서 찾아보셔도 좋소이다. (그들이 집 안에 들어간다.) 여기 와보니,
이 빈 벽들이 연기로 얼룩진 것이 집을 비우기 전보다 더 심하고,
40 금이 간 항아리와 유리병, 그리고 화로 하며,
천장은 촛불로 잔뜩 그을어 있고,
'딜도를 든 마담'이라고 벽마다 씌어 있었소.
집 안에서 본 건 귀부인 하나밖에 없는데,
자신이 과부라고 말하더이다……

45 **카스트릴** 맞아, 그게 내 누이예요. 가서 짓밟아줘야지. 어디 있어요? (퇴장.)

러브윗 그리고 자기는 스페인 백작과 결혼하기로 되어 있었는데,
그자는 막상 왔다가 자기를 버리고 갔다기에,
홀아비인 내가 그녀와 대신 결혼을 했소이다.

설리 뭐라고! 그럼 나는 그녀를 잃은 셈인가?

러브윗 당신이 그 스페인 신사였소?
50 맹세코, 그녀는 지금 당신을 심히 원망하고 있소.
당신이 그녀의 사랑을 얻고자 수염을 물들이고
얼굴을 밤색으로 태우고,
옷과 러프를 빌려 오느라 고생을 했다고
얘기만 하고 아무것도 해준 것이 없다면서요.
55 이게 무슨 어처구니없는 실수입니까!
늙은 소총잡이도 총에 화약을 재고
발사하고 맞추는 데 눈 깜짝할 사이면

다 해낼 것입니다. (매몬 앞으로 나온다.)

매몬 놈들이 둥지째 도망갔어!

러브윗 어떤 종류의 새들이었습니까?

매몬 까마귀,

도벽이 강한 갈까마귀의 일종이었소. 내 지갑에서 60

90파운드를 지난 오 주 동안 훔쳐갔고, 게다가

석탄이니 화학물질 같은 원재료에 우리집 물건들까지 가져갔는데,

다행히 이 물건들은 지하실에 놓고 갔습디다.

이제 집으로 가져갈 수 있겠소.

러브윗 그렇게 생각하시오?

매몬 그럼요.

러브윗 법에 따라 하시되, 다른 방도는 없습니다. 65

매몬 내 소유의 물건들인데도?

러브윗 그것들이 당신 것이었는지

내가 어떻게 알 방도가 없지요. 법에 따르지 않고서는요.

당신이 그자들에게 속았다는 증명서를 가져오시거나,

당신이 자신 스스로를 사기쳤다는 법정 문서를 가져오신다면,

제가 그 물건들을 기꺼이 내어드리리다. 70

매몬 차라리 내 그 물건들을 없는 셈 치겠소.

러브윗 그러시지는 마십시오.

제가 말씀드린 조건대로 하시면, 그 물건들은 당신 것입니다.

그 물건들이 뭐가 되어 있어야 했나요? 황금인가요?

매몬 아니요.

그건 말할 수 없소. 그랬어야 하는지도 모르지. 그래서?

러브윗 희망이 크셨을 테니, 거 실망 또한 크시겠소이다. 75

매몬 내가 아니라, 우리 공화국이 그럴 것이오.

페이스 그럼요. 그가
새로운 도시를 짓고 그 주위에 은으로 참호를 파서
혹스덴에서 크림을 실어 나르려 했었지요.
그러면 일요일마다 거지들 동네인 무어필드에서
80 젊은이들과 여인네들, 장난꾸러기들이 공짜로 먹을 수 있었을 텐데요.

매몬 앞으로 두 달간은 시골 손수레에 올라타고
저 세상 끝으로 설교나 가야겠네. 설리,
이게 뭔가! 꿈이었나?

설리 내가 그런 정직이라는 바보 같은 미덕으로
나 자신을 속여야 합니까!
85 어서 갑시다, 가서 악당들을 찾아냅시다.
그 페이스란 놈은 만나기만 하면 내가 꼭 복수할 거요.

페이스 제가 그자에 대해 뭔가 소식을 들으면, 나리 숙소로
가서 전해 드리겠습니다. 저도 그자들을 잘 몰랐으니까요.
저처럼 정직한 사람들인 줄 알았지요.
(설리와 매몬 퇴장하고, 트리뷸레이션과 아나니아스 앞으로 나온다.)

90 트리뷸레이션 우리 성자님들이 전부 잃은 건 아니니 다행일세. 가서
손수레를 몇 대 가져오게……

러브윗 우리 열성적인 친구들, 손수레는 뭘
하시려고?

아나니아스 이 도둑들의 소굴에서 청렴결백한 사람들의 몫을
운반해 가려고요.

러브윗 그 몫이란 게 무엇이오?

아나니아스 한때 고아들 소유였던 물건들인데,

우리 형제들이 은화를 주고 산 것이오.

러브윗 기사 매몬 경이 자기 것이라던 95

지하실의 그 물건들 말인가요?

아나니아스 그 사악한 매몬 말은

믿지 않아요. 우리 형제들도 그럴 것이오,

이 불경스런 사람아. 당신이 무슨 양심으로

봉인을 가진 우리보다 그 우상 편을 드는지

묻고 싶군요. 우리가 실링을 일일이 세어서 100

파운드를 채워 값을 치르지 않았나요? 그 파운드를

우리가 여덟번째 달의 네번째 주 둘째 날에

테이블에서 일일이 세어서 내지 않았나요?

성자들이 마지막까지 인내심을 가져온

1610년에요.

러브윗 우리 열성적인 부사제, 105

서투른 친구, 당신과 논쟁하고 싶지 않소.

그러나, 당신이 지금 썩 사라지지 않으면,

대신 몽둥이질은 해드리리다.

아나니아스 여보세요?

트리뷸레이션 참게, 아나니아스.

아나니아스 내게 힘이 있으니,

망명 중인 갓 족을 위협하는 무리들에 대항하여[164] 110

무장을 하고 일어설 겁니다.

러브윗 암스테르담에 있는

---

164 갓이 적들에게 패배하였다가 종국에는 승리를 거둘 것이라는 야곱의 예언에 대한 언급. 「창세기」 49:19(O).

당신들 지하실로 보내주겠소.

아나니아스 당신네 집에 재앙이 있도록

거기서 기도하겠어요. 개들이 당신네 집 담을 더럽히고,

말벌과 호박벌이 당신 지붕 아래 알을 까도록 말이에요.

115 이 거짓과 사기의 동굴에다가요. (트리뷸레이션과 퇴장.)

러브윗 또 다른 놈이 오는군.

(드러거 등장.)

드러거 아니예요. 저는 형제가 아니예요.

러브윗 꺼져, 이 해리 니콜라스[165]야! 어디다 큰소리야? (그는 드러거를 때려 내쫓는다.)

페이스 아니, 저자는 아벨 드러거였어요. (목사에게) 자, 이제 가셔서

저자에게 모든 게 끝났다고 말해주세요.

120 얼굴을 씻느라 너무 오래 지체해서, 다 끝났다고요.

박사는 웨스트체스터에 가면 소식을 들을 수 있을 거고,

대장은 야무스에서 순풍을 기다리고 있을 테니

그런 항구 마을에 가면 소식을 알 거라고요. (목사 퇴장.)

이제 성난 아이만 쫓아 보내면……(카스트릴이 플라이언트와 등장.)

125 카스트릴 어서 와, 이 암양 같은 계집애. 아주 짝을 잘 지었지, 안 그래?

기사 부인이 되려면, 기사 작위 받는 놈 말고는

올라타지 못하게 하라고 내가 안 그랬어?

젠장할, 이 꼭두각시 같은 것아! 너를 지금 흠씬 패주면 좋으련만.

죽일 년, 그래 그런 염병할 놈과 결혼을 해?

러브윗 자넨 거짓말쟁이군!

---

165 Harry Nicholas: Henrick Niclaes, 재침례교도의 지도자 중 한 명.

나도 자네만큼 건강할뿐더러, 돈도 있네.

카스트릴 또? 130

러브윗 자, 결투를 하겠나? 좀 겁을 먹여야겠군, 자네.

왜 무기를 뽑지 않는 건가?

카스트릴 세상에!

당신 아주 멋진 사람이군요!

러브윗 뭐야, 이제 태도를 바꾸기로 했나? 계속하시게.

여기 내 비둘기가 서 있으니, 어디 공격해보시지. 135

카스트릴 세상에, 그가 좋아졌어! 그를 좋아할 수밖에 없으니,

그렇지 않으면 차라리 목을 매달겠어! 누이,

이 결혼이 명예롭게 생각되는군.

러브윗 그런가?

카스트릴 그래요. 당신은 담배도 피우고 술도 마실 수 있어요.

내가 누이에게 가진 재산에 덧붙여 5백 파운드를 더 140

지참금으로 줄 테니까요.

러브윗 파이프에 담배를 가득 채우게, 제레미.

페이스 예, 안에 들어가셔서 담배를 피우시지요.

러브윗 그러겠네.

뭐든지 자네 시키는 대로 하겠네, 제레미.

카스트릴 맹세코, 당신은 속이 넓은 사람이야! 유쾌한 젊은이라고!

자, 들어가요. 그리고 담배를 피웁시다. 145

러브윗 자네 누이와 담배를 피우자고, 처남. (카스트릴과 플라이언트 퇴장.)

(러브윗이 앞으로 나오며 관객에게 이야기한다.)

하인 덕분에 이렇게 부유한 미망인을

아내로 얻는 행복을 차지하게 되었으니,

그 주인이 정직함을 조금 훼손해서라도,
150 하인의 꾀를 관대하게 봐주지 않거나,
하인도 한밑천 마련하도록 돕지 않는다면,
아주 배은망덕한 사람이 될 것입니다.
그러므로, 신사 여러분, 그리고 관객 여러분,
제가 만약 나이 든 분들의 근엄하고 엄격한 규범에서
155 벗어났더라도, 부디 젊은 아내와 영리한 두뇌가 해줄 수 있는 것을
생각해주십시오.
세상의 진리는 늘기도 하고, 줄기도 하는 법이니까요.
(페이스에게) 악당아, 나와서 직접 얘기하게나.

페이스 그러겠습니다. 여러분,
제 역할이 이 마지막 장면에서는 조금 떨어졌지만,
그게 다 조화를 위해서였습니다.
160 그리고 비록 서틀, 설리, 매몬, 돌,
열성 아나니아스, 대퍼, 드러거 등
모든 거래 고객들로부터 제가 무사히 달아났지만,
이제 여기 배심원이신 여러분들의 처분에 저를 맡기오니,
여러분이 저를 용서해주시면, 여기 제가 모아온 이 재물로
165 여러분께 잔치를 열어드리고, 다른 손님들도 초대할 것입니다.

(모두 퇴장.)

■ 작품 해설

벤 존슨의 도시 희극과 유쾌한 풍자

벤 존슨의 런던

책으로든, 연극으로든, 영화로든, 셰익스피어를 한번쯤 접해보지 않은 사람은 없을 것이다. 400여 년이 넘는 세월을 거쳐 셰익스피어는 인류가 낳은 가장 위대한 작가로 자리매김해왔다. 최근 계속되는 셰익스피어의 탈신화화 작업에도 불구하고, 셰익스피어의 그늘에 가려진 동시대 극작가들은 아직도 적지 않다. 타임머신을 타고 지금으로부터 약 400년 전의 런던으로 돌아가볼 수 있다면, 당시 셰익스피어는 수많은 옵션 중 하나에 지나지 않았음을 알게 될 것이다. 마치 우리가 개봉한 영화들 중 보고 싶은 프로를 골라 영화관에 가듯이, 엘리자베스 시대의 영국인들은 '글러브Glove' '포춘Fortune' '로즈Rose' '블랙프라이어즈Blackfriars' 등 여러 극장들에서 상연하는 연극들 중 하나를 보러 가곤 했다. 선택의 폭은 어떤 의미에서 현대보다 더 다양했을지도 모른다. 한 영화를 장기 상영하는 요즘 극장들과는 달리, 당시 극장들은 특정 레퍼토리를 확보하여, 주 단위로 날마다 다른 연극을 무대에 올렸기 때문이다. 새로운 연극에 대한 수요가 증가함에 따라, 수많은 극작가들이 새로운 작품을 쓰도록 고용되었으며, 급히 대본을 조달하기 위해 여러 극작가간의 공동 집필도 흔한 일이었다. 극작가와 극단, 극장은 계약을 통해 한 팀을 이루었고, 런던의 무수히 많은 팀들과 경쟁 관계에 있었다. 예를 들어, 셰익스피어는 체임버린즈멘(후에 킹즈멘) 극단을 위해 작품을 썼고, 이들은 '시어터Theatre'와 '커튼Curtain' 극장에서 공연하다가, 1599년부터 '글러브' 극장에서 공연했다.

극예술(또는 연극 산업)이 엘리자베스 시대 영국에서 제2의 황금기를 맞이한 것은 우연한 일이 아니다. 연극이 상연되는 데 필수적인 한 요소가 관객이다. 극예술의 최고(最古) 전성기라 할 수 있는 고대 그리스에서는 관객이 공동체적 의식에 참여하고자 하는 시민이었다면, 근대 영국에서 관객은 기꺼이 돈을 지불하는 고객이었다. 즉 당시 연극의 발전은 대도시로 급성장한 런던의 자본주의적 상업주의와 무관하지 않다. 제임스 버비지James Burbage가 1576년에 지은 야외 원형 극장 '시어터'는 상업적인 공연을 목적으로 한 영국 최초의 전문 극장이라고 할 수 있다. 이후, '커튼'(1577), '로즈'(1587), '스완Swan'(1595), '글러브'(1599), '포춘'(1600), '호우프Hope'(1614), '칵핏Cockpit'(1616) 등 우후죽순으로 극장들이 생겨났음은 연극 산업이 꽤 돈벌이가 되었음을 입증한다. 가장 큰 극장은 3천 명까지 관객을 수용할 수 있었고, 입장료는 자리에 따라 1페니부터 다양했다. 전문 극장과 병행하여, 영국 최초의 전문 작가들이 등장했다. 이들은 대부분 중산층 출신으로 극단에 작품을 팔아 생계를 유지했다. 셰익스피어 이외에도, 크리스토퍼 말로우Christopher Marlowe, 토마스 키드Thomas Kyd, 로버트 그린Robert Green, 조지 채프만George Chapman, 토마스 데커Thomas Dekker, 존 마스턴John Marston, 존 웹스터John Webster, 토마스 미들턴Thomas Middleton 등 엘리자베스-제임스 1세 시대에 쏟아져 나온 극작가의 수는 헤아릴 수 없이 많다. 벤 존슨도 이들 중 하나였다.

벤 존슨의 출생 연도는 1572년이나 1573년으로 추정된다. 존슨은 런던에서 가난한 목사의 유복자로 태어났고, 그의 모친은 그가 어렸을 때 한 벽돌공과 재혼했다. 존슨의 양부 로버트 브렛은 젠틀맨 계층은 아니었지만 글을 읽을 줄 알았고, 존슨을 당시 명성이 높은 웨스트민스터 학교에 보냈다. 존슨은 대학에 가지 않았으므로, 후에 회고하듯, 그의 학식은 거의 모두 이곳에서 얻어진 것이다. 1589년경 존슨은 학교를 떠나 벽돌공의 도제 생활을 시작한다. 1594년 잠시 네덜란드에서 군인으로 복무한 후, 다시 런던에 돌아와서 벽돌공 생활을 계속하며 앤 루이스라는 여자와 결혼했다. 1597년경 존슨은 배우로서 연극계에 입문했고, 첫 작품 「사태 역전The Case is Altered」도 이때 씌어졌다. 이후 존슨은 「기질 속의 인간Every Man in His Humour」(1598), 「기질 밖의 인간Every Man out of His Humour」(1599), 「신시아의 잔치Cynthia's Revels」(1600), 「세자누스의 몰락Sejanus His Fall」(1603), 「볼포네, 또는 여우Volpone, or the Foxe」(1606), 「에피코에네, 말없는 여인Epicoene」(1609), 「연금술사The Alchemist」(1610), 「카탈리네Cataline」(1611), 「바톨로뮤 장터Bartholomew Fair」(1614), 「악마는 당나귀The Devil is an Ass」(1616), 「새 여인숙The New Inn」(1629), 「통 이야기A Tale of a Tub」(1634) 등 다수의 희곡과 시, 산문, 제임스 1세를 위한 궁중 가면극을 썼다. 존슨은 1616년 작품들을 모아 당시 극작가들 중 최초로 2절판 작품집을 출판했으며, 같은 해 제임스 1세의 연금을 받음으로써 '계관시인'으로 임명되었다. 존슨은 1637년 8월 6일에 사망했으며, 웨스트민스터 사원에 묻혔다.

벤 존슨은 셰익스피어와 동시대인으로 그의 친구이자 라이벌이었지만, 두 극작가의 작품 경향은 전혀 달랐다. 후대 비평사에서 벤 존슨은 인위적인 극의 삼일치 법칙을 고수한 고전주의적 극작의 대표적인 예로, 셰익스피어의 자연스러운 상상력과 천재성을 부각시키는 대척점으로 과소평가되어왔다. 드라이든, 포프 등 신고전주의 비평에서 시작하여 콜리지, 해즐리트 등 낭만주의 비평을 거쳐 해리 레빈, 에드먼드

윌슨 등 20세기 비평에 이르기까지 벤 존슨은 '셰익스피어가 아닌 모든 것'이라는 식의 부정 어법으로 읽혀져 왔다. 그러나 이 차이를 두 시인 간의 우열을 판단할 수 있는 척도로 받아들여서는 안 될 것이다. 존슨의 희곡은 셰익스피어의 작품들과 전혀 다른 종류의 것이다. 「세자누스의 몰락」「카탈리네」 등 소수의 비극을 쓰기도 했지만, 존슨 희곡의 진수는 풍자 희극에 있었다.

존슨의 희극은 플로터스Plautus나 테렌스Terence 같은 고대 로마 시대의 희극을 모델로 하되, 근대 도시 생활에서 흔히 일어나는 금전, 권력, 성 문제를 주로 다루었다. 이러한 도시 희극은 17세기 초에 많이 씌어졌으며, 존슨과 함께 존 마스턴, 토마스 미들턴 등이 대표적인 작가들이다. 이들은 도시 희극에서 뚜쟁이, 식객, 사기꾼, 창녀 등을 소재로 삼아 런던의 밑바닥 생활을 그려냈다. 이러한 장르의 출현은 17세기 초 이미 메트로폴리스로 성장한 런던의 자본주의적 상업주의를 사실적으로 반영하는 것이다. 존슨의 희극이 근래에 들어 재평가되고 무대에 자주 올려지는 이유 중의 하나는 바로 존슨이 풍자하는 인간의 탐욕과 대도시의 생활상이 현대에도 여전히 유효하기 때문일 것이다.

「볼포네, 또는 여우」

벤 존슨의 대표작으로 꼽히는 「볼포네, 또는 여우」(이하 「볼포네」)는 1606년에 씌어졌으며, 킹즈멘 극단에 의해 글러브 극장에서 최초로 상연되었다. 런던을 주무대로 하는 존슨의 다른 도시 희극들과는 달리 「볼포네」의 배경은 베네치아이다. 당시 이탈리아를 무대로 극을 쓰는 것은 드문 일이 아니었다. 이탈리아는 각종 악행과 부패가 만연한 곳이라는 통념이 영국인들을 사로잡고 있었고, 베네치아는 전형적인 상업 도시이자 도시 국가로서 부와 세속화, 사치, 정치적 책략의 온상으로 널리 알려져 있었다. 일부 학자들의 주장처럼 볼포네의 베네치아를 런던에 대한 은유로 해석할 수도 있지만, 영국에서 온 여행객들인 폴리틱 경 부부와 페레그리네의 존재는 베네치아를 런던과 독립적인 공간으로 존재하게 한다. 이들 영국인들의 존재는 베네치아라는 배경과 런던 관객 간의 거리를 좁히는 역할을 한다. 존슨은 베네치아를 무대로 볼포네와 그의 유산을 노리는 이들의 탐욕과 어리석음을 인간 보편적인 것으로 그려내는 한편, 영국 여행객들의 서브 플롯을 통하여 영국의 당시 사회상과 청교도주의에 대해 직접 언급하며 풍자하고 있다.

「볼포네」는 인간의 탐욕에 대한 풍자이자, 탐욕에 눈이 어두워 잘 속아 넘어가는 인간의 어리석음에 대한 풍자이다. 베네치아의 거물인 볼포네는 3년째 중병에 든 것처럼 꾸미고 병석에 누워 있다. 자식도 아내도 없는 볼포네의 유산을 노리고, 수많은 사람들이 방문하여 선물을 바치는 등 볼포네의 눈에 들고자 애를 쓴다. 볼포네에게 아첨하며 얹혀 사는 식객 모스카는 볼토레, 코르바치오, 코르비노 등 방문객들의 유산 상속에 대한 희망을 부풀리며 더 많은 선물을 바치도록 유도한다. 역설적으로, 볼포네와 모스카의 탐욕은 다른 인간들의 탐욕과 어리석음을 이용하여 채워진다. 볼포네는 이에 대해 "탐욕이라는 큰 죄에 대해/이보다 더 희귀한 형벌이 어디 있겠는가"라며 자신의 꾀병을 정당화한다(1막 4장, p. 46). 지나친 탐욕에서 기인한 재물 획득이라는 명분 앞에서 가장 기본적인 인간관계인 가족의 가치도 쉽게 해체된다. 상속이라는 희망 앞에서 코르비노는 아내 실리어를 손수 매춘의 길로 알선하며, 코르바치오는 친아들 보나리오의 상속권을 박탈한다. 어떤 의미에서 존슨은 탐욕보다 어리석음을 더 비판하고 있으며, 그렇기 때문에 관객들은 볼포네와 모스카의 술수와 책략을 전적으로 비난하기보다는 그들의 편에 서서 같이 즐길 수 있게 된다.

「볼포네」는 연극성이 강한 작품이다. 무대 위의 배우는 등장인물을 연기하고, 그 등장인물은 극 중에서 또 다른 역을 모색한다. 아침에 눈을 뜨기가 무섭게 황금을 찬미하던 볼포네는 방문객이 찾아오자 급히 모자를 쓰고 눈에 연고를 바르며 "가짜 기침에, 가짜 폐병에, 가짜 중풍,/가짜 졸도에, 가짜 마비에, 가짜 감기"로 병자 역을 연기할 준비를 마친다(1막 2장, p. 32). 잠시 후 볼포네는 완벽한 병자 모습으로 침대에 누워 볼토레를 맞이한다(1막 3장). 볼포네의 연기는 여기에 그치는 것이 아니다. 모스카에게서 코르비노의 아내 실리어의 미모에 대해 듣고, 그녀를 보고자 떠돌이 약장수로 변장하여 만투아의 스코토 역할을 완벽하게 연기한다(2막 2장). 4막 법정에서의 위기를 아슬아슬하게 넘긴 볼포네와 모스카는 그들의 "연극이 최고조"에 달했음을 자축한다(5막 2장, p. 156). 여기에 만족하지 않는 볼포네는 유산 사냥꾼들의 아연실색한 모습을 보며 "진귀한 웃음의 성찬"으로 삼고자, 자신이 죽고 식객 모스카가 상속인이 된 것으로 책략을 꾸민다. 게다가, 유산 사냥꾼들을 더 괴롭히고 그들의 고통을 즐기려고, 볼포네는 법정 하사관으로 변장을 하고 이들을 찾아 길을 나선다(5막 5장). 한편 모스카는 볼포네의 상속인으로 탈바꿈해 베네치아 거부의 옷을 입고 나타난다.

볼포네는 타고난 배우이다. 볼포네는 자신의 병자 연기나 떠돌이 약장수 연기에 대해 모스카의 칭찬을 듣고 싶어한다. 실제로 볼포네는 배우의 경력이 있으며, "젊은 안티누스 역을 했었는데, 참석했던/모든 귀부인들의 눈과 귀를 사로잡았"던 그 시절을 가장 행복했던 순간으로 꼽는다(3막 7장, p. 112). 실리어를 유혹하는 데에도, 볼포네는 "신들의 이야기를/지치도록 연기해"보자고 제안하고, 그녀를 "프랑스의 활달한 부인처럼 입혀보거나,/멋진 투스카니 귀부인이나, 거만한 스페인 미녀로,/가끔은 페르시아 군주의 아내처럼," 또 "터키 술탄의 정부도 좋고,

변화를 주기 위해,/우리 베네치아의 뛰어난 고급 매춘부처럼도 입혀보고,/활기찬 흑인이나, 냉정한 러시아인처럼도" 옷을 입히고 자신도 "역시 그렇게 다양한 모습으로" 역을 맡고자 한다(p. 115).

「볼포네」의 연극적 요소는 부패하고 타락한 황금만능주의적 사회에 대한 풍자의 신랄함을 상쇄시키는 역할을 한다. 존슨이 「볼포네」의 서막에서 밝히듯이, "잉크 성분 중에 쓸개즙과 신 녹반은 빼버리고,/약간의 소금 성분만 남겨놓아" 너무 신랄하지 않게 정신적 건강을 개선하도록 하는 것이다. 존슨은 관객을 향한 발언을 통해 볼포네와 모스카의 끊임없는 책략과 연기에 관객을 한편으로 끌어들인다. 존슨이 「볼포네」의 '서간'에서 인정하고 있듯이 「볼포네」의 결론은 희극답지 않게 엄격하다. 모스카는 채찍형을 당한 후, 갤리선의 종신 노예로 지내게 되고, 볼포네는 평생 족쇄를 차고 감옥살이를 하게 된다. 볼토레와 코르바치오, 코르비노는 각각 추방당하거나, 수도원에 감금되고, 사람들의 비웃음을 사도록 거리에 전시되는 형을 받는다. 이러한 결론은 존슨이 강조하는 문학의 교훈적인 기능에 적합한 것이지만, 관객의 "심경을 어지럽히려는 것이 아니라/바로잡고자" 하는 의도에는 어긋날 수도 있다(「연금술사」 서막). 그러므로 존슨은 에필로그를 위해 볼포네를 다시 등장시켜 관객의 박수를 유도함으로써, 극중 세계에서의 도덕적 판단을 실제 세계의 연극적 판단으로 완화시키는 것이다.

볼포네 연극에 제격인 조미료는 박수입니다.
이제, 이 여우가 법에 의해 처벌되더라도,
여러분께 뭔가 잘못을 저질러서
벌을 받는 일은 없기를 바랍니다.
그렇다면, 여우를 비난하세요. 여기 여우가 서 있습니다.

그렇지 않다면, 즐거운 마음으로, 박수를 보내주세요(5막 12장, p. 199).

「연금술사」

이러한 연극성이 가장 잘 구현된 작품이 「연금술사」이다. 1610년에 씌어진 이 작품에서 존슨은 고전주의적 삼일치 법칙이 완벽하게 지켜진 극작술의 진수를 보여준다. 이 극의 모든 행위는 런던 블랙프라이어즈에 있는 러브윗의 집에서 일어나며, 매번 노크 소리와 함께 다른 등장인물과 사건이 전개된다. 「볼포네」에서도 노크 소리와 함께 유산 사냥꾼들이 소개되지만, 여기에서는 하나가 나가고 다른 하나가 들어오는 식으로 순차적이다. 「연금술사」에서는 노크 소리마다 점점 많은 고객들이 '악당들의 둥지'로 찾아들고, 고객들이 한꺼번에 몰려드는 후반부에서는 이들이 서로 마주치지 않도록 집 안 곳곳에 배치된다. 이처럼 갖가지 사기 행각들이 제한된 공간에서 일어남에 따라 그 대비로 인해 증폭되는 극적인 효과는 파격적이며, 이처럼 치밀하게 계산된 연극은 극작가로서의 존슨의 재능을 실감하게 한다.

「연금술사」는 「볼포네」와 마찬가지로 인간의 탐욕과 어리석음에 대한 보편적인 풍자인 동시에, 엄격한 청교도주의, 황금만능주의 등 17세기 초 영국 사회상에 대한 구체적인 풍자이다. 제레미는 주인 러브윗이 흑사병 때문에 런던 시내의 집을 비우자, 한밑천 잡을 요량으로 집에 엉터리 박사 서틀과 창녀 돌을 끌어들인다. 이 사기꾼 삼인조는 이 집을 '공화국' 삼아 장군 각하에, 국왕 폐하, 여왕으로 군림하며 "삼자간의 사업"을 벌인다(1막 1장). 이들은 현자의 돌을 만드는 연금술에서, 점치기, 사주 보기, 결투법 교습, 목욕업, 매춘업 등등 '부자가 되려는' 사람들의 탐욕과 헛된 희망을 이용하여 자신들의 주머니를 채운다. 이곳을 찾아오는 사람들은 모두 어떤 의미에서 연금술사들이다. 연금술은 비천한 금속을 황금으로 변환시키는 비술을 뜻하는 동시에, 자신을 변화시키려는 의지를 상징한다. 대퍼는 모든 도박에서 이기도록 도와줄 수 있는 정령을 얻으러 서틀을 찾아왔다가, '요정 여왕의 조카'가 되어 돌아간다. 길모퉁이에 새로 담배 가게를 내는 아벨 드러거는 사업을 번창시킬 가게 배치에 대한 지침과 부적을 구하러 왔다가, 곧 '주지사의 주홍옷'을 입게 되고 부자가 되리라는 희망에 부풀어 돌아간다. 시골 귀족인 카스트릴은 도시의 세련된 결투법과 어법을 배우러 찾아오고, 그 누이인 플라이언트 부인은 미래의 남편을 점치고자 한다. 그런가 하면 아나니아스와 트리뷸레이션은 종교적 대의명분 하에 연금술로 현자의 돌을 얻고자 한다. 가장 큰 변화를 꿈꾸는 사람은 매몬 에피큐어로, 현자의 돌을 이용하여 모든 사람이 '부자 되는' 공화국을 세우고 인간이 누릴 수 있는 최고의 쾌락을 추구하고자 한다. 이런 변화를 연금술로 손쉽게 성취하려는 이들의 어리석음을 이용하여, 서틀, 페이스, 돌의 삼인조는 일인 다역의 사기극을 벌인다.

「연금술사」에서 거의 모든 등장인물들은 하나 이상의 다른 얼굴을 가진다. 서틀은 연금술 박사의 역을, 페이스는 대장 역과 연금술사 조수인 허파군 역, 그리고 러브윗의 집사인 제레미 역을, 돌은 요정의 여왕 역과 미친 귀부인 역을 맡고 있다. 노크 소리가 날 때마다, 이들은 고객에 따라 새로운 역으로 분장하느라 바쁘다. 일례로 3막 5장에서 대퍼를 상대하던 페이스는 매몬 경이 문을 두드리자 관객이 보는 앞에서 순식간에 대장 의상에서 연금술사 조수인 허파군의 의상으로 갈아입는다. 대퍼는 매몬에게 무대를 제공하기 위해 화장실로 인도된다. 끊임없는 역할의 전환은 사기꾼들에게만 일어나는 것이 아니다. 이 극에서 유일하게 '속기를 거부하는' 설리도 스페인 귀족으로 변장하고 나타나고, 플라이언트 부인도 매춘부의 위치에 서게 된다. 사기꾼들의 무질서를 질서로 복귀시키는 집주인 러브윗마저도 대퍼가 극단에서 빌려온 히어로니모의 의상을 입고 스페인 귀족 역을 맡는다.

이 극에서 러브윗의 역할은 구조적으로나 주제 면에서나 논쟁의 여지가 있다. 5막에서 예기치 않았던 러브윗의 귀환으로 번창하던 '삼자간의 사업'은 갑작스럽게 끝이 난다. 그동안 러브윗의 집이 세 사기꾼들에게 카니발적인 자유와 혼돈의 공간이었다면, 주인이 돌아오면서 다시 질서와 규율이 이 공간을 지배하게 된다. 그러나 여기에는 빈틈이 있다. 이름처럼 재치를 즐기는 러브윗은 페이스를 처벌하는 대신, 그의 수확을 같이 나누기 때문이다. 페이스, 즉 집사 제레미는 그동안 사기 행각으로 긁어모은 재산을 담은 트렁크의 열쇠를 주인 러브윗에게 바친다. 수입에는 매몬의 가재도구도 포함된다. 러브윗은 부엌에서 날라온 쇠붙이 잡동사니를 되찾아가려는 매몬과 재침례교도들을 위협하여 쫓아내기 때문이다. 그뿐이 아니라, 러브윗은 페이스의 재간으로 돈많은 과부 플라이언트와 결혼하여 지참금으로 한 재산을 마련하게 된다. 러브윗이 인정하듯이 "하인 덕분에 이렇게 부유한 미망인을/아내로 얻는 행복을 차지하게 되었으니,/그 주인이 정직함을 조금 훼손해서라도,/하인의 꾀를 관대하게 봐주지 않거나,/하인도 한밑천 마련하도록 돕지 않는다면,/아주 배은망덕한 사람이 될 것"이다(5막 5장). 이처럼, 「연금술사」의 세계는 「볼포네」보다 더 느슨한 도덕이 적용된다. 최대의 사기꾼이었던 꾀보 페이스는 그동안의 사기 행위에 대해 처벌을 받지 않고 넘어갈뿐더러, 관객의 박수까지 받게 되는 것이다. 「볼포네」에서처럼 「연금술사」의 세계 역시 희극적 정의가 도덕적 정의를 지배한다.

페이스 여러분,

제 역할이 이 마지막 장면에서는 조금 떨어졌지만,
그게 다 조화를 위해서였습니다.
그리고 비록 서틀, 설리, 매몬, 돌,
열성 아나니아스, 대퍼, 드러거 등
모든 거래 고객들로부터 제가 무사히 달아났지만,
이제 여기 배심원이신 여러분들의 처분에 저를 맡기오니,
여러분이 저를 용서해주시면, 여기 제가 모아온 이 재물로
여러분께 잔치를 열어드리고, 다른 손님들을 초대할 것입니
다(5막 5장, p. 396).

존슨이 「연금술사」 서문에서도 밝히듯이, 문학의 교훈성은 오락성과도 병행해야 한다. 즉 "건강에 좋은 구제책이 입맛에 달"도록 작품을 써야 한다. 존슨은 도시 희극이라는 장르를 통해 당시 런던에서 벌어지는 사회상을 사실주의적으로 그려내는 동시에, 관객들이 연극의 풍자 속에서 자신의 모습을 발견하더라도 "그 모습에 기분이 상하지 않"도록 연극성을 강조하는 것이다(「연금술사」 서문). 연극에서 관객의 입맛을 고려하고, 기분을 맞춘다는 것은 극장의 매표 수입과 직결되는 것이다. 「볼포네」 서문에서도 작가는 글을 쓰는 목적이 "관객분들도 즐겁고 저희도 돈 좀 벌자"라는 것임을 명확히 밝히고 있다. 이러한 맥락에서 존슨의 두 작품에 두드러지는 연극성은 인간의 탐욕과 어리석음을 풍자하되, 웃음을 통해 그 악덕들을 유쾌한 문화 상품으로 포장하는 극작가의 전략인 셈이다.

■ 작가 연보

1572 런던에서 가난한 목사의 유복자로 출생(1572년 6월 11일로 추정). 존슨의 모친은 그가 어렸을 때 벽돌공인 로버트 브렛과 재혼.

1580 웨스트민스터 학교에서 교육 받음.

1588(?) 학교를 그만두고 계부 아래서 벽돌공 견습 생활 시작. 네덜란드에서 군인으로 복무.

1594 앤 루이스와 결혼.

1597 펨브록스 멘 극단에서 연기. 현존하는 존슨 최초의 희곡, 「사태 역전The Case is Altered」이 이때 씌어졌다. 토마스 내쉬Thomas Nashe와 함께 쓴 「개들의 섬The Isle of Dogs」(런던 템스 강변에 위치한 작은 반도의 지명-옮긴이)이 상연된 후 '선동성'을 이유로 투옥됨.

1598 「기질 속의 인간Every Man in His Humour」. 결투에서 배우 가브리엘 스펜서를 죽였으나, 성직층의 청원으로 풀려남. 감옥에서 형을 기다리던 중 천주교로 개종.

1599 「기질 밖의 인간Every Man out of His Humour」. 채무 불이행으로 세 번째 투옥.

1600 「신시아의 잔치Cynthia's Revels」.

1601 「엉터리 시인The Poetaster」.

1603 엘리자베스 여왕 서거. 제임스 1세 즉위. 존슨의 맏아들 벤자민 사망. 「세자누스의 몰락Sejanus His Fall」.

1604 제임스 1세 대관식의 여흥에 기여.

1605 「어이, 동쪽으로! Eastward Ho!」(채프만, 마스턴과 협작)로 네번째 투옥. 앤 여왕을 위한 가면극 「흑의 가면극The Masque of Blackness」.

1606 에섹스 백작과 프란시즈 하워드 부인의 결혼을 축하하기 위해 「결혼식Hymenaei」을 씀. 「볼포네, 또는 여우Volpone, or the Foxe」.

1608 「미의 가면극The Masque of Beauty」.

1609 「여왕들의 가면극The Masque of Queens」「에피코에네, 말없는 여인 Epicoene」.

1610 「연금술사The Alchemist」.

1611 「오베론Oberon」「카탈리네Cataline」.

1612 월터 랠리 경 아들의 가정교사로 프랑스 여행.

1613 「마상 시합에의 도전A Challenge at Tilt」「아일랜드 가면극The Irish Masque」.

1614 「바톨로뮤 장터Bartholomew Fair」.

1616 제임스 1세의 연금을 받아 계관시인의 위치에 오름. 2절판 전집 출판. 「황금시대의 회복The Golden Age Restored」「악마는 당나귀The Devil is an Ass」.

1618 스코틀랜드에 도보 여행. 호손덴의 드러먼드와 지냄. 「쾌락과 미덕의 화해Pleasure Reconciled to Virtue」.

1619 옥스퍼드대에서 명예 학위 받음.

1621 궁중 가면극 「집시들의 변신The Gypsies Metamorphosed」.

1623 화재로 존슨의 서재가 불탐.

1624 가면극 「알비온의 귀향을 위한 넵튠의 승리Neptune's Triumph for the Return of Albion」.

1625 제임스 1세 서거, 찰스 1세 즉위.

1626 「뉴스 사무국The Staple of News」.

1629 「새 여인숙The New Inn」.

1631 마지막 궁중 가면극. 「칼리폴리스를 통한 연인의 승리Lover's Triumph Through Callipolis」「클로리디아Chloridia」.

1632 「자석처럼 끌리는 부인The Magnetic Lady」.

1634 「통 이야기 A Tale of A Tub」(제목은 일반적 의미의 '통tub'과 등장인물의 이름 텁Tub을 이용한 말장난pun으로 '텁의 이야기'로 해석할 수도 있음).

1637 8월에 사망. 웨스트민스터 사원에 매장.

'대산세계문학총서'를 펴내며

근대 문학 100년을 넘어 새로운 세기가 펼쳐지고 있지만, 이 땅의 '세계 문학'은 아직 너무도 초라하다. 몇몇 의미 있었던 시도에도 불구하고, 전체적으로는 나태하고 편협한 지적 풍토와 빈곤한 번역 소개 여건 및 출간 역량으로 인해, 늘 읽어온 '간판' 작품들이 쓸데없이 중간되거나 천박한 '상업주의적' 작품들만이 신간되는 등, 세계 문학의 수용이 답보 상태에 머물러 있었음을 부인하기 힘들다. 분명한 자각과 사명감이 절실한 단계에 이른 것이다.

세계 문학의 수용 문제는, 그 올바른 이해와 향유 없이, 다시 말해 세계 문학과의 참다운 교류 없이 한국 문학의 세계 시민화가 불가능하다는 의미에서, 보다 근본적으로, 우리의 문화적 시야 및 터전의 확대와 그 질적 성숙에 관련되어 있다. 요컨대 이것은, 후미에 갇힌 우리의 좁은 인식론적 전망의 틀을 깨고 세계 전체를 통찰하는 눈으로 진정한 '문화적 이종 교배'의 토양을 가꾸는 작업이며, 그럼으로써 인간 그 자체를 더 깊게 탐색하기 위해 '미로의 실타래'를 풀며 존재의 심연으로 침잠하는 작업이라 할 수 있다.

우리의 현실을 둘러볼 때, 그 실천을 위한 인문학적 토대는 어느 정도 갖추어진 듯이 보인다. 다양한 언어권의 다양한 영역에서 문학 전공자들이 고루 등장하여 굳은 전통이나 헛된 유행에 기대지 않고 나름의 가치 있는 작가와 작품을 파고들고 있으며, 독자들 또한 진부한 도식을 벗어나 풍요로운 문학적 체험을 원하고 있다. 새롭게 변화한 한국어의 질감 속에서 그 체험이 이루어지기를 바라는 요청 역시 크다. 그러므로 필요한 것은 어쩌면 물적 토대뿐일지도 모른다는 판단이 우리를 안타깝게 해왔다.

이러한 시점에서, 대산문화재단의 과감한 지원 사업과 문학과지성사의 신뢰성 높은 출간을 통해 그 현실화의 첫발을 내딛게 된 것은 우리 문화계의 큰 즐거움이 아닐 수 없다. 오늘의 문학적 지성에 주어진 이 과제가 충실한 결실을 맺을 수 있도록, 우리는 모든 성실을 기울일 것이다.

'대산세계문학총서' 기획위원회